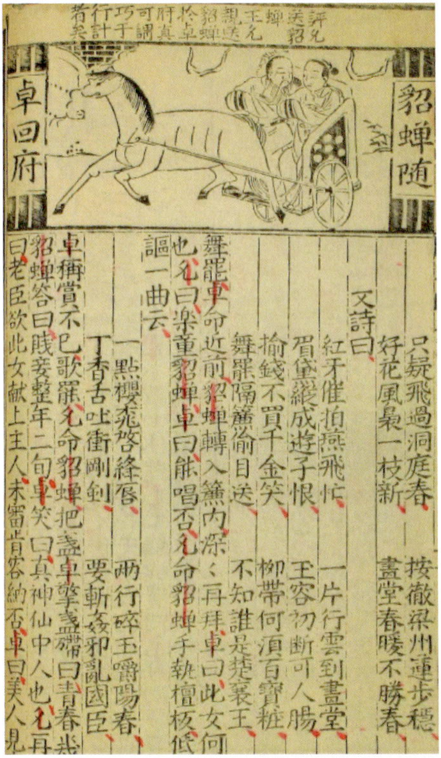

評允送貂蟬王允觀送貂蟬於卓府真可謂巧于計行者矣

貂蟬隨

卓回府

只疑飛過洞庭春　按徹梁州蓮步穩
好花風裊一枝新　畫堂春暖不勝春
又詩曰
紅牙催拍燕飛忙　一片行雲到畫堂
眉黛縱成遊子恨　王容初斷可人腸
揄錢不買千金笑　柳帶何須百寶粧
舞罷隔簾偷目送　不知誰是楚襄王
舞罷卓命近前貂蟬轉入簾内深深再拜卓曰此女何
也允曰樂童貂蟬卓曰能唱否允命貂蟬手執檀板低
謳一曲云
一點櫻桃啓絳唇　兩行碎玉噴陽春
丁香舌吐銜鋼劍　要斬姦邪亂國臣
卓稱賞不已歌罷允命貂蟬把盞卓擎盞問曰青春幾
貂蟬答曰賤妾整年二旬卓笑曰真神仙中人也允再
曰老臣欲此女獻上主人未審肯容納否卓曰美人見

《新刊京本校正演義全像三國志傳評林》書影

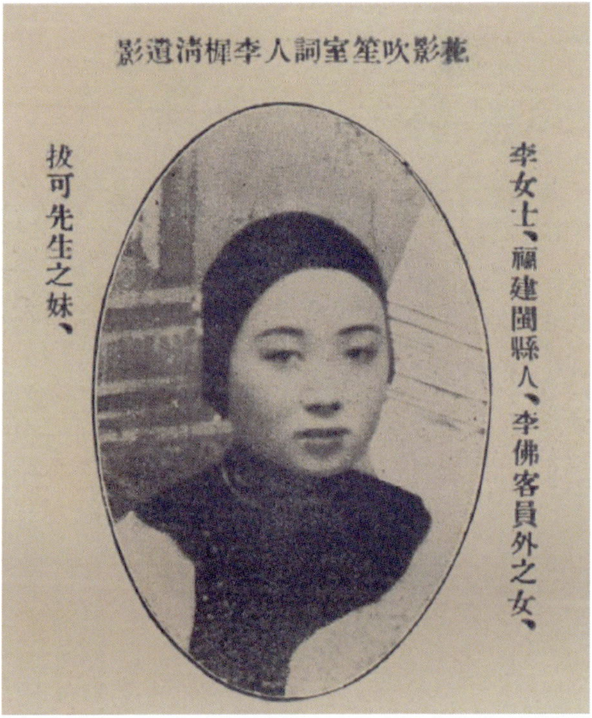
藝影　吹笙室詞人李樨清遺影
李女士、福建閩縣人、李佛客員外之女、
拔可先生之妹、

李慎溶小像

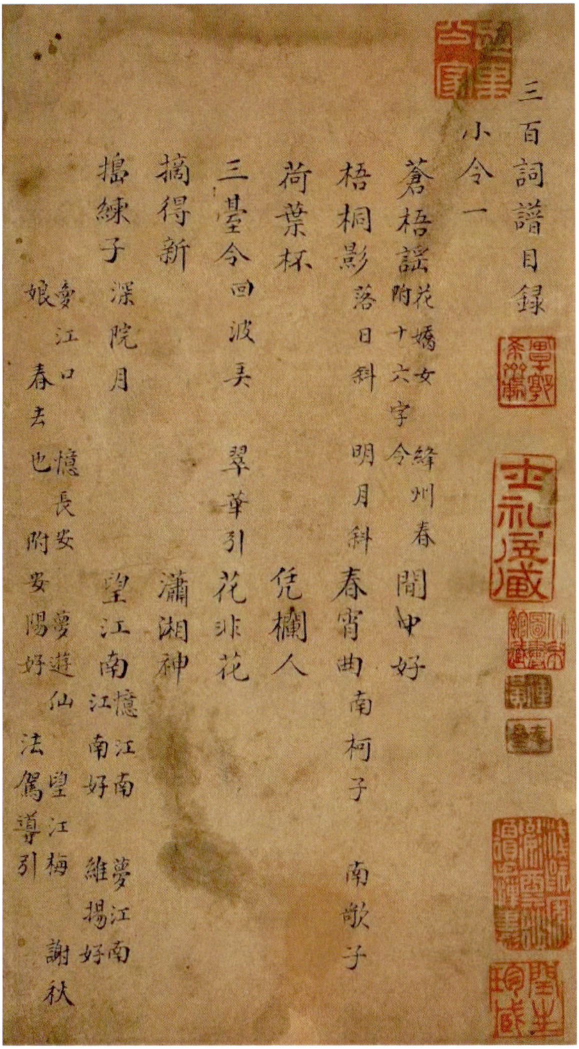

三百詞譜目録

小令一

蒼梧謡 附花嬌女 十六字令 絳州春 閒中好

梧桐影 落日斜 明月斜 春宵曲 南柯子 南歌子

荷葉杯 凭欄人

三臺令 回波樂 翠華引 花非花

摘得新 瀟湘神

擣練子 深院月 望江南 憶江南 江南好 夢江南 維揚好

憶江口 憶長安 夢遊仙 望江梅 謝秋娘 春去也 附安陽好 法駕導引

鄭元慶《三百詞譜》書影（中國國家圖書館藏抄本）

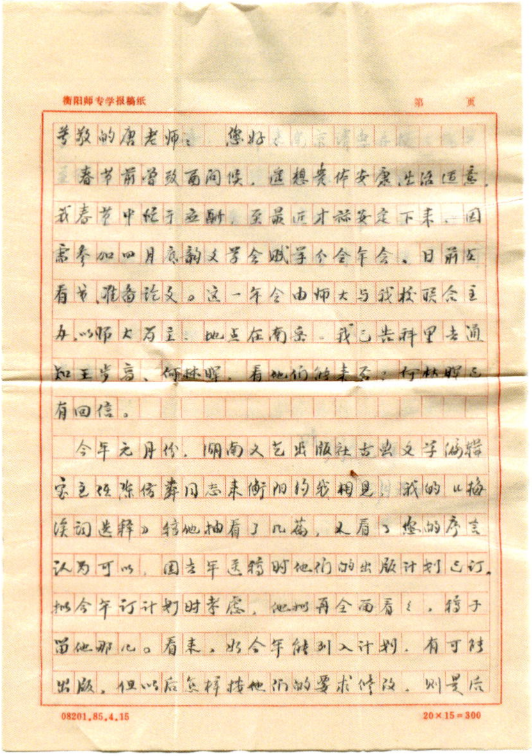
衡阳师专学报稿纸　第　页

尊敬的唐老师：　您好！

春节前曾致函问候，遥想贵体安康，生活适意。

我春节中忙于应酬，至最近才稍安定下来。因需参加四月底韵文学会赋学分会年会，日前在看书、准备论文。这一年会由师大与我校联合主办，以师大为主，地点在南岳。我已告科里去通知王步高、何林晖，看他们能来否？何林晖已有回信。

今年元月份，湖南文艺出版社古典文学编辑室主任陈信森同志来衡阳约我相见，我的《梅溪词选释》请他抽看了几篇，又看了您的序言，认为可以。因去年送稿时他们的出版计划已订，拟今年订计划时考虑，他们再全面看看，稿子留他那儿。看来，如今年能列入计划，有可能出版，但以后怎样按他们的要求修改，则是后

08201.85.4.15　20×15=300

周念先致唐圭璋信札

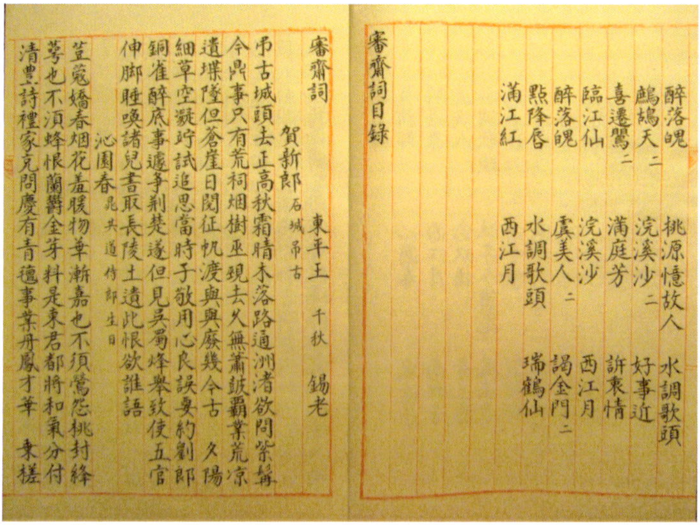

審齋詞目録

醉落魄　桃源憶故人　水調歌頭
鷓鴣天二　浣溪沙二　好事近
喜遷鶯二　滿庭芳　訴衷情
臨江仙　浣溪沙　西江月
醉落魄　虞美人二　謁金門二
點絳唇　水調歌頭　瑞鶴仙
滿江紅　西江月

審齋詞　東平王千秋錫老

賀新郎　石城弔古

弔古城頭去正高秋霜晴木落路迴洲渚欲問紫龍今昔事只有荒祠烟樹巫覡去久無蕭鼓霸業荒凉遺堞墜但蒼崖日閲征帆渡興與廢幾今古　夕陽細草空凝佇試追思當時子敬用心良誤要約劉郎銅雀醉底事遽爭荆楚邊但見吳蜀烽舉致使五官伸脚睡喚諸兒書取長陵土遺此恨欲誰語

沁園春　晁共道侍郎生日

笠蔻嬌春烟花蓋暖物華漸嘉也不須鶯燕桃封絳萼也不須蜂恨蘭爵金芽料是東君都將和氣分付清豐詩禮家充閭慶有青氊事業丹鳳才華　東搓

明紅絲欄抄本《審齋詞》書影

馬興榮先生遺像

《詞學》編輯委員會

顧　問

王水照

主　編

馬興榮　方智範　高建中　朱惠國

編輯部

朱惠國　徐燕婷　倪春軍　韓立平

編　委（以姓氏筆畫爲序）

王兆鵬　方智範　朱惠國　吴　蓓
沈松勤　林玫儀　周聖偉　施議對
馬興榮　徐燕婷　高建中　孫克强
黄坤堯　張宏生　彭玉平　彭國忠
楊海明　劉　石　劉永翔　劉尊明
鍾振振　龐　堅

詞學

第五十三輯篇目

論　述

考　辨

秦觀研究專題

年　譜

論詞書札

詞　苑

叢　談

「歌以自寬」

——從「敘事」的角度再論蔡松年詞

劉鋒燾

内容提要　蔡松年詞有兩個特點：一是紀行，一是寫人，主要記述自己的行跡心態、描述他人的相關情況，表面看來似乎有了「敘事文體」的特徵。而仔細閲讀蔡松年的全部詞作，可以發現他並未將詞當作「敘事文學」來寫，他的紀行主要通過題序來完成，題序與詞作正文在大多數情況下各有側重，互有分工；他的寫人則主要寫與他有交往且情趣相投的相關人物。而無論是紀行還是寫人，皆回避重大社會事件和人物，其主要目的都是「極道蕭閑退居之樂」，實則是「歌以自寬」。究其原因，乃在於他宋人入金的特殊身份和經歷，以及當時的政治環境所造成的特殊心態。蕭閑詞中反復吟詠的「高情遠韻」，一方面是他的性情與趣所致，是一種人生理想，另一方面則是其避禍求生的一種方式。

關鍵詞　蔡松年　詞　紀行　寫人　歌以自寬

蔡松年，號蕭閑，金代初期的代表性詞人。其詞作對金代詞壇影響極大，可謂開金代百年之詞風。

本文爲國家社科基金重大項目「唐代到北宋絲綢之路上的寺廟、驛站、重要古跡與文人活動、文學創作及文化傳播」（18ZDA241）階段性成果。

近二十年來，學界對金代文學的研究逐漸深化，尤其是一些文學編年史及作家年譜（如王慶生《金代文學家年譜》《金代文學編年史》、牛貴琥《金代文學編年史》等）相繼出版，給相關研究提供了堅實的基礎。故此，筆者再撰此文[一]，從紀行、寫人等「敘事文體」的角度，對蕭閑詞再作討論。

一

詞，本是一種以抒情爲主的韻文體裁，而蔡松年詞，看上去却有明顯的敘事的特色，往往在詞中敘寫事件，記述行跡，描寫人物，尤其體現爲紀行和寫人。

紀行，是蔡松年詞一個明顯的特點。讀他的詞集，可以看到他本人一生的基本行跡與心跡。

蔡松年十九歲入金，他寫於天會九年的詞《滿江紅》（翠掃山光）明確記録了這個時間（「去家六年」）並稱「六年來」，「對花無好情情悰」[二]。此外，他的詞作，詞序或正文明確標明寫作時間或記述詞人行跡、心態及相關事件年月的還有二十一歲（「與故人東山吴季高父論求田問舍事」[三]）、二十三歲（在燕中，「冒暑遊太平寺」[四]）、二十五歲（「一蓑煙雨違人願」「又逢故國春風面」[五]）、二十八歲（「從師江壖」[六]，「從師南還」[七]）、二十九歲（「高陽寒食，次嵓夫韻」[八]）、三十歲（「從獵涿水道中」[九]）、三十三歲（與范季霑「別於燕之傳舍」[一〇]）、三十五歲（「將以窮臘去汴……復作天東之別……招一二三會心者，載酒小集於禪坊」[一一]）、三十六歲（「邢嵓夫招遊故宫之玉溪館」[一二]）、三十七歲（「來京洛三年……今歲江梅始開，復事遠行。虎茵丹房東岫諸親友折花酌酒於明秀峰下……出妙語以惜別」[一三]）、三十九歲（「得告上都，行李滯留，寄食於江壖村舍」[一四]）、四十三歲（「高麗使還」[一五]）、四十五歲（「送珪登第後，還鎮陽」[一六]）、四十七歲（「買田於蘇門之下」[一七]）。可以看出，在蔡松年的筆下，詞體有着明顯的紀行紀事的特色。他入金以後的行事，多可通過其詞作勾勒出一個大致的輪廓。與一些親朋好友的交往，也在詞中有一定的記録或體現。其中，

一些經歷，是當時就寫下來的；還有一些，是事後的追憶，可稱補敘。

這些詞作，反映了作者彼時彼地的心境、心態。

現存蔡松年編年最早的詞作，也是他最早的有紀行性質的詞作，當是天會七年（一一二九）寫的《西江月》，詞序曰：「己酉四月暇日，冒暑遊太平寺，古松陰間，聞破茶聲，意頗欣愜。晚歸對月小酌，賦《西江月》記之」，詞曰：「古殿蒼松偃蹇，孤雲丈室清深。茶聲破睡午風陰。不用涼泉石枕。枯木人忘獨坐，白蓮意可相尋。歸時團月印天心。更作逃禪小飲。」〔一八〕此時，詞人入金已是第五個年頭，尚未入仕，對所處環境與處境大概也習慣了，詞作所表現出的心境是悠閑愜意的，同時詞作表現出的生活狀態與心態也是封閉性的，頗有與世隔絶的意味。這一年，詞人二十三歲，有這種心態，大概正體現了宋人入金的社會隔膜感。

天會九年，蔡松年入仕金朝。本年所作《滿江紅》，是他紀行詞中的一首典型作品。詞序曰：「辛亥三月，春事婉娩，土風熙然，東城雜花間，梨爲最。去家六年，對花無好情悰，然得流坎有命，無不可者。古人謂人生安樂，孰知其他，屢誦此語，良用慨歎。插花把酒，偶記去年今日事，賦十數長短句遺意，非知心人，亦殆難明此意。以仙吕調《滿江紅》歌之，是月十五日，玩世酒狂。」詞曰：「翠掃山光，春江夢、蒲萄緑遍。人換世、歲華良是，此身流轉。雲破春陰花玉立，又逢故國春風面。記去年、曉月掛星河，香凌亂。年年約，常相見。但無事，身強健。賴孫壚獨有，酒鄉温粲。老驥天山非我事，一蓑煙雨違人願。識醉歌、悲壯一生心，狂嵇阮。」〔一九〕詞人一入仕就陷入了心理的困境與煎熬。詞序先寫「春事婉娩」，景色優美。緊接着又回顧自己「去家六年，對花無好情悰」（去家六年，指他於金天會三年、宋宣和七年入金事）。接着又馬上作一轉折，自我寬解，「然得流坎有命，無不可者」。後面又説「非知心人，亦殆難明此意」，表明他詞作另有意蘊。「人換世、歲華良是，此身流轉」三句，金人魏道明注：「人換世，亦謂舊邦變換也。歲時與舊則

同，但此身轉徙他州也。」〔二〇〕看似淡淡一筆，其實藴含着作者的感慨與悲涼。詞人稱幸有美酒可以慰心，而「老驥天山非我事，一蓑煙雨違人願」。他無奈地步入仕途，此時尤其能够體會到的，是阮籍、嵇康那種狂醉外表下「悲壯」的心情。

天會十二年，詞人寫作《洞仙歌・甲寅歲，從師江壖，戲作竹廬》及《水龍吟・甲寅歲，從師南還，贈趙肅之》兩首詞，詞序點明具體時間及背景，即從金師伐宋及大軍北返。詞作本身則着重寫自己的「倦遊興」，沉醉於「紅袖」、「仙館」、「國香宫様」，要「尋春」，要「待酒酣，妙續珠簾句法，作穿雲唱」〔二一〕。詞作的背景是金宋間激烈的戰爭，而詞中所寫，完全是另外一幅情景，是田園景、温柔鄉。

天會十三年寫的《水調歌頭・乙卯高陽寒食，次嵓夫韻》又比較曲折隱晦，詞寫「身閑勝日，都在花影酒壚中。秀野碧城西畔，獨有斗南温軟，雪陣暖輕紅」，似乎很愜意了。然而，「欲辦酬春句，誰唤好情悰」，急作轉折。「一念千劫莫形容」，莫知所指，晦澀難解。所以末了「醉眼盡空碧，風袖障歸鴻」〔二二〕，顧左右而言他。

天會十四年，蕭閑在鎮陽及燕山帥府，作有《人月圓・丙辰晚春即事》、《水調歌頭・丙辰九日，從獵涿水道中》二詞。兩首詞的題序均交代了寫作時間及題旨。前詞寫自己嚮往「一犁春雨，一篙春水，自樂天真」〔二三〕；後詞又比較曲晦，詞寫「我欲幽尋節物，只有西風黄菊，香似故園秋。俯仰十年事，華屋幾山丘」〔二四〕。從「十年」看，這裏的故園是指北宋時的家鄉汴京。故園之思、華屋山丘之歎，局外人難以真切體會。總體來看，蕭閑詞少有懷念故鄉的作品且表現得相當隱晦。這種隱晦的表達，與他五年前剛入仕金朝時在《滿江紅》（翠掃山光）詞裏寫的「人换世，歲華良是，此身流轉」〔二五〕是相通的、一貫的。即便後來汴京歸入金朝的版圖（按，貞元元年，完顔亮改汴京爲「南京開封府」，爲行文方便，本文一律稱「汴京」），他在此方面仍然有所顧忌，不敢放筆直寫。

天眷三年（一一四〇），金復取河南、陜西地，「都元帥宗弼領行臺事，伐宋，松年兼總軍中六部事」〔二六〕。皇統元年（一一四一），金、宋議和，金人師還。皇統二年正月，蔡松年離汴，二月至上京。這期間，蔡松年作有《雨中花》一詞。這是他紀行詞中另一首比較典型的作品。詞序交代時間和背景，詞作敘事抒懷。序曰：「僕將以窮臘去汴，平生親友，零落殆盡，復作天東之别。數日來，蠟梅風味頗已動，感念節物，無以爲懷，於是招二三會心者，載酒小集於禪坊。而樂府有清音人雅善歌《雨中花》，坐客請賦此曲，以侑一觴。情之所鍾，故不能已，以卒章記重遊退閑之樂，庶以自寬云。」詞曰：「憶昔東山，王謝感慨，離情多在中年。正賴哀弦清唱，陶寫餘歡。兩晋名流誰有，半生老眼常寒。夢回故國，酒前風味，一笑都還。　湖光玉骨，水秀山明，唤人妙思無邊。吾老矣、不堪冰雪，换此蕭閑。傳語明年曉月，梅梢莫轉銀盤。後期好在，黄柑紫蟹，勸我休官。」〔二七〕

這首詞的特别在於，當時蔡松年正隨金朝軍隊南下伐宋，而且「兼總軍中六部事」。而宋朝，是他的故國；行臺所在的汴京，是他的故鄉。此時此地，他的心中，定會别有一番滋味。而看他的詞作，詞序稱在汴京時「招二三會心者，載酒小集於禪坊」。本首之外，另有《水龍吟》（亂山空翠尋人）詞序亦稱在汴京時「暇日每相尋爲文字飲」，《石州慢》（京洛三年）詞序亦謂在汴京時「每約會心二三客，登故苑之友雲亭，或寓居之西嵓，置酒高會，以酬佳節，酣觴賦詩，道早退閑居之樂」〔二八〕。從這些序文看，他此時此地是十分愜意的，在故國故都，没有絲毫的沉痛蒼涼之情。隨異族軍隊攻占故國故鄉，也没有絲毫的愧疚與難堪。再看本詞（《雨中花》）正文，一起用王謝故事，引出中年離情，這與序中的「平生親友，零落殆盡，復作天東之别」一樣，有些惆悵與憂傷，而「兩晋名流」「陶寫餘歡」則化用王右軍「正賴絲竹陶寫，恒恐兒輩覺，損欣樂之趣」及蘇軾詩句「正賴絲與竹，陶寫有餘歡。嘗恐兒輩覺，坐令高趣闌」，將那一縷憂愁化解消釋。「夢回」三句，魏道明注：「公在故都樽酒間，偶一笑樂，其晋人閑遠風味，頓退還之如夢回也。」「湖光」數句，魏

道明注謂「以山水比佳人也」〔二九〕，不管是佳人抑或是真山水，都是詞人所鍾愛的。而「吾老矣，不堪冰雪，換此蕭閑」，寫出他不情願去金之上都，以其地酷寒，「我已老矣，不堪朔漠冰雪之地」（魏道明注語）〔三〇〕，情思又作一迴旋。末了寫出期待重返再遊之意，「黄柑紫蟹，勸我休官」，頗有些思鱸蓴的意味。其中，「夢回」三句，面對故國，遮遮掩掩，欲説還休，顧左右而言他，其實也透露出作者心裏的一些隱秘。

此次隨軍途中，天眷三年，蔡松年寫有十三首組詩《庚申閏月，從師還自潁上，對新月獨酌十三首》。這組詩，頗多肺腑之言，諸如「梧桐喚歸夢，無奈秋聲何。」「大塊本何事，遑遑勞一生。」「自要塵網中，低眉受機械。」「却視高蓋車，身寵神已辱。」「出處士大節，倚伏殊茫茫。絶交苟不作，自足存嵇康。」〔三一〕等等儒微求生的無奈與不甘，不得已而陷「塵網中」、「身寵神已辱」的屈辱與憋悶，出處大節的內心煎熬，以及揮之不去的林泉歸夢交織在一起，讓我們看到，詞人的心裏，其實遠不如他詞作表面所表現的那樣曠達、淡然。至少，這一時期如此。

皇統五年（一一四五），有《水龍吟》一首，序稱「乙丑八月……晚雨新晴，江月炯然，秋濤有聲，如萬松哀鳴澗壑」，景色相當優美。然而，「時去中秋不數日，方遑遑於道路，宦遊飄泊，節物如馳，此生餘幾春秋，而所謂樂以酬身者乃如此，謀生之拙，可不哀邪」，完全是一種矛盾衝突。然後又「作長短句詩，極道蕭閑退居之樂，歌以自寬，亦以自警」〔三二〕。這裏表達的，是謀生宦遊與退居之願的衝突以及詞人自己的消解方式——「歌以自寬，亦以自警」。詞與序異體同意，寫其「倦遊興」，「歌以自寬」，正是他寫作此類詞的初衷和目的。

現存蕭閑詞作年可考的最後一首，當是《水龍吟》（太行之麓清輝）〔三三〕。這首詞有很長的詞序，提到「癸酉歲」之事，癸酉歲即貞元元年（一一五三）。本年蔡松年四十七歲，升户部尚書，次年轉吏部尚書，再次年遷參知政事，位極人臣。所以，這首詞，不論就紀行紀事，還是就蔡松年的全部詞作來説，都具有回顧

性，總結性，是其最後一首典型的代表作。本詞序比詞長，詞序着力渲染「懷衛間風氣清淑，物産奇麗」，「多瘦梅修竹，石根沙縫，出泉無數，清瑩秀澈若冰玉」，「舉目皆崇山峻嶺，煙霏空翠，呑吐飛射，陰晴朝暮，變態百出，真所謂行山陰道中」的勝景，表達自己嚮往林泉的心志，以及「上恩未報，未敢遽言乞骸」的矛盾，最終還是「感念退休之意」。詞作亦極寫「共山沐澗，濟源盤谷」之幽勝，寫詞人對「風琴月笛，松窗竹徑」的掛念神往。

就蔡松年這些具有紀行因素的詞作來看，有幾個特點：一、幾乎可以説記録了他一生的行程軌跡與心跡；二、紀行的特點，大都是通過詞序體現的，而詞作本身則並不明顯。換句話説，他此類作品，題序與正文是有分工的，詞序交代寫作背景與緣由，具有敘事的因素，詞作正文則主要是抒發一種情懷與心境。從這個角度看，只能説蕭閑詞具有紀行的特點，還算不上嚴格意義上的紀行詞（當然，也有少量作品序與正文是一致的，互相配合或重複抒寫，如《水龍吟》（太行之麓清輝）等，但這只是少量作品）；三、蔡松年的紀行詞，着力渲染、着重强調求田問舍之意及對「高情遠韻」的嚮往。這，與蕭閑詞的總體特點相吻合。部分作品又有一些含蓄的隱衷。這種隱衷，多是違心出仕而不得退隱田園的鬱悶，亦有少量隱晦的其他成分（如對「人换世」、「此身流轉」的幽隱而複雜的心緒）。這，多與宋人仕金的處境與心境有關，也與蕭閑詞的總體特點相吻合。

二

紀行之外，蕭閑詞還有一個特點：寫人——記述了詞人自己與別人的交往，敘寫這些人的神情風貌。

蔡松年詞今存八十六首，而其詞作（含詞序）中明確具體寫到的人名有陳詠之、曹浩然、張浩然、范季霑、梁慎修、吴傑、田唐卿、施宜生、毛澤民、李虞卿、高士談、王競、邢具瞻、趙子堅、趙肅之、張子華、趙粹

丈」之外，更關注的是「紅袖」、「小桃仙館」，嚮往的是「我欲尋春，郡中誰有，國香宫樣。待酒酣、妙續珠簾句法，作穿雲唱」。哪裏有一絲一毫戰爭的影子？這表明，他對金、宋之間的戰爭是厭倦的、漠然的，没有絲毫的興趣，因此即便置身其中也超然視之。也表明，他對兩大政權，尤其是對宋政權，不作表態。

其二，蔡松年詞，没有涉及一些重要的與宋朝關係密切的人物及相關事件。

靖康之變，徽、欽二帝被擄北上。這，是當時歷史上一個非常重大的事件。二帝在北，飽受折磨與欺侮，是宋人心中抹不去的屈辱。而蔡松年，世受宋恩，飽受儒家思想的薰陶，在當初城破入金時，其父蔡靖也堅決拒絶金人的招撫，做好了全家殉國的準備。這一切，蔡松年自然不可能完全忘却。但是，他的詞作中却没有涉及二帝在北地的内容(至少現存詞作没有，詩作也没有)。天會十三年，徽宗去世之後，一些由宋入金的文人如司馬朴、朱弁等還以自己的方式舉行了悼念活動〔四五〕。此時蔡松年二十九歲，既無行動亦無詞作。雖然司馬朴與朱弁二人是堅守氣節、拒不仕金的宋臣，蔡松年是已經仕金的「貳臣」，但按常理，徽宗去世這樣的事件，他在詩詞作品中是應該有所體現的(不管情感態度如何)，而事實上却未見隻字片語。這不可能是偶然的、無意的，只能説蔡松年在有意地回避，一定程度上説明了他的某種心態。

宇文虚中、吴激、高士談等人，與蔡松年一樣是由宋入金且仕金，其中吴、高與蔡爲詩友。這幾人皆非正常死亡。對於他們的死亡，蔡松年的作品中没有什麽反映，只是在《水龍吟》(太行之麓清輝)一首之詞序中提到吴激「不幸年逾五十遂下世，今墓木將拱矣」。按理説，朋友去世，尤其是在北國他鄉，一同來自故國、民族相同、知識層次相同、愛好相同、有着共同語言的朋友去世，無論如何應該有所表示。但，蔡松年的作品中却没有這樣的文字。

更典型的，蔡松年與宇文虚中、吴激等人各自寫過一首契機類似的詞作，體現出明顯的不同。

南宋人洪邁《容齋隨筆》、金人元好問《中州樂府》、劉祁《歸潛志》均記載，宇文虚中等人「赴北人張總

侍御家集」，宴上一侍酒女子，「乃宣和殿小宫姬也」[四六]，觸發了他們這些原爲宋臣的仕金文人心底深處强烈的隱痛，宇文虚中寫了一首《念奴嬌》，吴激作有一首《人月圓·宴北人張侍御家有感》，字裏行間，充滿着無可奈何的悲戚與哀傷。尤其是吴激的詞作，沉痛凄婉，引起了在座諸人廣泛的共鳴，使得「聞者揮涕」。

而蔡松年也有一首類似的詞作《滿江紅》，詞序曰：「虎茵老人去汴二十年，重醉蠟梅於明秀峰下，謂侑觴稚秀者，有宣和玉宇間風制，俾僕發揚其事。」此詞或當作於皇統初年金人始予而復取河南之時，寫作契機是「侑觴稚秀者，有宣和玉宇間風制」，與上述宇文虚中及吴激的兩首詞，十分近似。而蔡詞則曰：

端正樓空，琵琶冷、月高弦索。人换世、世間春在，幾番花落。縹緲餘情無處托，一枝梅緑横冰萼。對淡雲、新月炯疎星，都如昨。　　蕭閑老，平生樂。借秀色，明杯杓。吐凌雲好句，張吾邱壑。此樂莫教兒輩覺，微官束置高高閣。便歸來、招我雪霜魂，春邊着。[四七]

除過「端正樓空」、「幾番花落」這一點淡淡的感慨外，詞人得意沉迷的，居然是「借秀色，明杯杓。吐凌雲好句，張吾丘壑」，還「此樂莫教兒輩覺」，末了還要「招我雪霜魂，春邊着」（春，魏道明注：「謂侑觴稚秀者。」[四八]）宇文虚中和吴激的詞，面對北宋宫姬，抒寫的是發自内心的悲戚和沉痛；而蔡松年面對「有宣和玉宇間風制」的秀麗少女，眼裏看到的則是女子的「秀色」，他要「借秀色」飲美酒寫「好」詩，要「招我雪霜魂，春邊着」。全然一副没心没肺的玩世享樂作派！

其三，蔡松年的詞，極少表達對南方故鄉的懷念。

同是由宋入金且仕金的文人，宇文虚中、吴激、劉著等人的詞作中，充滿了對故鄉（屬宋地）的深切懷念。如宇文虚中詞寫「把酒祝東風，吹取人歸去」[四九]；吴激詞寫「應憐我，家山萬里，老作北朝臣」[五〇]；劉著詞寫「翰林風月三千首，寄與吴姬忍淚看」[五一]。而蔡松年的詞中則很難看到這樣的作品。他現存詞

作，個别篇章雖有懷念汴京的詞句，但一則很少，再則表現得很隱約、很曲折。

其四，涉宋人物、事件之外，當時金朝的一些特殊人物及相關事件，蕭閑詞中也没有反映。據田㲄黨案，是金代初期一個非常引人注目、意義非凡的政治事件，也是一個影響巨大的文化事件。《金史·蔡松年傳》、《金史·孟浩傳》、金人劉祁《歸潛志》等史料記載，此案與蔡松年等人有密切的關係。牽連此案的諸多文人被殺或被流放。按常理，詩友（如邢具瞻）被殺，蔡松年應該悲痛惋惜；政敵私讎（田㲄等）被除，蔡松年應該慶幸慶賀。但現存蕭閑詞（甚至包括其詩）中，對此事没有任何反映或表態。這，不符合常理。

這一切，説明了蔡松年的一種處世方式。而從文體學的角度看，則表明蔡松年並未將詞當成「敘事文體」來寫，並不以紀事爲重點。且如前文所述，他的紀行，更主要的是在詞序而不是在詞作正文中體現的，題序與正文互有側重或分工。這反映了蔡松年有意無意改變詞體寫法的一種努力。總體看，他並未破壞詞體的體制，但却體現出一種有意或無意的寫法，即敘事的成分在加大。這或許是一種有意或無意的「破體」的努力（北宋時期，破體爲文已成爲一種趨勢，參王水照主編《宋代文學通論·文體篇·第三章》）。而他詞中寫人，涉及的都是他平素交往的一些情趣相投的人物。更主要的，無論是紀事還是寫人，最終都是爲了表現詞人的「高情遠韻」，或者説表現他心目中嚮往的一種生活狀態。

四

蕭閑詞之所以能有紀行、寫人的特色，從大的文學背景而言，金詞一開始就繼承了蘇軾的詞風，是「詩人之詞」，不像晚唐五代和北宋前期詞那樣多寫男女戀情，而是具有詩歌一樣的功能，所以就不僅僅囿於抒情一途。然而蔡松年的紀行和寫人，或者籠統説他詞作的紀事，並不是爲了紀述、敘寫重要的生活和時

政事件，而是有選擇地敘寫一些人和事。就他而言，不論寫何種題材，不論是何種寫法，最終都表達他心中嚮往的一種生活狀態，換言之，部分作品可能表現他真實的生活狀態和心境，而更多的是表達他對理想的生活狀態的一種嚮往。

蔡松年之所以這樣寫，有其曲折的具體原因。

蔡松年生長於北宋，自幼受儒家傳統思想的薰陶。從其父蔡靖入金時的表現，可以看出其對氣節的堅守。宣和末年，燕山陷落。守城軍事主官郭藥師等挾衆人降金，蔡靖明確表示反對，並「告藥師：『靖若死，舉家骨肉，告相公縊死，一坑埋之。』並戒子松年以不屈」〔五二〕。入金後，蔡靖又屢次明確拒絕了金人的勸降，「氣得金國二太子『斡離不大怒，頭面發赤，曰：『待與你商量些好事，都不肯商量，却只要歸，好與蒙霜特姑。』蒙霜特姑者，棍子敲殺也』」〔五三〕。生死關頭，面對女真統治者，堅守氣節，視死如生。這種行爲，是一種十分堅定的信念和節操在支撐，絕不是做樣子給人看。所以，蔡松年入金後，也堅不仕金，而是開小酒肆並作翻譯謀生，與乃父之教育與影響密不可分。

六年後，蔡松年仕金了。蓋因一則歸宋無望，再則謀生之需，還有一個重要的原因，就是自古文人近乎本能的事功意識。二十年前，筆者曾討論過蔡松年仕金的原因，指出「强烈的事功心理則是其思想轉變的直接内驅力」〔五四〕。這種事功心理是文人的傳統，在當時同樣也有普遍性。如，天會六年，孫九鼎兄弟在金朝及第，吴激贈詩云「孫郎有重名，談笑取公卿」〔五五〕，其實就表現了一種功名意識；天會十二年，僞齊李杲卿爲孟邦雄寫墓誌銘，亦載原北宋官員孟邦雄降僞齊後，「迺謂人曰：『大丈夫事主，當一心建功立名，期不朽』」〔五六〕，都是文人傳統的事功意識的表達。

然而，就蔡松年而言，一方面有歷代文人近乎本能的事功意識，另一方面，自幼所受的傳統教育、父親的訓誡、夏夷之辨觀念的陶染，對他的心理又有着深刻的影響。這一切，糾結於心，形成了一種難以消解

的矛盾與煎熬。恰好，他本人對林泉山水有着濃厚的興趣。於是，便在詞中反復渲染其「高情遠韻」，以此來化解心中的煎熬。正如他自己所説，「極道蕭閑退居之樂，歌以自寬」。自寬，是他的目的；「極道蕭閑退居之樂」，是實現這一目的的方式。

而且，當時的政治環境，漢人被歧視，女真統治集團中派系鬥争你死我活，使得蔡松年一直謹小慎微，如履薄冰。即便如此，即便他晚年位極人臣，也還受到一直信任他的完顔亮的懷疑，《金史》本傳載，正隆三年，宋使入金賀正旦節，山呼聲不類往年來。「海陵謂宰臣曰：『宋人知我使神衛軍習其聲，此必蔡松年、胡礪泄之。』松年惶恐對曰：『臣若懷此心，便當族滅。』」〔五七〕

瞭解了這一情形，便容易理解蔡松年詞爲什麽已具備敘事的功能却不涉及現實、不涉及時事，更不涉及敏感問題；容易理解蕭閑詞爲什麽回避涉宋問題、回避當時的重要事件，也極少（更不正面）表達對故鄉的懷念，理解他面對「侑觴稚秀者有宣和玉宇間風制」時却要「借秀色，明杯杓」而不是生發興亡之感；也容易理解他爲什麽在詞中一再地、反復地吟詠其「無復市朝風味」的「高情遠韻」，這除了個人性情喜好之外，也有一個重要原因就是避禍。既是一種人生理想（嚮往歸隱山林），也是一種生活方式（避禍求生）。同時，我們也容易理解爲什麽蕭閑詞中所寫的人物，大都是「無復市朝風味」、「參之魏晋諸賢而無愧」，除過近乎先天的性情、趣味之外，或有相同、相似的經歷，或有相同、相似的處境，因而也有相同或相似的心境。

就現存作品看，蔡松年在仕途順暢後，换言之，在被女真統治者重用後，就很少寫詞了，其「高情遠韻」的吟唱，在貞元元年一首《水龍吟》（太行之麓清輝）酣暢淋漓地抒發後就再没有了。這，或許是詞人年老力衰，文思才情亦隨之衰減；或許是公務繁忙；或許是生存恐懼減輕，不用再做給别人看、寫給自己聽了。

要之，蕭閑詞，具有紀行、紀事、寫人的特點，但並未將詞寫成「敘事文學」。其詞作中敘事成分的增加，或許體現着一種有意或無意的「破體」的努力，但並未破壞詞體的體制。蕭閑詞的核心内容，依然是表達作者一貫所嚮往的「高情遠韻」——抒寫其「高情遠韻」，這是學界對蕭閑詞的共識。我們從「敘事文體」的角度看，也同樣印證了這一認識。宋人入金且仕金的身份、他所處的政治環境，使得他借詞這種文體來「歌以自寬」。而蕭閑詞表現出的這種情趣和風格，對金代詞壇産生了巨大而深遠的影響。

〔一〕 多年前，筆者曾發表過《蕭閑詞風初探》（《陝西師範大學學報（哲學社會科學版）》一九九九年第三期）、《從守節彷徨走向消釋超脱——論蔡松年文化人格的轉變》（《蘭州大學學報（社會科學版）》二〇〇〇年第一期）、《論「吴蔡體」》（《北京大學學報（哲學社會科學版）》二〇〇七年第三期）等，對蔡松年的詞作、蔡松年的心態及其轉變等問題作過初步的探討。

〔二〕〔三〕〔四〕〔五〕〔六〕〔七〕〔八〕〔九〕〔一〇〕〔一一〕〔一二〕〔一三〕〔一四〕〔一五〕〔一六〕〔一七〕〔一八〕〔一九〕〔二一〕〔二二〕〔二三〕〔二四〕〔二五〕〔二七〕〔二八〕〔三二〕〔三三〕〔三五〕〔三六〕〔三七〕〔三八〕〔三九〕〔四〇〕〔四一〕〔四二〕〔四三〕〔四七〕〔四九〕〔五〇〕〔五一〕 唐圭璋編《全金元詞》，中華書局一九七九年版，第二〇頁，第一二頁，第一八頁，第二〇頁，第一四頁，第二三頁，第一九頁，第七頁，第八頁，第二一頁，第一六頁，第九頁，第二二頁，第二四頁，第一五頁，第一二頁，第一八頁，第二〇頁，第一四、二三頁，第一九頁，第一八頁，第八頁，第二〇頁，第二一頁，第一三頁，第二二頁，第一二——一三頁，第八頁，第一〇頁，第一七頁，第一七頁，第七頁，第一九——二〇頁，第一一頁，第一二——一三頁，第一二頁，第一九頁，第三頁，第五頁，第二九頁。

〔二〇〕〔二九〕〔三〇〕〔三四〕〔四八〕 蔡松年撰，魏道明注《蕭閑老人明秀集注》，見王鵬運輯《四印齋所刻詞》，上海古籍出版社影印一九八九年版，第六九四頁，第六九七頁，第六九七頁，第六六九頁，第六九三頁。

〔二六〕〔五七〕 脱脱等《金史》，中華書局一九七五年版，第二七一五頁，第二七一六頁。

〔三一〕〔五五〕 元好問編，張靜校注《中州集校注》，中華書局二〇一八年版，第一二三——一三二頁，第三七五頁。

〔四四〕 劉祁撰，崔文印點校《歸潛志》，中華書局一九八三年版，第一一〇頁。

〔四五〕《宋史・司馬朴傳》載：「徽宗崩，朴與奉使朱弁在燕共議制服，弁欲先請，朴曰：『爲臣子聞君父喪，當致其哀，尚何請？設請而

不許，奈何？」遂服斬衰，朝夕哭。金人亦義而不問。」見《宋史》，中華書局一九八五年版，第九九〇七—九九〇八頁。

〔四六〕洪邁撰，孔凡禮點校《容齋隨筆》，中華書局二〇〇五年版，第一六八頁。

〔五二〕徐夢莘《三朝北盟會編》卷二十四引沈琯《南歸録》，影印本，上海古籍出版社一九八七年版，第一七八頁。

〔五三〕徐夢莘《三朝北盟會編》卷四十五引許採《陷燕記》，影印本，上海古籍出版社一九八七年版，第三三九頁。

〔五四〕劉鋒燾《從守節彷徨走向消釋超脱——論蔡松年文化人格的轉變》，《蘭州大學學報（社會科學版）》二〇〇〇年第一期。

〔五六〕李杲卿《贈通侍大夫徐州觀察使知河南軍府事兼西京留守河南府路安撫使馬步軍總管兼管内勸農使孟公墓志銘》，見張金吾編《金文最》，中華書局一九九〇年版，第一五七六頁。

（作者單位：陝西師範大學文學院）

論明代小説中的宋詞

楊志君

内容提要　在明代七百多種小説裏，共引用了九百五十三首宋詞。明代小説家在詞調的選擇上表現出對俗調的偏好，尤其是小令形式，如《西江月》和《柳梢青》等。在詞作的選擇上，明代小説家注重詞的通俗性、抒情性和趣味性。在作者的選擇上，明代小説家更青睞北宋詞人。值得注意的是，明代小説家在引用宋詞時，並不特别重視是否爲名作，而是更注重詞作的適用性，即是否能够符合小説情節的需要或表達所需的情感。明代小説家對宋詞的選擇反映了當時社會中下層文人對宋詞的接受態度，他們的選擇具有民間性質，對宋詞的傳播和經典化有着不可忽視的影響。這種選擇不僅體現了明代小説家的審美傾向，也反映了當時大衆的文化需求和閲讀習慣。

關鍵詞　明代小説　宋詞　俗調　通俗性　抒情性

宋詞除了保存在别集、選本、詞話等文獻中，還大量地保存在小説作品中。趙義山《全明小説寄生詞曲輯纂》一書對全明小説中的詞曲進行了全面的輯録，統計出明代白話小説含詞一千九百零九首，明代文言小説含詞二千八百三十三首，合計四千七百四十二首。在此基礎上，筆者對其中的宋詞進行考辨與整

本文爲教育部人文社會科學研究青年基金項目「明清通俗小説對詩詞的大衆化傳播研究」(23YJC751039)階段性成果。

理[一]，得出明代白話小説含宋詞二百零七首，明代文言小説含宋詞七百四十六首，合計九百五十三首宋詞。有部分學者關注到明代小説中詞作的詞調、雅俗、文體特徵，及其與明代小説的關係[二]，但未見有人專門論述明代小説中的宋詞[三]，故筆者不揣譾陋，以就正於方家。

一　詞調偏好俗調，且以小令爲主

明代小説共有九百五十三首宋詞，其中三十首詞調未知，剩餘的九百二十三首宋詞涉及一百九十三個詞調，其中數量前十的詞調如下表。

表一　明代小説引用宋詞數量前十的詞調統計表

詞調	《西江月》	《柳梢青》	《滿江紅》	《念奴嬌》[四]	《臨江仙》	《卜算子》	《生查子》	《望江南》	《鷓鴣天》	《滿庭芳》
數量	四十	三十二	三十二	三十一	三十	二十七	二十六	二十五	二十三	二十二

如上表所示，明代小説中宋詞所用詞調最多的是《西江月》，共四十首；其他按數量依次是《柳梢青》、《滿江紅》、《念奴嬌》、《臨江仙》、《卜算子》、《生查子》、《望江南》、《鷓鴣天》、《滿庭芳》。這與宋人的用調趣好大不相同。據王兆鵬統計，在《全宋詞》兩萬餘首詞中，共採用了八百八十一個詞調，其中存詞一百首以上的「高頻詞調」四十八個，數量前十的詞調依次爲：《浣溪沙》（七百七十五首）、《水調歌頭》（七百四十三首）、《鷓鴣天》（六百五十七首）、《菩薩蠻》（五百九十八首）、《滿江紅》（五百四十九首）、《念奴嬌》（五百三十五首）、《西江月》（四百九十首）、《臨江仙》（四百八十二首）、《減字木蘭花》（四百二十六首）、《沁園春》（四百二十三首）。[五] 明代小説家最青睞的詞牌《西江月》，在《全宋詞》中僅排第七；而《柳梢青》在《全宋

詞》中存詞一百八十八首，排名第二十七；只有《滿江紅》、《念奴嬌》、《臨江仙》與《全宋詞》位次比較接近，其餘皆有較大的差異，體現出明代小說家在詞調選用方面的獨特性。

明代小說家對宋詞的選用，鮮明地體現了對俗性詞調的偏好。明代小說中宋詞數量最多的《西江月》，是一種典型的俗調。《西江月》的基本句式爲「六六七六，六六七六」，雙調五十字，前後段各四句，或爲「兩平韻、一叶韻」，或爲「兩平韻、兩叶韻」。《西江月》以偶字句爲主，「每句裏面基本是二個字爲一個意義單位，爲二二二式，一個句子包括三個意義單位和三個節奏單位，意義單位與節奏單位基本上是一致的，這樣句式顯得很平板，缺乏變化與活力，讀來明白如話，故云其爲『俗調』」〔六〕。對於《西江月》之俗，古人早有洞察。清人吴衡照曾指出：「詞有俗調，如《西江月》、《一剪梅》之類，最難得佳。」〔七〕這就直接點出《西江月》爲俗調。清人謝章鋌在論及詞調聲情時也曾指出：「填詞亦宜選調，能爲作者增色，如詠物宜《沁園春》，敘事宜《賀新郎》，懷古宜《望海潮》，言情宜《摸魚兒》、《長亭怨》等類，各取其與題相稱，輒覺辭筆兼美，雖難拘以一律，然此亦倚聲家一作巧處也。其他《西江月》、《如夢令》之甜庸，《河傳》、《十六字令》之短促，《江城梅花引》之糾纏，《哨遍》、《鶯啼序》之繁重，儻非興至，當勿强填，以其多拗、多俗、多冗也。然俗調比拗調涉筆，尤須斟酌。」〔八〕這裏指出《西江月》「甜庸」，即俗俗。除此之外，「由宋代至明代詞人建立起來的感慨説理的創作範氏」〔九〕，詞壇的推崇和民間的效法，以及《西江月》在開場、描景、描物及代言上的優勢，皆是《西江月》在明代小説中宋詞詞調裏遥遥領先的重要原因〔一〇〕。

明代小説中宋詞數量第二多的《柳梢青》也是一種俗調。近人陳栩等曾説：「按《蓮子居詩話》云，《西江月》、《一剪梅》二調，易致庸俗，故詞人不多作，此語良確，即《人月圓》、《柳梢青》諸體，亦複類是，非失之凡庸，即失之呆滯耳。」〔一一〕這裏不僅點出《西江月》之俗，並且指出《柳梢青》亦是俗調。驗之於明代小説，

可知陳氏所言不假。如通俗小説《西湖二集》第三卷《巧書生金鑾失對》中的《柳梢青》：「掛起招牌，一聲喝采，舊店新開。熟事孩兒，家懷老子，畢竟招財。當初合下安排，又不是豪門賣呆。自古人言，正身替代，現任添差。」〔一二〕該詞見於《六語》諧語卷六、《堯山堂外紀》卷五十八等，爲宋張任國嘲笑閩人修軫登第後取再婚之婦詞。此詞直白淺露，語言通俗，且帶有遊戲色彩，這從其前面的引導語「以《柳梢青》詞戲之曰」可見一斑。該詞還見於文言小説《稗史彙編》、《西湖遊覽志餘》、《古今説海》、《靳史》中，一共被引五次，爲《柳梢青》一調中引用頻率最高的詞。又如被引頻率第二的《柳梢青》：「有個人人，海棠標韻，飛燕輕盈。酒暈潮紅，羞蛾一笑生春。爲伊無限傷心，更説甚巫山楚雲！門帳香銷，紗窗月冷，著意温存。」此爲周邦彦《柳梢青・佳人》，着意描寫佳人體態，語言亦通俗淺易，被《新刻繡像批評金瓶梅》、《西湖二集》、《七修類稿》三部小説引用。

其他如《臨江仙》、《卜算子》、《鷓鴣天》等也具有偕俗性。《臨江仙》最爲常用的句式爲「六六七五五六六七五五」或「七六七五五 七六七五五」，齊言中有變化，這種結構一方面使它們朗朗上口；另一方面，不管是對於民間藝人，還是對於文人，都是容易駕馭的，其體式具有偕俗性。而《卜算子》、《鷓鴣天》在句式上都是以齊言爲主，與律詩相近但又有所變化，在體式上皆具有偕俗性的特點。〔一三〕

從字數來看，明代小説中宋詞詞調以小令爲主，中長調較少。以上表數量前十的詞調爲例，其中《西江月》、《柳梢青》、《卜算子》、《生查子》、《望江南》、《鷓鴣天》六個詞調爲小令，《臨江仙》屬於中調〔一四〕，屬於長調的只有《滿江紅》、《滿庭芳》、《念奴嬌》。而明代小説家在引用《臨江仙》、《滿江紅》等中長調宋詞時，常常只引一闋或摘句，詞調雖是中長調，但實際字數却是小令的字數。如《初刻拍案驚奇》卷一《轉運漢巧遇洞庭紅 波斯胡指破鼉龍殼》以「僧晦庵亦有詞云」引出的詞：「誰不願，黄金屋。誰不願，千鐘粟。算五行不是，這般題目。枉使心機閑計較，兒孫自有兒孫福。」〔一五〕此爲晦庵《滿江紅》下闋，與原詞略有不同，

且删去結尾「也不須、采藥訪神仙，惟寡欲」。《全宋詞》據《鶴林玉露》卷四收入。又如《二刻拍案驚奇》卷十九《田舍翁時時經理　牧童兒夜夜尊榮》以「詞云」引出的卷前詞：「擾擾勞生，待足何時足？據見定、隨家豐儉，便堪龜縮。得意濃時休進步，須防世事多翻覆。枉教人白了少年頭，空碌碌。」〔一六〕此爲晦庵《滿江紅》上闋，與《初刻拍案驚奇》卷一下闋合在一起，方爲一首完整的《滿江紅》。

《滿江紅》如此，《滿庭芳》、《念奴嬌》等詞調也遭受「同等待遇」，如《新刻繡像批評金瓶梅》第四十一回《兩孩兒聯姻共笑嬉　二佳人憤深同氣苦》以「詞曰」引出的回前詞：「瀟灑佳人，風流才子，天然吩咐成雙。蘭堂綺席，燭影耀熒煌。數幅紅羅錦繡，寶妝篆、金鴨焚香。分明是，芙蕖浪裏，一對鴛鴦。」〔一七〕此乃胡浩然《滿庭芳・吉席》上闋，見於《類選箋釋草堂詩餘》卷三、《花草粹編》卷九等。《新刻繡像批評金瓶梅》第四十三回的回前詞（情懷增悵望），爲秦觀《滿庭芳・秋思》下闋，見於《類選箋釋草堂詩餘》卷三、《花草粹編》卷十七等。事實上，《新刻繡像批評金瓶梅》有多首回前詞皆只引半闋，除了前面兩首《滿庭芳》外，還有第三十三回回前詞《意難忘》（衣染鶯黄）、第三十七回回前詞《薄幸》（淡妝多態）、第四十四回回前詞《滿江紅》（晝日移陰）、第四十五回回前詞《玉蝴蝶》（徘徊）、第五十五回回前詞《喜遷鶯》（師表）、第五十八回回前詞《帝臺春》（愁旋釋）等，皆爲只引用了半闋的宋詞，而這些詞調基本上都屬於中長調。

明代小説家較多引用篇幅短的小令，而較少引用篇幅較長的中調、長調，一方面是因爲「小令字數少、易於成篇，因此，才高者可於此出佳作，而學疏者亦可籍此存體段。就小説的運用而言，小令顯然更具適應性」〔一八〕；一方面與明人偏愛小令有關，如明代常用的五十七種詞調中，小令三十八種，占百分之六十六點六七；長調僅十三種，占百分之二十二點八一〔一九〕；又如晚明雲間詞派的奠基人陳子龍的《幽蘭草詞序》標舉以小令爲主的南唐、北宋詞，其創作亦以小令爲主〔二〇〕。此外，可能還受到《水滸傳》、《西遊記》等

小説用詞的影響，如《水滸傳》存詞八十四首，其中《西江月》三十一首，是存詞數量最多的詞調；《西遊記》存詞五十六首，其中《西江月》三十二首，超過存詞數量一半，它們對後來各種題材的通俗小説甚至文言小説在詞調的選用上有較大影響。

二　選詞注重通俗性、抒情性、趣味性

明代小説，不管是通俗小説，還是文言小説，對宋詞的選擇鮮明地體現出對通俗性、抒情性、趣味性的重視。

明代小説中共有九百五十三首宋詞，除去重複，實際上涉及五百九十七首宋詞。而首詞被不同的小説反復引用，多少可見出小説作者群體的審美趨向。而那些高頻率引用的宋詞，大多具有通俗性、趣味性、抒情性的特點。據筆者統計，明代小説中出現五次以上的宋詞如下表所示。

表二　明代小説引用五次以上的宋詞統計表

序號	詞作首句	詞調	作者	出現次數
一	江南柳	《望江南》	歐陽修	十
二	漢上繁華	《滿庭芳》	徐君寶妻	十
三	道是梨花不是	《如夢令》	嚴蕊	十
四	這個禿奴	《踏莎行》	蘇軾	十
五	不是愛風塵	《卜算子》	嚴蕊	七

續表

序號	詞作首句	詞調	作者	出現次數
六	春闈期近也	《紅窗迥》[二一]	曹豳	七
七	碧梧初出	《鵲橋仙》	嚴蕊	六
八	東南形勝	《望海潮》	柳永	六
九	怒髮衝冠	《滿江紅》	岳飛	六
十	妾本錢塘江上住	《黄金縷》	司馬槱	六
一一	染淚修書寄彦章	《一剪梅》	易祓妻	六
一二	太液芙蓉	《滿江紅》	王清惠	六
一三	惜多才	《祝英臺近》	戴復古妻	六
一四	煙霏霏	《長相思令》	吴淑姬	六
一五	丈夫隻手把吴鉤	《眼兒媚》	卓田	六
一六	膠擾勞生[二二]	《滿江紅》	晦庵	六

首先，明代小説注重選擇通俗的宋詞。前面論述明代小説擇調時偏好俗調，已部分涉及這個特徵，現在從所選宋詞作品來進一步論述。關於詞的雅俗之别，何春環指出可以從審美追求、内容以及風格三個方面予以界定：在審美追求上，「『雅』的審美追求常常與崇高、典雅、深沉、清麗、含蓄、莊重相聯繫」，而

「『俗』的審美情趣往往與平俗、淺俚、直露、率真、質樸、詼諧相聯繫」；就内容而言，「『雅』是表現士大夫的家國情懷或身世感慨等一類較爲嚴肅的社會人生主題；『俗』則表現那些爲中下層民衆所喜聞樂見的富於感官刺激的世俗生活題材」；就風格而言，「『雅』在表達方式上含蓄蘊藉，語言典雅，而『俗』在表達方式上則直白淺露，語言俚俗」。〔二三〕按照這個標準，上表前六首高頻詞中，除了徐君寶妻《滿庭芳》、嚴蕊《卜算子》，其餘四首基本上都可歸入俗詞。這裏姑且以這四首高頻俗詞爲例，以見一斑。歐陽修的《望江南》向來被視爲豔詞，南宋曾慥《樂府雅詞·序》言：「歐公一代儒宗，風流自命，詞章幼眇，世所矜式。當時小人或作豔曲，謬爲公詞，今悉刪除。」〔二四〕其中「當時小人或作豔曲」，主要是指歐陽修《望江南》（江南柳）、《醉蓬萊》（見羞容斂翠）等詞。清胡薇元曰：「歐陽永叔《六一詞》工絶。今集中多淺近之詞，則公知貢舉時，不取怪異之文，下第舉子劉輝等忌之，作《醉蓬萊》《望江南》詞，雜刊《集》中以謗之。然而淺俗語、污蔑佻薄之詞，因可一望而知也。」〔二五〕可能出於爲尊者諱的緣故，曾慥、胡薇元皆稱是小人僞托，但不管其作者是誰，皆不會改變其淺近、淺俗的風貌。

嚴蕊的《如夢令》是首詠物詞，「道是梨花不是。道是杏花不是。白白與紅紅，别是東風情味」，語言俗白，是對紅白桃花外在形態的描摹；末句「人在武陵微醉」點出描寫的對象爲桃花。整首詞描寫的是中下層民衆所喜聞樂見的日常生活中的事物，審美情趣平俗、淺俚，可視爲俗詞。蘇軾的《踏莎行》是判處一個因姦情殺人的僧人而戲作的，屬於「謔而俗」的俗詞。〔二六〕曹豳的《紅窗迥》，乃作者赴試步行勞苦，戲作《紅窗迥》以慰其足，《歷代詩餘》稱此詞「打油」、「太俚俗」〔二七〕，可見其俗。

其次，明代小説也喜歡選擇抒情色彩濃郁的宋詞。在表二的十六首高頻詞中，除了嚴蕊《如夢令》屬詠物詞，嚴蕊的《鵲橋仙》寫景兼議論，卓田《眼兒媚》、晦庵《滿江紅》以説理爲主，蘇軾《踏莎行》、曹豳《紅窗迥》爲遊戲詞，柳永《望海潮》主要寫景，其餘九首詞抒情色彩皆比較濃厚。岳飛的《滿江紅》〔二八〕慷慨激

昂，屬於宋詞中的名篇，其抒情性不必多説。歐陽修的《望江南》是一首豔詞，作者對詞中十四五歲少女的憐惜、喜愛之情溢於言表，清宋翔鳳稱其爲「緣情綺靡之作」〔二九〕，指出了其抒情性的特徵。徐君寶妻的《滿庭芳》，是其在被元兵俘虜後，在殉國殉節之際寫下的絶命詞。該詞先追懷南宋繁華盛況，接着寫元兵南下後國破家亡、自身被虜；昔日的繁華與今日的淒慘，形成鮮明的對比，抒發了作者國破被虜又無路可走的無限悲痛。清沈雄稱此詞「情死情生，天日爲之晦暝也」〔三〇〕，指出了此詞的抒情效果。嚴蕊的《卜算子》是一首自辯詞，辯明自己雖爲營妓，却與知州唐仲友並無私情。「不是愛風塵，似被前身誤」抒寫自己淪落風塵，俯仰隨人的苦悶，其中包孕著自怨自艾、自傷自憐的複雜感情；「去也終須去，住也如何住」，表達自己不戀風塵、願離苦海的願望；「若得山花插滿頭，莫問奴歸處」則熱切地表達了對儉樸而自由生活的嚮往。整首詞有自辯，有自傷，也有不平的怨恨，抒情色彩較强。〔三一〕司馬槱的《黄金縷》，據《類選箋釋草堂詩餘》卷一《妓館》後的雙行小字注，是其贈妓之作〔三二〕；《堯山堂外紀》卷五十四云該詞上片爲司馬槱夢見歌妓蘇小小所唱，下片是秦少章所續〔三三〕。拋開作者，單就詞本身而言，上片有對時光流逝、春天將去的感傷與惋惜，下片「望斷行雲無覓處，夢回明月生南浦」則有一種纏綿幽怨，或云寄托詞人對一位意中女子的相思之情〔三四〕。

易祓妻的《一剪梅》，據《古杭雜記》記載，易祓入朝後，「以優校爲前廊，久不歸，其妻作《一剪梅》詞寄云」〔三五〕，首句「染淚修書寄彦章」就蘊含著深沉的思念，而「功名成就不還鄉。鐵做心腸，石做心腸」又充滿了對丈夫久出不歸的怨恨；下片「瘦損容光」寫思念之苦，「何日得成雙」寫對丈夫歸來的期待。該詞淋漓盡致地表達了作者鬱積心中的怨恨、思念與期望，如謝章鋌所評，「深得《國風・卷耳》之遺」〔三六〕，繼承了《詩經》的抒情傳統。王清惠的《滿江紅》寫於被元軍擄往大都途中，先追憶往昔之樂，接着寫南宋覆滅之後的悲痛，「千古恨，憑誰説，對山河百二，淚盈襟血」，真可謂字字血，聲聲淚。如有學者所評，「全詞抒發

亡國之慟，血淚和流，讀之如聽三峽啼猿猴、三更啼鵑，令人酸心墮睫，難以爲懷」。〔三七〕戴復古妻的《祝英臺近》爲其訣別丈夫之詞，據元陶宗儀《南村輟耕録》卷四記載：「戴石屏先生（復古）未遇時流寓江右武寧，有富家翁愛其才，以女妻之，居二三年忽欲作歸計，妻問其故，告以曾娶，妻白之父，父怒，妻宛曲解釋，盡以奩具贈夫，仍餞以詞云：惜多才……既别，遂赴水死，可謂賢烈也。」〔三八〕明萬曆《黄岩縣志》所載與《南村輟耕録》大體相同。開篇「惜多才，憐薄命，無計可留汝」，表達了與丈夫訣别的惋惜與無奈；「揉碎花箋，忍寫斷腸句。道傍楊柳依依，千絲萬縷，抵不住、一分愁緒」表達内心的沉痛與愁苦，整首詞表達了作者訣别丈夫時的繾綣柔情與無限悲傷。吴淑姬的《長相思令》是一首自詠詞，據洪邁《夷堅支志》庚卷十《吴淑姬嚴蕊》記載，作者是湖州秀才之女，聰慧能詩詞，貌美家貧，被富家子弟霸占，被人向州衙告發有「姦情」，逮捕審判，衙中僚吏「諭之曰：『知汝能長短句，宜以一章自詠，當宛轉白待制爲汝解脱，不然危矣。』女即請題。時冬末雪消，春日且至，命道此景作《長相思令》。捉筆立成……」〔三九〕上片「煙霏霏，雪霏霏。雪向梅花枝上堆，春從何處回！」以委婉的口吻表達其蒙冤受屈的憤懣不平，下片「醉眼開，睡眼開，疏影横斜安在哉？從教塞管催」，化用林逋之詞句，進一步强烈地表達了渴望自由的心情。

由上可知，明代小説中的高頻詞，大多數抒情色彩濃厚，或抒發建功立業、報效國家的豪情壯志（如岳飛《滿江紅》），或抒發國破家亡的沉痛（如徐君寶妻《滿庭芳》、王清惠《滿江紅》），或抒發對丈夫久出不歸的思念與怨恨（如易祓妻《一剪梅》），或抒發離别的感傷與惋惜（如戴復古妻《祝英臺近》），或表達内心的委屈與對自由的嚮往（如嚴蕊《卜算子》、吴淑姬《長相思令》）。很有意思的是，九首高頻抒情詞有六首是女性所作，而且大多地位不高，也没什麽名氣。

再次，明代小説還喜歡趣味性較强的宋詞。在上表中，蘇軾的《踏莎行》與曹豳的《紅窗迥》，除了前文所論之通俗外，還具有較强的趣味性。蘇軾的《踏莎行》最早見於《事林廣記》癸集十三，又見於《新編醉翁

談録》庚集卷二，而不見於《東坡樂府》，《全宋詞》據《事林廣記》收入。在《事林廣記》、《新編醉翁談録》中，此詞都置於「花判公案」條目下，屬於公案的一部分。以《新編醉翁談録》爲例，「花判公案」收録十五篇公案，蘇軾的《踏莎行》録在《子瞻判和尚遊娼》中。從結構上看，《子瞻判和尚遊娼》分爲兩部分，前面是一個公案故事：僧了然常宿娼妓李秀奴家，一朝金盡，秀奴不納，因擊秀奴，隨手而斃，送獄院推勘，見僧臂上刺字云：「但願同生極樂國，免教今世苦相煎」；故事後便是蘇軾的判詞，即《踏莎行》，其詞曰：「這個秃奴，修行忒煞。雲山頂上持齋戒。一從迷戀玉樓人，鶉衣百結渾無奈。毒手傷人，花容粉碎。空空色色今何在。臂間刺道苦相思，這回還了相思債。」〔四〇〕以詞爲判，這本身就帶有遊戲的色彩。加上内容關涉男女風月之情，以及用語俚俗，措辭滑稽，具有較强的趣味性。事實上，《事林廣記》、《新編醉翁談録》所録的花判，它們没有行政、司法效力，「其功能在於取悦觀衆或讀者」〔四一〕，所以趣味性、娱樂性是花判的根本特徵。而白話小説《皇明諸司廉明奇判公案》，以及文言小説《僧尼孽海》、《西湖遊覽志餘》、《見聞搜玉》、《北窗瑣語》、《情史》、《群談采餘》、《謔浪》、《繡谷春容》、《靳史》皆引録這首《踏莎行》，恰好體現了明代小説尤其是文言小説家群體對趣味性的崇尚。曹爾的《紅窗迥》以詞來安慰奔波之雙脚，並將雙脚擬人化，説等到得官之日，定當買一雙朝靴穿穿，再娶個脚穿「宫樣鞋」的女子作老婆，用語俚俗，風趣俏皮，被學者視爲滑稽的俗曲。〔四二〕而《警世通言》、《稗史彙編》、《簷曝偶談》、《見聞搜玉》、《談資》、《繡谷春容》、《靳史》皆引録此詞，亦體現了明代小説家對趣味性的追求。

明代小説家對具有話題性、故事性宋詞的選用，某種程度上也體現了對趣味性的追求。如歐陽修《望江南》之所以被十部明代小説征引，就與這首詞的話題性、故事性分不開。該詞最早見於宋錢愐《錢氏私志》：「歐文忠任河南推官，親一妓，時先文僖罷政爲西京留守，梅聖俞、謝希深、尹師魯同在幕下，惜歐有才無行，共白於公，屢微諷而不之恤，一日宴於後園，客集而歐與妓俱不至，移時方來，在坐相視以目公，責

妓云：『未至，何也？』妓云：『中暑，往涼堂睡著，覺失金釵，猶未見。』公曰：『若得歐推官一詞，當爲償汝。』歐即席云：『柳外輕雷池上雨……』坐皆稱善，遂命妓滿酌賞歐，而令公庫償釵。戒歐當少戢，不惟不恤，翻以爲怨，後修《五代史·十國世家》痛毁吴越，又於《歸田録》中説文僖數事，皆非美談。從祖希白嘗戒子孫，毋勸人陰事，賢者爲恩，不賢者爲怨，歐後爲人言其盜甥，表云：喪厥夫而無托，攜孤女以來歸張氏，此時年方七歲，内翰伯見而笑云：『年七歲，正是學簸錢時也。』歐詞云：江南柳……」〔四三〕這裏説歐陽修有才無行，任河南推官時寵幸一妓女，文僖（即錢惟演）勸誡歐當收斂，歐却以怨報德，在《五代史》、《歸田録》中痛毁錢氏家族及文僖，並云歐陽修與外甥女私通，引發了文壇的一樁公案。這首詞見於《祝子罪知録》、《七修類稿》、《稗史彙編》、《古今説海》、《情史》、《留青日札》、《謔浪》、《繡谷春容》、《靳史》等明代文言小説中，而這些小説不僅引録了歐詞，還引録歐陽修親妓之事，如《情史》卷十五《歐陽文忠》就將歐陽修「染妓」之事及《望江南》一並引録，並云：「意贈婢之詞也，而忌者誣公爲盜甥。噫！詞之不可輕作也如此。」〔四四〕可見小説家著意的並非僅僅歐詞，還有歐詞的故事性與話題性。又如《七修類稿》卷三十一《詞非歐陽作》：「王銍《默記》記歐陽文忠公私通甥女事，爲此降官，事亦詳矣，而《錢氏私志》又述其自作之詞曰：『江南柳，葉小未成陰……（引者省略）』蓋甥女依公時方七歲，領回方七歲，公何便有此心？况此詞後一拍全似他人之説公者，但事之有無未可與辯，詞非公爲決然也。予意公因甥女無依，因公《五代史》中多毁吴越，故抵（當爲『詆』）之，如落第士子作《醉蓬萊》以嘲公也。讀者理推。」〔四五〕亦可見歐詞背後的故事及話題性對明代小説家的吸引力。甚至有人襲改此詞，將之附會爲元僧竺月華《回回偈》，生發出另一則風流故事，如《情史》卷十二、《留青日札》卷二十一、《繡谷春容》卷二、《靳史》卷二十五引録的便是襲改版的「竺月華詞」。如學者所説，「普通人的心理都對一些市民氣息較濃的江湖俠客、奇聞豔遇、兒女私情的作品感興趣」〔四六〕，歐詞背後的故事正屬於奇聞豔遇、兒女私情，明代文言小説家將其引

入作品，正好可以滿足普通市民的心理需求。所以明代小説家選擇宋詞對趣味性的追求，某種程度上也體現了對商業性的追求。

除了歐陽修的《望江南》，上表中的高頻詞背後基本上都有故事，這從前面分析各詞所引的相關文獻可見一斑。即便是前文未作分析的柳永《望海潮》，其背後也是有故事的。如柳詞見於文言小説《青泥蓮花記》卷十三《楚楚》，該篇敘柳永與孫何爲布衣之交，孫知杭州，門禁甚嚴，柳欲見之而不得，作《望海潮》，往謁名妓楚楚，借其朱唇歌於孫之前，得償所願。

由上可知，明代小説引用的高頻宋詞，基本上在通俗性、抒情性、趣味性三者方面或居其一，如晦庵的《滿江紅》較通俗，岳飛的《滿江紅》抒情性强；或兼具其二，如蘇軾的《踏莎行》、曹豳的《紅窗迥》通俗性、趣味性兼備，徐君寶妻的《滿庭芳》、戴復古妻的《祝英臺近》抒情性、趣味性並存；或三者並融，如歐陽修的《望江南》。這正如論者所言：「明代中後期世俗文學對宋詞的選擇與存録具有與正統詞選或傳統詞學觀不同的特徵。其重淺俗、尚豔情、崇趣味的傾向，倒與《草堂詩餘》相近。」〔四七〕明代小説對宋詞的選擇偏好，體現了處於社會中下層的明代小説家群體對宋詞的接受面貌，也體現了明代詞學的一個特殊面向。

三　作者以北宋詞家爲主，重名家但不重名作

明代小説引録的九百五十三首宋詞中，除去佚名之作，涉及作者二百六十三人，按照小説引用作品數量，前十位作者依次爲：蘇軾、秦觀、柳永、歐陽修、嚴蕊、周邦彦、辛棄疾、康伯可、陳亞、李清照，具體情況如下表所示。

表三　明代小說引用宋詞數量前十名作家統計表

作者	被引頻次	所屬朝代
蘇軾	七十一	北宋
秦觀	三十七	北宋
柳永	三十	北宋
歐陽修	二十八	北宋
嚴蕊	二十五	南宋
周邦彦	二十五	北宋
辛棄疾	二十	南宋
康伯可	十八	南宋
陳亞	十六	北宋
李清照	十四	北宋末南宋初

從上表來看，我們很容易發現，明代小説中高被引的宋詞作者主要以北宋作家爲主，且基本上是北宋詞壇的名家。在表三的十位作者中，有六位屬於北宋作家，三位屬於南宋作家，一位屬於兩宋的過渡作家。尤其是引用二十首以上的六位作者中，只有一位是南宋的，其餘皆北宋作家，鮮明地體現明代小説家對北宋詞家詞作的偏愛。

文學史一般將李清照作爲南宋初期文學的代表作家介紹，如袁行霈主編的《中國文學史》第三册將其作爲南渡詞人的代表[四八]，袁世碩主編的「馬工程」《中國古代文學史》也將其作爲南宋前期文學代表介紹[四九]，但如果以明代小説引用其詞作來看，顯然明代小説家青睞的是李清照作於北宋的作品。明代小説引用李清照的詞作如下表所示：

表四　明代小説引用李清照詞作統計表

序號	詞作首句	詞調	小説作品	創作時間[五〇]
一	尋尋覓覓……	《聲聲慢》	醒世恒言	一一四七年
二	尋尋覓覓……	《聲聲慢》	最娱情	一一四七年
三	尋尋覓覓……	《聲聲慢》	梼杌閑評	一一四七年
四	尋尋覓覓……	《聲聲慢》	琅邪代醉編	一一四七年
五	尋尋覓覓……	《聲聲慢》	情史	一一四七年
六	薄霧濃雲愁永晝……	《醉花陰》	繡榻野史	一一〇八年
七	薄霧濃雲愁永晝……	《醉花陰》	繡谷春容	一一〇八年
八	淚揾征衣脂粉暖……	《蝶戀花》	留青日札	一一二一年
九	淚揾征衣脂粉暖……	《蝶戀花》	繡谷春容	一一二一年
一〇	香冷金猊……	《鳳凰臺上憶吹簫》	留青日札	一一〇九年

續表

序號	詞作首句	詞調	小説作品	創作時間
一一	香冷金猊……	《鳳凰臺上憶吹簫》	繡谷春容	一一〇九年
一二	風住塵香花已盡……	《武陵春》	水東日記	一一三五年
一三	昨夜雨疏風驟……	《如夢令》	繡谷春容	一一〇二年
一四	紅藕香殘玉簟秋……	《一剪梅》	繡谷春容	一一〇三年

這裏需要説明一下，《警世通言》第十四卷《一窟鬼癩道人除怪》以「李易安曾有《暮春詞》，寄《品令》」引出的《品令》（零落殘紅），實際上並非李清照之詞〔五一〕，而是曾紆之作——《全宋詞》據《樂府雅詞》卷下收入曾紆名下，原詞「零落殘紅，似胭脂顔色」作「紋漪漲緑，疏靄連孤鶩」，「對」作「花」，「小」前有「獨殿」〔五二〕。《西湖二集》第十六卷《月下老錯配本屬前緣》以「有《如夢令》詞爲證」引出的《如夢令》（誰伴明窗獨坐），此詞見於《類選箋釋草堂詩餘》續選卷上，署名李易安，《全宋詞》收入向滈名下，且以小字注明：「按，此首別誤作李清照詞，見《續選草堂詩餘》卷上。」〔五三〕

從上表可知，明代小説引録了李清照的《聲聲慢》（尋尋覓覓）、《醉花陰》（薄霧濃雲愁永晝）、《蝶戀花》（淚揾征衣脂粉暖）、《鳳凰臺上憶吹簫》（香冷金猊）、《武陵春》（風住塵香花已盡）、《如夢令》（昨夜雨疏風驟）、《一剪梅》（紅藕香殘玉簟秋）共七首詞，其中只有《聲聲慢》與《蝶戀花》創作於南宋初年，其餘五首詞皆作於北宋末年，進一步印證明代小説家對北宋詞作的偏愛。

明代小説家之所以偏愛北宋詞家詞作，原因主要有二個。首要的原因便是受《草堂詩餘》的影響。據

陳水雲統計，自明成化十六年（一四八〇）劉氏日新堂刊刻《增修箋注妙選群英草堂詩餘四卷》，到崇禎年間卓人月編的分調擴編本，《草堂詩餘》共有三十三個版本。〔五四〕又據鄧子勉統計，今存明刊《草堂詩餘》有四十種左右〔五五〕，是明代「影響最大、刊刻最盛、流傳最廣的古選」〔五六〕。明末著名刻書家毛晉説：「宋元間詞林選本幾屈百指，唯《草堂詩餘》一編飛馳，幾百年來，凡歌欄酒榭絲而竹之者，無不拊髀雀躍；及至寒窗腐儒，挑燈閑看，亦未嘗欠伸魚睨。」〔五七〕清初詞壇領袖朱彝尊也説：「古詞選本……獨《草堂詩餘》所收最下最傳，三百年來，學者守爲《兔園册》……」〔五八〕清柯崇樸亦云：「自有明三百年來，人競帖括，置此道勿講。即一二選韻諧聲者，率奉《草堂詩餘》爲指南。」〔五九〕可見《草堂詩餘》乃明人填詞之範本與指南，足見其對於明代詞壇影響之巨。

正因爲《草堂詩餘》在明代的巨大影響，它便成爲明代小説家引用宋詞的主要依據。有學者對明代白話小説引用《草堂詩餘》情況作過統計，「明代白話小説共引前人詞近三百首，與《草堂》系列有關的作品涉及一百二十首，共引用一百四十四次」〔六〇〕。换句話説，明代白話小説幾乎每引用二首詞就有一首是據《草堂詩餘》引入的。雖然明代小説也經常據《花草粹編》引入詞作，如《喻世明言》引用的二十四首宋詞中，就有八首宋詞引自《花草粹編》，而明代通俗小説引用的二百零六首宋詞中，有五十四首見於《花草粹編》；但是對於明代小説家而言，他們顯然更重視的是《草堂詩餘》，《草堂詩餘》毫無疑問是明代小説家最常使用的選本。也正是因爲明代小説主要據《草堂詩餘》引宋詞，所以引用的詞家詞作主要以北宋爲主。以顧從敬刊本《草堂詩餘》爲例，「從詞人分佈看，北宋詞家獨領風騷，前五名當中，僅辛棄疾一位隸南宋。詞作數量上，周邦彦一人作品便達到五十八首，與其後的蘇（軾）、柳（永）、秦（觀）、歐（陽修）等人詞作相加，接近全書三分之一」〔六一〕。據吴世昌統計，遵正書堂刊本《草堂詩餘》共三百六十七首詞，存詞五首以上的詞家依次爲：周邦彦（五十八首），秦觀（二十八首），蘇東坡（二十六首），柳永（十八首），歐陽修（十三首），康

表五　明代小説引用三首及以上蘇詞統計表

詞作首句	詞調	被引頻次
這個禿奴	《踏莎行》	十
師唱誰家曲	《南歌子》	五
玉骨那愁瘴霧	《西江月》	四
冰肌玉骨	《洞仙歌》	三
明月幾時有	《水調歌頭》	三
乳燕飛華屋	《賀新郎》	三

表五中的六首詞，只有《水調歌頭》是名作，而《念奴嬌》（大江東去）、《水龍吟》（似花還似非花）、《卜算子》（缺月掛疏桐）、《江城子》（十年生死兩茫茫）、《江城子》（老夫聊發少年狂）等名篇並未上「表」。這裏姑且以前三首爲例，略作分析。高居「表」首的《踏莎行》，正如前文所論，以詞爲判，乃遊戲之作，供人娱樂而已。位居第二的《南歌子》，是「對善本（即大通禪師）的遊戲之作」〔七五〕。這裏姑且以《繡谷春容》卷五下層《蘇東坡攜妓參禪》所引爲例，略作分析。其詞曰：「師唱誰家曲，宗門是阿誰？借君拍板與門椎，我也逢場作戲莫相疑。溪女方偷眼，山僧莫眨眉。莫嫌彌勒下生遲，不見老婆三五少年時。」〔七六〕此詞用語俚俗，風格滑稽，是一首不登大雅之堂的俗詞。據《冷齋夜話》記載，此詞爲蘇軾鎮守錢塘時攜妓謁大通禪師所作，這與《蘇東坡攜妓參禪》篇名完全吻合。該篇敘述蘇軾在錢塘攜妓謁大通禪師，仲殊見之有愠色，蘇作《南歌子》使妓歌之，大通禪師聽後和詞一首（解舞清平樂）。《西湖遊覽志餘》卷十四、《稗史彙編》卷一百

一十九、《謔浪》卷三、《靳史》卷二十一皆與《繡谷春容》大體相同，可見明代小說家看中此篇主要是其通俗性與故事性。位居第三的《西江月》是一首詠梅詞，《冷齋夜話》卷一、《堯山堂外紀》卷五十二皆言爲蘇軾悼念侍妾朝雲而作，文言小說《情史》卷十三、《青泥蓮花記》卷一、《西湖遊覽志餘》卷十六、《群談采餘》卷八皆是在講述蘇軾與侍妾朝雲的故事裏引用此詞，似對此詞背後的故事更感興趣。此詞雖不俗，但並非蘇軾名作則是不爭的事實。

位居蘇軾之後的秦觀，其被引詞作頻率最高的是《好事近》（山露雨添花[七七]），被引六次。其次是《浣溪沙》（脚上鞋兒四寸羅），被引四次；其餘《柳梢青》（岸草平沙）、《青門引》（風起雲間）、《生查子》（去年元夜時）、《滿庭芳》（山抹微雲）、《水龍吟》（小樓連苑橫空）被各引兩次。這些詞中，只有《滿庭芳》爲名作，而《踏莎行》（霧失樓臺）、《鵲橋仙》（纖雲弄巧）、《千秋歲》（水邊沙外）、《望海潮》（梅英疏淡）等名篇[七八]皆缺席於明代小說。

位居第三的柳永，其被引頻率前三的詞作依次是：《望海潮》（東南形勝），六次；《西江月》（師師媚容豔質[七九]），五次；《擊梧桐》（香靨深深），四次。《望海潮》固然是柳永的名篇，但《西江月》却俚俗不堪，其詞曰：「師師生得豔冶，香香於我情多。安安那更久比和。四個打成一個。幸自蒼皇未款，新詞寫處多磨。幾回扯了又重挼。奸字中間著我。」[八〇]這首詞引入小說時，文本有或多或少的改動，但内容大體相同。此詞由民間口頭語寫成，句式、平仄、韻脚不合律處甚多，以文字遊戲來調笑逗樂，其偕俗鄙俚如論者所言：「詞中玩文字遊戲，表達豔俗内容，暗示應將『好』字及『姦』字拆開來解，方可附會其意，顯然具有諧謔玩笑性質。」[八一]《擊梧桐》可視爲一首豔情詞。據楊湜《古今詞話》記載，柳永曾在江淮愛上一個官妓，臨别時相約再見。及柳永來到京師，日久未回，官妓有他心。柳永聞言傷感，遂作此詞。[八二]從該詞的用語及内容來看，也可斷其爲俗詞。

其餘如歐陽修被引最多的《望江南》(江南柳，被引十次)，周邦彦被引最多的《點絳唇》(遼鶴西歸[八三]，被引三次)、《柳梢青》(有個人人，被引三次)，辛棄疾被引最多的《賀新郎》(瑞氣籠清曉，被引二次)、《鷓鴣天》(白苧輕衫入嫩涼[八四]，被引三次)，康伯可被引最多的《瑞鶴仙》(瑞煙浮禁苑，被引四次)、《應天長》(管弦繡陌，被引四次)皆非名作，只有李清照被引最多的《聲聲慢》(被引五次)是個例外。

其實，明代小説引用宋詞不重名作，從明代小説引用五次以上的宋詞便可見一斑。在引用五次以上的十六首高頻詞中，只有岳飛的《滿江紅》與柳永的《望海潮》是名作，其餘要麼飽受争議，要麼默默無聞。有論者指出，小説選詞更注重適用性，以符合情節需求或表情需求爲首要考慮，是否名家名作並不重要。[八五]此論甚有道理，但略有不足，就是小説(至少是明代小説)選詞「名家」還是重視的，這從明代小説引用宋詞數量前十的作家名單中可見一斑；但名作確實不太在乎。

綜上所述，明代小説家引用宋詞時，受到當時流行甚廣的詞選《草堂詩餘》的影響，他們考慮到故事情節的需要與普通讀者的文化水準，在詞調上注重選擇俗調，且以篇幅短小的小令爲主；在詞作的選擇上注重通俗性、抒情性、趣味性；在詞家的選擇上以北宋詞家爲主，注重名家但並不注重名作。明代小説家大多爲社會中下層文人，其對宋詞的選擇可見出這一群體對宋詞的接受面貌，可視爲一部具有民間性質的「宋詞選」，對於宋詞的傳播及經典化有着重要意義。這種選擇不僅體現了明代小説家的審美傾向，也反映了當時大衆的文化需求和閱讀習慣。

〔一〕趙義山先生帶領其團隊，經過十多年的努力，爲學界奉獻了《全明小説寄生詞曲輯纂》(中華書局二〇二三年版)一書，對有明一代七百多種小説的詞曲進行了系統的輯録，共輯得詞四千七百四十二首，曲一千零六十二首(套)，功莫大焉；但由於出於衆手，書裏也有不少

錯誤，歸納起來主要有四類：一、誤將小説依托宋人所作的詞歸入宋詞，如《喻世明言》中《踏莎行》（足躡雲梯）、《鷓鴣天》（城中酒樓高入天）、《鷓鴣天》（淡化眉兒斜插梳）等，皆爲小説依托宋人之詞，皆見於《全宋詞》附録三《元明小説話本中依托宋人詞》，而趙著視它們爲宋詞；二、誤將宋詞判爲小説作者創作的原創詞，如《西湖二集》第三卷中《水龍吟》（紫皇高宴仙臺），趙著視爲原創詞，實則此爲宋曾覿之詞，見於《花草粹編》卷一一、《詞品》卷四等；三、漏輯部分宋詞，如《西湖二集》第二卷中《月上海棠》（孟婆孟婆），見於《詞品》卷五、《堯山堂外紀》卷五五宋，趙著未見輯録；四、部分宋詞作者張冠李戴，如《新刻繡像批評金瓶梅》第七九回中《青玉案》（人生南北如歧路），趙著認爲是宋無名氏詞，實爲宋吴彦高詞，見於《類選箋釋草堂詩餘》卷二、《花草粹編》卷七等。筆者在《全明小説寄生詞曲輯纂》的基礎上，對這些錯誤一一予以改正，並對其中宋詞的作者、詞調、題名、來源進行統計。需要説明的是，爲了便於説明問題，筆者未統計趙著附録中的宋詞。

〔二〕這方面的成果主要有趙義山等的《明代小説寄生詞曲研究》（商務印書館二〇一三年版）、梁冬麗的《話本小説與詩詞關係研究》（中國社會科學出版社二〇一三年版）、龔霞的《明代小説中的詞作研究》（浙江大學博士學位論文二〇一四年）、張仲謀的《明代話本小説中的詞作考論》（《明清小説研究》二〇〇八年第一期）、祝東的《「三言二拍」多用〈西江月〉詞原因探析》（《内蒙古大學學報（哲學社會科學版）》二〇〇九年第二期）。

〔三〕謝永芳的《略論宋詞的小説傳播及其價值》（《明清小説研究》二〇一六年第二期）以宋詞的明清小説傳播爲中心，着重探討明清小説對宋詞的傳播價值。但該文主要以明清個别小説中的九首宋詞爲例進行論述，並未從整體對明代小説中的宋詞作進行探究。

〔四〕含九首同調異名詞，其中《酹江月》六首，《壺中天慢》三首。

〔五〕王兆鵬《唐宋詞史論》，人民文學出版社二〇〇三年版，第一〇七頁。

〔六〕祝東《「三言二拍」多用〈西江月〉詞原因探析》，《内蒙古大學學報（哲學社會科學版）》二〇〇九年第二期，第一〇七頁。

〔七〕吴衡照《蓮子居詞話》，唐圭璋編《詞話叢編》第三册，中華書局一九八六年版，第二四五四頁。

〔八〕〔三六〕謝章鋌《賭棋山莊詞話》，唐圭璋編《詞話叢編》第四册，中華書局一九八六年版，第三三六〇頁、第三四六五頁。

〔九〕張仲謀《明代話本小説中的詞作考論》，《明清小説研究》二〇〇八年第一期，第二〇六頁。

〔一〇〕〔一三〕〔一八〕龔霞《明代小説中的詞作研究》，浙江大學博士學位論文，二〇一四年，第三九—四一頁、第三六—三七頁、第三四頁。

〔一一〕舒夢蘭輯，陳栩、陳小蝶考正《考正白香詞譜》，上海古籍出版社一九八一年版，第四六頁。

〔一二〕周清原《西湖二集》，人民文學出版社二〇〇六年版，第四九頁。

〔一四〕《臨江仙》的句式主要有兩種，「六六七五五　六六七五五」或「七六七五五　七六七五五」，前者屬於小令，後者屬於中調。從明代小説中宋詞的實際情況來看，以後者居多，故這裏視爲中調。

〔一五〕凌濛初編著，張明高校注《初刻拍案驚奇》，中華書局二〇一四年版，第二頁。

〔一六〕凌濛初編著，吴書蔭校注《二刻拍案驚奇》，中華書局二〇一四年版，第三三二頁。

〔一七〕趙義山主編《全明小説寄生詞曲輯纂》上編，中華書局二〇二三年版，第八九—九〇頁。

〔一九〕王靖懿《明詞特色及其歷史生成研究》，上海三聯書店二〇二四年版，第一一四頁。

〔二〇〕華鋒主編《詞的創作與吟誦》，天津教育出版社二〇一八年版，第八七頁。

〔二一〕《警世通言》第六卷對曹豳《紅窗迥》進行較大幅度修改，將之改成了《瑞鶴仙》。這裏仍按原來詞調統計。

〔二二〕《大唐秦王詞話》第六〇回、《喻世明言》第三一卷、《二刻拍案驚奇》第一九卷此詞首句皆作「擾擾勞生」，《全宋詞》作「膠擾勞生」，這裏從大多數小説之表述。

〔二三〕〔八一〕何春環《唐宋俗詞研究》，中央民族大學出版社二〇一〇年版，第一一頁，第四〇三頁。

〔二四〕曾慥《樂府雅詞·序》，中華書局一九八五年版。

〔二五〕胡薇元《歲寒居詞話》，唐圭璋編《詞話叢編》第五册，中華書局一九八六年版，第四〇二八頁。

〔二六〕〔四一〕楊海明《唐宋詞風格論》，江蘇大學出版社二〇二〇年版，第一一四頁、第一一八頁。

〔二七〕沈辰垣、王奕清纂《歷代詩餘》卷一一八，清康熙四十六年内府刻本。

〔二八〕雖然肖鷹《「岳飛〈滿江紅〉」僞托新考——袁純是「岳飛〈滿江紅〉」肇始者》（《清華大學學報（哲學社會科學版）》二〇二四年第一期）已考證《滿江紅》爲僞托岳飛之作，但明代小説家都將它視爲岳飛之詞，這裏權且按照明代小説的實際情況，將其作爲岳飛之詞來論述。

〔二九〕宋翔鳳《樂府餘論》，唐圭璋編《詞話叢編》第三册，中華書局一九八六年版，第二四九七頁。

〔三〇〕沈雄《古今詞話》，唐圭璋編《詞話叢編》第一册，中華書局一九八六年版，第九四一頁。

〔三一〕參見夏承燾等《宋詞鑒賞辭典》第三册，上海辭書出版社二〇一七年版，第一二二〇—一二二二頁。

〔三二〕顧從敬輯，錢允治箋《類選箋釋草堂詩餘》卷一，明萬曆四十二年（一六一四）刻本。

〔三三〕蔣一葵《堯山堂外紀》卷五四，明刻本。

〔三四〕王德先主編《宋詞鑒賞大典》，吉林大學出版社二〇〇九年版，第二九三頁。

〔三五〕李有《古杭雜記》，吴熊和主編《唐宋詞匯評·兩宋卷》第四册，浙江教育出版社二〇〇四年版，第二八五七頁。

〔三七〕鍾振振《唐宋詞舉要》，安徽師範大學出版社二〇一五年版，第二九一頁。

〔三八〕陶宗儀《南村輟耕録》卷四，明崇禎虞山毛氏汲古閣刻清初匯印《津逮秘書》本。

〔三九〕洪邁《夷堅支志》庚卷一〇，清景宋鈔本。

〔四〇〕羅燁《新編醉翁談録》庚集卷二，宋刻本。

〔四一〕沈如泉《宋代花判新探》，《新宋學（第四輯）》，上海人民出版社二〇一五年版，第一一四頁。

〔四三〕錢愐《錢氏私志》（一卷），明嘉靖二十三年（一五四四）雲間陸氏儼山書院刻《古今説海》本。

〔四四〕馮夢龍評輯《情史》，鳳凰出版社二〇一一年版，第三九四頁。

〔四五〕郎瑛《七修類稿》，上海書店出版社二〇〇九年版，第三三五頁。

〔四六〕秦川《中國古代文言小説總集研究》，上海古籍出版社二〇〇六年版，第六二頁。

〔四七〕〔六三〕〔八五〕張若蘭《論明代中後期詞壇對宋詞的選擇與接受》，《西南民族大學學報（人文社會科學版）》二〇一〇年第二期，第一一九頁、第一一八頁、第一一八頁。

〔四八〕袁行霈主編《中國文學史》第三册，高等教育出版社二〇〇三年版，第一三二頁。

〔四九〕袁世碩主編《中國古代文學史》中册，高等教育出版社二〇一八年版，第二五三頁。

〔五〇〕此表中各詞作的創作時間，主要參考了王兆鵬先生等人開發的「唐宋文學編年地圖」，特此致謝！

〔五一〕根據文本的比對，可判斷小説此詞引自《花草粹編》卷七，兩者僅有二字異文：「清夢」作「夢魂」，關鍵是《花草粹編》在該詞調後署名「李易安」，其後又有小字「曾公兗」，顯然小説作者未去辨别此詞作者，而是根據《花草粹編》的署名將其歸爲「李易安」。

〔五二〕曾慥輯《樂府雅詞》卷五，清道光二十九年（一八四九）至光緒十一年（一八八五）南海伍氏刻《粤雅堂叢書》匯印本。

〔五三〕唐圭璋編纂《全宋詞》第三册，中華書局一九九九年版，第一九七一頁。

〔五四〕陳水雲《〈草堂詩餘〉在明代的改編重刊與詞學闡釋》，《蘇州大學學報（哲學社會科學版）》二〇二四年第一期，第一四〇頁。

〔五五〕鄧子勉《〈草堂詩餘〉的編輯、刻印及其演化》，《河北大學學報（哲學社會科學版）》二〇一五第六期，第四二頁。

〔五六〕張若蘭《明代中後期詞壇研究》，中國社會科學出版社二〇一〇年版，第一九三頁。

〔五七〕毛晉《草堂詩餘跋》，《汲古閣書跋》，上海古典文學出版社一九五八年版，第一一三頁。

〔五八〕朱彝尊《詞綜發凡》，朱彝尊、汪森編《詞綜》，上海古籍出版社二〇一四年版，第四頁。

〔五九〕柯崇樸《柯煜小幔亭刻本卷首柯崇樸重刻絶妙好詞序》，周密選輯，查爲仁、厲鶚箋，趙惠俊整理《絶妙好詞》，上海古籍出版社二〇二三年版，第三〇六頁。

〔六〇〕龔霞《〈草堂詩餘〉的性質及明代盛行原因再檢討》，《新疆大學學報（哲學·人文社會科學版）》二〇一七年第三期，第一〇三頁。

〔六一〕凌天松《明編詞總集述評》，華東師範大學博士學位論文二〇〇八年，第六八頁。

〔六二〕吴世昌《〈草堂詩餘〉跋——兼論宋人詞集與話本之關係》，社會科學戰線編輯部編《中國古典文學研究論叢》第一輯，吉林人民出版社一九八〇年，第二五六—二六〇頁。

〔六四〕劉節《梅國前集》卷一二，《四庫全書存目叢書》集部第五七册，齊魯書社一九九七年版，第三七一頁。

〔六五〕董其昌《畫禪室隨筆》卷一，《董其昌全集》第三册，上海書畫出版社二〇一三年版，第七七頁。

〔六六〕〔六七〕〔六八〕卓人月匯選，徐士俊參評，谷輝之校點《古今詞統》，遼寧教育出版社二〇〇〇年版，第一〇八頁、第五二五頁、第五二六頁。

〔六九〕趙翼《甌北詩話》卷八，清乾隆嘉慶間湛貽堂刻《甌北全集》本。

〔七〇〕高啓《高青丘集》卷下，上海古籍出版社二〇一三年版，第九一五頁。

〔七一〕王直《抑菴文集》卷一二，明景泰五年（一四五四）陳宜刻本。

〔七二〕李東陽《蜀山蘇公祠堂記》，《李東陽集》第三册，岳麓書社二〇〇八年版，第一〇三二頁。

〔七三〕褚爲强《明代宋詞學研究》，華東師範大學博士學位論文二〇一八年，第八七頁。

〔七四〕參見曾棗莊《歷代蘇軾研究概論》，巴蜀書社二〇一八年版，第二二一—二二三頁。

〔七五〕譚新紅等編著《蘇軾詞全集：匯校匯注匯評》，崇文書局二〇一五年版，第三五二頁。

〔七六〕起北赤心子《繡谷春容》（上），《古本小説集成》影印本，上海古籍出版社一九九〇年版，第四六九頁。

〔七七〕《全宋詞》該詞首句作「春路雨添花」，見唐圭璋編纂《全宋詞》第一册，中華書局一九九九年版，第六〇四頁。但明代文言小説《七修類稿》卷三〇、《稗史彙編》卷一百〇二、《群談採餘》卷一〇、《六語》卷五皆作「山露雨添花」，另外《霞老齋雜記》卷二九作「山語雨添花」，只有《梅花渡異林》卷一〇作「春路雨添花」，這裏姑且從大多數小説之表述。

〔七八〕秦觀這些名篇的判定參考了王兆鵬等的成果，見王兆鵬等《宋詞排行榜》，中華書局二〇一二年版，第七—一一頁。

〔七九〕《全宋詞》此詞首句作「師師生得豔冶」，但明代文言小説《燕居筆記》卷一〇、《繡谷春容》卷四、《萬錦情林》卷一等皆作「師師媚容豔質」，這裏姑且從大多數小説之表述。

〔八〇〕唐圭璋編纂《全宋詞》第一册，中華書局一九九九年版，第六九頁。

〔八二〕楊湜《古今詞話》，唐圭璋編《詞話叢編》第一册，中華書局一九八六年版，第二五頁。

〔八三〕《全宋詞》該詞首句作「遼鶴歸來」，見唐圭璋編纂《全宋詞》第二册，中華書局一九九九年版，第七九二頁。但《稗史彙編》卷一一九、《青泥蓮花記》卷八、《情史》卷一四皆作「遼鶴西歸」，這裏姑且從大多數小説之表述。

〔八四〕《全宋詞》此詞首句作「白苧新袍入嫩涼」，見唐圭璋編纂《全宋詞》第三册，中華書局一九九九年版，第二四四九頁。但《喻世明言》第三五卷作「白苧輕衫入嫩涼」，這裏据小説出示。

（作者單位：長沙學院影視藝術與文化傳播學院）

從《草堂詩餘》到實用詞譜

——鄭元慶《三百詞譜》的詞史位置

王琳夫

内容提要 《三百詞譜》刊行於康熙二十八年，是一部非常典型的實用詞譜，又曾以《草堂詩餘》的别名行世，是實用詞譜取代《草堂詩餘》、依譜填詞取代依詞選填詞的關鍵節點，具有難得的樣本價值。《三百詞譜》通過「正體繫詞」的方式嚴格遴選詞調與分體，用「同譜」的方式合併詞調、縮減篇幅，實用性設計貫穿始終。其參考的《古今詞統》、《蘭皋明詞彙選》、《樂府補題》等文獻底本也具有明顯的時代特色、地域特色，上承明詞傳統，下接浙派風格，是明末清初詞史轉進的縮影。

關鍵詞 鄭元慶 《三百詞譜》 《草堂詩餘》 明末清初

詞譜作爲一種工具書，既有學術性也有實用性。學者往往更在意其學術性，把研究水平當做評價一部詞譜價值的唯一標準。但從詞譜著作在歷史上産生的實際作用來説，反而是那些簡明易用的實用詞譜更受普通文人歡迎。張宏生《清詞研究的空間與視野》指出：「《詞律》《詞譜》出現後，相當長的一段時間，人們仍然遵從明代張綖的《詩餘圖譜》和程明善的《嘯餘譜》。」[一] 事實確是如此，在依詞填詞轉變爲依譜填

本文爲遼寧省社科基金項目（L24CZW004）、中國博士後科學基金第七十五批面上項目（2024M751275）成果。

詞的過程中，實用詞譜起到了至關重要的作用。明代《草堂詩餘》風行天壤，是人們填詞慣用的範本，入清以後愈傳愈罕。其中一個很重要的原因是中小型實用詞譜取代了《草堂詩餘》的「生態位」。鄭元慶《三百詞譜》是一部非常標準的實用詞譜，又恰恰曾以《草堂詩餘》之名行世，是明清之際填詞法發生轉變的關鍵節點。《三百詞譜》通過「正體繫詞」的方式嚴格遴選詞調與分體，用「同譜」的方式合併詞調，縮減篇幅，簡約性、實用性設計貫穿始終。其參考的《古今詞統》、《蘭皋明詞彙選》、《樂府補題》等文獻底本也具有明顯的時代特色、地域特色，上承明詞傳統，下接浙派風格，是歷史轉進的縮影。

一 《三百詞譜》的基本情況及成書背景

鄭元慶《三百詞譜》康熙二十八年（一六八九）魚計亭刻本，國圖、上圖、天圖等圖書館皆有藏。共五卷，詞韻一卷，半葉九行，行二十字，白口，單邊，版心上書本葉調名。牌記署：「歸安鄭芷畦選」、「三百詞譜」、「魚計亭偶刻」，前有鄭元慶序、例言、目録。國圖本（T03492）、黄裳藏本外有鄭元慶「征新生譜逸詞啓」。鄭元慶身後鄭家書版整體轉賣入石經樓，《三百詞譜》又以《草堂詩餘》的名義繼續售賣，南開大學藏本《草堂詩餘》（《三百詞譜》）牌記題作：「歸安鄭芷畦選」、「草堂詩餘」、「石經樓藏板」。另外，國圖還收藏有《三百詞譜》精抄本兩種，浙江省圖書館藏有二研齋抄本，是爲《三百詞譜》詞韻部分的抄本。卷首題「歸安鄭元慶芷畦輯」、「二研齋鈔」。雷夢水《古書經眼録》收載《三百詞譜》抄本一種：「《三百詞譜》，不分卷。清歸安鄭元慶選。近鹽城孫蜀丞烏絲欄抄本。是書實分三卷。」[一] 參考其他詞譜類著作的存佚情況，《三百詞譜》存世、傳抄數量已經相當可觀，在康熙年間也當是一部很暢銷的著作。

《三百詞譜》在當時曾廣泛刊行，但由於刊刻時間較早，又没有再版，時至今日知者已少，亦未見有學者專論。黄裳《前塵夢影新録》言：「此爲余所藏清初詩餘總集詞譜類書中至罕秘之册。」[二] 江合友《稀見

詞譜十三種解題》有敘録。曾寓目的學者對此書褒貶不一。孫人和《續修四庫全書總目提要》的批評言辭十分激烈：「訂譜選詞，勢難相兼，混而一之，徒自紛擾……又謂詞以諧聲爲主，其有腔調不順，句讀無味者，概不入選。不知詞中拗句，皆聲調之流美者也。此尚不了，而言訂譜選詞，豈能當乎？」〔四〕民國學者受《詞律》影響極深，以上所言《三百詞譜》之不足，皆以《詞律》所言爲準繩。《三百詞譜》是一部簡明詞譜，實用詞譜，學術定位本與《詞律》不同，且此書編纂時期較早，與《詞律》僅相差兩年，鄭元慶也並未閲見《詞律》。相比此前的《嘯餘譜》、《填詞圖譜》來説，鄭氏之考訂已有很大進步，不應過於苛責。況且這些與《詞律》不同的設計展現了詞譜學發展早期的探索，是當時詞壇情況的真實反映，恰恰是需要引起重視的。

當代學者對此書的著録則較爲公允。馬興榮等《中國詞學大詞典》言此書：「卷首發凡起例，探究頗詳。卷四爲詞韻，審音定律，别出蹊徑。」〔五〕王兆鵬等《宋詞大詞典》言其「對明程明善《嘯餘譜》等之訛誤處有所糾正」、「調體豐備而卷帙不繁」〔六〕。黄裳藏有此書，甚是珍愛，言其「版式精雅」、「尤着意於句中節奏」、「辨體最嚴」〔七〕。江合友《明清詞譜史》提及此書，依據《三百詞譜例言》逐條逐項地對此書的情況進行了較爲細緻的介紹，文中既指出了其中缺漏，也肯定了此譜體例設計的諸多用心與考證超越前人之處。

鄭元慶，字芷畦，湖州歸安人，生於順治十七年（一六五九），卒於約雍正七年（一七二九）〔八〕。鄭元慶一生未有仕進，以編書爲業，著作極多，《小谷口著述緣起》中提到的未刊之書就有十八種，加上《三百詞譜》、《廿一史約編》、《石柱記箋釋》等已刊著作、代筆著作、詩詞别集等總計近三十種，内容涵蓋四部。其中以一己之力爲湖州修府志，歷數十年而成《湖録》一百二十卷，而後又代幕主傅澤洪撰《行水金鑒》一百七十五卷，著書之勤，考訂嚴謹，令人驚歎。

不過《三百詞譜》是鄭元慶著書生涯的第一部著作，其時年方二十九歲。鄭元慶在《湖州府志》、《歸安縣誌》等多種史志中有傳，全祖望《鄭芷畦窆石志》爲其墓誌，又有鄭百二《鄭先生傳》、翁方綱《補録鄭芷畦

窆石志》爲其傳記。這部詞譜的成書過程，鄭元慶在序言中有清晰的表述。編纂起始於康熙二十年（一六八一），鄭元慶《三百詞譜序》言：「辛酉從兄思曠下榻魚計亭舍，相與寤歌酬唱，寢食俱廢者久之……自隋唐至明季，拔其尤者，三百有奇，披而閱之……集成，就正同學諸子，以詞譜久無善本，請付剞劂。」〔九〕鄭元慶有深厚的家學淵源，但家道中落，並不寬裕，編纂詞譜是受到叔父「松陽先生」的影響，例言中提到：「余束髮受學叔父松陽先生，間其花晨月夕，吟詠不輟，著一《鷗舫集》，詩餘最富。課讀之餘，私心竊嚮往焉。」「松陽先生」爲鄭駿聲。《湖州府志》載：「鄭駿聲，字聖燕，號聿有。歸安人，貢生，明選孫，官松陽訓導，十齡喪父，哀毁逾禮，不問生産。諸群從並登第，駿聲殫精學業，尤邃於易、禮，從子元慶稟學焉。詩、古文力追作者，著有一《鷗舫集》。」〔一〇〕亦有史料言其爲「鄭駿孫」的。例如《清史列傳》載：「從父駿孫，邃於易、禮。」〔一一〕此説不可依據，當依《湖州府志》作「鄭駿聲」，因爲《湖州府志》參考的是鄭元慶自撰《湖録》。鄭駿聲祖父爲鄭明選，爲鄭氏發跡之始。鄭明選博通經史，尤長於名物考證，有《侯升集》四十卷、《秕言》四卷存世。鄭元慶徵文考獻、著書立説的家學即源於此。鄭元慶雖有此家學，但家境並不寬裕。如鄭元慶《家譜序》所言：「家世式微，書香垂絶，老者日暮途窮，少者艱難成立，散居零落，門户蕭條。求其有負郭之田，環堵之室，朝饔夕餐之無匱乏者，蓋十不得其二三也。」〔一二〕鄭元慶家道中落，也没有顯赫的親族可以憑依，編纂《三百詞譜》時年方二十九歲。在家境窮困的情況下，仍急切地將《三百詞譜》付梓，顯然是爲了售賣盈利。與很多「學術型」、「自娱型」詞譜不同，《三百詞譜》的編纂目的非常明確。這一定位，對於我們探尋《三百詞譜》的研究方向至關重要。

二　經典的實用詞譜：通過「正體」、「同譜」縮減篇幅

《三百詞譜》選調成譜。例言有云：「兹集博覽群書，美不勝收，割愛精選，僅登三百」。早期的詞譜編

者能覽閲的文獻底本有限，没有條件删汰詞調。此前《詩餘圖譜補遺》、《填詞圖譜》、《詞律》等詞譜都是力求廣搜詞調的全譜，而《三百詞譜》則是一部有意識地選調成譜的著作，這也是其實用詞譜性質最直接的表現。

凡例中鄭元慶言此書「僅登三百」，但在序言中又説收調數已過「半千」。《三百詞譜》全書薄薄幾册，正文部分共五卷，僅有一百零四個筒子葉，怎麽會有如此多詞調？與其他詞譜對比，《填詞圖譜》共收五百四十五調，正文部分有四百二十一個筒子葉；《詞律》共收六百六十調，正文部分共有七百零三個筒子葉。《三百詞譜》與這兩本書字體大小並無區别，頁數僅相當於《填詞圖譜》的四分之一，《詞律》的七分之一，收録詞調數怎麽可能「已過半千」呢？

《三百詞譜》以很少的篇幅收録了大量詞調。這一成就源於其「正體繫詞」與「同譜合併」的兩條列調規則。所謂「正體繫詞」是與「以調繫詞」相區别的。大多詞譜都是在「以調繫詞」的框架下設計的，也就是以詞調爲主幹，下設若干分體的編排模式。而「正體繫詞」則是以詞調的「正體」爲主幹，其後附有其他分體或其他詞調。「正體繫詞」是學術史上的一個很值得稱道的創舉。這一成就往往被繫於《欽定詞譜》之上，其實《三百詞譜》的設計不僅更早，而且更爲典型。所謂「同譜合併」即通過一套固定的簡省規則，將其他分體或其他詞調附列在正體之下。「正體」與「同譜」兩個概念見於《三百詞譜》書中原句。例如《一剪梅》調下附注：「正體每句用韻，亦有前後段第二、五句俱不用韻者。」《聲聲慢》下注：「正體不必俱叶一韻。」再如《柳枝》附列《竹枝》、《欸乃曲》等詞後注「俱同譜」。《梅花令》附《霜天曉角》後注「同譜」。《三百詞譜》中只有「正體」才有完整的例詞、句讀及可平可仄標注，其他分體則附列在「正體」之下。一個詞調可以有多個正體，比如《浣溪沙》除了孫光憲平韻詞爲正體外，還有李煜仄韻詞亦爲正體，調名下注「即上用仄韻」。再如《憶秦娥》除了李白仄韻詞外，還有孫夫人平韻詞亦爲正體，調名下注「即上用平

韻」。全書超過一個「正體」的詞調有十四調，涉及二十九體。「正體」最多的一調是《應天長》，全書《應天長》共有六體，當做「正體」有完整例詞的分別爲全書第九十六首詞温庭筠《應天長》「雙眉淡」，第二一〇首詞葉夢得《應天長》「松陵秋已老」，第二三一首詞康與之《應天長》「管弦繡陌」。其他三個不充作「正體」的分體，則分别附在温庭筠詞與康與之詞下，以「同譜合併」的方式附列在一起。

「同譜合併」有一套固定的簡省規則。表達方式大概有兩種，一種是完全通過「用平韻」、「用雙調」等話術對所附分體、詞調進行簡要概括；一種是在概括的同時，仍保留與「正體」有區别的部分詞句作爲示例。例如《江城子》按語云：「第二體，换首句，『晚日金陵岸草平』，第六句，『如西子鏡』；第三體，首句同第二體，再换第二句，『離筵分首時』；第四體，用雙調。」除了「正體」有完整例詞，其他分體都是通過這種方式附列在後面的，全書附列的分體共有九十一個。其中《閑中好》、《一七令》兩調使用的是「又一體」的稱呼，《燭影摇紅》《送入我門來》標注「長調」以與其他分體相别，其餘八十七體則仍採用的《嘯餘譜》、《填詞圖譜》中「第一」、「第二」的説法。

「同譜合併」合併的並不僅僅是分體，也包括體式相近的其他詞調。例言有云：「其中有異名同譜與同名異體者，亦有此調句法同於彼調，間或改一二句，或改前後段者，即附注於本詞之末。」例如《鷓鴣天》一調按語云：「《漁父》，前後段俱少末兩句；《赤棗子》，用後段；《桂殿秋》，用後段，末兩句對；《望遠行》，前後段俱换末兩句，『餘寒欲去夢難成。爐香煙冷自亭亭』。」《鷓鴣天》、《漁父》、《赤棗子》、《桂殿秋》、《望遠行》是不同的詞調，但體式非常接近，都是七言爲主，中夾兩個三言句。鄭元慶在承認其詞調不同的基礎上，將這些體式相近的詞調以「同譜」的名義合併到了一起。全書中共有四十七個詞調是以這樣的方式附列在其他有正體的詞調之下的。

經過以上對《三百詞譜》列調規則的説明，我們可以逐步將「正體繫詞」還原爲「以調繫詞」。《三百詞

譜》全書收録的完整例詞數(正體數)爲三百十首。同一個詞調重複出現的正體共十五體。有完整例詞的詞調數共二百九十五調。「同譜合併」附列的詞調數爲四十五調。「同譜合併」附列的分體數爲九十一體。也就是説,如果將《三百詞譜》改爲一般詞譜「以調繫詞」的編排方式,共收録的詞調數當爲二百九五加四十五,共三百四十調;全書收録的詞調分體共爲三百十加四十七加九十一,共四百四十八體。

無論是精選正體還是附列詞調,最主要的目的當然是節省篇幅。便於攜帶是《三百詞譜》的主要賣點。鄭元慶例言稱此書:「卷帙不繁,調體悉備,騷人雅士,於登山臨水間,取攜甚便,不減米元章袖中物也。」以清前中期流行的詞譜爲例,《填詞圖譜》四百二十一個筒子葉,平均每葉可收1.29調;《詞律》七百零三個筒子葉,平均每葉可收0.94調;而《三百詞譜》共三百四十調,正文部分共一百零四個筒子葉,平均每葉收3.27調。也就是説,《詞律》、《填詞圖譜》分別要比《三百詞譜》厚七倍、四倍。即使在假設收録詞調數目一致的情況下相比較,也分别要比《三百詞譜》厚3.5倍、2.5倍。《三百詞譜》的紙張利用效率很可能在所有明清詞譜中是最高的。

精選正體也是實事求是的做法。詞譜最初的編纂目的是爲人們填詞提供指導,但隨着詞譜的規模越來越龐大,内容越來越精細化,如萬樹《詞律》儼然已是一部學術專著,按語連篇累牘,翻閱頗爲不便。其中分體的問題尤其嚴重,各種詞譜中詞調的分體越收集越多,越分越細。今天的學者也經常批評《欽定詞譜》分體過多,不切實際。人們在選調填詞時,實際能够關注的詞調分體是很有限的,絶大多數時候並不需要那麽多的分體。分體的出現是尊重宋詞詞調的客觀事實,而正體的出現亦是尊重清人創作的實際,兩者都是詞譜發展史上具有里程碑意義的事件。《三百詞譜》精選正體是實事求是的做法,即使今天我們再來編纂詞譜也是值得借鑒的。

《三百詞譜》中的「第一體」、「第二體」是按照字數排序的,「第一體」是字數最少的,但未必是「正體」。

永遠把正體放在前面，在正體之上一般不額外標注爲「第某體」，如果「正體」不是第一體，那麼在附言最前面的就是第一體，附言中少了第幾體，正體就是第幾體，讀者一望便知，不會引發歧義。例如《臨江仙》一調，「正體」是第五體，爲前後段七六七五五句的六十字體，有完整例詞，置於最前，正體調下附言第一體爲五十四字、第二體五十八字、第三體五十八字、第四體六十字、第六體爲六十二字，前後秩序井然。

《詞律》曾對此前詞譜的分體提出過非常强烈的批評。其《詞律・發凡》言：「舊譜之最無義理者，是第一體、第二體等排次，既不論作者之先後，又不拘字數之多寡，强作雁行。」〔一三〕《三百詞譜》的這套方案不僅一定程度解決了《詞律》提出的問題，而且要遠比《詞律》實用。作爲一部同時期編纂且未閲見《詞律》的詞譜，這無疑是很讓人驚詫的。《三百詞譜》的分體方式兼顧了多方矛盾：其一，詞調的分體總要有一種稱呼方式，「第一」、「第二」是很方便的，就實際使用而言比籠統的稱爲「又一體」更清晰。其二，按字數排列分體，是較爲客觀的標準。其三，《三百詞譜》的「正體」獨立於「第一」、「第二」的序列之外，放在最前面，解決了按字數分體過於機械的問題，也便於讀者取用。

《三百詞譜》對正體的擇選也是相對比較精准的。如《應天長》一調，《欽定詞譜》共收録了十二體，但比較重要的分體只有五個，小令三體、長調兩體都在按語中有提及：「此調有令詞、慢詞。令詞始於韋莊，又有顧敻、毛文錫兩體……慢詞始於柳永……又有周邦彦一體。」〔一四〕《三百詞譜》中《應天長》共有三個正體，第一個正體爲令詞五十字，調下又另附兩體，第二、第三個正體爲九十四字、九十八字體，選取的三個正體正是《欽定詞譜》中重點强調的韋詞體、柳詞體、周詞體。另外，書中將《浣溪沙》、《憶秦娥》、《聲聲慢》等調平韻、仄韻詞各設置一個正體，以及《酒泉子》、《賀聖朝》等分體較爲雜亂的詞調删減爲一體的做法也都能體現《三百詞譜》是一部非常用心編纂的詞譜。

《三百詞譜》列調模式的價值在於：第一，精選正體，合併詞調，節省篇幅，便於實用；第二，以正體爲

核心的分體模式强調分體之間的關係，有清晰的選體標準，改變了自《文體明辨》以來對詞調分體幾乎没有變化的機械編排；第三，創造性地引入「同譜」的概念，與「同調」相别，將曲調相同與體式相同區分開，一定程度地解决了因同調判定産生的邏輯問題。還要强調的是，《三百詞譜》付梓於清初，時間較早，這些設計大多爲歷史上首見，所以尤其難能可貴，這些早期詞譜的設計思路也有助於我們反思今天的制譜理念。

三 《三百詞譜》在詞史轉進中的樣本價值

學者們對商業化的著作往往是較爲輕視的。書商逐利確是事實，加之明清兩代著名學者大多以坊刻詞譜爲批判對象，使之風評更惡。但實際上，這些被輕視的商業化著作才是歷史上的普遍情況，才是歷史的真實情況。

《三百詞譜》雖然是實用詞譜，但也絶非輕率之作。鄭元慶對前人詞譜有比較清楚的認識，閲讀過《詩餘圖譜》、《填詞圖譜》、《嘯餘譜》、《選聲集》。《三百詞譜》的設計與研究也確實繼承了這些詞譜的優點並有所突破。在詞調的收集上，《三百詞譜》不僅關注到了《花間集》、多種版本的《草堂詩餘》、常見的宋元名家别集，還大量徵引了《古今詞統》、《蘭皋明詞彙選》、《詩餘圖譜補遺》以及像《樂府補題》這樣較爲稀見的文獻。詞譜編纂經常有相互借鑒、抄襲的情況，比如《填詞圖譜》摘録《嘯餘譜》、《選聲集》，《嘯餘譜》抄襲《文體明辨》。這種情況在商業化的實用詞譜中尤其普遍，而《三百詞譜》作爲一部典型的實用詞譜，能够獨立編纂、廣收底本、比勘匯校，誠實地將自己的研究結論與前人著作進行對比，這是非常值得讚揚的。

《三百詞譜》符號系統主要參考的是吴綺的《選聲集》。例言云：「兹集假圈點爲韻句，用角圈爲可平可仄。其平仄空白，作者不言而喻。」也即實心點標句，空心點標韻，水滴狀空心點標「可平可仄」，皆標於

字的右側。這種設計原理和《選聲集》是一樣的，只不過將標識可平可仄的「方圈」换成了「角圈」，將《選聲集》原來標示「韻」、「句」的小字替换成了對應的圈點符號。另外，《三百詞譜》和《選聲集》一樣也會對换韻問題進行標注，即在字的左側標注「叶某（韻）」或「换韻」、「换某（韻）」。鄭元慶認爲詞譜符號系統的主要問題是「前後左右，徒亂人目」，所以在《選聲集》的基礎上，又將所有符號都集中在例詞的右側。乾隆年間另一部實用詞譜《詩餘協律》也採用了類似《選聲集》的符號，但句韻標於字右，可平可仄標於字左，並且都用黑點表示。如此一來，前一列左側黑點就很容易與後一列右側黑點混淆，恰應了鄭元慶例言中所説的「前後左右，徒亂人目」。清前中期的文人對《選聲集》的符號系統非常熟悉，《三百詞譜》的設計確實稱得上是當時學術環境下最清晰、簡潔的。

《填詞圖譜》是鄭元慶所見最新的詞譜著作，從中借鑒了不少内容。比如《三百詞譜例言》後半部分講的是作詞之法，是《填詞圖譜》前附《古今詞論》的節選。分别截取了張玉田、陳眉公等十家詞論，作者字號、前後順序、字句細節與《古今詞論》完全相同。《三百詞譜》也繼承了《填詞圖譜》對襯字有關的説法，其例言云：「古人作詞，常用襯字，以此句限於字數，不能達意故也，後人斷不可用。」與《填詞圖譜凡例》「詞中有襯字者，因此句限於字數不能達意，偶增一字，後人竟可不用」〔一五〕所言相近。

關於《三百詞譜》對前人詞譜聲律的修訂，鄭元慶在《例言》中明確提到了四個案例。《填詞圖譜》中《尋芳草》一詞上片斷作五六三句：「枕頭兒放處，都不是舊家時，怎生睡。」下片同句斷爲八六句：「道無書却有書中意，排幾個人人字。」〔一六〕《詞律》對此亦有嚴厲的批評：「沈氏及《圖譜》誤以『枕頭兒放處』作五字，『都不是舊家時』作六字，『怎生睡』作三字，怪極。豈意必欲使學者失填一韻耶？夫前後段字句一樣，明若列眉，且『是』字端端正正叶韻，有何難辨？而偏如此注也。」〔一七〕鄭元慶明確提到了此處「與下文相對」，與《詞律》一樣修正了錯誤，能够充分利用上下片自校的方法。還有如《渡江雲》等調，鄭元慶能够通

過「遍查各調」考辨字韻，説明其制譜是充分掌握了「互校法」的。通過多詞互校、上下片自校兩種制譜方法，《三百詞譜》展現出了相當的考證水準，相比此前的其他實用詞譜來説，確實已經有了較大的進步。

在詞韻部分，鄭元慶則統攬沈謙《詞韻略》、吴綺《詞韻簡》、李漁《笠翁詞韻》加以整合改編，例言云：「余則以通用之法，遵去矜之《韻略》；以分輯之法，仍笠翁之《詞韻》；其一切冷僻怪誕、庸俗粗鄙之字，《韻簡》所未盡删除、李韻之編入副格者，再三較閲，釐剔殆盡。」可以看到，鄭元慶不僅對此前的詞韻著作都比較熟悉，而且對於借鑒了哪些部分、修訂了哪些部分説的也很清楚。

《三百詞譜》在文獻視野上有兩個非常明顯的缺憾。朱彝尊《詞綜》、萬樹《詞律》已先於《三百詞譜》付梓，但鄭元慶没能閲讀到這兩部著作。證據是：《三百詞譜》第一調《蒼梧謡》附《十六字令》首句爲「明月影穿窗，白玉錢」。而《詞律》、《詞綜》都已經改作「眠，月影穿窗白玉錢」。《十六字令》爲全書第一調，鄭元慶如閲讀過這兩部書，自然也會改成一七斷句。《填詞圖譜》曾專門以修版的方式對《十六字令》的這一問題進行更正，《四庫存目從書》補七十九所收《填詞圖譜》是較晚的版本，已經將其修正爲「眠，月影穿窗白玉錢」了。而鄭元慶看到的《填詞圖譜》是作「明月影穿窗」的早期版本，所以其儘管閲讀過《填詞圖譜》，但無法從《填詞圖譜》中獲悉此事。鄭元慶雖然没能閲見《詞綜》、《詞律》，訊息較爲遲滯，但古時文獻傳播較慢，也不應過於苛責。鄭元慶對能够閲見的文獻有忠實的評價、系統的考辨，尤其是對體例的研創，實是一部對詞譜研究有一定推進的著作。

《三百詞譜》在清初詞學轉型的背景下，有很經典的樣本價值，體現在兩個層面：一是使用的文獻底本具有很强的時代特徵；二是《三百詞譜》處於以《草堂詩餘》爲核心「依詞填詞」與以實用詞譜爲核心「依譜填詞」的「交匯點」。

《三百詞譜》收集詞調使用的文獻底本比較複雜，選用了很多明詞。《三百詞譜》只有「正體」有完整的

例詞，全書共有三百十首例詞，在這些例詞中，曾出現在《填詞圖譜》、《嘯餘譜》中的僅有一百二十八首。詞譜編纂一般都會選用相同的名家名作，而《三百詞譜》改换例詞的幅度達58.6%，可見其選取例詞的思路與前人詞譜有較大差異。《三百詞譜》較《填詞圖譜》、《嘯餘譜》改换例詞所據底本如下：《花間集》九首，《群英草堂詩餘》、《類編草堂詩餘》等各種版本《草堂詩餘》十首，《唐宋諸賢絶妙詞選》四首，《尊前集》二首，汲古閣本《名家詞》四十五首，《古今詞統》五十五首，《蘭皋明詞彙選》九首，《詩餘圖譜補遺》三首，《樂府補題》四首，《中州樂府》二首，《酉陽雜俎》一首，《能改齋漫録》一首，唐五代作者别集共五首（白居易、柳宗元、劉禹錫、馮延巳），明代作者别集十首（楊慎、陳元綸、高濂、王世貞、韓琮、林章、卓人月、鄭明選）。

以《蘭皋明詞彙選》爲例，此書爲顧璟芳、李葵生等人編纂的明代詞選，成書於康熙元年。《三百詞譜》中《蘇武慢》一調正體採用桑悦詞，第二體採用韓守益詞。桑悦、韓守益詞並不多見，不見於其他常見詞選，且皆是明人所作，並不是作爲詞調分體最合適的選擇，《三百詞譜》選用這兩首詞當作詞調分體是因爲其在《蘭皋明詞彙選》中前後相連的緣故。餘下還有田耜《謁金門》、魏瑄《釵頭鳳》、徐石麟《拂霓裳》、喻綜《南浦》、王慎德《霓裳中序第一》、馮琦《永遇樂》、屠隆《青江裂石》與《水漫聲》。這些詞作在兩書中同時出現且字句、題目相同，説明《蘭皋明詞彙選》是《三百詞譜》採録例詞的底本。

《三百詞譜》採用的《古今詞統》、《蘭皋明詞彙選》、《樂府補題》等文獻底本具有鮮明的時代特徵。張宏生《統序觀與明清詞學的遞嬗——從〈古今詞統〉到〈詞綜〉》言《古今詞統》是「朱彝尊等人在《詞綜》中大張旗鼓表彰南宋詞的先聲」〔一八〕。而《蘭皋明詞彙選》與《樂府補題》兩種風格迥異的詞選在《三百詞譜》中同時被大量採用也正是這種詞學理念發生劇烈變化的縮影。

《三百詞譜》還與詞學史上填詞法轉變這一重要命題有關。明清詞學復興建立在填詞技法的普及之

上，廣泛的群衆基礎是詞學能在清代成爲顯學的根基。實用詞譜是依譜填詞普及最重要的途徑，而《三百詞譜》是較早有意識地設計出的實用詞譜，這部實用詞譜又恰恰曾以《草堂詩餘》的名義販賣。使用《草堂詩餘》依詞填詞，是舊時代的代表，使用詞譜填詞是新的風氣，鄭元慶此書「一書兩名」，是兩個時代的「交匯點」。

歷史上有很多《草堂詩餘》曾被當作詞譜使用。例如沈際飛《鐫古香岑批點草堂詩餘》例詞上標注有句、韻，萬樹《詞律》就曾將其與《填詞圖譜》等其他詞譜合併論述。秦巘《詞繫》亦然：「古無詞譜，自沈天羽際飛《草堂詩餘箋》、張南湖綖《詩餘圖譜》、程明善《嘯餘譜》遞相纂述。」〔一九〕沈際飛《草堂詩餘》雖然被當作詞譜使用，但本質上仍然是詞選，是「以選爲譜」。而鄭元慶《三百詞譜》則是非常標準的實用詞譜，稱其爲《草堂詩餘》，是「以譜爲選」。兩種情況相互映照，頗有趣味。

實用詞譜的出現是《草堂詩餘》清代不傳的重要原因之一。《草堂詩餘》在明代的刊刻、翻印難以計數，入清以後却很快銷聲匿跡，這種現象很難不引起學者們的關注。人們猜測這是由於浙派的興起而導致的詞風轉變。風格喜好的轉變固然是因素之一，但並不是根本原因。從内容上説，明中後期已經有多種改編本《草堂詩餘》，有元《草堂詩餘》，有明《草堂詩餘》，收録詞作越來越多元化，早已不局限於《群英草堂詩餘》的四季景色詞了。在《草堂詩餘》原有框架下收録雅詞、收録符合浙派喜好的詞作也不是問題。清代的各種大型詞選如《古今詞選》、《古今詞統》、《倚聲初集》、《詞綜》等規模龐大，動輒數十卷，研究雖然精深，但價格高昂，攜帶不便，與《草堂詩餘》這樣可以隨身攜帶閲讀的小型詞選並不衝突。而小型實用詞譜，如《選聲集》、《三百詞譜》的「生態位」對標的才是《草堂詩餘》。只要能够售賣盈利，《草堂詩餘》就不會真正意義上退出歷史舞臺。這些小型實用詞譜完全取代了《草堂詩餘》的使用功能，使人們不再需要模仿《草堂詩餘》填詞，影響了《草堂詩餘》在坊間的銷路，可能這才是《草堂詩餘》清代不傳的根本原因。

〔一〕張宏生《清詞研究的空間與視野》,《北京大學學報(哲學社會科學版)》二〇一七年第四期,第七六頁。

〔二〕雷夢水《古書經眼録》,齊魯書社一九八四年版,第一七〇頁。

〔三〕黄裳《前塵夢影新録》,齊魯書社一九八九年版,第八五頁。

〔四〕孫克强、楊傳慶、和希林編《民國詞話叢編》,社會科學文獻出版社二〇二〇年版,第五册,第三七五頁。

〔五〕馬興榮、吴熊和、曹濟平主編《中國詞學大辭典》,浙江教育出版社一九九六年版,第四七二頁。

〔六〕王兆鵬、劉尊明主編《宋詞大辭典》,鳳凰出版社二〇〇三年版,第八五五頁。

〔七〕黄裳《清代版刻一隅》,復旦大學出版社二〇〇五年版,第七九頁。

〔八〕盛百二《鄭先生傳》:「其生卒年月不可考,雍正己酉九月,先生追作《西河、竹垞合像記》,蓋康熙壬午從遊兩公於西河昭慶寺中事,自云不能握筆,令其子代録,蓋時已病風矣。」見王昶《湖海文傳》卷六四,清道光刻本,第一二頁。

〔九〕鄭元慶《三百詞譜》,清康熙二十八年(一六八九)刻本。本文所引《三百詞譜》皆出此本,不另注。

〔一〇〕宗源瀚等《湖州府志》卷七六,清同治十三年刻本,第七頁。

〔一一〕佚名撰,王鍾翰點校《清史列傳》,中華書局一九八七年版,第五七九二頁。

〔一二〕鄭元慶《小谷口著述緣起》,天津圖書館藏清雍正刻本,第二四頁。

〔一三〕〔一七〕萬樹《詞律》發凡、卷七,清康熙堆絮園刻本,第八頁,第一六頁。

〔一四〕王奕清等編《詞譜》卷八,清康熙五十四年(一七一五)内府刻本,第一頁。

〔一五〕〔一六〕查繼超等編《填詞圖譜》凡例、卷二,上海圖書館藏鴻寶堂刻本,第一頁,第三〇頁。

〔一八〕張宏生《統序觀與明清詞學的遞嬗——從〈古今詞統〉到〈詞綜〉》,《文學遺産》二〇一〇年第一期,第八六頁。

〔一九〕秦巘編著,鄧魁英、劉永泰整理《詞繫·凡例》,北京師範大學出版社二〇一〇年版,第一頁。

(作者單位:遼寧大學文學院)

傳抄輯録與庋藏評騭：竹屋詞在清代的傳播

陶友珍

内容提要 高觀國是南宋清雅一派詞人，其詞在清代的傳播影響不容忽視。文教一統的政治思想氛圍與浙常論争的詞學思潮，構成了竹屋詞清代傳播環境。竹屋詞集在清代的流布主要賴汲古閣刊本。清代著名藏書家朱彝尊、錢曾、徐元文、陸漻、黄丕烈、莊仲芳、韓應陛、丁丙、陸心源等人都曾收藏流轉過竹屋詞。清代詞選、詞譜、類書、筆記、詞話等媒介都有傳播竹屋詞的相關記載。清代傳播最廣的竹屋詞爲《霜天曉角》（春雲粉色），而清人最青睞的竹屋詞是《齊天樂》（碧雲闕處無多雨）和《卜算子》（屈指數春來）。清人對竹屋詞成就及歷史地位的體認大體經歷了低—高—低—中的發展趨勢，竹屋詞在清代的傳播及詞史進退沉浮大抵與浙常之間的詞學論争相呼應。清人的賞析、點評、箋釋、解讀，促進了竹屋詞傳播。竹屋詞傳播與清代詞風轉變、詞派形成、詞學理論繁榮都有一定關係，亦促進了其自身經典化歷程。

關鍵詞 竹屋詞 清代 傳播

高觀國，字賓王，號竹屋，山陰人，生卒年不詳，約生活於南宋乾道至嘉定年間〔一〕，是南宋著名清雅派詞人。竹屋詞在南宋中後期評價甚高，宋人陳造云，「其妙處少游、美成，若唐諸公亦未及也」〔二〕。張炎將

本文爲江西省社會科學「十四五」（二〇二二年）基金一般項目「唐宋詞在清代的傳播與接受研究」（22WX24）的階段性研究成果。

其與秦觀、姜夔、史達祖、吴文英等人相提並論，云「此數家格調不侔，句法挺異，俱能特立清新之意，删削靡曼之詞，自成一家，各名於世」[三]。清代是詞學中興的時代，然毋庸置疑，清詞中興離不開宋詞的滋潤與涵養。高觀國詞作爲宋代一個不容忽視的詞人，其詞也跨越時代鴻溝，在清代産生了一定影響。

一　文教一統與浙常論争：傳播環境

（一）清代政治思想文化與竹屋詞傳播

清代綿亘近三百年，其政治在整體上呈高度集權之特徵，表現爲以皇權爲核心，既「承襲明制，保留了明朝政治制度的基本框架」[四]，又結合了滿洲民族的特色，將軍事、行政和生産職能結合在一起，具有兵農合一之特點。其政權組織形式是以滿洲貴族爲主體的滿漢官僚聯合執政，專制主義中央集權達到很高程度。有清一代除了清初和清末短暫時期的戰亂之外，大部分時間頗爲穩定，這爲竹屋詞傳播提供了適宜温床。不過，發生於咸同年間席捲大半個中國的太平天國農民起義也給江南地區的圖書造成了滅頂之災，「諸子百家妖書邪説者盡行焚除，皆不准買賣藏讀也，否則問罪也」[五]，「文章詩賦俱遭劫，煨燼曾無片紙留」[六]。藏於鎮江金山寺文宗閣和揚州大觀堂文匯閣的《四庫全書》，被太平軍焚毁。而藏於杭州西湖行宫孤山聖因寺的文瀾閣亦遭破壞，其中所藏《四庫全書》多有損毁，後經丁丙和丁申兄弟搶救補抄，才得以恢復。此外，清末庚子事變，也造成圓明園文源閣《四庫全書》的焚毁。《四庫全書》收録竹屋詞，此兩次文獻浩劫，亦給竹屋詞傳播帶來了一定消極影響。

交通的改善也爲竹屋詞傳播提供了便利。「清代前期圖書市場圖書運輸主要是靠車載船運，甚至肩挑背扛，裝載量少，運輸週期長，流通速度較慢。」[七]清代道路交通主要包括「官馬大道」和「分支輔路」。[八]官馬大路作爲國家級交通幹線，如動脈般貫穿東西南北，連接着重要城市與省份。隨着社會經濟的發展，

分支輔路也隨之延伸，連接各地城市、鄉村，形成了更爲廣泛的交通網絡。道路建設技術的進步，如對橋樑的重視，使得交通更爲便捷，降低了運輸成本，提高了效率。馬車作爲主要的陸路交通工具，在清代得到了顯著改良。清代的水路交通也是其交通體系中不可或缺的組成部分，「據估計，清代内河航程達五萬多公里，海運航程達一萬多公里」〔九〕。它在促進商品流通、人口遷移和文化傳播方面發揮了重要作用。京杭大運河作爲水路交通的明珠，串起了北至北京、南至杭州的壯麗畫卷，沿途溝通了五大水系，極大地便利了南北物資的交换。珠江、黄河、長江等天然水道同樣承擔了重要的交通任務。清廷還對水路交通的管理進行了優化，「清代的河道管理機構大致延續了明朝舊制，後又不斷簡化，在管理上更加嚴密」〔一〇〕。這些舉措促進了水運的順暢。水路交通的便利，使得各地風俗習慣和文化傳統得以傳播，尤其在文化經濟發達的江南地區，船隻不僅是貿易的工具，還成爲了文化和藝術的載體，豐富了社會的文化生活。「明清江南的圖書市場除了蘇杭湖等城市以及周圍大小市鎮上的固定市場以外，尤可注意的是流動的販書船。」〔一一〕

清代推崇程朱理學。清初「以重塑程朱理學在儒學中正統地位爲導向」。〔一二〕然而，乾嘉漢學興起後，學風轉變，程朱理學受到一定程度冷落。直至嘉道以後，清王朝面臨政治和學術雙重危機，程朱理學才逐漸復興。道光年間，唐鑒等人宣導正學，形成了講求程朱理學的群體。同治年間，多位理學名儒同登顯要，程朱理學盛極一時。「尤其值得注意的是，清朝統治者極力將程朱理學的思想推行于城鄉居民。」〔一三〕清代的文化政策與科舉制度對文學創作産生了深遠影響。「詩、古文、詞與制義，其爲義雖殊，要皆稱之爲文。」〔一四〕八股取士的推行使得文人更加注重文學的雅正和意蘊，高觀國詞的典雅精粹正好符合這一時期文人的審美趣味。同時，科舉考試對文學作品的規範性要求，使得高觀國詞的嚴謹結構和精煉語言得到了重視，這也加强了他在清代文人心目中的地位，有利於其詞在清代的傳播。清代最值得關注的還有文字獄，大量圖書因内容不符清廷要求而遭篡改、删減或焚毁，僅乾隆年間的禁毁書就超過了七十萬部。〔一五〕

幸運的是，竹屋詞並不在其列。

清人重學問，故而對圖書尤爲重視，圖書出版業繁榮，這也爲竹屋詞的傳播提供了良好條件。清代印刷術在前代基礎上進一步發展，雕版印刷、木活字、銅活字等印刷技術都非常發達。官方刻書主要爲武英殿刻書處。「清代書坊最多者爲北京，約有百餘家，次爲蘇州，再次爲廣州。」〔一六〕廣東、江西、福建亦有不少民間書坊，湖南湖北等地的刻書也較爲發達。除此之外，清代還有地方官署刻書，雖規模不及宋、明，但「價均從廉」。就詞學文獻的刊印和抄寫而言，數量亦頗爲可觀。清代編纂了《四庫全書》《古今圖書集成》等大型圖書，其中《四庫全書》就收有竹屋詞。清廷還在康熙帝的授意之下編纂了《御選歷代詩餘》，收詞九千餘首，其中亦收録有竹屋詞。除此之外，清人編選的詞選文獻數量還有很多，據李睿《清代詞選研究》，清人所編詞選超過了一百部。〔一七〕而據高春花《清代唐宋詞選研究》，清代唐宋詞選約有詞選三十四部。〔一八〕數量遠超前代。據筆者統計，其中載有竹屋詞的詞選約有二十部。

（二）清代詞學思潮與竹屋詞傳播之起伏

除政治思想文化環境之外，竹屋詞在清代的傳播接受還與當時的詞學思潮息息相關。清人對詞這種文體也有了更多認識，尊體意識有所增强。康熙皇帝曾云，「然則詞亦何可廢歟」。〔一九〕雖有遮遮掩掩、語焉不詳之嫌，但畢竟以最高統治者的身份爲詞之歷史地位予以了正名。這也爲竹屋詞在清代的傳播打下了較好基礎。不過，清代綿亘近三百年，竹屋詞在這期間的傳播接受亦經歷了起伏跌宕。

明末清初，文人對高觀國詞評價偏低，彼時受明詞餘風流韻之影響，「花」、「草」盛行，相對而言，清人更青睐俗而豔的花間詞和北宋詞。雲間詞人爲當時詞壇翹楚，無論是陳子龍還是李雯，其詞都打上了較爲濃重的花間和南唐印記。其對於高觀國等南宋詞人認可和接受度不高。如陳子龍云：「南渡以還，此聲遂渺，寄慨者亢率而近于傖武，諧俗者鄙淺而入于優伶，以視周、李諸君，即有『彼都人士』之歎。」〔二〇〕

隨後，以王士禛爲代表的廣陵詞人群對高觀國等南宋詞人的評價相較于雲間詞人而言更高，其云：「宋南渡後，梅溪、白石、竹屋、夢窗諸子，極妍盡態，反有秦、李未到者。」〔二一〕很明顯，作爲當時文壇領袖的王士禛對於高觀國等南宋清雅詞人不像雲間諸子那樣貶低，甚至認爲其詞有秦觀和李清照等北宋詞人未到之處。不過，在南宋諸子之中，彼時清人認爲高觀國不如史達祖，如彭孫遹就説：「詞家每以秦七、黄九並稱，其實黄不及秦遠甚。猶高之視史，是劉之視辛，雖齊名一時，而優劣自不可掩。」〔二二〕

一直到康熙初年，清王朝政治基本穩定，經濟趨於繁榮，清廷對思想和文化的干預和控制力度也加强。浙西詞派「順應太平，以醇正高雅的盛世之音，播揚上下」。〔二三〕在這種背景之下，高觀國的詞史地位才明顯提升。衆所周知，浙西詞派學習以姜夔和張炎爲首的南宋清雅詞人，而高觀國被認爲是姜、張一派的重要成員。朱彝尊所編《詞綜》，收竹屋詞二十首。由於《詞綜》編選謹嚴，在清代廣受讚譽，因此，該詞選亦有效促進了竹屋詞傳播。汪森在《詞綜序》中明確指出：「鄱陽姜夔出，句琢字煉，歸於醇雅，於是史達祖、高觀國羽翼之。」〔二四〕不難看出，汪森將高和史作爲南宋清雅詞派的重要成員對待，且其對於高、史二人詞學成就並未加軒輊，而是放于同一水準和層次。浙西詞派在清代前中期如日中天，其詞學接受觀深深地影響了清代詞壇，這也是高觀國在清詞史上的高光時刻，幾乎達到了「人摹竹屋，户仿梅溪」〔二五〕的地步。康熙四十四年，沈辰垣等人編《御選歷代詩餘》，選竹屋詞達八十首之多，幾乎將竹屋詞囊括殆盡，亦極大增强了竹屋詞的傳播效應。

清中期朴學興盛，清人基本延續了朱彝尊、汪森等早期浙派詞人對高觀國的評價與認可。乾隆年間編選《四庫全書》，《竹屋癡語》亦在其列。四庫館臣亦認爲高氏乃姜夔之羽翼，並云「觀國與達祖，疊相酬唱，旗鼓俱足相當」。〔二六〕不難看出，四庫館臣是將高觀國與史達祖相提並論，此時期高觀國的詞史地位仍較高。此外，像李調元、凌廷堪、郭麐等人基本賡續了浙派人觀點，對高觀國評價甚高。但隨着常州詞派

的崛起，也有更多的人開始意識到高觀國等南宋清雅詞人，其詞重藝術錘煉，而思想内容較爲貧乏。尤其是當張惠言和周濟等常派詞人登上歷史舞臺，其對詞之思想内涵更關注，在這種背景之下，高觀國詞史地位有所下降。張惠言所編《詞選》並未選竹屋詞，董毅《續詞選》也只選其《菩薩蠻》（春風吹緑湖邊草）一首詞，竹屋詞的傳播在此時期受到限制。

更重要的是，此前人們大抵將高、史並稱，但周濟認爲二人不能等同視之，高實不如史。周濟云：「竹屋、蒲江，並有盛名。蒲江窘促，等諸自鄶，竹屋硜硜，亦凡響耳。」〔二七〕又云：「竹屋得名甚盛，而其詞一無可觀，當由社中標榜而成耳。」〔二八〕周濟所編《宋四家詞選》，亦僅録竹屋詞一首。周濟作爲常州詞派巨擘，其對高觀國的評價在清中期影響甚大，竹屋詞史地位進一步降低。同樣，厲鶚在其《綺羅香・送紫山之秣陵，和留别韻》一詞中，用「已闖破、竹屋藩籬，更探取、梅溪涯涘」〔二九〕以評價好友徐逢吉的詞作成就。從「已」到「更」的表述耐人尋味，很明顯，在厲鶚心中竹屋亦不如梅溪。

比及晚清，出現了「今文經學的復興與經世致用思潮的初萌」。〔三〇〕清人對竹屋詞的評價更趨理性，雖仍有褒有貶，但總體持論較爲公允。如馮煦《蒿庵論詞》云：「平心論之，竹屋精實有餘，超逸不足。以梅溪較之，究未能旗鼓相當。今若求其同調，則惟盧蒲江差足肩隨耳。」〔三一〕馮煦指出高詞的優勢在於「精實」，不足在於「超逸不足」。「精實」可認爲是其詞遣詞造語較爲精警，重錘煉，但缺乏白石之飄逸靈動，這是較爲允洽的評論。他認爲高詞難以與梅溪詞比肩，僅可與盧祖皋媲美。劉熙載《詞概》亦云：「高竹屋詞，争驅白石，然嫌多綺語。」〔三二〕劉氏對高觀國評價也較高，認爲其可與白石争趨，但同時亦指出其不足之處是「多綺語」。所謂「綺語」，其内涵與馮煦所言「精實」有相似之處。另外，沈澤棠云：「《竹屋癡語》《金人捧露盤》『夢湘雲，……』，此則鈍根人語耳。張叔夏云『秦少游、高竹屋、姜白石、史邦卿、吴夢窗，此數家格調不侔，句法挺異，俱能特立清新之意，删削靡曼之詞』，何可以竹屋比肩三子。」〔三三〕沈氏亦認爲高觀國

與秦觀、姜夔、史達祖、吴文英等人不能比肩。

正如有學者所言：「高觀國在清代詞壇的接受，涉及到各個時期的不同詞派與詞人，他們的觀點左右着竹屋詞的升沉起伏。」〔三四〕從上述清人對高觀國及其詞品評的歷時考察可看出，竹屋詞在清代的傳播接受態勢大體經歷了低—高—低—中的發展趨勢。總體來看，清人認同高觀國是南宋清雅詞人的重要成員，其重要性比不上姜、張，這一點基本形成共識，但是否與史達祖相埒則存在争議，大致與盧祖皋成就相當。其實，高觀國在清代詞史上的沉浮進退更深層次的背景是浙西詞派爲扭轉明末俗豔詞風而抬舉竹屋，以壯大姜、張一派的聲勢；而常州詞派打壓竹屋，則是不滿浙派空疏詞風長期統治詞壇。二者對高觀國的評騭恐怕都一定程度上染上了派别博弈的色彩，難以做到絶對公允。

二　彙集沿遞與採録遴選：傳統書册傳播

傳統書册主要是别集和總集，這是竹屋詞清代傳播的最重要途徑。就高觀國而言，主要是指竹屋詞别集和歷代載有竹屋詞之詞選。現分别論述之。

（一）竹屋詞集

「别集作爲文學研究物件，它是文人研究、作品研究、思想研究的客觀載體。」〔三五〕相對於其他媒介而言，别集幾乎涵蓋了竹屋詞之全部，具有數量多，保存完整的巨大優勢。因此，「别集對詞的傳播發揮着重要的作用」。〔三六〕清代傳播的竹屋詞集既包括宋元明舊本，亦包括清人刊刻或抄録的新本，考察高觀國詞在清代的傳播，這兩種情形都應予考慮。南宋時高觀國詞集至少有三個版本：一爲黄昇《花庵詞選》所云《竹屋癡語》本〔三七〕，二爲陳振孫《直齋書録解題》著録《竹屋詞》一卷〔三八〕，三爲張炎《詞源》所提及《六十家詞》本〔三九〕。没有相關證據表明這些高詞版本尚在清代傳播。明代竹屋詞集版本主要有三，一爲吴訥編

《百家詞》抄本《竹屋詞》一卷，二爲紫芝漫鈔《宋元名家詞》本，三爲毛晋輯《竹屋癡語》一卷，即毛氏汲古閣《宋六十名家詞》刻本。這三種版本，在清代仍在流傳，其中毛氏《宋六十名家詞》本竹屋詞在清光緒十四年（一八八八）還有重印，即汪氏振綺堂覆刊本。

清人抄寫刊刻的竹屋詞版本，目前所見亦有四，一爲清抄《宋金明人九家詞》本，二爲《四庫全書》抄本，三爲朱孝臧《彊村叢書》刊本〔四〇〕，四爲清抄《宋元詞抄》本。由上可知，清代傳播的竹屋詞別集主要有七種，其中刻本二種，抄本五種。衆所周知，刊本複製數量多，傳播效應大。但實際上，上述兩種刊本，汲古閣本刊刻於明末，《彊村叢書》本刊刻于民國初年，都不是嚴格意義上的清代竹屋詞集刊本。但由於其皆與清代詞學關係密切，故而亦附於此。換言之，除清人利用汲古閣版進行重印的情形之外，清代暫未發現新刻竹屋詞集。

要之，毛晋汲古閣《宋六十名家詞》本《竹屋癡語》雖刊刻於明末，但由於是刊本，故而在清代傳播甚廣。且竹屋詞清代其他版本多以汲古閣本爲底本翻刻、重印或重抄，因此其對於竹屋詞在清代的傳播接受居功至偉。而《彊村叢書》刊刻於一九一七年，在清代幾乎没有産生傳播效應。因此不難得出結論，在清代流傳最廣的竹屋詞集，當爲毛晋汲古閣刻本。但朱孝臧《彊村叢書》本竹屋詞集爲刊本，且經過精心校勘，正所謂「遵源流、擇善本、別詩詞、補遺缺、存本色、訂詞題、校詞律」。〔四一〕正因爲朱氏的整理、校勘、刊刻，竹屋詞集在清季才有了一個較好的定本。後來唐圭璋編《全宋詞》，正是以《彊村叢書》本爲底本收入竹屋詞一〇八首，竹屋詞才得以走入現當代大衆視野。從這個意義上而言，《彊村叢書》的刊刻具有承前啓後的重要意義，既爲竹屋詞集清代傳播劃下了一個圓滿的句號，又爲新時期的流布譜寫了華美序章。

（二）歷代詞選

「文學選本，是一種特殊的批評方式，也是一種普遍的有效的傳播方式。」〔四二〕清代傳播竹屋詞的詞選

也可分爲兩類，一類爲宋元明時期所編詞選，在清代尚流傳。另一類爲清人新編詞選。這兩類詞選都是傳播竹屋詞的重要媒介，相關資料統計見表一、表二。

表一 宋元明主要詞選傳播竹屋詞排行

號序	詞調	首句	詞選及版本數量									入選總計	詞選傳播指數
			《花庵詞選》二十一	《陽春白雪》二十五	《絕妙好詞》二十一	《草堂詩餘》分調本 二十五	《草堂詩餘》續選本 五	《草堂詩餘》四集本 三	《花草粹編》四	《古今詞統》一	《精選古今詩餘醉》二		
1	《霜天曉角》	春雲粉色	✓	✓	✓			✓		✓	✓	6	73
2	《卜算子》	屈指數春來	✓	✓				✓	✓	✓	✓	6	56
3	《永遇樂》	淺暈修蛾	✓	✓				✓		✓	✓	5	52
4	《玉蝴蝶》	喚起一襟涼思	✓			✓		✓		✓	✓	5	52
5	《金人捧露盤》	念瑶姬		✓	✓					✓		3	47
6	《金人捧露盤》	夢湘雲		✓	✓					✓		3	47
7	《玉樓春》	雙雙海燕來金屋		✓	✓					✓		3	47

續表

號序	詞調	首句	詞選及版本數量									入選總計	傳播指數
			《花庵詞選》	《陽春白雪》	《絶妙好詞》	《草堂詩餘》分調本	《草堂詩餘》續選本	《草堂詩餘》四集本	《花草粹編》	《古今詞統》	《精選古今詩餘醉》		
			二十一	二十五	二十一	二十五	五	三	四	一	二		
8	《齊天樂》	碧雲闕處無多雨		√	√							2	46
9	《思佳客》	剪翠衫兒穩四停		√	√							2	46
10	《祝英臺近》	一窗閑	√		√							2	42
11	《風入松》	捲簾日日恨春陰	√		√							2	42
12	《解連環》	浪搖新綠	√				√	√		√		3	30
13	《杏花天》	霽煙消處寒猶嫩	√					√		√	√	4	27
14	《踏莎行》	水減堤痕	√					√		√	√	4	27
15	《御街行》	藤筠巧織花紋細	√						√	√		3	26

續表

序號	詞調	首句	詞選及版本數量																	入選總計	詞選傳播指數
			《詞綜》	《清嘯集》	《詞潔》	《詞鵠初編》	《御選歷代詩餘》	《古今詞選》	《清綺軒詞選》	《歷代詞鈔》	《古今別腸詞選》	《宋四家詞選》	《天籟選詞選》	《蓼園詞選》	《續詞選》	《詞則》	《宋詞十九首》	《複堂詞録》	《藝蘅館詞選》		
			二	一	一	一	二	二	四	一	一	三	一	一	三	一	一	一	一		
8	《金人捧露盤》	楚宫閑	√				√	√		√						√				5	8
9	《永遇樂》	淺暈修蛾	√		√		√	√								√				5	8
10	《金人捧露盤》	念瑶姬				√	√		√		√									4	8
11	《玲瓏四犯》	水外輕陰	√		√	√	√						√							5	7
12	《喜遷鶯》	涼雲歸去	√		√		√			√			√							5	7
13	《清平樂》	春蕪雨濕	√	√			√						√							4	6
14	《少年游》	春風吹碧	√	√			√			√										4	6
15	《玉樓春》	春煙澹澹生春水	√				√									√		√		4	6

續表

號序	詞調	首句	詞選及版本數量 《詞綜》	《清嘯集》	《詞潔》	《詞鵠初編》	《御選歷代詩餘》	《古今詞選》	《清綺軒詞選》	《歷代詞鈔》	《古今別腸詞選》	《宋四家詞選》	《天籟選詞選》	《蓼園詞選》	《續詞選》	《詞則》	《宋詞十九首》	《複堂詞録》	《藝蘅館詞選》	入選總計	詞選傳播指數
			二	一	一	一	二	二	四	一	一	三	一	一	三	一	一	一	一		
16	《御街行》	藤筍巧織花紋細	√			√	√						√							4	6
17	《玉蝴蝶》	喚起一襟涼思			√		√						√	√						4	5
18	《蘭陵王》	灑塵閣	√				√											√		3	5
19	《御街行》	香波半窣深深院	√				√						√							3	5
20	《燭影摇紅》	別浦潮平	√		√		√													3	5
21	《祝英臺近》	擁紅妝	√				√			√										3	5

㈠ 關於表格資料的幾點説明

① 表一詞選版本數量爲宋、元、明、清時期數量總和。表二詞選版本數量僅限清代。相關資料依肖鵬《群體的選擇——唐宋人詞選與詞人群通論》、陶子珍《明代詞選研究》和王兆鵬《詞學史料學》等文獻資料整理統計。

②《草堂詩餘》爲南宋人編，其中是否選録竹屋詞不得而知。現存《草堂詩餘》多經後人改編，非宋人原貌。從明清改編本來看，大致可分四類。第一類爲宋元分類本系列，約有十種；第二類爲顧從敬分調本系列，約有十四種；第三類爲顧從敬分調本系列（評點系列），約有十一種；第四類爲顧從敬分調本系列（續編系列），約有十種。〔四三〕其中第一類未載竹屋詞，第二類、第三類只載有一首竹屋詞，即《玉蝴蝶》（喚起一襟涼思）。第四類比較複雜，其中續選本五種，僅選《解連環》（浪摇新緑）一首詞，另有《草堂詩餘》四集本三種，載竹屋詞七首。另外二種選録情形不詳。本文將明清人改編且收有竹屋詞的這類詞選大致分爲《草堂詩餘》分調本、《草堂詩余》續選本、《草堂詩餘》四集本三種。

③ 每首詞的詞選傳播指數計算方法是將載有該詞的詞選版本數量相加。這是因爲，如僅統計各詞選中竹屋詞數量，恐無法反映其傳播效應。故還需考慮各詞選之版本多寡，以及每個版本的複製數量。至於後者，由於資料匱乏無法精確統計，因此只計量前者。

④ 由於種種原因，有個别罕見詞選未寓目，相關資料故而未統計，但對本文結論影響不大。另外，篇幅所限，每個表格只統計排名靠前的詞作。

㈡ 竹屋詞歷代選録趨勢考察

從以上資料可知，宋代雖僅有三部詞選載録竹屋詞，然每部詞選所載竹屋詞數量都較爲可觀，這説明在南宋中後期，竹屋詞的傳播度和影響度頗高。而到了元明時期，竹屋詞的入選比例和數量都很低，很多

詞選都未選竹屋詞。一直到晚明《古今詞統》入選三十四首，情況才有所改觀，這説明竹屋詞在元明時期處於傳播接受低潮。比及清代，情形有所改觀。清代載竹屋詞十首以上的詞選有沈辰垣、王奕清等編《御選歷代詩餘》八十二首，葉申薌《天籟軒詞選》二十五首，朱彝尊《詞綜》二十首，陳廷焯《雲韶集》十五首，卓回《古今詞彙初編》十四首。從表二資料大體可知，浙派選竹屋詞較多，常派選録較少；清前中期選録較多，後期選録較少。衆所周知，清前中期浙派興盛，浙派推舉南宋清雅詞人，因此該時期竹屋詞選録較多；而中後期常州詞派登上歷史舞臺，于南宋清雅詞稍有微詞，故而竹屋詞的入選率有所下降。

㈢ 清人選竹屋詞分析

竹屋詞在各個時期入選篇目大致可分爲三類，一類入選趨勢變化不大，宋元明人和清人都比較偏愛。如《霜天曉角》（春雲粉色）［六／六］〔四四〕、《卜算子》（屈指數春來）［六／七］、《永遇樂》（淺暈修蛾）［五／五］及《玉蝴蝶》（唤起一襟涼思）［五／四］等；第二類爲入清以後選録次數降低的篇目。如《玉樓春》（雙雙海燕來金屋）［三／〇］、《解連環》（浪摇新緑）［三／〇］及《踏莎行》（水減堤痕）［四／〇］等。第三類爲入清以後選録次數增加的篇目。如《菩薩蠻》（春風吹緑湖邊草）［一／六］、《賀新郎》（月冷霜袍擁）［一／六］、《解連環》（露條煙葉）［〇／六］、《金人捧露盤》（楚宫閑）［〇／五］及《玲瓏四犯》（水外輕陰）［〇／五］、《齊天樂》（碧雲闕處無多雨）［二／七］等。

從表二不難看出，清人最青睞的竹屋詞是《齊天樂》（碧雲闕處無多雨）和《卜算子》（屈指數春來），皆入選七次。《齊天樂》（碧雲闕處無多雨）書寫的是文人羈旅行役之苦，這種題材「是詞人抒發自我豐富人生情感體驗内在需要的文學呈現」。〔四五〕相較於竹屋其他應酬之作，其感情非常真摯，再加之情景交融，具有很强的藝術感染力。《卜算子》（屈指數春來）表現的則是對春天的感受和留戀，傷春是傳統文學的熱門主題，極易引起後人的情感共鳴。「在宋詞中，詞人才將傷春情緒淋漓盡致地表現了出來。」〔四六〕同時，該詞

在藝術上採用了複辭[四七]，反復出現「春」字，較爲明顯地打上了竹屋詞之藝術烙印。

清人選録較多的竹屋詞還有《菩薩蠻》（春風吹緑湖邊草）、《霜天曉角》（春雲粉色）、《解連環》（露條煙葉）及《賀新郎》（月冷霜袍擁）等。《菩薩蠻》（春風吹緑湖邊草）爲湖邊尋覓舊夢之作，陳廷焯《白雨齋詞話》認爲該詞「純用比意，爲集中最純正、最深婉之作」[四八]。今人湯華泉亦認爲該詞「清麗藴藉」。[四九]而《解連環》和《賀新郎》皆爲詠物詞，前者詠柳，後者詠梅。衆所周知，高觀國等南宋清雅詞人長於詠物，其詠物詞不離不即，「風致綺麗，情調纏綿，工而入逸，婉而多諷」[五〇]，受到清人喜愛亦不難理解。事實上，筆者統計的清代詞選中，入選次數最多的前三十九首竹屋詞中有十二首爲詠物題材，占比達 30.8%。

三 品評箋釋與軼事例證：其他傳播媒介

除别集和總集外，詞話、詞譜、類書、筆記等文獻也是竹屋詞清代傳播的重要補充。由於文獻浩繁，本文只簡要梳理清人的相關文獻。

（一）清代詞話

清代詞話數量非常龐大，孫克强編《清代詞話全編》收清人詞話一百二十八種之多。[五一]唐宋詞的詞話傳播具有鮮明的特色，由於有相關詞人軼事和鑒賞品評的加持，詞話具備其他傳播方式所難以媲美之優勢。從傳播形態來看，清人詞話所載竹屋詞可分爲兩類，第一類爲整首輯録。如葉申薌《本事詞》録高觀國《生查子》（蓬萊一撚雲）、《喜遷鶯》（歌音淒怨）、《永遇樂》（淺暈修蛾）三詞[五二]，馮金伯《詞苑萃編》録高觀國《菩薩蠻》（紅雲半壓秋波碧）一詞[五三]，李調元《雨村詞話》録高觀國《霜天曉角》（春雲粉色）[五四]，況周頤《蕙風詞話續編》録竹屋詞二闋，即《金人捧露盤》（念瑶姬）和《金人捧露盤》（楚宫閑）[五五]。像這樣完整輯録的竹屋詞數量不多。另一類爲斷篇殘句，即更多的竹屋詞是以這種碎片化的形態在詞話中傳播。[五六]

由於數量衆多，此處就不一一列舉。

從傳播方式來看，則包括本事趣聞類、箋注闡釋類及賞析評論類等。本事趣聞類如《生查子》（蓬萊一掬雲）爲竹屋在史輔之席上，有歌姬獻雲頭香而乞詞，爲賦。〔五七〕《喜遷鶯》（歌音淒怨）則爲竹屋代人吊西湖歌者而作；箋注闡釋類如許昂霄《詞綜偶評》對高觀國《御街行》「香波半窣深深院」中「窣」字的解釋，云：「六中卒也。此亦當作出字解，與勃窣窸義別。」〔五八〕再如，唐宋詞人在填詞時，有時會化用前人語句，但若無人點破，一般讀者不易發覺。竹屋《卜算子》上闋，「屈指數春來，彈指驚春去。簷外蛛絲網落花，也要留春住。」沈雄認爲其化用自僧皎然的送春詞：「有意送春歸，無計留春住。畢竟年年用著來，何似休歸去」。〔五九〕仔細研讀，不難發現二詞至少在兩個方面有相似之處，一是皆不憚用「春」字。二是皆表達了留春、惜春之意。清人這類批評也有助於世人對高詞更好地瞭解，促進其傳播接受；賞析評論類就更多了，如譚瑩論詞絶句云：「和天也瘦語真癡，語未經人竹屋詞。端恐梅溪無此語，爲春瘦却怕春知。」〔六〇〕從中可知，譚瑩非常欣賞高觀國「和天也瘦」、「爲春瘦却怕春知」等語句。相較於字詞句的賞析和點評而言，技法的點撥難度更大。因爲賞析和點評可以大而化之，主觀的意味較强，而技法的點撥則需落到實處，對點評者的學養要求更高。如吴衡照云，「詠物雖小題，然極難作，貴有不粘不脱之妙，此體南宋諸老尤擅長」，隨後分别列舉了姜夔詠蟋蟀詞、高觀國詠梅詞、史達祖詠春燕詞、王沂孫詠春水和詠蟬詞、張炎詠春水和詠孤雁詞及其佳句。〔六一〕吴氏拈出「不粘不脱」，用以概括南宋詠物詞之重要特質，亦非常精當。所謂「粘」，即過於形似，所謂「脱」，即過於追求神似，導致與所詠之物不似。詠物妙在似與不似之間。此外，清人對唐宋詞人的接受，並非一味推崇和盲目迷信，對於高觀國詞亦是如此，因此也有人指出竹屋詞的一些句法不足，這是另一種類型的接受。譬如況周頤指出：「宋人詞亦有疵病，斷不可學，高竹屋中秋夜懷梅溪云：『古驛煙寒，幽垣夢冷，應念秦樓十二』，此等句鉤勒太露，便失之薄。」〔六二〕何爲「鉤勒」，曹明升認爲其

基本涵義有二，此處應指「描摹景物，渲染情感」，況氏批評竹屋該詞句於描摹之外，而使景物無味，情感發露。[六三]

（二）清代詞譜

清代詞譜數量衆多，據江合友《明清詞譜史》後附録清代詞譜文獻超過五十種。[六四] 詞譜也是傳播竹屋詞的重要媒介，在唐宋音譜失傳的大背景之下，清人編纂詞譜的做法就是「皆取唐宋舊詞，以調名相同者互校，以求其句法字數；以句法字數相同者互校，以求其平仄；其句法字數有異同者，則據而注爲又一體；其平仄有異同者，則據而注爲可平可仄」[六五]。而高觀國詞「可歌可誦」，又能「以新意合古譜」[六六]，故而清人在編纂詞譜時選録竹屋詞作爲校正詞調音律的例詞也就不難理解了。據筆者初步統計，清代主要詞譜選竹屋詞的情形如下：吴綺《選聲集》一首[六七]，萬樹《詞律》七首[六八]，《欽定詞譜》七首[六九]，謝朝徵《白香詞譜箋》一首[七〇]，徐本立《詞律拾遺》一首[七一]。清代詞譜選録高觀國詞數量不少，説明清人對其之青睞與認可。清人詞譜選録竹屋詞，本意是借其核驗和校正詞之格律，但在客觀上亦起到了保存和傳播竹屋詞的效果。

（三）清代類書

類書是我國古代一種大型的資料性書籍，通過輯録各種文獻材料，按門類、字韻等方式編排以備查檢。清代類書衆多，據統計，清代編纂的類書達到了四百多種，二萬一千九百餘卷。[七二] 這些衆多類書中當然亦有輯録高觀國詞者。有的類書輯録竹屋詞之斷篇殘句，如華希閔《廣事類賦》輯録竹屋詞十句[七三]，王初桐《奩史》録竹屋詞三句[七四]，吴士玉《駢字類編》録竹屋詞九句[七五]，張玉書《佩文韻府》録竹屋詞三十九句[七六]。這些類書所輯竹屋詞雖非全帙，然亦有助於其在清代的傳播與接受。事實上，後人于竹屋詞一般能記住的往往還是這些詞句而非全篇。衆所周知，類書的功用主要就是爲古人寫作提供語言和事例方面

的素材。正是借助類書，竹屋詞句才會被清人運用到寫作中去，從而在清代實現更好的代際傳播。有的類書則輯録竹屋詞之原文全帙，如汪灝等編《廣群芳譜》録高觀國《菩薩蠻》（春風吹緑湖邊草）、《生查子》（野香春吐芽）等十首詞全文。〔七七〕這些被收録進類書的詞形態完好，除了能促進竹屋詞保存與傳播之外，還具有一定的文字校勘價值。

（四）清代筆記

筆記小説是中國古典小説的一種，形式介於隨筆和小説之間。其題材非常廣泛，主要涵蓋人物趣聞軼事、民間故事傳説、雜説雜談等，往往具有敘事簡約、篇幅短小、形式靈活、不拘一格之特色。清代筆記小説數量龐大，題材多樣、内容廣博、情節精彩、語言簡潔，其中也會載有一些唐宋詞，成爲唐宋詞的一種特殊傳播媒介。如清人褚人獲撰《堅瓠集》録竹屋詠蘇堤芙蓉《菩薩蠻》（紅雲半壓秋波碧）及詠轎《御街行》（藤筠巧織花紋細）二詞全文。〔七八〕這類筆記小説與詞話類似，往往借助品評鑒賞或趣聞典故以記載和傳播竹屋詞。如馮金伯詞話《詞苑萃編》中關於竹屋詠蘇堤芙蓉之詞的相關文字，與褚人獲在《堅瓠集》中的記載極爲相似，只作了少量文字修改，極有可能是馮氏從《堅瓠集》中抄襲而來。這些依賴筆記小説傳播的竹屋詞一般也都頗有特色，《御街行》（藤筠巧織花紋細）正是如此。據統計，宋代以交通工具爲吟詠物件的詠物詞家僅有三人。〔七九〕而轎子成爲吟詠對象，在此前從未出現過。正因爲其所詠物件之特殊罕見，才會引起筆記小説作者的注意，並載入其筆記作品之中。

四　收藏、轉贈、販賣與詞學進階：傳播主體與傳播效應

（一）傳播主體

「傳播者（communicator）也被稱爲傳者，是指在傳播活動中，借助特定媒介發佈資訊的人。任何人，

只要擁有一定的資訊資源和發佈的意願，借助一定的媒介，可以成爲傳播者。」〔八〇〕清代哪些人在傳播竹屋詞？就現有資料來看，藏書家與書商是傳播竹屋詞的主體。清代藏書家衆多，梳理其關於竹屋詞的相關著録資料，也是厘清竹屋詞集在清代傳播的重要途徑。「任何一朝一地，有藏書家必有書商，藏書家衆聚書商必密集，藏書事業興盛，書商經營必旺達，反之亦然。」〔八一〕清代諸如黄丕烈、鮑廷博等人既是藏書家亦是書商，因此，竹屋詞的傳播主要依賴其收藏、轉贈、售賣，他們對竹屋詞的傳播發揮了較大作用。清代圖書流通管道也頗爲豐富，「有主要存在於某一地點的銷售管道如固定店鋪、書攤、考市售書及圖書租賃等；也有流動於某一地區或跨地區的銷售管道有書船、流動售書、郵局寄送等」〔八二〕。多樣化的流通途徑也爲竹屋詞的傳播推波助瀾。清代一些著名藏書家，都有收藏竹屋詞的一些相關記載，現考述如下。

㈠黄虞稷：黄虞稷是明末清初的重要藏書家，其《千頃堂書目》卷三十二載有「高觀國《竹屋癡語》一卷」。〔八三〕另著録有「毛晋汲古閣《六十家詞》六十卷」，其中亦收録有竹屋詞。〔八四〕

㈡朱彝尊：朱彝尊編《詞綜》時參閲宋人詞别集一百三十七種，有一百三十二人的詞入選《詞綜》，其中就有「高觀國《竹屋癡語》一卷」。〔八五〕

㈢錢曾：《述古堂書目》著録兩宋人詞集三十四種，其中載有「高觀國《竹屋詞》一卷」。〔八六〕《也是園藏書目》卷七亦載詞集八十九種，其中就載有「高觀國《竹屋詞》一卷」。〔八七〕

㈣徐元文：《含經堂藏書目》其「集・詩餘」著録唐五代至明清詞集七十四種，其中載有高觀國《竹屋癡語》一卷。〔八八〕

㈤陸漻：《佳趣堂書目》著録五代至明詞集一百零五種，其中亦載有「高觀國《竹屋癡語》一卷」。〔八九〕

㈥黄丕烈：據韓應陛《讀有用書齋藏書志》載有黄丕烈曾收藏校勘的《宋人詞十種》，爲汲古閣精抄本，其中有《竹屋癡語》一卷（目録稱《竹屋詞》）。

⑦ 莊仲芳：《映雪樓藏書目考》卷十載五代至清代詞別集、選集、叢編、詞話六十餘種，其中就有高觀國《竹屋癡語》一卷。〔九〇〕

⑧ 韓應陛：《讀有用書齋藏書志》亦載有竹屋詞。 如上所述，此竹屋詞集爲汲古閣影宋精抄本，曾經黄丕烈校勘收藏。〔九一〕

⑨ 丁丙：《八千卷樓書目》卷二十載唐宋人詞別集一百四十六種（含同一詞人的不同詞集版本），其中就載有「《竹屋癡語》一卷，高觀國撰，汲古閣本」。〔九二〕

⑩ 陸心源：《皕宋樓藏書志》卷一百二十，載有宋詞別集二十五種，其中亦載有「高觀國《竹屋癡語》一卷，毛斧季手校本」。〔九三〕

⑪ 李盛鐸：《木犀軒收藏舊本書目》中有「宋元詞鈔」，其中載有「高觀國《竹屋癡語》一卷」，此「宋元詞鈔」，經鄧子勉考證，即爲明紫芝漫鈔《宋元名家詞》。〔九四〕

⑫ 吴昌綬：《宋金元詞集見存卷目》載有毛氏汲古閣六十一家詞集名目和四印齋所刻詞集名，其中前者就載有「高觀國《竹屋癡語》，三十九頁」。〔九五〕

從中不難發現，清代收藏家所收藏的這些竹屋詞集，以明人版本居多，其中尤以汲古閣本爲最，這再次印證了毛氏汲古閣對於竹屋詞傳播所發揮的巨大效應。

（二）傳播效應

「在傳播學中，傳播效果研究是傳播研究中極其重要的一個部分。」〔九六〕竹屋詞的傳播給清代文學究竟帶來了哪些影響，對竹屋詞自身又產生了哪些效應？下面就對這一問題作一簡要分析。

㈠ 澤被清代詞壇

一是詞學批評與理論的發展。「清代詞學家們以『中興』爲己任，勢必要把宋詞作爲學習研究的物

件。」[九七]清代是詞學批評的高峰時期，許多學者通過撰寫論詞絶句、詞話等方式探討詞學。「相比宋代詞學而言，清代詞學多了一份理論上的『自覺』。」[九八]高觀國的詞作在這樣的背景下成爲研究物件之一，有助於豐富詞學理論和批評體系，推動清代詞學批評的發展。正如況周頤所云：「近人操觚爲詞，輒曰吾學五代，學北宋，學南宋。」[九九]清代衆多詞學批評理論著作諸如馮煦《蒿庵論詞》、胡薇元《歲寒居詞話》、田同之《西圃詞説》、謝章鋋《賭棋山莊詞話》、郭麐《靈芬館詞話》、陳廷焯《白雨齋詞話》及譚瑩的《論詞絶句一百首》等，對包括高觀國在内的衆多詞人進行了品評，這種系統性的批評以及由此産生的紛争，有助於促進清代詞學理論的完善成熟，加深對唐宋詞人及其作品的體認，從而構建更爲科學而嚴謹的詞史和文學史。

二是填詞技法的借鑒與詞風的演變。高觀國詞與史達祖齊名，其詞作在清代繼續流佈，對清代詞人産生了影響。清代詞人在創作時，從高觀國詞中借鑒填詞技法、情感表達等方面的特點，使自己的作品更加豐富多元。竹屋其詞「深婉流美」[一〇〇]，尤其是其詠物詞，頗受清人認可與接受。「一方面，他善於細筆描摹，體物工巧入微；另一方面，他又多從旁面著筆，以虚筆渲染見長，常採用擬情化的表現方法，參之以曲折頓挫的勾勒之法，所以能使無情之物變得有情，且又與主體情思巧妙融合。」[一〇一]這種借鑒不僅體現在對高觀國個别詞作的模仿上，還體現在對南宋詞風整體的繼承與發展上。清人對竹屋詞創作上的接受一方面表現爲語句的襲用、改易、拓展、壓縮及反用等；另一方面則表現爲對竹屋詞的追和及仿擬，其追和較多的是高觀國的詠物詞和節序詞，尤其是詠春雨之作《蘭陵王》（灑塵閣）被追和最多。而複辭手法的運用則是清人仿擬竹屋體的重點。

三是文學流派與風格的形成。詞論家對於高觀國詞的評價，首先與詞壇風氣有關。[一〇二]清代詞學中興，流派紛呈。正如嚴迪昌先生所言：「在詞的發展上還不曾有過如清代詞所表現出來的如此鮮明、如此

成熟以及有着很强自覺意識的衆多流派和群體。」〔一〇三〕竹屋詞在清代的傳播和研究過程中，成爲這些流派探討和汲取靈感的對象之一。通過對其詞作的分析和借鑒，清代詞人能够形成更加鮮明的個人風格和獨特的文學流派。「清代詞學史上，不同時期、不同的詞學流派總會推出一位或幾位唐宋詞人，作爲本派的理論旗幟和詞學典範。」〔一〇四〕在清代詞學流派中，受高觀國詞影響最大的當爲浙西詞派。浙西詞派學習南宋清雅詞人，而高觀國正是南宋清雅詞派的重要代表。更值得關注的是，無論是浙派中人對其之推崇，抑或是後來常州詞派對其之貶低，竹屋詞在清代詞學流派的建構和嬗變過程中，都扮演了重要角色。

四是詞體音韻理論的完善。高觀國詞格律謹嚴，能「以新意合古譜」〔一〇五〕。故而，竹屋詞清代傳播之效應，還有一個不容忽視的方面，即清人借高觀國等宋人之詞，以核驗和校正詞之格律。比如謝元淮《填詞淺説》云：「詞禁諸條，亦須活看。如一聲不許四用一條，……，高觀國《玲瓏四犯》詞『此意等寫翠箋』，周邦彦《西河》詞『酒旗戲鼓甚處市』，陳允平《西河》詞『買花問酒錦繡市』，秦觀《金明池》詞『過三點兩點細雨』，曹勳《醉思仙》詞『按鏤板緩拍』，葛長庚《十二時》慢詞『一歲復一歲』，辛棄疾《蘭陵王》詞『紉蘭結佩帶杜若』，鄭意娘《勝州令》詞『傳粉在那裏』，皆用五仄字。」〔一〇六〕由此可見，謝元淮就是引用高觀國等宋人的具體詞句，以證明「一聲不許四用一條」這條規則亦非金科玉律，上述宋人的詞句就是反證。張德瀛《詞徵》卷三同樣也是如此，戈載《詞林正韻》認爲，真、諄、臻、文、欣、魂、痕、庚、耕、清、青、蒸、登、侵十四部不應通葉。但張德瀛指出，宋人上述用韻多有通葉之處，「至上去韻，如高竹屋、王碧山《齊天樂》，史邦卿《雙雙燕》亦然。此等處宋人自有律度，輾轉相通，强爲遷就，固屬不可」。〔一〇七〕此外，在清人編纂的《欽定詞譜》中，《金人捧露盤》、《聲聲慢》(仄韻)等二調以竹屋詞爲正體，另有十九個詞調在定體的過程中也以竹屋詞爲重要參考。〔一〇八〕清代詞人顧文彬被稱爲「今之草窗、竹屋」，也正因其「琢句之工」和「持律之

細」。〔一〇九〕所有這些都足以印證竹屋詞對清代詞譜音韻學的貢獻。

㈡ 賦能竹屋詞經典化

高觀國詞在清代的傳播也是其自身不斷經典化的一段歷程。促成文學作品經典化的因素有很多，我們按照自己的理解，將詞選、評點和唱和按不同比重納入計算指標。每首詞各個時期的詞選指數爲載有該首詞的詞選版本數量之和，相關資料來源於表一和表二。詞選的傳播效應最大，故按60％比重計算；歷代評點占30％，數據來源於唐圭璋《詞話叢編》和吴熊和《唐宋詞彙評》；「唱和則是創作方面的仿效，一般限於文人圈子内，它延伸了原唱詞作的生命力，但影響的廣度相對較小」〔一一〇〕。因此，僅占10％比重。各時期的唱和數據來源於《全宋詞》《全金元詞》《全明詞》《全明詞補編》《全清詞·順康卷》《全清詞·順康卷補編》《全清詞·雍乾卷》《全清詞·嘉道卷》，判斷標準爲在詞題或詞序中明確表明唱和竹屋詞。每首詞的傳播指數「總指」＝「宋指」＋「明指」＋「清指」。以《霜天曉角·春雲粉色》爲例，其「總指」＝(67×0.6＋0×0.3＋0×0.1)＋(6×0.6＋0×0.3＋0×0.1)＋(8×0.6＋2×0.3＋0×0.1)＝49。根據以上文獻和計算方法，統計出竹屋詞清代傳播指數排行，見表三。

表三　竹屋詞清代傳播指數排行

序號	詞調名	首句	宋選	宋評	宋和	宋指	明選	明評	明和	明指	清選	清評	清和	清指	總指
1	《霜天曉角》	春雲粉色	67	0	0	40	6	0	0	3.6	8	2	0	5.4	49
2	《卜算子》	屈指數春來	46	0	0	28	10	0	0	6	12	1	0	7.5	41
3	《永遇樂》	淺暈修蛾	46	0	0	28	6	0	0	3.6	8	1	1	5.2	36

續表

序號	詞調名	首句	宋選	宋評	宋和	宋指	明選	明評	明和	明指	清選	清評	清和	清指	總指
4	《玉蝴蝶》	喚起一襟凉思	21	0	0	13	31	3	0	20	5	3	0	3.9	36
5	《金人捧露盤》	念瑶姬	46	1	0	28	1	1	0	0.9	8	4	1	6.1	35
6	《齊天樂》	碧雲闕處無多雨	46	2	0	28	0	0	0	0	10	0	0	6	34
7	《金人捧露盤》	夢湘雲	46	0	0	28	1	0	0	0.6	3	0	0	1.8	30
8	《思佳客》	剪翠衫兒穩四停	46	0	0	28	0	0	0	0	3	0	0	1.8	29
9	《玉樓春》	幾雙海燕來金屋	46	0	0	28	1	1	0	0.9	0	0	0	0	29
10	《祝英臺近》	一窗閑	42	0	0	25	0	0	0	0	1	0	0	0.6	26
11	《風入松》	捲簾日日恨春陰	42	0	0	25	0	0	0	0	0	0	0	0	25
12	《御街行》	藤綺巧織花紋細	21	0	0	13	5	1	0	3.3	6	3	1	4.6	21
13	《解連環》	浪摇新緑	21	0	0	13	11	1	0	6.9	0	0	0	0	20
14	《菩薩蠻》	春風吹緑湖邊草	21	0	0	13	0	0	0	0	10	0	0	6	19
15	《杏花天》	賽煙消處寒猶嫩	21	0	0	13	6	0	0	3.6	3	0	0	1.8	18
16	《喜遷鶯》	凉雲歸去	21	0	0	13	0	0	0	0	7	0	0	4.2	17
17	《玉樓春》	春煙澹澹生春水	21	0	0	13	1	0	0	0.6	6	0	0	3.6	17

續表

序號	詞調名	首句	宋選	宋評	宋和	宋指	明選	明評	明和	明指	清選	清評	清和	清指	總指
18	《踏莎行》	水減堤痕	21	0	0	13	6	0	0	3.6	0	0	0	0	16
19	《聲聲慢》	壺天不夜	21	0	0	13	4	0	0	2.4	1	0	1	0.7	16
20	《菩薩蠻》	紅雲半壓秋波碧	21	0	0	13	1	1	0	0.9	3	1	0	2.1	16
21	《玉樓春》	多時不踏章臺路	21	0	0	13	0	0	0	0	4	0	0	2.4	15
22	《浣溪沙》	一色煙雲澹不消	25	0	0	15	0	0	0	0	0	0	0	0	15
23	《蘭陵王》	鳳簫咽	25	0	0	15	0	0	0	0	0	0	0	0	15
24	《生查子》	香鶯楚驛寒	21	0	0	13	1	0	0	0.6	0	0	0	0	13
25	《謁金門》	煙墅暝	21	0	0	13	1	0	0	0.6	0	0	0	0	13
26	《風入松》	粉嬌曾隔翠簾看	21	0	0	13	0	0	0	0	0	0	0	0	13
27	《菩薩蠻》	玉鱗熬出香凝軟	21	0	0	13	0	0	0	0	0	0	0	0	13
28	《思佳客》	人手西風意已秋	21	0	0	13	0	0	0	0	0	0	0	0	13

從表三可知，清代傳播最廣的竹屋詞當爲《霜天曉角》（春雲粉色），傳播係數達四十九，遥遥領先。該詞寫遊西湖之情景，景色明麗清新，語言明快生動，「雖然著墨不多，但情趣盎然，反映出高觀國小令清倩婉麗、平正典雅的風格」〔二一〕。清人李調元將之譽爲西湖詞最佳者，稱「初春情景，此詞盡之矣」〔二二〕。其

他如《永遇樂》（淺暈修蛾）、《玉蝴蝶》（唤起一襟涼思）、《金人捧露盤》（念瑶姬）、《齊天樂》（碧雲闕處無多雨）、《金人捧露盤》（夢湘雲）等詞也傳播頗廣。表三内竹屋詞有些在宋明時期就傳播頗廣，如《霜天曉角》（春雲粉色）、《玉蝴蝶》（唤起一襟涼思）等。而有些則是清人新鑄就之經典，如《齊天樂》（碧雲闕處無多雨）、《菩薩蠻》（春風吹緑湖邊草）、《喜遷鶯》（涼雲歸去）等。

爲什麽是這些竹屋詞成爲清代的傳播經典？首先，這些詞確忽代表了竹屋詞最高成就，受到歷代詞人青睞，此毋庸置疑。其次，決定竹屋詞在清代傳播廣度的因素，不完全取決於清人喜好，還受前代遺産影響。還是以《霜天曉角》（春雲粉色）爲例，其宋、明、清傳播指數分别爲 40、3.6、5.4。因此不難發現，真正決定竹屋詞清代傳播效應的，不是清代文獻，而是宋、明文獻，尤其是宋代詞選。這是因爲詞選所占傳播比重大，清人新編詞選數量雖超宋元明總和，載有竹屋詞的唐宋詞選數量也遠較宋元明時期多，但其版本數量較少，一般爲一至二種，最多的也不過《清綺軒詞選》的四種和《宋四家詞選》的三種，且不少爲抄本。而宋人詞選多刻本，且版本數量衆多，如《花庵詞選》、《陽春白雪》、《絶妙好詞》，其歷代累積版本數量分别達 21、25、21 種之多，進而可知其在清代積聚複製的數量就很大，傳播範圍就更廣，此毋庸諱言。至於「評點」和「唱和」兩項指標，清人雖也超過宋、明，但其絶對數量小，且所占分值不大，故而對竹屋詞的傳播效應影響有限。

綜上，高觀國詞在清代的傳播不僅豐富了清代文學的文化内涵，還促進了詞學批評理論的發展，爲清代詞人的創作提供了借鑒與靈感，同時在詞體音韻理論的完善方面産生了積極影響。當然亦不可過分誇大竹屋詞在清代傳播的影響力，正如有學者所言，「從純審美欣賞的角度看，其部分詞作的藝術性、可讀性較高，但從詞學的發展進程看，其整體成就或創新性、開拓性較小」〔一一三〕。要之，以竹屋詞爲個案，釐清其在清代傳播的具體情形及效應，從而進一步深化對古代文學作品傳播接受規律的認識，更好地保護和傳

承中華傳統文化，有着現實意義。

〔一〕關飛《高觀國、史達祖生卒年及交遊考述》，中國詞學學會第八屆年會暨二〇一八・詞學國際學術研討會論文集(伍)，二〇一八年版，第八頁。
〔二〕〔三七〕黃昇《中興以來絶妙詞選》卷六，明萬曆刊本。
〔三〕張炎《詞源》卷下，唐圭璋編《詞話叢編》，中華書局一九八六年版，第二五五頁。
〔四〕李治亭《清史》(上)，上海人民出版社二〇〇一年版，第十一頁。
〔五〕中國史學會《中國近代史資料叢刊・太平天國》，上海人民出版社一九五七年版，第三一三頁。
〔六〕趙挽瀾《林大椿集・垂涕集》，線裝書局二〇一三年版，第一〇六三九頁。
〔七〕〔八二〕孫文傑《清代圖書市場研究》，武漢大學博士學位論文二〇一〇年，第一九二頁，第一〇六頁。
〔八〕〔九〕周軍《清代旅遊地理研究》，華中師範大學博士學位論文二〇一一年，第一〇一頁，第一〇三頁。
〔一〇〕陳夢玲《明清大運河淮揚段沿線的造船研究》，江蘇科技大學碩士學位論文二〇二二年，第九頁。
〔一一〕陳學文《論明清江南流動圖書市場》，《浙江學刊》一九九八年第六期，第一〇七—一一一頁。
〔一二〕朱昌榮《清初程朱理學研究》，中國社會科學出版社二〇一九年版，第一二九頁。
〔一三〕龔書鐸《清代理學的特點》，《史學集刊》二〇〇五年第三期，第九〇—九六頁。
〔一四〕廖燕《黄少涯文集序》，《二十七松堂文集》，上海遠東出版社一九九九年版，第七〇頁。
〔一五〕鄭士德《中國圖書發行史》，高等教育出版社二〇〇〇年版，第五四四頁。
〔一六〕張秀民《中國印刷史》，浙江古籍出版社二〇〇六年版，第三九〇頁。
〔一七〕李睿《清代詞選研究》，安徽大學出版社二〇一一年版，第三頁。
〔一八〕高春花《清代唐宋詞選研究》，人民出版社二〇一八年版，第七頁。
〔一九〕沈辰垣等編《御選歷代詩餘(附《篋中詞》《廣篋中詞》)》，浙江古籍出版社一九九八年版，第二頁。
〔二〇〕陳子龍《幽蘭草序》，馮乾編校《清詞序跋彙編》，鳳凰出版社二〇一三版，第一頁。

〔二一〕王士禛《花草蒙拾》,《詞話叢編》,第六八二頁。
〔二二〕〔五三〕馮金伯《詞苑萃編》卷九,卷二十一,《詞話叢編》,第一九六七頁,第二二一二頁。
〔二三〕袁行霈《中國文學史·第四册》,高等教育出版社二〇一四年第三版,第二三〇頁。
〔二四〕汪森《詞綜序》,朱彝尊等編《詞綜》,中華書局一九七五年版,第二頁。
〔二五〕楊福臻《時晴齋詞鈔序》,張集聲《時晴齋詞鈔》,清光緒刻本。
〔二六〕〔六五〕永瑢等《四庫全書總目》,中華書局二〇〇三年版,第一八二〇頁,第一八二七頁。
〔二七〕周濟《宋四家詞選目録序論》,《詞話叢編》,第一六四四頁。
〔二八〕周濟《介存齋論詞雜著》,《詞話叢編》,第一六三五頁。
〔二九〕厲鶚撰,羅仲鼎、俞浣萍點校《厲鶚集》(下),浙江古籍出版社二〇一六年版,第七二八頁。
〔三〇〕朱誠如《清代文化》,學林出版社二〇一〇年版,第六七頁。
〔三一〕馮煦《蒿庵論詞》,《詞話叢編》,第三五九五頁。
〔三二〕劉熙載《詞概》,《詞話叢編》,第三六九五頁。
〔三三〕沈澤棠《懺庵詞話》,孫克强編著《唐宋人詞話(增訂本)》(下),南開大學出版社二〇一二年版,第九六七頁。
〔三四〕〔一〇八〕黄浩然《竹屋詞的升沉起伏與清代詞學的演進》,《南京師大學報(社會科學版)》二〇一二年第二期,第一四一—一四七頁。
〔三五〕錢禮翔《歷代别集編纂與傳播百年研究:範式與前瞻》,《中國編輯》二〇二四年第一一期,第八九—九六頁。
〔三六〕譚新紅《宋詞的書册傳播》,《武漢大學學報(人文科學版)》二〇〇八年第一期,第二五—三一頁。
〔三八〕陳振孫《直齋書録解題》,上海古籍出版社一九八七年版,第六三一頁。
〔三九〕夏承燾校注《詞源注》,人民文學出版社一九六三年版,第九頁。
〔四〇〕王兆鵬《詞學史料學》,中華書局二〇〇四年版,第二二三頁。
〔四一〕吴熊和《〈彊村叢書〉與詞籍校勘》,《吴熊和詞學論集》,杭州大學出版社一九九九年版,第一五〇—一五七頁。
〔四二〕王兆鵬《中國古代文學傳播方式研究的思考》,《文學遺産》二〇〇六年第二期,第一四—一六頁。
〔四三〕相關資料結合陳水雲《〈草堂詩餘〉在明代的改編重刊與詞學闡釋》,《蘇州大學學報(哲學社會科學)》二〇二四年第一期,第一

三六—一四六頁)及肖鵬《群體的選擇——唐宋人詞選與詞人群通論》統計得出。

〔四四〕括弧中前一個數字爲宋元明入選次數,後一個數字爲清代入選次數。下同。

〔四五〕楊吉華《宋代羈旅詞:存在主體的欲望焦慮與自我救贖》,《雲南社會科學》二〇一六年第六期,第一七七—一八二頁。

〔四六〕何阿珺《宋詞在傷春背後的情感體驗》,《中州學刊》二〇〇九年第二期,第二〇七—二〇九頁。

〔四七〕〔一〇〕張崇建《〈竹屋癡語〉研究》,河北師範大學碩士學位論文二〇一二年,第二二頁,第四六頁。

〔四八〕陳廷焯《白雨齋詞話》卷二,《詞話叢編》第三八〇二頁。

〔四九〕〔一一二〕唐圭璋等編《唐宋詞鑒賞辭典》,上海辭書出版社一九八八年版,第一八五三頁,第一八五七頁。

〔五〇〕周密《絶妙好詞》,吉林人民出版社二〇〇五年版,第九二頁。

〔五一〕孫克强主編《清代詞話全編》(第一册),鳳凰出版社二〇一九年版,第一四頁。

〔五二〕〔五七〕葉申薌《本事詞》卷下,《詞話叢編》,第二三四九—二三五〇頁,第二三四九頁。

〔五四〕李調元《雨村詞話》卷三,《詞話叢編》,第一四〇九頁。

〔五五〕況周頤《蕙風詞話續編》卷一,《詞話叢編》,第四五五〇頁。

〔五六〕參考拙文:陶友珍《論唐宋詞的詞話傳播——以〈詞話叢編〉所收清順康雍幹時期詞話爲中心》,《江西科技師範大學學報》二〇二一年第五期,第九九—一〇九頁。

〔五八〕許昂霄《詞綜偶評》,《詞話叢編》,第一五七六頁。

〔五九〕沈雄《古今詞話》,《詞話叢編》第九〇二頁。按,該詞爲《卜算子》,作者爲宋代詩僧如晦。如晦,名仲皎,非唐代詩僧皎然。沈雄誤。

〔六〇〕譚瑩《論詞絶句》,《唐宋人詞話(增訂本)》(下),第九六五頁。

〔六一〕吴衡照《蓮子居詞話》卷一,《詞話叢編》,第二四一七頁。

〔六二〕況周頤《蕙風詞話》卷二,《詞話叢編》,第四四四〇頁。

〔六三〕曹明升《清代宋詞學研究》,中華書局二〇一九年版,第二六二—二六五頁。

〔六四〕江合友《明清詞譜史》,上海古籍出版社二〇〇八年版,第二九八—三三〇頁。

〔六六〕〔一〇五〕陳玉琪《蒼梧詞序》,董元愷《蒼梧詞》,民國二十一年(一九三二)董康刊本。

〔六七〕吳綺《選聲集》（不分卷），清初刻本。

〔六八〕萬樹《詞律》卷五、卷六、卷十、卷十一、卷十九、卷二十，清文淵閣《四庫全書》本。

〔六九〕王奕清等編《欽定詞譜》卷七、卷十八、卷二十五、卷二十七、卷三十六，清康熙刻本。

〔七〇〕謝朝徵《白香詞譜箋》卷三，清光緒刻《半厂叢書》本。

〔七一〕徐本立《詞律拾遺》卷四、卷五，清同治十二年（一八七三）刻本。

〔七二〕趙含坤《中國類書》，河北人民出版社二〇〇五年版，第三六六頁。

〔七三〕華希閔《廣事類賦》卷二十八、卷二十九、卷三十二、卷三十九，清乾隆二十九年（一七六四）華希閔刻本。

〔七四〕王初桐《奩史》卷三十、卷六十三、卷九十一，清嘉慶刻本。

〔七五〕吳士玉《駢字類編》卷六十八、卷一百四十一、卷一百四十五、卷一百六十九、卷二百一、卷二百二、卷二百三，清文淵閣《四庫全書》本。

〔七六〕張玉書《佩文韻府》卷四、卷七、卷十二、卷十六、卷二十、卷二十四、卷二十五、卷三十四、卷三十五、卷三十八、卷四十、卷五十八、卷五十九、卷六十六、卷七十三、卷九十五、卷九十九、卷一百，清文淵閣《四庫全書》本。

〔七七〕汪灝《廣群芳譜》卷一、卷十五、卷二十四、卷三十九、卷五十二、卷七十八，清康熙刻本。

〔七八〕褚人獲《堅瓠集》二集卷一、八集卷四，清康熙刻本。

〔七九〕許伯卿《宋詞題材研究》，中華書局二〇〇七年版，第一二七頁。

〔八〇〕申凡、戚海龍《當代傳播學》，華中科技大學出版社二〇〇〇年版，第五八—五九頁。

〔八一〕袁逸、肖東發《中國古代書商與藏書家（一）》，《出版發行研究》一九九九年第一期，第五六—五八頁。

〔八三〕〔八四〕黄虞稷撰，瞿鳳起、潘景鄭整理《千頃堂書目》，上海古籍出版社二〇〇一年版，第七八九頁，第七八六頁。

〔八五〕朱彝尊《詞綜・發凡》，《四庫薈要》本。

〔八六〕錢曾《述古堂書目》，清乾隆三十八年（一七七三）抄本。

〔八七〕錢曾撰，丁鈍丁補編《也是園書目》卷七，清道光味經書屋抄本。

〔八八〕徐元文《含經堂藏書目》，民國三十年（一九四一）抄本。

〔八九〕陸漻《佳趣堂書目》，清光緒葉德輝《觀古堂書目叢刻》本。

〔九〇〕莊仲芳《映雪樓藏書目考》卷十,清道咸年間抄本。

〔九一〕韓應陛《讀有用書齋藏書志》,稿本。

〔九二〕丁立中《八千卷樓書目》(中)卷二十,國家圖書館出版社二〇〇九年版,第七〇四頁。

〔九三〕陸心源《皕宋樓藏書志》卷一百二十,清光緒十萬卷樓刊本。

〔九四〕鄧子勉《兩宋詞集的傳播與接受史研究》,華東師範大學出版社二〇一五年版,第三三四—三三五頁。

〔九五〕吴昌綬《宋金元詞集見存卷目》,清光緒三十三年(一九〇七)滬上鴻文書局印本。

〔九六〕申凡《傳播學原理》,華中科技大學出版社二〇一二年版,第一五〇頁。

〔九七〕孫克强《清代詞學批評史論》,上海古籍出版社二〇〇八年版,第一〇頁。

〔九八〕陳水雲《清代詞學思想流變》,社會科學文獻出版社二〇一八年版,第三五頁。

〔九九〕況周頤《蓼園詞選序》,《詞話叢編》,第三〇一七頁。

〔一〇〇〕許宗元《中國詞史》,黄山書社一九九〇年版,第一九九六頁。

〔一〇二〕繆鉞《論高觀國詞》,《靈溪詞説正續編》,北京大學出版社二〇一五年版,第五七一頁。

〔一〇三〕嚴迪昌《清詞史》,人民文學出版社二〇一一年版,第四頁。

〔一〇四〕孫克强《清代詞學》,中國社會科學出版社二〇〇四年版,第一五頁。

〔一〇六〕謝元淮《填詞淺説》,《詞話叢編》,第二五一六頁。

〔一〇七〕張德瀛《詞徵》卷三,《詞話叢編》,第四一二三頁。

〔一〇九〕俞樾《顧子山眉綠樓詞序》,《春在堂雜文》四編卷六,清光緒二十五年(一八九九)刻《春在堂全書》本。

〔一一〇〕郁玉英《宋詞經典的生成及嬗變》,中國社會科學出版社二〇一六年版,第四五頁。

〔一一二〕吴熊和《唐宋詞彙評·兩宋卷》,浙江教育出版社二〇〇四年版,第二九五八頁。

〔一一三〕王兆鵬、劉尊明《歷史的選擇——宋代詞人歷史地位的定量分析》,《文學遺産》一九九五年第四期,第四七—五四頁。

(作者單位:景德鎮學院人文學院)

外交詞史：王芃生《莫哀歌草》的創新特色

夏令偉

内容提要　外交詞史是王芃生《莫哀歌草》的創新特色。王芃生身處晚清民國動蕩之世，以外交家兼爲詞人的身份，承繼傳統詩史、詞史觀念，有意識地拓展詞境，促成外交詞史。其運用以一總多、以小見大之法，以外交史入詞，使其詞不僅成爲個人外交經歷與感受的記録，還具有認知民國外交史的重要意義。其詞擅長比興寄托，多借助香草美人意象或歷史外交典故含蓄委婉地抒發哀時情懷。有時亦濟以議論，有縱橫捭闔之氣。爲彌補正文主於抒情、議論而導致的紀事之不足，則大量借助題序、自注等，交代創作時地、原委、意旨，突出史實性。此外，還通過回憶録引詞或舊作新刊等方式對外交詞作進行二度創作，賦予其新内涵、新意義。總之，外交詞史是王芃生精心創造的詞苑新品，是中國詞境開拓的又一新獲。

關鍵詞　外交詞史　王芃生　《莫哀歌草》　外交家

詞境開拓通常是詞史演進的重要標識，而在民國詞壇，王芃生自覺采摭外交史事、經歷與感受入詞，形成外交詞史，便極具創新特色。

王芃生（一八九三——一九四六），原名大楨，湖南醴陵人。其一生參與了許多外交活動，被視爲外交家

本文爲山東省社會科學規劃研究項目「中國近現代域外詞的傳承與開拓研究」（22CZWJ04）的階段性成果。

而受到贊譽。其詞曾部分發表於報刊，引起較大反響。時人崔萬秋就曾對其組詞《清平樂・青島接收周年紀念日感賦》作過評論：

> 他把德占青島、日奪青島，以至與青島交涉有關的巴黎和會、華府會議、魯案會議、接收青島等一串的青島外交史很巧妙的攝入七闋小詞，夾敘夾議，應有盡有。《唐書》稱：「杜甫善陳時事，律切精深，世號『詩史』」。所以我也想叫這做「詞史」。更妙的，他把清弃青島以和德，比作和番出塞的王昭君，所以通體充滿着「勞人」「思婦」的語調和溫柔敦厚的情緒。若把標題和自注删去，在不深切瞭解青島歷史的人們乍看會疑是在言情，而不是在述史，然而却是美化了的外交史評。詞敘外交史和外交史入詞，都是前所未有的。〔一〕

崔氏認爲王芃生這組圍繞「青島外交史」來寫的詞具有重要的紀實性與較高的藝術性，可與杜甫詩史相比擬，故以「詞史」稱之。更進一步，他肯定了王芃生將詞與外交史相結合的做法是「前所未有」的創舉。一九四五年，王芃生編定個人詞集《莫哀歌草》〔二〕，「其中有關外交史料的作品甚多，爲一特色」〔三〕。今檢該集，卷上「仿古樂府」收仿作二章，分別爲《九張機・閨情》與《調笑轉踏・遼鶴孤飛曲》，與外交無關；附録「白話詞」收《蝶戀花・新閨情》二十二首，亦無關外交；而卷下「詞」，創作時間起自一九一二年，終於一九四五年，共一百首，而與外交相關者多達五十餘首，因此所言「外交史料」特色并不爲過。王芃生的外交詞與潘飛聲、廖恩燾、吕碧城等人詞中的異域書寫相比，其特殊之處在於作者每以外交家之眼審視異域的歷史、風物與人情，故而較少奇幻色彩與嘆賞之意，而是多以中外利害關係爲考量基點，借古喻今，言彼意此，從而寄寓其外交思考與用心。又由於這些外交詞具有創作上的持續性與規模化特點，涉及當時許多重要的外交事件與外交關係，在一定程度上反映了民國外交史，因而蘊含着較高的歷史認知價值。基於此，本文拈出「外交詞史」一語概括王芃生詞的創新特色，并從主體因素、思想内涵及藝術手法等方面展開

論述,以見出其在詞史上的意義。不足之處,敬請方家指正。

一　以外交家作外交詞

近代以降,外交在中國政治中地位日顯,影響愈大,不僅有總理各國事務衙門、外交部等外交部門的設立,外交活動、事件也不斷發生,其中一些甚至左右了國内社會的進程,如中國在巴黎和會上的外交失敗就引發了五四運動。由於國際形勢千變萬化,一些有識之士極力呼籲培養外交人才。早在一八九五年,康有爲等便談及這一問題:

内弊既除,則外交宜講。……而今使才未養,不諳外務,重辱國體,爲夷姗笑。今宜立使才館,選舉貢生監之明敏辨才者,入館學習,其翰林部曹願入者聽。各國語言、文字、政教、律法、風俗、約章,皆令學習。學成或爲游歷,或充隨員,出爲領事,擢爲公使,庶幾通曉外務,可以折衝。〔四〕

雖然這些建議未及實施,但在之後的留學潮中,確實有不少人以外交爲志業,并逐步成長爲優秀的外交家。其中,最爲典型的當屬顧維鈞。他於一九〇五年考入哥倫比亞大學,學習政治與外交,其初衷便是「在外交方面爲國效力,以改變中國與列强打交道時總是失敗的狀況」〔五〕,後歷任北洋政府外交總長、民國政府駐美大使等,爲中國現代外交作出了卓越貢獻。

王芃生也是在這種背景下成長起來的外交家。他於一九〇七年十五歲在縣立高小讀到鄉先輩劉彦所著《中國近世外交史》而對外交産生興趣,次年在醴陵姜灣瓷業學堂藝徒班受到日本教師安田乙吉、大元禮吉、松本的影響,并聽聞本縣留日歸國先輩談及明治維新而開始注意日本問題。一九一六年,留學於日本陸軍經理學校高等科。課餘搜集日本各方面資料,認真研究日本與國際動態,并於一九一八年畢業後,前往西伯利亞考察。一九一九年秋,赴外蒙考察,歷時兩月。一九二〇年,留學於日本東京帝國大學

經濟學部，擔任東京留日學生學術研究會外交研究部部長，全力鑽研日本文化起源與政治制度。一九二一年十月，作爲代表團成員參加華盛頓會議。次年二月，中日簽訂協定，規定恢復中國對山東的主權。同年夏，經加拿大温哥華回國。歸國後，參與接收青島等工作，歷時一年有餘。一九二五年四月，東渡日本研究日本古語及古文書，在日一年有餘。一九二八年六月，以個人資格赴日游説，促使日本政府承認國民政府，歷時半年，有《孤軍舌戰三島紀要》一文。一九三一年五月，斷定日本將於九月發動武力侵華。一九三二年一月，應邀聘爲東北外交研究委員會委員，主編《外交月報》。同時，爲國際聯盟李頓調查團提供有關資料。十月，隨中國代表團赴日内瓦參加國際聯盟特别大會，就日本侵華問題展開外交鬥争。一九三三年五月，寄居英國倫敦，閲讀日本古籍，其後往返法國巴黎、瑞士日内瓦等地。一九三四年九月，參加國聯第十五次大會。十一月，出任土耳其公使館參事。一九三五年赴任，并開展土耳其研究。一九三六年三月，赴東京擔任駐日大使館參事，同年十一月由日回國述職。十二月，又重返駐日使館，次年春，回國述職。五月，預測日軍將發動華北事變。一九三八年七月，擔任國際問題研究所主任。自此直至抗戰勝利，專門從事對日情報工作，不斷發表政論，鼓舞抗戰士氣。這些文章後於一九四五年五月彙爲《時局論叢》出版。一九四六年，赴南京、上海、北平等地處理戰後事宜，不幸於五月因病去世。〔六〕綜觀其一生行迹，多與外交有關，以至於張之淦曾蓋棺論定地説：「近百年來，湖南在外交界出了幾位出色的國士：郭嵩燾、曾紀澤、王芃生、蔣廷黻。」〔七〕

王芃生對日本歷史、文化、政治、軍事用力最勤，研究最深，對時局發展有深刻判斷，亦著述較多，爲自己赢得了較高聲譽。在其去世後不久，王芸生即撰文説：「中國的日本留學生成千累萬，但像芃生兄這樣的『日本通』却很少見。他熟知日本故事，精通日本人情，尤其對日本古代史的研究，可説是一時無兩。他是一個學者，是一個外交家，只是不宜於做官。」〔八〕同時人劍萍則説：「我認爲他不是領袖人物，不是政治

家，也不是外交家（這一點我與芸生先生有不同之見）；他是專家、學者、政論家、詩人、對政治具有影響的幕後人物，尤以詩人和學者的氣味爲濃厚。」〔九〕劍萍的看法似乎與王芸生的針鋒相對，但考慮到王芃生一生的行實，該看法更應被視爲一種補充。

在王芃生逝世二十年後，中國臺灣學人編就《王芃生先生紀念集》一書，其中收録了二十四篇「題字及紀念論文」。這些文章的作者在追憶王芃生時，談論最多的便是他的外交貢獻與地位。蕭贊育説：「芃生兄初名大楨，余至民國十八九年留學日本時即已聞其大名。當時日本留學生，凡研究日本問題，認爲對日知識最多、瞭解最深者，群推王大楨其人。」〔一〇〕日本宫元利直説：「中日兩國外交間，王芃生的名聲有極高的評價，他的存在價值是被公認的。」〔一一〕黄朝琴説：「芃生則以績學諳東事，聲華籍甚。」〔一二〕鄧文儀轉述其朋友的評價説：「他是我們外交的奇才，是中國的日本通，是出名的政論家。」〔一三〕這些人，或爲王芃生的同學、同事，或爲友人、後輩，有的甚至爲日本友人，無不推崇王芃生的外交能力與功績。鑒於這些看法經過了二十年的歲月沉澱，因而有較高説服力。

王芃生不僅是出色的外交家，還帶有「純粹文人的氣質——多情、忠厚、敏感」〔一四〕，於詞一道用力尤多，創獲也最大。時人余天民曾謂其「天性風雅，酷嗜辭章，夙善比興，尤精倚聲，拔其磊落抑塞奇才而成《莫哀詞草》一卷」〔一五〕，對其才性與創作作了十分到位的概括。在填詞上，王芃生不僅起步早，且受師友濡染甚深。據其《〈莫哀歌草〉卷下識語》，他十六歲時從其父王昌治學詞，頗受庭教，後來受到寧調元、劉澤湘、李雨初、傅熊湘等鄉先輩的影響，而「自幼切磋最久、唱和較多者，今存劉約真先生及雪耘弟而已」。這些人對王芃生的影響約有兩端：一是哀時憂國之情的潛移默化，二是同仇敵愾之情的相互砥礪。王芃生曾在《虞美人·讀先父遺墨有感》小序中談到其父的精神氣節，謂其「哀時憂國之忱每因外游而日深，以育才興國爲志，終身盡瘁於教育，尤重明耻勵節」。在其父影響下，他以「繼志匡時」爲念。劉雪耘乃劉鵬年

（一八九六—一九六三），劉澤湘之子，自號鞭影樓主，有《鞭影樓詞存》。他與王芃生同鄉，「同學詞詩，同入南社，自幼唱和即多」〔王芃生《水調歌頭・和劉雪耘弟原韻》（小序）〕，而在抗戰勝利之際，二人酬答數詞，皆以家國之情相互砥礪。

此外，王芃生也得到了優秀文學傳統的滋養，并突出地表現在他對「詞史」、「詩史」觀念的承繼上。在其《蝶戀花・新閨情》（小序）中，他説：

且詞體貼人情。……其間有目見耳聞，身歷意度，信手拈來，曲意描出，藉留社會某一斷面的殘影，以供他時某一些人的詠嘆。詩可稱史，詞豈不然？

這段話道出了王芃生對詞體體性與功能的認知，體現了其對傳統「詞史」觀的繼承。清代周濟云：「感慨所寄，不過盛衰，或綢繆未雨，或太息厝薪，或己溺己饑，或獨清獨醒，隨其人之性情、學問、境地，莫不有由衷之言。見事多，識理透，可爲後人論世之資。詩有史，詞亦有史，庶乎自樹一幟矣。若乃離別懷思，感士不遇，陳陳相因，唾瀋互拾，便思高揖温、韋，不亦耻乎？」〔一六〕這是周濟首次在詞學史上標舉的「詞史」一説，共有兩個要點：一是强調詞在内容上要擺脱「離别懷思，感士不遇」之類的個人狹隘情感而突出與時代盛衰相關的感慨，從而作爲「後人論世之資」，具備歷史認知功能；二是這種盛衰感慨要出於「由衷之言」，建立在個人「性情、學問、境地」之上，實現個體感受與時代盛衰的統一。與之相比，王芃生既强調詞的紀史内容與論世功用，也結合「詞體貼人情」的體性特徵，對詞人「目見耳聞，身歷意度」的涵養及「信手拈來，曲意描出」的藝術有充分體認，顯見與周濟「詞史」觀一脉相承之處。

如作進一步溯源，王芃生的「詞史」觀也與杜甫「詩史」關係密切。孟棨《本事詩・高逸第三》云：「杜逢禄山之難，流離隴蜀，畢陳於詩，推見至隱，殆無遺事，故當時號爲『詩史』。」〔一七〕杜甫一生憂國憂民，抒寫時事，沉鬱頓挫，而成詩史，被視爲詩歌創作的典範之一。王芃生身處晚清民國時期内憂外患日益加劇的

社會環境中，將個人詞集命名爲《莫哀歌草》，乃「取杜公『王郎酒酣拔劍砍地歌莫哀』句意也」〔一八〕，體現了對杜甫「詩史」的追步之意。這句詩出自杜甫《短歌行贈王郎司直》：

王郎酒酣拔劍斫地歌莫哀，我能拔爾抑塞磊落之奇才。豫章翻風白日動，鯨魚跋浪滄溟開。且脱劍佩休徘徊。西得諸侯棹錦水，欲向何門趿珠履。仲宣樓頭春色深，青眼高歌望吾子。眼中之人吾老矣。

唐代宗大曆三年（七六八），杜甫寓居江陵時，因王司直有不遇之嘆歌，故作此詩予以勸慰。前五句爲一段，「此慰司直哀歌之意。醉酣拔劍，歌聲甚哀，公勸其莫哀，而激厲振拔之。翻風跋浪，言奇才終當大用，何須撫劍悲歌乎」〔一九〕。後五句爲一段，「此送司直赴蜀之情。王赴西蜀，將謁侯門，今樓頭贈別，注眼高歌，惟望知己遭逢，以慰我哀老之人也」〔二〇〕。此詩「突兀横絶，跌宕悲凉」〔二一〕，足見老杜心胸與風采。王艽生取其首句，一方面因同姓之故，借「王郎」以自比〔二二〕，另一方面，則是基於其所蘊含的「哀」與「莫哀」之相反相成的思想。如果説青年王司直之哀是不遇之哀，而老年杜甫則哀不止此，更含哀時、哀老之意。由於深諳諸哀，杜甫才能抱同情之瞭解，不僅理解王司直的哀痛，還能給予充滿善意的勸慰。深諳諸哀而能莫哀，此詩寄寓了杜甫悲天憫人、哀時傷世的精神，潛流着「己溺己饑」、「獨清獨醒」的力量。這也是王艽生宗法杜甫的地方。

關於這種心態，王艽生曾作《自題〈莫哀歌草〉》二首加以重申。其一云：

檢點春心寸寸灰，攢胸萬感似潮來。問天屈子悲無奈，砍地王郎歌莫哀。空許堅貞酬素志，漸知古拙是清才。偶將舊意收新句，惆悵青春買不回。

其二云：

歡場閲盡益矜持，意遠情孤欲語誰。忍把浮名終誤我，未妨詞客且哀時。吞聲野老難歌哭，無力愚公

任轉移。百劫千塵何處覓，夢痕重認夢中辭。

在這兩首詩中，王芃生引述屈原問天、杜甫莫哀之意，表達「堅貞」之志、「哀時」之情。雖然「青春」不再，面臨「吞聲」、「無力」的境遇，但以詞載史，借詞「重認」塵劫，則體現了明確的「詞史」觀。

從前文的論述來看，王芃生的身份主要體現爲外交家兼爲詞人。生於多事之秋，其以外交家匡時，以詞人哀世，其經歷與精神自然内化於詞。更爲可貴的是，他有意識地貫徹「詞史」觀念，用詞來言史，尤其是外交史。時人劍萍曾説：「古今來詠史的詩很多，以詞詠史的似乎不很多見。據筆者所搜集王氏手稿，其中詠史的詞關於討袁護黨的有《清平樂》《相思兒令》兩闋，關於北伐的有《南歌子》一闋，關於外交方面的有《清平樂》七闋。」〔二三〕事實上，除《清平樂》七闋外，王芃生的外交詞還有很多。對此，筆者將在後文中予以廣泛引證與説明。

二　「外交史入詞」

所謂「外交史入詞」，出自前文所引崔萬秋語，可用來概括王芃生外交詞史的題材處理方式，指詞人將耳聞目驗的外交史事作爲題材寫入詞中，以達到載史、論史的效果。由於王芃生「於世界大勢、中外交涉研討逾三十載，燭隱發微，億則屢中。屬邦家多難，奉使四方，折衝尊俎，華盛頓會議、魯案善後、膠澳收復建埠及濟南慘案、日内瓦國聯大會諸役，决疑定策，目無全牛。凡所指陳，胥關大局」〔二四〕，親身參與、見證了民國外交的歷史發展，因此他有足够的條件去采擷這些民國外交史中的浪花與片段，并融入個人感受，因事而作，因時而歌，達到以一人之情思關合一代之盛衰的「詞史」書寫。其詞不僅記録着詞人獨特的外交經歷與感受，還個性化地呈現了波詭雲譎的民國外交史。

在王芃生的詞中，作爲題材内容的「外交史」是不固定的，既可以是整體的綫性的外交史實，也可以是

碎片化的即時性的外交見聞。對此，王艽生主要采取了以下兩種方式來處理。

其一，以一總多型。其最爲典型的是以一地關合多個國家、多個事件，用組詞形式將錯綜複雜的外交史加以綫性呈現，如組詞《清平樂・青島接收周年紀念日感賦》。這組詞影響很廣，除前文所引崔萬秋、劍萍的評論外，張之淦也説：「王氏《莫哀歌草》有《清平樂》詞五闋（引者按：「五闋」應爲「七闋」之誤），托美人香草之辭，敘述收回青島交涉甚爲詳備，傳誦一時。」[二五] 青島交涉接收是王艽生早期外交生涯的亮點。他參與了諸多相關外交事務，熟悉青島交涉接收問題的來龍去脉，尤感於當時中國外交的艱難與困頓，故於一九二三年青島接收周年紀念時，寫下這組詞，以一人之感繫一地之事，以一地之事繫一時之史。雖然是爲青島而發，取徑不大，但這組詞却關聯晚清與民國兩個時段，中、日、德、美等多個國家，以及德占青島、日占青島、巴黎和會、華盛頓會議、北平魯案會議、接收青島等多個外交事件，通過青島這一個關聯點而將錯綜複雜的國際形勢、與時俱變的外交事件呈現出來，尤其寄寓了非常複雜的詞人情感，其中既有對德、日侵占青島而清與北洋政府無能的憤慨與屈辱，又有對弱國無外交的深切憂慮，亦包含爲國維權的抗争精神。在此，王艽生將時間、空間、事件、情感萃於一爐，可謂化繁爲簡，以一總多，獨具匠心。

其二，以小見大型。這類詞通過采寫具體的人或事，折射宏大的外交場景、外交關係，寄寓深沉的外交感慨。相關詞例最多，不妨結合王艽生的外交行迹加以論述。

首先，西伯利亞及蒙古考察之作。一九一七年，俄國爆發十月革命，引發協約國武力干涉。一九一八年，日本出兵西伯利亞，實則覬覦我國東北，而北洋政府則派艦前往海參崴護僑、撤僑。此時王艽生剛從日本軍需學校畢業不久，「認此爲觀察日本對大陸陰謀及國際鬥争内幕之絶好機會」[二六]，遂「以見習日軍後方勤務名義，由朝鮮至海參崴、伯力、滿洲里、赤塔等地，以覘日人用兵之方略。折至外蒙而歸」[二七]，前後歷時一年有餘。在此期間，他創作了三首詞，出入古今，感慨多端。其中，《巫山一段雲・海參崴感事》

將日本經由我國東北出兵西伯利亞之舉比爲晋國假道於虞而伐虢，較早地暴露了其狼子野心；《攤破浣溪沙·赤塔聞魯僑談漠北土俗》寫漠北土俗二種，以筆記之法，寓僑民之思；《昭君怨·游蒙懷古》作於庫倫，聯繫蒙古族源與康熙駐蹕等事，對當時蒙古現狀不無感慨。

其次，歐美外交游歷之作。一九二一年十一月至一九二二年二月召開的華盛頓會議旨在解決《凡爾賽合約》未能解決的限制海軍軍備及遠東和太平洋問題。在此之前，王芃生正在日本帝國大學留學，從事外交研究。「自美國發出招集華盛頓會議之請柬，同人鑒於巴黎和會之痛史，認爲唯一翻案懲日之良機，由予草擬《華會之預測與中國應有之準備綱目》小册子，爲討論對策、考求論據、搜集材料之用。」〔二八〕後經由薦舉，王芃生得以加入中國代表團，參加華盛頓會議。在美期間，王芃生因觀李鴻章所書刻的美總統格蘭德墓碑，作《少年游》一詞，表達對格蘭德總統調停中日琉球争端舉動的嘉許，并聯繫「昔失琉球，今争青島」的局面，希冀美國「依樣費匡持」。其後離美經加拿大温哥華返國，見當地公園門口赫然陳列八國聯軍從中國所擄掠的兩尊虎蹲炮，不禁「驚心羞愧」，作《好事近》，直言「有睹日本游就館之慨」。

一九三一年「九一八事變」爆發後，「我國訴於國聯，芃生應顧維鈞之邀，赴日内瓦，盡出其所藏秘籍，以爲控日之謀證」〔二九〕。在一九三二年十月至一九三四年九月參加日内瓦國聯大會、居留歐洲期間，王芃生作了三首詞，其中《攤破浣溪沙·巴黎觀迷宫》《點絳唇·崩壁述所見》以詞紀游，乃遣興之作；另外一首《蘇幕遮·日内瓦志怪》，用范仲淹體》則記敘了中國代表艱難的外交處境與卓絶的外交鬥争，既將日人對中國代表「深夜窺私第」的恐嚇行徑予以披露，又直斥日人「譎詭」「褊隘」的本性，表達自己寧爲玉碎，不爲瓦全的抗争精神。同時，道出敵人雖一時得逞，但終會失敗而「追悔」的歷史結局，可謂目光如炬，心志如鐵。

一九三四年十一月至一九三五年冬，王芃生任土耳其公使館參事，離任歸國時作《浣溪沙·由土京過

巴爾幹入蘇聯途中》，記載異國旅途見聞，頗有趣味。

最後，關於日本的詞作。王芃生一生五次赴日，所從事的外交活動也多與日本有關，所以關於日本的詞作也最多。茲述於下。

王芃生最早的域外詞作是一九一八年於日本東京所作的《鷓鴣天・胞弟莪生遇險得救》。該詞表達了其「憂國淚，救鄉心」的留學心境，但尚未觸及外交層面。

一九二五年四月至一九二六年秋，王芃生逃難至日本，在一年多的時間裏寫了二十六首詞，分別是：《浣溪沙・題月薇畫扇》、《金縷曲・題善定居士畫山水》、《鶯啼序・京都懷古》、《蝶戀花・詠石，戲答夏渠園先生》五首、《浣溪沙・丙寅春，偕渠園、喬梓登比叡山》、《減字木蘭花・贈瀛洛寓主》、《法曲獻仙音・步韻別宛亭詞人》、《金縷曲・丙寅夏，宛亭詞人於一本松留作長夜之談，悵然有感》、《采桑子・夜話，再贈宛亭詞人》、《卜算子・留別，用東坡韻》、《臨江仙・丙寅秋，將歸國，京都諸友餞別，即席感賦》二首、《蝶戀花・落葉哀響》九首與《金縷曲・丙寅暮秋，將歸國參加北伐，新雨舊交聚飲於京都福合樓，賦此留別》。這些詞既有登臨游覽異國山川的抒懷詠古之作，又有題贈同客異國友人的作品，而更多的則是酬應賡和日人如瀛洛寓主、宛亭詞人（吉川幸次郎）的。雖然這些詞也追溯中日關係的歷史，談及當時的兩國形勢，潛藏作者對祖國前途的擔憂，但詩酒友情與人文雅趣的描寫較多，情感表達也相對内斂冲和。

一九二八年，王芃生第四次前往日本，其背景與結果是「外交部長王正廷計議與各國進行新約談判，恐日破壞，乃密派芃生赴日活動，留日半年，完成秘密任務後歸國」〔三〇〕。對此，王芃生作有《西江月・神户輪歸滬有感》一首記其始末，對此行所遭遇的中外壓力三致感慨。

一九三六年，王芃生自駐日大使館參事離任，則作《阮郎歸・離日歸國感賦》，表達了「私情不勝依戀，大局尤多隱憂」之情。

自此之後，王芃生再未踏足日本，但由於抗戰爆發，他擔任國際問題研究所主任，重點開展對日情報工作，所以仍然寫了不少關於日本的詞，如：《歸國謡·本意》記七·七事變前後日本侵華及國内應對形勢；《菩薩蠻·感事》作於太平洋戰争周年紀念日，回顧戰事發展，「歌以遣悶」；《西江月·題〈臺灣青年〉雜志》表憤怒於「狼子依然蠢動，盧溝又起烟塵」的行徑；《浣溪沙·聞故鄉淪陷，有懷而作》二首感慨於「八載征塵志未紛。忽驚烽火滿鄉鄰」，發出「更堪垂老遇兵災」的感嘆，可謂與杜甫千古同懷；《一萼紅》則作於日本投降之日，借落櫻喻日降，「江户風狂，平城月冷，花信隨地銷沉」，一片淒涼景象，暗示投降後的日本慘象；《春從天上來·柬許静老》、《高陽臺·聞敌降志感》二首則哀傷家國劫難，歡呼抗戰勝利，表達精忠許國之情。

上述詞作貫穿了王芃生一生重要的域外經歷與外交活動，記載了他的所見所聞所思所感，同時，由於這些外交活動又多與民國外交史上的重要事件相關，因此，其外交詞史之作既是個人的，又是時代的，是民國外交史的詞化。

三 「詞敘外交史」

所謂「詞敘外交史」，亦爲前引崔萬秋語，指的是詞如何表達講述外交史，也就是外交詞史的藝術呈現問題。一般而言，歷史書寫有專門文體并有相應要求，如「紀傳爲式，編年綴事，文非泛論，按實而書」〔三二〕，即强調書寫的紀實性；而詞主於抒情而非紀事，與歷史書寫相去甚遠。不過，一方面，隨着詞體發展與詞境拓展，歷史事件也作爲題材進入詞的創作領域，使詞的紀事述史功能得以加强；另一方面，周濟提出「詞史」説，强調以比興寄托之法而載史，則爲詞史創作提供了法門。王芃生既以外交史入詞，又善於利用多種藝術手段拓展詞體的載史功能，從而取得了獨特的藝術效果。對此，下面從三個方面加以闡述。

首先，王芃生尊重詞之婉約深長的體性特徵，針對特定的外交事件，并不追求質實的史事書寫，而是借助香草美人意象或歷史外交典故，將洞明局勢的睿智眼光、合縱連横的外交氣度、幽約深刻的家國情懷寄托其中，形成氣韻委婉、意藴豐富的藝術空間。

與時局險惡、難於直言有關，王芃生很早就注重以美人香草意象寄托言事，如作於一九一三年的《清平樂・春日感事》寫風雨摧殘之中春事凋零的景象，據其補序，乃知爲袁世凱暗殺宋教仁一事而發，「當時不得直書，聊作短詞志感」。他非常認可這種表達方式，常常以之自許許人，如一九四四年在讀了沈祖棻《涉江詞稿》後，他作《浣溪沙》稱贊沈詞「酒痕花淚寄深思」，并自注云：「用杜詩『感時花濺淚』意，女史善以美人香草諷時事。」而在《一萼紅》（小序）中，他説好友劉鵬年「以日本投降，寄示《清平樂》櫻詞近作，以美人香草之句，寫喪師辱國之慘，温柔敦厚，悲天憫人，視予舊作接收青島《清平樂》詞，并深珠玉在側之感」，亦可見他對通過美人香草意象以寫史事方式的認可。這裏王芃生所提到的「予舊作接收青島《清平樂》詞」，表面上敷衍王昭君辭漢和親出塞、在胡懷君怨望思歸、得詔還國等事，實則暗喻青島被德、日先後侵占，經巴黎和會、華盛頓會議，終被收回的歷史，「藉兒女柔情以紀史實，寄托遥遠，寓義深長，深得美人香草之旨」〔三二〕。

和這組《清平樂》屬於同一機杼的作品還有很多，如《阮郎歸・離日歸國感賦》：「天臺重到覺非凡。陰森未解嚴。 桃花人面兩無言。 窺檐憐雀憨。 眉半語，口三緘。 深心舊已諳。 鶯聲空囀奈鷹頑。 倦飛知自還。」針對日本「二二六事件」之後的戒嚴形勢，作爲駐日大使館參事的王芃生洞若觀火，但他以人面、雀、鶯、鷹等意象加以喻示，欲吐未吐，有纏綿悱惻之感。 又如《菩薩蠻・感事》作於太平洋戰争爆發周年之際，詞人以「薄言往愬」的君子形象自擬，强調之前預判太平洋戰争即將爆發的準確性，而「無人信」、「頻遭哂」的境遇則令人痛惜。

除了運用美人香草意象以比興寄托外，王芃生也借助歷史外交典故喻示當下外交形勢，豐富意蘊空間，强化外交色彩。如《巫山一段雲·海參崴感事》針對七國干涉俄國十月革命，出兵西伯利亞一事，以晉國假道於虞以伐虢而虞、虢唇亡齒寒的故實喻指日本出兵西伯利亞却意在侵吞我國東北的野心，將複雜的國際形勢用人所熟稔的歷史事實形容出來，化繁爲簡，直擊要害。又如《蘇幕遮·日内瓦志怪》用「夾谷盟」、「葵邱會」來指代日内瓦會議，用藺相如完璧歸趙的故事，强調「和璧連城，寧與身俱碎」，表達自己寧死不辱使命的堅毅態度。這些外交典故的應用將國際化的外交事件變成中國認知、中國風味，令人涣然冰釋。

雖然如此，王芃生有時也突破比興寄托的表達方式，而刻意以議論來驅遣意象或典故，從而使詞突破含蓄藴藉的表達風格，而顯得縱横捭闔，議論風生，有政論之風。事實上，王芃生具有非凡的辯才與論筆，劉詠堯曾説：「他除對國際問題有豐富知識，對中日問題能觀察入微，判斷正確外，同時，對中國國學亦有深厚根基，故才氣縱横，長於辯論。其所撰時事或學術論文，常在各雜志及各日報發表，頗能引起一般人之注意。」〔三三〕而於其詞中，也可見這種器局、識見與風度。試看《西江月·神户輪歸滬有感》：

八面楚歌聲裏，孤忠趙璧庭前。與身俱碎或能全。憂患讒疑難免。　彼岸虚傳薏苡，他年話剩魚筌。何求何忮更何愆。自慰良心一點。

雖然連用四面楚歌、完璧歸趙、薏苡之謗、得魚忘筌之類的典故，但却以議論出之，因而使憂憤之情、孤耿之意抒發得更爲激烈，也更爲動人。劉詠堯在讀過這首詞後評曰：「這詞寥寥五十字，可謂忠義昭然，情詞并茂。我們讀其詞，亦可想見其爲人了。」〔三四〕所言甚是。

其次，爲彌補詞之正文因偏重寄托、議論而導致紀事隱晦的不足，王芃生大量增加題序、自注，充分調配這些詞體部分的不同功能，突出紀實性，使創作背景、意圖、語義變得清晰明瞭。

王芃生的外交詞幾乎全部有題，用以簡單交代詠寫對象或事件，點明創作時間與地點，明確列出紀事要素，使所紀事實非常清楚。整部詞集編排也以時間爲序，突出編年紀事性質。題之後，則多有長篇小序，用以敷衍記敘相關外交事件，融入個人見識與情感。茲舉《望海潮・感事》（小序）來看：

辛未五月下旬，予對日情已成綜合觀察，推斷日本在東北必發動武力，至遲不出九月。時漢卿先生病，迭語左右，迄不得一晤。中秋後，予亦病卧德國醫院。九月二十二日，漢卿先生偕王廻波來院視疾，握予手嘆曰：「聞君早於數月前言之，然左右均不予報，予亦在病中，貽誤多矣。」囑愈後留平爲助。予曰：「曩者禍未發，地方容可作緩兵應變之謀，今則非中央統籌不可。予將南矣。」既而小愈，適顧少川先生電邀回南，預洽國聯調查團事，離平時不勝感慨。爰賦一闋，辛未歲暮呵凍識。

王芃生料敵於先，預判日軍將發動「九一八事變」，但無奈張學良未予注意，致使貽誤時機。這篇小序記載了張學良與王芃生的對話，前者所言屬於爲己開脱之辭，後者所説則直擊問題所在，暗含不足與謀之意。當其離開北平之際，内心抑鬱不平之氣已溢於言表。應該説，這段小序展示了「九一八事變」前後一些不爲人知的歷史片段，極具史料價值。

此外，王芃生的詞運用自注較爲普遍，如《清平樂・青島接收周年紀念感賦》七首，每首詞皆有自注，凡十五條之多。其詞自注的内容主要有兩種：一種乃釋語詞或典故，如《昭君怨・游蒙懷古》闡釋「淳維」、「汗山青」云：「《史記》：『匈奴，夏后氏之苗裔。其先曰淳維。』又汗山爲庫倫最上名勝，較途中之翠嶺爲雄偉。蒙人視爲聖地，禁采伐，故終年常青，爲曠漠中一壯觀。傳清帝康熙曾駐蹕於此。」另一種則敘史實，補充創作背景，如《少年游・觀李合肥書刻美總統格蘭德墓碑》尾注云：「格氏卸任東游時，適逢中、日琉球爭執。氏曾建議：以北部歸日，中部存琉球國，南部歸華。雖調停未成，佳意可念。」類似的例子還

有很多，此處從略。

最後，王芃生對詞作進行二度創作，或納入回憶録，以詞證史，或在新形勢下加以發表，生發新意，從而使這些詞作意藴更加飽滿，價值更加彰顯。

其一，回憶録引詞。《一個平凡黨員的回憶與自我檢討》作於一九四四年，是王芃生的回憶録。該文引用大量詩詞，用以佐證自己的人生軌迹與心路歷程。其中，引用的詞作有《清平樂》（暫能春半）、《相思兒令》（爲問年年花草）和《西江月》（八面楚歌聲裏）三首。前兩首作於詞人從事國民革命時期，與外交無涉；最後一首作於赴日宣傳之後的歸國途中。在引用這首詞之前，王芃生用了大量文字講述赴日前後形勢及其所面臨的國内外壓力，而以不畏犧牲爲結穴。有了這些鋪墊，再來看「何求何忮更何慾。自慰良心一點」的詞句，則所包含的自信與孤憤之情便不難理解。

其二，舊作新刊。王芃生「在九・一八以後，才開始爲報章雜志寫文章，以抗戰時期寫得最多」[三五]，而所發表的詞作中，有不少屬於舊作新刊。在發表這些舊作時，王芃生會爲之作注加序等，賦予更豐富的史實細節或意義。如一九四三年十一月十五日，《時事新報（重慶）》發表《西江月・神户輪歸滬有感》時，王芃生補作了五條自注，交代該詞的創作背景及意旨。而這些自注亦僅存於此，《莫哀歌草》并未收入，因此顯得彌足珍貴。

四　結語

民國時期，社會生活愈加複雜，對詞的影響也非常深刻。王芃生身爲外交家而兼詞人，承繼傳統的「詩史」、「詞史」觀念，抱持深刻的家國情懷，有意識地將自身的外交活動與外交感受形之於詞，并通過比興寄托等方法呈現出來，形成了外交詞史的創新特色。由於王芃生的詞集很長時間未及刊刻，傳播不廣，

加之其詞名爲外交功業所掩，因此較少有人關注他的詞作，更遑論他的詞史貢獻。事實上，若加以慎重審視與衡估，外交詞史可謂王芃生精心創造的詞苑新品，可謂中國詞境開拓的又一新獲。

〔一〕崔萬秋《王芃生〈清平樂〉附記》，《時事新報》（重慶）一九四二年十一月十一日，第四版。

〔二〕王芃生於一九四五年編定《莫哀歌草》，未及刊印。後臺灣邵毓麟等爲紀念王芃生逝世二十周年所編的《王芃生先生紀念集》（沈雲龍主編《近代中國史料叢刊》第九十八輯，文海出版社一九六六年版）中，收有王芃生「遺著」二種，其一便爲《莫哀歌草》。該本雖存在詞作失收和排印訛誤的問題，但仍是目前所見王芃生詞集最爲可靠的版本。本文所引王芃生詞之跋識、小序、自注及正文，除特別注明者，皆出此本，不再一一出注。

〔三〕〔七〕〔二五〕〔三五〕張之淦《略談王芃生先生——紀念王芃生先生逝世二十周年》，《王芃生先生紀念集》，第一一二頁，第一〇一頁，第一〇二頁，第一〇五頁。

〔四〕康有爲《上清帝第二書》，康有爲撰，姜義華、張榮華編校《康有爲全集》第二册，中國人民大學出版社二〇〇七年版，第四三頁。

〔五〕金光耀、趙勝土編著《一代外交家顧維鈞》，上海辭書出版社二〇〇六年版，第二一頁。

〔六〕參見株洲市政協文史委員會編，羅章生執筆《王芃生大事年表》，羅章生主編《王芃生與國際問題研究所》，《株洲文史（第十五輯）》，中國人民政治協商會議株洲市委員會文史資料研究委員會一九九〇年版，第三六三—三八四頁。

〔八〕王芸生《悼芃生兄》，《大公報》一九四六年五月十九日，第二版。

〔九〕〔二三〕〔三一〕劍萍《花殘春老吊詩魂——爲王芃生先生逝世周年作》，《中央日報》一九四七年五月二十一日，第六版。

〔一〇〕蕭贊育《我對芃生兄之追思——爲王芃生兄逝世二十周年紀念作》，《王芃生先生紀念集》，第六頁。

〔一一〕〔日〕宫元利直撰，楊君勵譯《追憶更新》，《王芃生先生紀念集》，第七二頁。

〔一二〕黄朝琴《思舊感言》，《王芃生先生紀念集》，第五頁。

〔一三〕鄧文儀《芃生先生印象記》，《王芃生先生紀念集》，第九頁。

〔一四〕丘樸殘《文人王芃生先生》，《上海新民報晚刊》一九四六年五月二十三日，第二版。

〔一五〕余天民《王芃生先生〈莫哀詞草〉跋》，《中央日報》一九四六年七月十三日，第七版。

〔一六〕周濟《介存齋論詞雜著》，唐圭璋編《詞話叢編》第二冊，中華書局二〇〇五年版，第一六三〇頁。

〔一七〕孟棨《本事詩》，丁福保輯《歷代詩話續編》第一冊，中華書局二〇〇六年，第一五頁。

〔一八〕〔二四〕劉鵬年《〈莫哀歌草〉跋》，《王芃生先生紀念集》，第二三九頁，第二三八頁。

〔一九〕〔二〇〕〔二一〕杜甫著，仇兆鰲注《杜詩詳注》第四冊，中華書局一九七九年版，第一八八五頁，第一八八六頁，第一八八六頁。

〔二二〕日本木下彪手記，楊君勵譯《憶王芃生先生》載一事：「王氏落款常署『曰叟王芃生』，余詢其意，王氏答如次：『孟子開卷劈頭「王曰叟不遠千里而來」，今中日兩國之事旦夕莫測，余將對日本朝野大有説辭，故不遠千里而來。』」（《王芃生先生紀念集》，第五六頁）可推知王芃生取筆名的特殊習慣。

〔二六〕〔二八〕王芃生《一個平凡黨員的回憶與自我檢討》，《王芃生先生紀念集》，第一五一頁，第一六二頁。

〔二七〕〔二九〕〔三〇〕蔣永敬《民國人物小傳（二三）王芃生》，朱傳譽主編《王芃生傳記資料》，天一出版社一九八五年版，第三頁。

〔三一〕劉勰著，范文瀾注《文心雕龍注》，人民文學出版社一九五八年版，第二八六頁。

〔三三〕〔三四〕劉詠堯《我對王芃生先生的一點追思》，《王芃生先生紀念集》，第一三頁，第二十二頁。

（作者單位：魯東大學人文學院）

《雙辛夷樓填詞圖》、《花影吹笙室填詞圖》題詠發微

趙鬱飛

内容提要 爲紀念早逝的父親李宗禕、胞妹李慎溶，李宣龔在一九二〇年邀請兩世交契的林紓繪製《雙辛夷樓填詞圖》與《花影吹笙室填詞圖》，並在其後兩次徵集題詠。一九二〇至一九三五年，二十四位作家共爲二圖創作六十七首詩詞。這些題辭潛含着諸人對往昔人事的追懷，亦承載了新舊轉型時期的多元文藝觀。《花影吹笙室填詞圖》諸題詠不僅透現出獨特的藝術風貌，更通過彰揚「李墻蕉」之名，使李慎溶詞史地位得以樹立。

關鍵詞 填詞圖 李宗禕 李慎溶 近代福建詞史

《雙辛夷樓填詞圖》、《花影吹笙填詞圖》系近代閩地名士李宣龔於民國九年（一九二〇）延請林紓所繪。宣龔（一八七六—一九五二），字拔可，號觀槿，又以家藏伊秉綬（墨卿）真跡最富，號墨巢，室名碩果亭。光緒甲午（一八九四）舉人，以中書舍人試令江蘇桃源（今淮安），宣統初引疾自免。入民國後供職上海商務印書館，歷任經理、發行所所長、代總經理、董事等職，又爲合衆圖書館董事。宣龔詩負「閩贛羽翼」、「同光後勁」之目〔一〕，有《碩果亭詩》、《墨巢詞》，今人黄曙輝整理點校爲《李宣龔詩文集》〔二〕。

蟠根錯節的八閩人文網絡中，李宣龔以篤於風義見稱，與林旭「文字骨肉」交誼尤動人〔三〕。在「盡後死之責」〔四〕，保存一代文獻的出版生涯裏，他爲林旭、沈瑜慶、楊鍾義、王允晳諸名家文字傾獻心力，也曾爲故

去的父親李宗禕、胞妹李慎溶兩次刊刻遺集。宗禕（一八六〇—一八九五），字次玉，號佛客，别署雙辛夷樓主人。光緒間家道中落，往金陵依舅父沈瑜慶居，隨入兩江總督張之洞幕，享齡僅三十六歲。工倚聲，《雙辛夷樓詞》存七十九首，與王允晳《碧棲詞》有「閩詞晚近之雙流兩華」〔五〕之譽。李慎溶（一八七八—一九〇三），字樨清，宗禕長女，同邑孫鴻謨室。年二十六，遽然病殞，遺《花影吹笙室詞》一卷，存十七首。

二集首度謀合刊時，李宣龔雖云爲「補印以存家」，仍邀林紓爲繪二《填詞圖》並徵題詠；其後戊辰（一九二八）再集同人題辭，並於民國二十六年（一九三七）重刊〔六〕。從諸家落款看，第一次所題詩詞創作時間集中於辛酉（一九二一）、壬戌（一九二二）年，第二次則跨越戊辰（一九二八）至乙亥（一九三五）八年之久。

一 兩幅《填詞圖》繪製及徵詠本事

時年六十九歲的琴南老人與同邑李家的淵源，可追溯至「模糊度過少年場」〔七〕後的而立時期。林紓之重拾詩筆即與李宗言、宗禕兄弟直接相關。林紓自云：「幼時學爲短章……積稿盈寸，憤而爇盡，遂不更作」〔八〕，「三十年以後，李佘曾（李宗言）佛客（李宗禕）兄弟立支社，集同人詠史」〔九〕。據朱則傑考，支社活動始於光緒八年壬午（一八八二），訖於十八年壬辰（一八九二）〔一〇〕。作爲「與集最多」〔一一〕者，林紓「月集於佛客之辛夷樓恒四五」〔一二〕，社課以外，借閲李氏宏富藏書：「匪日不就君兄弟……聚談恒至夜中。君兄弟積書連楹，余一一假讀且盡。」〔一三〕

支社集會場地玉尺山房，於林紓頗有特殊意義：道光以還，山房數易其主，大抵歷葉敬昌（葉申薌侄）——林國銓（林紓父）——陳蓮峰——李作梅（李宗言、李宗禕祖父）過程。林氏以經營鹽務起家，典得玉尺山房，後又爲舉人陳蓮峰低價强贖、被迫搬離事，盡詳林紓撰《先大母陳太孺人事略》。林紓一至九歲

曾在此居住，迨中年「劉郎重來」時，更對園中「陂塘林麓，邃房軒臺」[一四]一一諳熟，方有後來的《填詞圖》之繪。

填詞圖繪製及徵題韻事，雖是「迦陵開樣本」（謝章鋌《百字令·張韻舫僖太守眠琴小築填詞圖》句），但就畫作類型而言，近代層見迭出的填詞圖幾乎皆由起初《迦陵填詞圖》的白描人物轉變爲山水[一五]。雅擅山水一門的林紓，可謂會逢其適。

從某種程度上説，林紓的文學事業乃「俊得丹青助」，惜畫名爲譯、文名掩蔽耳。《清史稿》謂「尤善畫，冶南北於一爐，時皆寶之」[一六]，客京師時，時人有「舊京畫史兩巨擘」[一七]之目，所創製山水箋（即《宋人詞意箋》），魯迅、鄭振鐸推爲近代文人畫箋之始[一八]。中晚歲後，爲畫益肆，石遺至有「造幣廠」之謔[一九]。在「萃數十年中揮翰之心得而成」[二〇]的《春覺齋論畫》中，林紓有云：

凡作紀事之圖，須工人物者爲之。若今山水家爲之，往往不稱。蓋紀事之畫，不盡在山水之間，或蕭寺，或館驛，或園亭，匪所不可。若專寫屋宇，而人物但用寫意，欲求其肖，則不免近俗；不求其肖，則情景非真。故余絶不肯冒爲此種圖畫[二一]。

「近俗」、「非真」則不爲，其端誠矜慎若此。再參《雙辛夷樓填詞圖》「光禄臺邊木筆開，舊家池館上心來」（黄濬《奉題雙辛夷樓填詞圖即呈拔可先生正之》）、「名園憶玉尺」（林葆恒《霓裳中序第一》）等題句，可推知二圖所繪應即玉尺山房之實景。

二《填詞圖》原作爲李宣龔舊藏，一九四一年與各類圖籍、師友簡劄一併捐入合衆圖書館。珂羅版圖像今二見：一載《詞學季刊》一九三六年第三卷第三號「圖像」專欄，題名《林畏廬先生畫雙辛夷樓填詞圖》、《林畏廬先生畫花影吹笙室填詞圖》；一爲墨巢叢刻版《雙辛夷樓詞》後附。以圖像模糊，設色、刻畫細節皆難辨識，此處結合諸家題詠辭意，略爲臆揣：

《林畏廬先生畫雙辛夷樓填詞圖》

高樓煙翠。似供奉詞仙，經月春霽。花外畫簾低，悄無人、裁量茗味。羅屏鬘帳，仗醉夢、往來三四。還未。忍鏡奩、粉淚題字。　淒涼舊時鳳紙，尚依稀、吟聲細碎。噴水梅心，底事宵來無寐。霧唾如新，簟痕猶膩。怎禁憔悴。商畫意，教人往事重記。

——右調石湖仙　亡友李佛客員外有雙辛夷樓詞，又名零鴛詞，中多悼亡之作。余舊爲作序，今補是圖，成此解，歸諸喆嗣拔可舍人。　庚申四月林紓並識時年六十有九

《林畏盧先生畫花影吹笙室填詞圖》

花影都因作夢痕，因君往往吊零鴛。牆蕉總是秋來路，何事詞人即斷魂。詞中警句「颯颯牆蕉，恐是秋來路」，讀之疑其不祥矣，已而果驗。

才調高寒本宿因，多愁竟損苦吟身。於今滿地淡黃月，不見高樓選韻人。

——庚申四月畏盧老人林紓寫並題

據林紓一九一九—一九二一年間畫作推測，此二圖可能爲傳統淺絳山水，亦可能採用「淺絳加入石綠」[二二]法，色兼幽邃清新。《雙辛夷樓填詞圖》前景爲一小山，應即刻有「光祿吟臺」之閩山。下部山石、樹

木掩映，其上樓閣探出，内有「羅屏幔帳」之設。一道風廊横貫而過，與右首短垣、板門聯接，門外另有一小亭。大片翠竹間綴辛夷樹二株，花作「出牆靚」（羅惇曧《奉題雙辛夷樓填詞圖》句）盛開態，可證此爲春景。畫中人物即雙辛夷樓主人李宗禕分身二處：其一於「高樓」中臨窗據案；其二處亭中，似面向茶爐燕坐，照應「裁量茗味」句意。

《花影吹笙室填詞圖》韻致略同，存録下「髫齡絶慧」的才女李慎溶的片時風姿。矮牆隔開了前、後景，兩場景中同樣各有一分身：遠處小樓簾櫳半掩，臨窗女子手執書卷，悠然似心有所會，正如樊增祥《菩薩蠻》詞「盈盈樓上仙人子，夜吹鵝管諧宫徵」描述——這是醖釀文心階段，手中所持或是前人佳作，或是韻書；近處軒閣中，女子作家常妝束，據案沉思，案上文房之具歷歷可辨，對應樊詞「一株芳杏深深院，書窗借墨磨兄硯」——這是正在將靈感形諸文字，填入詞律中。「花影吹笙」之室名蓋取自范成大《醉落魄》詞名句，故沿牆垂柳、山石、池草之屬皆籠罩在「滿地淡黄月」中；而最醒目的，是數本枝葉舒捲的芭蕉。

對林紓來説，他在一個適合懷舊的年齡[二三]，趕上了一個適合懷舊的年份。數月前，他的摯友、在遺民界具有象徵意義的梁鼎芬謝世，曾「八度隨班，謁陵如禮」[二四]的林紓揮涕作誄。當他重又捧讀故人之子呈上的詞卷，運思畫作，一幕幕回憶瞬時兜上心頭：宗禕「喜爲高寒疏俊之行。布袍躡履，放浪山水，見者不知其爲貴遊子弟也」[二五]的蕭澹；社中友人「炷香開簾，置筆研竹」[二六]，「竹屋摇燈，水廊過屧」[二七]的投契與快意；宣龔載着父親的遺骨歸來時，自己「行哭臨之江滸」的悲慟……細咀《石湖仙》煞拍「商畫意，教人往事重記」句，别有一種沉厚藴藉味。

《雙辛夷樓填詞圖》題詠者計二十四家：林紓（《石湖仙》首唱）、陳寶琛、鄭孝胥、楊鍾義、陳衍、王允皙、王壽昌、諸宗元、夏敬觀、周樹謨、樊增祥、郭則澐、黄濬、羅惇曧、卓孝復、冒廣生、朱孝臧、梁鴻志、吴用威、黄孝紓、林葆恒、金兆蕃、許承堯、葉恭綽，作品計詩三十首並詞五首。

《花影吹笙室填詞圖》題詠者計十八家：林紓、王允晳、陳衍、樊增祥、周樹謨、郭則澐、黄濬、羅惇㬊、冒廣生、朱孝臧、夏敬觀、金兆蕃、許承堯、葉恭綽、楊鍾羲、吴用威、梁鴻志、李宣龔，作品計詩二十首並詞十二首。

觀此陣容，闔地並世才人幾備矣，外埠文、政兩界名流如彊村老人、「詞壇尊宿，合繼王、朱」〔二八〕之夏劍丞、「三十六宋齋主」梁衆異〔二九〕等。其中樊增祥之題詠非李宣龔直接邀約，據其詞序言，庚申（一九二〇）由李宣倜（李宗言三子，字釋戡，號蘇堂，一八八八—一九六一）贈詞集，因作《壽樓春》詞，壬戌年陳衍代宣龔持圖索題，又録舊作。此外李宣龔與諸人之交接，皆關合其八閩世家子——江南吏員——滬上出版界元老的人生履跡。

未及邁入二十世紀的李宗禕連同他筆下的舊世代，都成逝水殘夢，《雙辛夷樓詞填詞圖》題詠皆不離此「蘭成逝，江南哀」（樊增祥《壽樓春》句）主題。又林紓已於一九二四年下世，故陳寶琛一九二八年題詩有「畫師宿草幾經秋」之表達，悼人者後人更悼之，哀情過倍。

關於李宗禕詞在填詞圖題詠之外的文壇影響，另一事頗值關注：李宣龔在第二次征詠即一九二八年，曾以《雙辛夷樓詞》贈胡適。二人之結識蓋商務印書館編譯所所長高夢旦之介，時應在一九二二年〔三〇〕。胡適《詞選》一九二七年由商務印書館梓行，作爲「真正有功效有力量的國語教科書」〔三一〕，收入「新中學文庫」，其「權威之大，殆駕任何詞選而上之」〔三二〕。李宣龔贈書之舉，未必無倚托胡適聲價爲乃父傳名的用心。應是考慮到以胡適與林紓的論敵關係〔三三〕，又胡對填詞圖題詠一類遺老色彩濃重的活動恐也無興趣〔三四〕，李宣龔並未以征詠爲由頭。胡適覆信言語間意興頗高，其詞學觀中重要問題如南北宋詞品貌之異、白話詩與詞之關係等，皆可自此找尋得線索，可視爲《雙辛夷樓填詞圖》題詠之「新文學界番外篇」。是函載商務印書館麾下刊物《東方雜誌》一九二八年第二十五卷第六號，題名《讀〈雙辛夷樓詞〉致李

拔可》，兹引部分如下：

拔可先生：

今天收到《雙辛夷樓詞》，讀完之後高興得很。令先公的詞最合我的脾胃，他最得力於花間及周美成、辛稼軒，琴南先生作墓誌，説他「所填詞無一折涉南宋」，其實不盡然（如頁三的《朝玉階》似是學蔣竹山）。

此册的詞雖不多，然很多可傳之作（下引《聖無憂》《春光好》詞全文略）……這些都是絶可愛的小詞。集中詠物詞絶無南宋詞匠堆砌典故的習氣（下引《臨江仙·哀柳》《浪淘沙·芭蕉》詞句略）……詠物詩如此便足，此是詠物正宗。

……因讀令公芭蕉詞，偶憶我前年讀范石湖《瓶花》絶句，曾戲作小詩云：

不是怕風吹雨打，
不是羨燭照香薰。
只喜歡那折花的人，
高興和伊親近。
花瓣兒紛紛落了，
勞伊親手收存，
寄與伊心上的人，
當一封没有字的書信。

寫呈先生一看，不知頗有詞的意味否？近年因選詞之故，手寫口誦，受影響不少，故作白話詩多

作詞調，但於音節上也有益處，故也不勉强求擺脱。

適敬上

一七，三，八夜

二 《花影吹笙室填詞圖》題詠的藝術特質

填詞圖自清初發端，一線綿歷不絶，至中晚葉浸成風習，最終由題畫詞品類分蘖而出，以獨特藝術面貌與理論意涵成爲詞「中興」、「尊體」標幟之一。關於填詞圖及其題詠的價值，夏志穎、姚達兑、楊園園諸文〔三五〕已貢獻出諸多精審判斷。姚文指出，「填詞圖諸作作爲詞學實踐的在場見證，不僅可看出詞學風尚和主體變化，而且還可以看出題詠者想像一個共同體，進而參與建構圖中人物主體的象徵意義」〔三六〕，誠是。與同時期最典型和著名的《訒庵填詞圖》、《彊邨校詞圖》等相比，《花影吹笙室填詞圖》題詠作品自有其獨異性。深入三十二首詩詞文本，審視其中透現出的藝術特質，將有助於進一步細化對填詞圖題詠功用的認識。

對李慎溶享齡不永的感慨自是最顯明的主題。葉恭綽《踏莎行》「夢蝶初醒，驂鸞遽别」。曇華石火同飄瞥」嗟歎人世迅忽，吴用威《浣溪沙》（二首其二）「返生香是卷中人」重提葉小鸞故事，樊增祥《菩薩蠻》（二首其一）「好女莫填詞，嘔盡冰蠶絲」印證「才命相妨」論，林紓詩「何事詞人即斷魂」句後自注「詞中警句『颯颯牆蕉，恐是秋來路』，讀之疑其不祥矣，已而果驗」坐實「詞讖」觀念等，皆基於此生發。

陳衍、吴用威、冒廣生、楊鍾義四家題詠由李慎溶而憶及李宗禕及玉尺山房往事，如冒廣生《浣溪沙》「玉尺山房黯好春，雙辛夷下月如銀。當時曾照茜羅裙」、陳衍詩（二首其一）「雲山别墅吹笙景，併入山陽一愴神」等，這就將追思的時間跨度向前回溯，情感亦因疊加而愈濃厚。吟詠李宣龔對亡妹的深情，是更

爲集中的主題。作品中筆涉兄妹者計十二首，如黄濬、梁鴻志分別以「舊時香茗賦誰裁」、「雲山何處大姚村」句隱鮑照妹、米友仁妹典等，以感染力論，王允晳詩（三首其二）「阿兄江雁久離群，一世清愁付左芬。頭白還鄉無哭處，斷墳衰草没斜曛」、許承堯詩「才女真能讀父書，倦雲華月久成徂。尊前苦説牆蕉句，今日長兄霜鬢鬚」寫手足之情垂老難忘，以刻畫「阿兄白首」之眼前細節而更悽楚動人。卷末李宣龔「愴然」所賦二絶句中，「依稀涕淚别兄時，意理微茫久自疑」的追憶，「畫圖省識舊燈檠，遠夢能歸已隔生」的悵惘，則更具有真實的力量。

此外，部分作品筆路由初始重心（李慎溶及其詞）遊移，如郭則澐詩（二首其二）云：「抔土青山事已休，大雷書劄只空留。傷心話到疏香閣，同是中年一段愁」，其下自注：「予亦新遘鷗史妹之戚」。據《龍顧山人年譜》，郭則澐妹葆萱，字鷗史，通文史，嫻書畫，於則沄題詠當年（一九二二）去世，年甫及笄。父郭曾炘深哀之，持其遺畫《二喬觀書圖》遍徵題詠，樊增祥、王式通等爲題寫詩文〔三七〕。相似經歷與情境激起的共情，是郭則澐題詠的情感底色。再如王允晳詩（三首其三），由慎溶問業的經歷，追念與李氏有親緣關係的小友、「詞女之夫」林寒碧〔三八〕：

並世何由見此才，寸腸回盡便成灰。惟餘小淑無言在，生死天涯共一哀小淑嘉興徐氏，適予年家子林生亮奇，拔可之中表兄弟也。予居滬時，小淑以詞問業，平生所見詞女，樨青外罕與倫。比亮奇死，小淑保遺孤居母家。

王允晳身後，李宣龔長女李昭實〔三九〕（署名小可）撰文《猶有牆蕉動晚愁》載《時報》一九三五年三月二十三日，文云：

長樂王又點先生爲一代詞宗，吾家樨清二姑，早年從之受業。近讀先生《碧棲詩》遺集，中有《題李樨清女士〈花影吹笙室〉填詞圖》……按樨清二姑，好爲倚聲，哀然成帙，所製《蝶戀花》詞，尤爲詞壇稱誦……而予遠客海西，每一吟誦，黯然神傷。頃又聞又點先生亦已謝世，感千古彭殤，盡若短世露

電。附題一絶云：江山故感晚瀟瀟，破碎聲中夢六朝。秋盡南天人縹緲，遺編尤誦李牆蕉。詩之「嵌套式」悼懷結構正同前述陳寶琛題《雙辛夷樓填詞圖》「畫師」句相類，一筆雙寫的同時，於哀氛中再拓一境，又一併打入對「短世露電」的嗟歎中。

《花影吹笙室填詞圖》題詠作品的藝術特質在於：李慎溶、李宣龔謝世經年，與題詠活動間拉開了足够長的時間綫，憶舊述往的「詩料」得以纍積；又因慎溶並不具備《訒庵填詞圖》、《彊邨校詞圖》主人公林葆恒、朱祖謀那樣强烈的文化符號意義，題詠者書寫策略自可變聚焦爲漫散，繞過「文化記憶」、「身份認同」的重大題旨，代之以自然聯想與隨分抒情。《花影吹笙室填詞圖》的數十篇題詠作品，組構成了一種衆聲謳吟、又各有懷抱的「複調」哀感氛圍。

三 「小妹姓終傳樂府」：李慎溶詞史地位的樹立

庚申版《雙辛夷樓詞》有李宣龔跋，末節云：

後附《花影吹笙室詞》一卷，則爲孫氏妹慎溶之遺作，曩者南陵徐積餘觀察曾爲刻入《小檀欒室閨秀詞》中。妹以光緒戊寅生，癸卯卒，年僅二十有六。所填《蝶戀花》一闋有「颯颯牆蕉，恐是秋來路」之句，當時傳誦，稱之爲「李牆蕉」。府君嗜倚聲，而宣龔未能承學，妹工此，復不永年，良可追痛。校竟謹誌卷末，時至府君之殁已二十有六年，妹之即世亦十有八年矣。

因詞得名者，遠可溯「賀梅子」、「張孤雁」，近則有「王桐花」、「許子規」。爲慎溶博取「李牆蕉」雅號的《蝶戀花》全詞如下：

一夕涼飆辭舊暑。颯颯牆蕉，恐是秋來路。轉眼熏風時節去，不知燕子歸何處。 抽紙吟商無意緒。短檻疏窗，難寫黄昏句。今夜夜深知更苦，階前葉葉枝枝雨。

自宋玉《九辯》「悲哉，秋之爲氣也」破空一歎，兩千載間寫秋之風物、寒温乃至意態的篇章不勝其數，而最難捕捉摹狀的，是「秋聲」。歐陽修《秋聲賦》出，幾乎將秋聲寫到了「至矣盡矣，蔑以加矣」的程度。「崔顥題詩在上頭」，留下的書寫空間幾乎是一道窄門，以致後人筆涉「秋之聲」時，每用砧聲、蟲聲、雁聲等抵替。李慎溶慧心自運，以極度敏感的靈魂捫觸到自然微細的神經末梢，無從窺見的秋之步履，因「墻蕉」、「颯颯」響動而被賦予了形與聲，遂可目見，感知——這就在歐陽子後别開一徑。昔人論詞有「繪風手」[四〇]之謂，此句庶可當之。

「李墻蕉」之名由生前傳誦至身後。三十二首題辭中，援「墻蕉」語典者凡十四首。如王允皙詩（三首其一）「坐斷秋風來往路，是身争免似芭蕉」；黄濬詩（二首其一）「幽淚鑄成蕉上露，玉笙怨斷秋來路」；金兆蕃詩（二首其一）「墻陰却補叢蕉緑，寫得秋來路也無」；梁鴻志詩（二首其二）「秋人微抱向誰論，不待墻蕉早斷魂」等。題詠者反復加固「墻蕉」與「秋」的强關聯，以使原作者所鑄造意象的使用情境由偶然、具體向普適、抽象擴展。愈頻密，愈鮮明，「墻蕉」的每一次出現，都代表着文學界對李慎溶詞藝成就的再度確認。「小妹姓終傳樂府」（冒廣生《浣溪沙》句），良有以也。

好句子是叩開文學史的通行證，衹活了二十六年、留下十九首詞[四一]的李慎溶贏得了一個世紀的敬意。林葆恒《閩詞征》、《詞綜補遺》之輯，王藴章《然脂餘韻》、夏敬觀《忍古樓詞話》、黄濬《花隨人聖庵摭憶》、陳兼與《閩詞談屑》之撰，俱爲「李墻蕉」設一席；當代史論、選本如嚴迪昌《近現代詞紀事會評》、王延梯《中國古代女作家集》、劉磊等《中國近代女性文學大系詩詞卷》、劉夢芙《二十世紀中華詞選》、車乘軏《歷代雅詞大觀》等，亦有專論、選李慎溶《蝶戀花》詞部分。再舉今人一例，以覘「李墻蕉」之人望。吴三立一九七四年四月二十二日致朱庸齋札云：

吴氏（灝）《閨秀百家詞選》，是從徐積餘《小檀欒室彙刻閨秀詞》選出的，只原書四分之一而已，所

選以楊芳燦女楊芸之《琴清閣詞》開始，殿以李拔可先生妹李慎溶之《花影吹笙室詞》，一依原刊。惟弟發現吴氏所選李慎溶女士詞，竟將李女士名作《蝶戀花》一闋漏却，使弟大爲失望！[四二]「李墻蕉」的影響未僅限於簡單的留存。文學的活力在乎傳與承，後來者心摹手追，達成了「藉彼之意，寫我之情」[四三]的目的，同時也反過來「創造自己的前輩」（博爾赫斯語）。檢視李慎溶後的詞創作史，其典範意義主要體現在民國閩中詞界後進——何振岱「壽香社」女弟子群體的接受中。

曩撰《近百年女性詞史》及壽香社詞人群，曾述三點認識：

（一）從女性詞史大背景着眼，《詞鈔》可説是清代閨詞在後世的一次大規模接受。然「八才女」、「十姊妹」中並未出現格外穎異、自樹一家者。

（二）具體到淵源家法上，壽香社雖同爲謝章鋌——何振岱一脈傳人，受女性鄉賢李慎溶影響亦頗顯明。

（三）諸女詞風同中有異，陳聲聰「雖取徑不同，靈襟亦有上下，要皆婉麗明倩」是切中肯綮語[四四]。

李宣龔以地緣、學緣故，與何振岱及壽香社成員王真、劉蘅頗多酬應；又王真曾輯《花影吹笙室詞》佚作[四五]，可見熟習程度，李慎溶作爲鄉先賢的承傳路徑應可據此確定。讀《壽香社詞鈔》與何振岱夫人鄭元昭《天香室詞集》諸作，會發現「墻蕉」聲影屢於現字間：

風颯颯，雨瀟瀟。翠被新寒怨夕遥。小夢垂圓香篆悄，秋聲莫更下芭蕉（鄭元昭《赤棗子》）。

照見秋魂來往路，香邊簾幕重重護（劉蘅《蝶戀花·燈影》）。

梧桐早報秋消息，細追尋，又無跡（葉可羲《晝夜樂·海濱秋夕》）。

繞院覓秋聲，聽不斷，西風梧葉（葉可羲《長亭怨慢·酒醒見月作》）。

雲際雁聲迢遞，是新愁來路（王閑《風入松・夏夜坐月追憶道真七姊》）。

爲諸題詠所確立與强化的「墻蕉」已升格成了足資開掘的語典，其辭、意經不斷檃栝與重構，在群體内部完成了經典化。這是新一代女性作者對詞壇前輩的集體頂禮。詠秋——這一詞體熟題在李慎溶手中脱出窠臼，其栩栩新意經由壽香社詞人的創作實踐而延續了生命力。

填詞圖及題詠乃近世詞學昌隆一大顯證，拙文藉閩中李氏之故實，止發其一隅，期待引生更多思考。如從藝術史角度審視，作爲文人畫之極軌的填詞圖（包括特殊變型「校詞圖」、「勘詞圖」、「選詞圖」、「授硯圖」、「裁曲圖」等）與題辭文本的圖文交互關係；作爲詞學批評方法，填詞圖題詠的闡釋空間與價值向度的延展性，其與論詞絶句、論詞詞彼此涵容又遊離的微妙聯結等，都值得深探細論，且俟有心。

〔一〕汪辟疆《近代詩派與地域》：「閩贛派近代詩家，以閩縣陳寶琛、鄭孝胥、陳衍、義寧陳三立爲領袖，而沈瑜慶、張元奇、林旭、李宣龔……羽翼之。」《光宣詩壇點將録》點爲「地闔星火眼狻猊鄧飛」，評曰：「拔可詩深婉處似荆公，孤往處似後山，高秀處似嘉州。」章士釗《論近代詩家絶句》云：「閩嶠詩家鄭與陳，君來應是第三人。」錢仲聯《近百年詩壇點將録》點爲「地俊星鐵扇子宋清」，謂「拔可閩派後勁……其詩得海藏樓法乳，閩士無出其右者」。

〔二〕李宣龔著，黄曙輝點校《李宣龔詩文集》，華東師範大學出版社二〇〇九年版。

〔三〕宣龔與林旭少年訂交，情好頗密。及旭身殉，宣龔履險爲營身後事，後爲其刊刻《晚翠軒集》，收入「墨巢叢刻」中。汪辟疆《光宣詩壇點將録》：「在京滬時，余屢與共文宴，偶及暾谷，哽咽不成聲。」

〔四〕李宣龔《濤園詩集跋》，《李宣龔詩文集》，華東師範大學出版社二〇〇九年版，第三三二頁。

〔五〕黄濬著，霍慧玲點校《花隨人聖庵摭憶》（二），山西古籍出版社一九九九年版，第六七四頁。

〔六〕此版本初未詳出版年份，推測時間上限應以所載梁鴻志題辭之己亥（一九三五）年，下限應在「孔夫子舊書網」在售本所題受贈之己卯（一九三九）年。胡文楷《歷代婦女著作考》「花影吹笙室詞一卷」條下云：「民國二十六年（一九三七）排印本，列入墨巢叢刻。有林紓等十七人題詞，李宣龔記」，從其說。

〔七〕林紓詩《余去年七十，作自壽詩二十首，略述生平，近於搴簾自炫，屏去不録，今年大病新愈，又屆賤辰，率成一首，用自解嘲》句。

〔八〕林紓《福州支社詩序》，江中柱等編《林紓集》（一），福建人民出版社二〇二〇年版，第三一〇頁。

〔九〕林紓《畏廬詩存自序》，江中柱等編《林紓集》（二），福建人民出版社二〇二〇年版，第三頁。

〔一〇〕朱則傑《清末福州詩社「支社」考辨》，《廈門廣播電視大學學報》二〇一五年第二期。

〔一一〕周長庚《支社詩拾》，南江濤選編《清末民國舊體詩詞結社文獻彙編》，國家圖書館出版社二〇一三年版，第二一七頁。

〔一二〕林紓《李佛客員外哀辭》，江中柱等編《林紓集》（一），福建人民出版社二〇二〇年版，第九五頁。

〔一三〕林紓《佘曾李先生誄》，江中柱等編《林紓集》（一），福建人民出版社二〇二〇年版，第二七八頁。

〔一四〕林紓《李佛客員外墓誌銘》，江中柱等編《林紓集》（一），福建人民出版社二〇二〇年版，第五〇頁。

〔一五〕夏志穎亦謂：「從筆者所見的十餘幅圖例來看，除《迦陵填詞圖》外，其他都是以繪景爲主。」《論「填詞圖」及其詞學史意義》，《文學遺産》二〇〇九年第五期。

〔一六〕趙爾巽等《清史稿》卷四八六，中華書局一九七七年版，第一三四四六頁。

〔一七〕黄濬著，霍慧玲點校《花隨人聖庵摭憶》（二），山西古籍出版社一九九九年版，第七八五頁。

〔一八〕魯迅《北平箋譜序》：「宣統末，林琴南先生山水箋出，似爲當代文人特作畫箋之始，然未詳」；鄭振鐸《北平箋譜序》：「至宣統中，林琴南先生獨取玉田、夢窗詞意，製爲山水箋，清趣盎然，文人爲箋作畫，殆始於此。」鄭振鐸、魯迅編《北平箋譜》，浙江人民美術出版社二〇一七年版，第五、一一頁。

〔一九〕林紓《畏廬筆記》：「紓有書畫室，廣數筵，左右設兩案，一案高將及脅，立而作畫；一案如常，就以屬文。左案事畢，則就右案；右畢亦如之。飲食外，少停晷也。作畫譯書，雖對客不輟，惟作文則輟。其友陳衍嘗戲呼其室爲『造幣廠』，謂動即得錢也。」江中柱等編《林紓集》（三），第五六〇頁。

〔二〇〕顧廷龍《〈春覺齋論畫〉跋》，林紓撰，虞曉白點校《春覺齋論畫（外一種）》，浙江人民美術出版社二〇一六年版，第八九頁。

〔二一〕林紓《春覺齋論畫》，天津古籍出版社編《湖社月刊》（上），天津古籍出版社二〇〇五年，第一六四頁。

〔二二〕林紓《題庚申仿古寫生册》詩下自注：「西庭老人亦淺絳加入石緑，爲石谷諸人所不敢問津者，直超入神品，余妄意學之。」江中柱等編《林紓集》（二），第一八三頁。

〔二三〕林紓次年即以《自壽》組詩回顧生平鴻雪。

〔二四〕林紓《清番禺梁文忠公誄》,江中柱等編《林紓集》(一),第二七七頁。

〔二五〕林紓《李佛客員外墓誌銘》,江中柱等編《林紓集》(一),第五〇頁。

〔二六〕林紓《李佛客員外墓誌銘》,江中柱等編《林紓集》(一),第五〇頁。

〔二七〕林紓詞《淒涼犯・吊李佛客員外江南》句。

〔二八〕葉恭綽《遐庵詞話》,張璋等編纂《歷代詞話續編》(上),大象出版社二〇〇五年版,第六九七頁。

〔二九〕鄭逸梅謂梁鴻志:「人以題圖專家名之,梁掀髯一笑,蓋已默認之矣。」《逸梅雜札》,齊魯書社一九八五年版,第一四一—一四二頁。

〔三〇〕胡適《高夢旦先生小傳》:「那年(民國十年)暑假期中,我在上海住了四十五天,天天到商務印書館編譯所去,高先生……把所中的同事介紹和我談話……我知道他和館中的老輩張菊生先生、鮑咸昌先生、李拔可先生,對我的意思都很誠懇。」胡適著,耿雲志、李國彤編《胡適傳記作品全編》(第三卷),東方出版中心一九九九年版,第三八—三九頁。

〔三一〕胡適《所謂〈中小學文言運動〉》,《胡適論學近著》(第一集),上海書店一九八九年版,第五四一頁。

〔三二〕龍榆生《論賀方回詞質胡適之先生》,《龍榆生學術論文集》,上海古籍出版社二〇一七年版,第一五〇頁。

〔三三〕林紓在新文化運動中的「逆流姿態」及與胡適之恩怨,前人之述備矣,此舉與商務印書館相關一事:一九二一年春,高夢旦至京,商請胡適接替商務印書館編譯所所長職,林紓得知後大爲光火。高即書一函,盛讚胡適爲人,爲其回護。信未及發出,林紓至滬與高同遊十餘日,高「不忍出此書,以傷其心」。一九三五年,高將信寄胡適,時林紓已下世十載。胡讀後「很感動」,並附於當年五月十一日日記後,「作一個永久的紀念」。

〔三四〕胡適對林紓爲名醫陸仲安所繪《秋室研經圖》的解讀是:「我看了林先生這幅《秋室研經圖》,心裏想像將來無數《試驗室研經圖》,繪著許多醫學者在化學試驗室裏,穿著漆布的圍裙,拿著玻璃的管子,在那裏做化學的分析,鍋子裏煮的中國藥,桌子上翻開著《本草》《千金方》《外臺秘要》一類的古醫學,我盼望陸先生和我都能看見這一日。」可推知胡對性質近似的《填詞圖》的看法。孟慶雲《〈秋室研經圖〉的題詞——陸仲安治癒胡適「糖尿病」公案》,《中醫藥文化》二〇〇六年第三期。

〔三五〕夏志穎《論「填詞圖」及其詞學史意義》,《文學遺產》二〇〇九年第五期;姚達兑《(後)遺民地理書寫:填詞圖、校詞圖及其題詠》,《山東科技大學學報(社會科學版)》二〇一三年第一—二期;《清遺民的文化記憶和身份認同:林葆恒和六幅〈訒庵填詞圖〉》,《民族藝術》二〇一六年第六期;楊元元《晚清民國填詞圖題詠研究》(暨南大學碩士學位論文,二〇一八年)。

〔三六〕姚達兑《(後)遺民地理書寫：填詞圖、校詞圖及其題詠》。

〔三七〕郭則沄《龍顧山人年譜》，眢聖騫《郭則沄詞學整理與研究》，河南文藝出版社二〇一六年版，第二〇三頁。

〔三八〕林寒碧(一八八六—一九一六)，原名衵，字亮奇，閩侯人。早歲遊學日本，參與反清活動。一九〇八年由陳去病作伐，與徐蘊華(小淑)結縭。入民國後任農林部秘書、衆議院秘書。一九一六年出任上海《時事新報》總編輯，撰反袁評論多篇。同年八月七日晚赴好友梁啓超約，爲英人克明汽車輾傷，横死街頭，時有係袁世凱暗殺傳言。南社同人多有悼懷之作，陳去病爲作哀辭，柳亞子爲書墓表，李宣龔輯遺作爲《寒碧詩》。

〔三九〕李昭實(一八九七—一九四六)，字佩荃，西名旦睫 Daisy，别署小可。先後就讀於南通女子師範、江南女子公學、聖瑪利亞書院等。與丈夫王一之爲著名記者伉儷，旅歐期間兼任海外通訊員，爲《申報》、《時報》等撰報導多篇。二戰時居荷蘭，德對荷「閃電戰」後失聯，一九四六年三月去世。

〔四〇〕陳廷焯《白雨齋詞話》：「王阮亭謂『文友爲豔情中繪風手』。」陳廷焯著，屈興國校注《白雨齋詞話足本校注》(上)，齊魯書社一九八三年版，第三一五頁。

〔四一〕從王真《道真室隨筆》補二首，詳後文。

〔四二〕李文約著，廣東省人民政府文史研究館編《朱庸齋先生年譜》，廣東人民出版社二〇一八年版，第一六四頁。

〔四三〕趙翼《甌北詩話》卷十，《清詩話續編》，上海古籍出版社一九八三年版，第一三一四頁。

〔四四〕趙鬱飛《近百年女性詞史》，中國社會科學出社二〇二三年版，第一六三頁。

〔四五〕王真有署名「蓮修」之《道真室隨筆》連載於《華報》一九三四年四月三日《隨筆》文曰：「榫清之《花影吹笙室詞》並乃父次玉《雙辛夷樓詞》，合刊行世。有『留别慧畹女弟』兩闋，未載集中。調寄《清平樂》句云……又調寄《疏影》句云……」

(作者單位：吉林大學文學院)

王易《藕孔微塵詞》探微

——兼論此集刊於《文史季刊》的意義

徐瑋

内容提要 王易《藕孔微塵詞》寫於一九三二年，當時外在環境和词人内在心情，包括悼念詞壇領袖朱祖謀的去世以及「一·二八事變」引發的淞滬戰争，促使他通過集句詞創作來表達焦慮和無奈，並尋求心靈的安慰。十年後，這部詞刊登於《文史季刊》，由私人圈子走向公衆視域，這不僅是王易對歐陽祖經《曉月詞》的回應，也是他希望通過傳統文學形式來激勵民氣、振奮民族自信的一種努力，展示了傳統文學在抗戰時期的書寫價值。

關鍵詞 王易 藕孔微塵詞 《文史季刊》 集句

一 引言

王易，字曉湘，號簡庵，先後就任於北京師範大學、中央大學、復旦大學、中正大學等，以詩詞及學術研究名家，名最著者爲《詞曲史》。王易也擅於創作，在當時頗有才名，只是後世研究多重視其學術著作，對

本文爲香港研究資助局研究計劃 14605120 之部分成果。

其創作的關注較少。[一] 王易存詞一百多首，其中較特殊的是寫於一九三二年的《藕孔微塵詞》。王易的文學創作多散見於報刊，惟此集曾在寫成之後油印成小册，並有好友黄侃之評語。雖有印刷出版，但流傳不廣，除《水龍吟》悼朱祖謀之作曾刊於《詞學季刊》，大多只是在少數親近友人間傳閲。然而，十年後，作者將之刊登在自己主編的《文史季刊》上，使之進入公衆視野。從寫成到刊登經過十年，王易爲何突然於一九四二年拿出來刊登，其原因爲何？

此外，《藕孔微塵詞》是一部集詞詞，即全由截用前人詞句而成。集句的傳統其來有自，屬於雜體詞的一種，歷代書寫不輟，但多聊作遊戲之用。[二] 晚清、民國之時，集句之風主要體現在詩，在詞壇上並不盛行。[三] 再者，集句詞可細分爲集詩句和集詞句，以前者更普遍。廖恩燾曾指出集詩句較容易，專集詞句則難，原因是詩句的形式多樣，彈性大，較容易截取並移入詞句。[四]《藕孔微塵詞》是集詞詞，創作難度甚大，這個選擇反映了作者怎樣的心態？此集寫成後，作者油印成册，在少數密友間傳閲，可見其敝帚自珍之意。黄侃激賞此集「雲英化水，光采與同」，並謂「若以爲百納衣，則辜負詞人苦心矣」，認爲詞人有所寄托。從王易將詞集與評語刊登的行爲來看，他不但認同黄侃的想法，更認爲他的「苦心」在十年後仍符合當時的語境，能引起一九四二年《文史季刊》讀者的共鳴。王易爲何特别重視自己這些由前人詞句拼湊重組的作品？通過轉移和組合前人的詞句造成怎樣的閲讀效果？表達了哪些無法以常規書寫的情感？這個具有高度遊戲性質和嚴謹複雜規則的創作形式，與作者當時的境遇、乃至十年後的語境，又有怎樣的關聯？本文擬借此集探索王易在一九三二及一九四二面對的歷史現場及其隱藏在他人句子中的自家心事。

二　文字遊戲與心靈避難所

《藕孔微塵詞》寫成於一九三二年暮春，共十四首。第一首詞《水龍吟》爲悼念朱祖謀而寫，朱氏卒於

一九三一年十二月三十日；最後一首詞《金縷曲》寫於一九三二年四月二十一日，全集的寫作時間約四個月左右。王易在成書之際曾形容了當時的外在環境和自己的內在心情；十年後，他補充了這段回憶，兩序可合而觀之。一九三二年序云：

索居無俚，憂心如惔。借酒澆愁，牽蘿補屋。奈何新亭之泣宛矣。山樞之吟，寫示知交，或當破涕。壬申春暮，簡庵自記。〔五〕

一九四一年序云：

《藕孔微塵詞》者，「一·二八」戰時，簡庵僑居金陵作也。維時淞滬戰酣，首都風鶴，學校輟講，索居無聊。適聞彊村先生之喪，因集其句爲輓章。繼乃推及柳、周、姜、吴諸家，日成一闋以自遣，收視返聽，心轉寧靜。風煙荏苒，倏又十稘，倭禍瀰漫，奚啻百倍？昔爲楚囚對泣，今且反舌無聲，間拂塵編，曷勝感喟。民國三十一年一二八日自記。〔六〕

這兩段文字透露出一些值得推敲的訊息。其一，此集寫成集句有一定的偶然性，王易此前此後都很少寫集句詞。那麽，是甚麽引起他寫集句的興趣呢？作者雖無明言，但我們不妨稍作推測。集句雖往往被視爲文字遊戲，但其創作過程要求作者對所集之原文本極爲熟悉，要「取諸腹笥，不待簡閱」，方能調度自如。〔七〕王易悼念朱祖謀而採用集彊村句的形式，一是向彊村表達敬意，二是表現自己對彊村詞爛熟於心，是彊村詞的知音人。〔八〕這首詞翌年刊於《詞學季刊》，走入公衆領域，客觀上亦參與了彊村詞經典化的過程。大抵是這首詞的創作經驗，引起了王易對集句的興趣，所以之後陸續寫了十三首，結成一集。

其二，一九三二年王易面對的外在環境十分糟糕，一方面是詞壇領袖朱祖謀驟然去世，詞壇群龍無首，使後輩詞人茫然有失，更令王易焦心的是「一·二八」事變引發三十三天的戰争，從上海波及崑山、太倉。王易當時身在南京，雖然未有遭遇日軍襲擊，但坐困危城，風聲鶴唳，惶惶不安。他用新亭對泣和山

有樞的典故諷刺南京政府碌碌無爲，但亦有感於自己只是一介文人，在亂世中百無一用。〔九〕「牽蘿補屋」固然是指生活困頓，東挪西補，而與上句「借酒澆愁」連讀則似有雙關之義：借喻調遣（前人）詞句來填補內心的空虛。集句要求作者全心投入前人作品的世界，周旋於嚴謹複雜的遊戲規則，作者乃得以從繁雜紛亂的現實中抽身，達到療癒的效果。

《藕孔微塵詞》第二首作品《鶯啼序》作於一九三二年二月二十日，詞序謂「元夕獨酌，朋儕星散，倭患方張，懷舊感今，惘然成詠，集彊村句」。詞云：

更殘睡遲病枕，滿春衫淚污。暗愁引、棊局新悲，怨歌今夜難賦。翠幄煖襦紗淡色，銀屏萬感消凝處。背繁霜宵半。疏鐘宛轉催曙。　歸鶴春城，紺蕊鏡裏，聽枯桐斷語。市橋面，欺月珠鐙，有人持恨終古。送離魂，陰沈海日，正嗚咽，回潮東注。戀天涯，三兩棲鴉，避風孱羽。　餐霞伴醒，喚起伶俜，未辨雙屐步。花夢短，玉山扶醉，蜜炬孤守，悴葉涼喧，小簾朱户。滄波亂瀉，經年堅卧，何郎詞筆垂垂老，四條絃、掩抑聲無主。愁量錦瑟，冥鴻去翼成行，恨別舊家鷗侶。　吴艭俊約，楚客情芳，賸大荒酹取。問幾度流杯佳境。凍靄官橋，水調初圓，换他金縷。芳韶駘蕩，迷林鶯燕。危闌煙柳誰再倚，怕重逢，斜日新亭路。飄蓬人意相憐，倦笛飛梅，淚荷戰雨。

當時正值淞滬戰爭最激烈之時，身在南京的王易大概每天都會收到前線的消息，而其好友如黄侃、胡先驌都不在南京。元宵佳節本爲團圓，對他來説却是奢望。《鶯啼序》容量特大，結構複雜，要寫來充實非常不易。自吴文英以來，前人嘗試不多，晚清以來隨着學夢窗的潮流，各家多有採用，然而以之集句，而且所集僅取彊村一家，限制更多。詞人刻意設定高難度，其目的大抵在於「收視返聽，心轉寧靜」。此詞四片分別敘寫了眼前反覆如棋的政治局勢、詞壇痛失彊村、個人的日暮之悲及懷念舊日與朋友相聚之樂，四片多有呼應，詞人的情緒交織其中，跌蕩起伏，由一開始「滿春衫淚汙」，不難入眠的痛苦，慢慢經過回憶與朋友曾

度過「流杯佳境」、「水調初圓」的時光而有所緩解。此後他通過集不同詞家的作品，呈現逐漸放鬆的心情，如《憶舊遊》「臺城晚眺北湖集樂章句」、《江神子》「再集白石句」、《驀山溪》「贈夏臚集白石句」等。這些作品雖然也寫愁緒，但作者往往將之置於更廣闊的歷史時空中，表現出了悟的姿態，淡化了此集前期的作品所顯示的沉重心情。

此外，詞集的命名亦透露出詞人寫作的緣由。「藕孔」出自佛典，意謂避（兵）禍之所，這既是直接對應「一·二八」事變後的戰事，也象徵詞人渴求內心的桃花源。「藕孔」是由前人文本構建的世界，詞人穿梭其中，重新編織，自我沈醉，抵抗現實。「微塵」也是佛家語，極言渺小。這裏不但自喻在亂世中人猶如微塵，甚至藕孔這個避難所亦如微塵。「藕孔」屏蔽了現實的困頓，「微塵」的領悟則企圖進一步消解人間的痛苦，以求「破涕」、「心轉寧靜」。然而，作者此後回顧十年經歷，現實中的煩惱有增無減，不禁多有感慨。「反舌無聲」意指反舌鳥氣感聲盡，透露了作者對現實的悲觀，即使集句也難再使他像十年前那樣「收視返聽，心轉寧靜」了。〔一〇〕事實上，他在抗戰時期較少作詩填詞，轉而致力於教育事業和經、史學術了。

三　集句成詞與互文表達

集句是指作者截取前人的作品，通過拼湊重組寫成新的作品，尤以集句詩、詞最普遍。古人常以補綴衣服比喻集句，即黄侃所謂的「百納衣」，布料爲他人之物，强調的是作者在選擇、裁剪、調度的功夫，並要求作品要「天衣無縫」，妥貼自然，如出一手。集句對作者（和讀者）的要求甚高，需要作者廣泛閱讀、熟知前人作品，並轉爲己用，而讀者同樣亦要有相當的閱讀背景，方能理解和欣賞。然而，在批評史上，集句却不受重視，其上者固不足以名家，其下者更被斥剽竊前人、賣弄學問。〔一一〕

現代學者重新審視集句，除了重視其歷史發展外，更加入互文的視角。互文性又稱文本間性，是出現

於一九六零年代的一個重要的批評概念，其主要目的是指示兩個或以上的文本的關係。其概念可以溯源至俄國文學評論家巴赫金（Mikhail Mikhailovich Bakhtin）對文學陳述之互涉關係的討論，後由克莉絲特娃（Julia Kristeva）正式提出。其説簡言之乃是指每一文本都是由其他文本交織而成，從中至少可讀到另一文本的文字。〔一二〕因此，每一個文本的意義都建立在對另外的文本的吸收、轉化而成。作者使用他人的語言，既保留原有意義，又賦予其新意義，導致一詞兩義（甚至多義），因此構成作品内的多重聲音。〔一三〕雖然這個概念主要是用來分析小説，但對大量化用前人語句的中國古典詩詞亦多有啓發，尤其是集句的形式根本是「引文馬賽克」。在集句的書寫過程中，新的文本在固有的結構和話語中，通過轉移與重組來完成文學的再生産，使舊句獲得新生命，同時亦與舊句乃至其語境産生互文的關係。

綜上，集句一般具有兩個特點。其一，既然集句予讀者遊戲的印象，（可以）不被當作嚴肅創作，那作者就可以用「遊戲」掩蓋或淡化自己的真正的意圖，開拓創作空間和迴旋餘地。但是《藕孔微塵詞》或爲表達對彊村的崇敬，或爲消磨現實中的痛苦與無奈，亦無淡化、掩飾之目的，不宜以視之爲戲作。

其二，集句越過了「借他人之酒杯，澆自己的塊壘」的傳統寫作模式。截用成句補綴爲文使得作者的聲音混雜、甚至淹没在他人的聲音中。肖伊緋把《藕孔微塵詞》稱之爲「現代境遇與古典樣式的合唱」，視其爲自晚清以來一直流行的「舊瓶新酒」寫作策略，固然有其道理，但集句不是「舊瓶新酒」，而是「新瓶新酒」，只不過這個新瓶因爲其原材料是舊瓶的，所以處處帶有舊影子，甚至影響到我們如何看待瓶中的新酒。

因此，筆者認爲，閲讀集句除了從傳統角度欣賞其「天衣無縫」、「渾如己出」外，更應關注原文本與新文本之間不協調的雜音。集句者企圖透過前人的聲音爲自己發聲，重疊兩個文本（有時因爲原文本有明顯的用典或化用，那就會涉及數個文本），産生互文指涉，兩個或多個文本之間有依有違。這既可以是作

者刻意爲之，也可以因集句形式而客觀存在。進一步説，集句者雖然有自己想表達的聲音，但他對文本（包括原文本與新文本）却没有絶對的掌控，兩個或多個文本的依違之間就會造成意義的游離和不確定。這點在《藕孔微塵詞》有所體現。例如在這部詞集中最令人注目的，當屬《訴衷情》「夜中感念滬戰集夢窗句」和《青玉案》「聞滬軍却守崑山集夢窗句」兩詞。其原因在於其原文本吴文英詞以婉約著稱，幾乎没有寫戰爭的句子，而王易却偏要從中挑出句子來寫戰爭，由此造成張力。除了向難度挑戰，作者是否别有用意，也就是黄侃説的「苦心」？讀者應予細辨。

《藕孔微塵詞》中有六首是集夢窗句，顯然不是隨意的。除了王易好夢窗詞的緣故外，也與他的讀者群體有關。當時有正值「夢窗熱」的潮流，王易所屬的詞人圈子對夢窗詞極爲熟悉，因此我們可以預設作者與讀者對所集的詞句了然於心。[一四]在寫作和閲讀的過程中，作者與讀者都不斷地在新文本與原文本之間跳躍，兩個文本的疊合和錯位是理解新文本的基礎。以下以《訴衷情》爲例。詞云：

醉花春夢半香殘。愁影背闌干。連營夜沉刁斗，天淡霧漫漫。雲礮落，水天寬。五更寒。岳家軍在，動地聲名，獨障狂瀾。[一五]

這首詞字面意思清晰，上片對應題目中的夜中感念，下片對應淞滬之戰，表達了詞人對戰事的擔憂，結拍尤其明白如話，雖説是集夢窗詞句，但與夢窗晦澀曲折的風格大相逕庭。撇開集句的模式，只看新作，配合作者在題目中提供的語境，詞意相當容易理解。但是如果關注集句的書寫模式，觀察兩個文本之間的關係，或許可以有另一番閲讀體會。

在詞人選用的詞句中頗有一部分的原文本是寫南宋（尤其是首都臨安）的承平景象。如「醉花春夢半香殘」出於《採桑子慢》，該詞描寫了從雙清樓上所見的錢塘繁華，「歌管重城。醉花春夢半香殘」，一片歌舞昇平，活色生香。[一六]王易的詞作既已在題目中點明是爲戰事而寫，在首句却偏偏用了意思相反的詞句，

令熟悉夢窗詞的讀者感到詫異，不能遽知其意。又如「連營夜沉刁斗」出自《宴清都》其四，是吳文英爲賈似道賀壽而作。全詞稱頌在賈的治理下，天下太平，原韻句爲「正虎落、馬靜晨嘶，連營夜沉刁斗」，意謂戰馬安靜，干戈不起。〔一七〕據此可知，集句的原文本語境與新作的設定語境背道而馳，兩個文本的衝突則提示讀者這一夜的平靜並不正常。

「一・二八抗戰」是日本旨在轉移國際社會對僞滿州國的注視，並借機占領上海而挑起的。學術界已多有研究成果，現存資料多指南京政府在戰爭爆發前已經知道衝突無可避免，但仍然採用妥協政策，甚至一度要求已經進駐上海的第十九路軍退出上海。〔一八〕在整個淞滬抗戰的過程中，南京政府一直希望通過退讓來達致和談，對前線的支援也不足，導致第十九路軍幾乎孤軍作戰。〔一九〕

結合歷史語境再讀《訴衷情》的上片，醉花春夢就不再是描寫臨安的繁華，而是譴責南京政府耽於逸樂，紙醉金迷。「連營夜沉刁斗」一句之反諷尤爲辛辣：在上海的戰事如火如荼之際，南京却全無準備投入戰爭，豈非荒謬？上片結拍「天淡霧漫漫」借漫天迷霧象喻局勢昏暗。此句出自吳文英《望江南》，詞爲賦畫之作，描寫畫中女子的神仙姿態，主人公先是歎息她「空隨春夢到人間」，後又借她「自織蒼煙湘淚冷，誰撈明月海波寒」，暗示徒勞無功，最後把這種無奈之情化爲「天淡霧漫漫」。〔二〇〕此句聯繫第二韻拍所寫倚闌發愁的背影，原文本中的畫中女子彷彿重現，而這又可以視爲詞人獨立闌干，頹然悲歎的形象。

下片正面描寫抗戰的軍隊，以振聾發聵的雷聲和天高水濶的意境轉換氣氛，選用了夢窗詞中爲數不多的豪宕語句，頌揚浴血奮戰的第十九路軍，並對他們寄予厚望。詞人以岳家軍比喻第十九路軍，旨在强調他們抵抗外敵的英勇行爲，接上「動地聲名」和「獨障狂瀾」兩句，一氣讀來豪情萬丈，充滿收復河山的信心。「岳家軍在」，出於《沁園春》，原句爲「賈傅才高，岳家軍在，好勒燕然石上文」。〔二一〕該詞是吳文英餞別翁孟寅之作，以賈誼、岳飛、竇憲來誇讚當時在鄂州統軍的賈似道和即將赴鄂的翁孟寅，寄望他們的文韜

武略能爲國立功。然而，在集句的形式中，作者對前人的句子没有絶對的掌控。即使新作的句意顯豁明白，但原文本仍會對之産生影響，造成意義的不確定。以岳家軍比喻第十九路軍一方面亦甚爲巧妙，岳家軍是抗金的主要力量，但這支軍隊是由岳飛招募、編制和訓練的軍隊，以岳飛爲主帥，並非由皇帝直接調度，爲宋高宗所忌憚。〔二二〕第十九路軍在淞滬戰争中與南京政府對抗日軍的態度有分歧，而且非常不滿南京政府妥協的政策及支援不足。再者，以岳家軍的結果及夢窗詞原文本中南宋末年的抗元語境，乃至歷史對賈似道的評價，都從反面消解了詞人樂觀的願景，使結拍「獨障狂瀾」在充滿信心的期許中却透露出中獨力難支的隱憂。〔二三〕

至於《青玉案》「聞滬軍却守崑山集夢窗句」一詞當寫於一九三二年三月。日軍在戰事初期與十九路軍互有勝負，後日軍多次增兵，繞道包圍上海附近的劉河，第十九路軍因無援兵，爲免陷入包圍，所以在三月二日全面撤退至南翔、崑山，並向全國發出退守待援的電文。〔二四〕此後戰争進入後期，雙方在三月底開始談判，再無大規模軍事衝突。《青玉案》詞云：

尋芳還隔紅塵面。翳曉影，朱顏變。開過南枝花滿院。麴塵澄映，小晴簾捲。春近江南岸。　流鶯常語煙中怨。覆雨翻雲慣曾見。戰艦東風慳借便。鑾腥未洗，懷沙人遠。萬里關河眼。

此詞較《訴衷情》委婉，其主題是秩序與變化，並從歷史角度對戰争的勝負有所感觸。上片以傳統探春場景入手，寫時令、容顔、花木的變化，以春回江南作結。春天的變化是自然而然的，代表正常的秩序。然而在戰亂的環境下，正常的秩序乃是一種奢侈。詞人身在南京，想到上海一帶雖然也同樣是春天，但其景象必然不同往日。「春近江南岸」也象徵了詞人的主觀意願，希望戰事盡快結束。下片轉入人事的變化，覆雨翻雲雖然是集自夢窗，但其原典爲杜甫《貧交行》，指人與人的交往反覆無常，此處既可指中、日的和戰關係，也可以泛指人間的變化不能預料，與上片自然界的秩序形成對比。〔二五〕「戰艦東風慳借便」出於吴文

英《金縷曲》「陪履齋先生滄浪看梅」，用於此處頗有深意。此句本身典出杜牧《赤壁》「東風不與周郎便，銅雀春深鎖二喬」，感慨歷史有其偶然性。〔二六〕夢窗原作中的滄浪是指滄浪園，爲韓世忠的别墅。韓世忠乃抗金名將，後因害怕秦檜的勢力，自動解除兵權，隱居於滄浪園，鬱鬱而終。〔二七〕夢窗原作是感慨韓世忠未竟全功，終身抱憾，而究其原因，詞人表面上歸之於「天時」（「東風慳借便」），其實是指向人事：南宋主和派懦弱畏戰，眼光短淺。王易挪爲己用，也含有評論眼前局勢的用意：一方面寓意戰事反覆，勝負未明，另一方面韓世忠（並及夢窗此詞的受衆吴潛）的功過、經歷令讀者聯想到政治之黑暗。〔二八〕結拍以「鑾腥未洗」比喻由海上而來的日軍，「懷沙人遠」直寫政府中缺乏忠誠之士，以滿目河山描畫作者思考國家内憂外患，前路茫茫，表達出悲觀的情緒。〔二九〕

四　從《文史季刊》、舊體文學與抗日戰爭看一九四二年發表《藕孔微塵詞》的意義

《藕孔微塵詞》寫成後，只在作者親近的師友之間傳閲。然而，一九四二年他却把整部集子刊登於自己主編的《文史季刊》，將之呈現到更廣闊的讀者群，這與此前單篇傳播及只在私人圈子流傳有着截然不同的意義。〔三〇〕要探析其置於刊物上的閲讀意義，則須先了解《文史季刊》的成立背景、宗旨及其編採方針。

《文史季刊》隸屬中正大學，是該大學出版物中相對長壽的一個，其宗旨與中正大學的成立及抗日語境息息相關。〔三一〕中正大學最早由熊式輝於一九三〇年代初建議成立，輾轉近十年後，於一九三九年成立，由胡先驌任校長，聘王易爲中文系教授並主編《文史季刊》。中正大學成立於抗戰時期，而江西位於抗戰前線，大學及季刊編輯部因戰爭而數次遷移，亦有師生因抗日犧牲，凡此種種情況都與大後方及淪陷區截然不同。中正大學的師生對戰爭的殘酷有切身的體會。〔三二〕

王易主編《文史季刊》不但繼承學衡派整理國故的職志，更重要、更迫切的目的是藉發揚傳統文化來激勵民氣，振奮民族自信。編者自覺地選擇「傳統」，並不只是基於以「傳統」對抗西化，而是從根本上扭轉國學/傳統與時代進步相悖的普遍印象，更要客觀證明中國學術、文學傳統本有强烈的政治參與和反映現實的面向。其《發刊詞》開首即云「中正大學既成於民族抗戰之第四年」，將大學及該刊定位爲抗戰語境，並許之以「恢閎術德，見諸施用，牖啓來學，靖獻邦家」的期望。而其方法則是「非學術文化不爲功」、「振作民族精神，恢復固有道德」。〔三三〕與之相配合的季刊內容亦爲傳統的經史學術和文學。每期季刊有專論傳統學術或歷史之論文，其後有文録、詩録、詞及英詩翻譯。季刊文章以文言或近於文言的白話寫成，內容多溝通古今，如劉詠溱《明人防倭著述考》雖是考據明人著述，但旨在對應時事；歐陽祖經的《省名考》所考者爲日本蠶蝕最嚴重的省分。簡言之，此刊的寫作與編輯立場鮮明。〔三四〕至於文學創作部分，文、詩、詞則俱爲舊體，英詩翻譯的模式是先引録英詩（横排），再以七言形式翻譯（直排），雖然不拘格律，但保留雙句末押韻的做法。結合刊物之宗旨及選文之取向，它呈現了古典（舊體）文學與當世（抗戰）經驗之融合，展示了傳統文體在當世的書寫彈性及其價值。

《文史季刊》現存從一九四一至一九四二年，一共五期，詩與文主要是單篇刊登，稿源較廣，作者群體覆蓋學衡派、江西文人等。而詞則不然，季刊只刊登了兩首單篇作品，而把重點放在兩個詞集，用五期連載的方式把它們完整地刊出。這種做法在刊物比較罕見，一般都是廣取稿源，以呈現不同地域、風格、內容的作品爲主。《文史季刊》所刊登的兩部詞作就是歐陽祖經的《曉月詞》（一九四一年第一至四期）及《藕孔微塵詞》（一九四二年第一期）。

歐陽祖經《曉月詞》命名取意「蘆溝曉月」，指涉一九三七年七月七日蘆溝橋事變進而爆發的全面抗日戰爭，他所追溯的詞傳統是王鵬運等人於一九〇〇年八國聯軍攻陷京城所寫的《庚子秋詞》。集中第一篇

《卜算子》點明其寫作動機，詞云：

曉月憶蘆溝，北望魂淒斷。呵壁靈均莫問天，天也無人管。一别舊瑶京，多少閑池館。庚子秋詞欲和難，淚與清秋滿。〔三五〕

此集詞共一百三十六首作品，或非一時之作，除了寫及「七七事變」中的北京、廊坊等地外，也有點出其他受到日軍侵略的地方，如遼東、沈陽、上海、南京、湘潭、揚州等，對大片國土淪陷感到痛心疾首。如《花上月令》或爲一九三七年日軍侵略上海而寫，詞中突顯第八十八師「孤軍猶據最高樓」，拼死抵抗，雖然最後「繁華海上成焦土」，但其氣節足以震撼人心。〔三六〕這部作品中雖有沉痛的悲吟，但更多是痛定思痛後的慷慨之音，作者更以之自勉，謂「報國精誠先自問，莫問蒼生。」唱出時代的强音。〔三七〕王易評之爲「使錦簇花團，中含劍氣；陽春白雪，盡入正聲」。〔三八〕《曉月詞》對王易觸動甚深，他隨後刊登自己塵封十年的《藕孔微塵詞》，可視爲是對歐陽祖經的回應。

《文史季刊》所録詞作雖然只及於到兩位詞人和兩部作品，但把五期合而觀之，讀者看到一個豐富多元的舊體詞的文體形象。〔三九〕兩部詞集本身形成對照：一以小令爲主，一以長調爲主；一爲原創，一爲集句。兩詞的風格亦大相逕庭，一明快雅健，一深婉低迴。而兩者相同之處則在於作者自覺地連結詞的傳統及抗戰主題。通過以兩部詞集的連載，編者呈現了古典詞的形式、書寫方法（如集句、和韻、追和等）、審美風格，客觀地向讀者展示了在既有的古典秩序中存在空間和彈性，以傳古典詞書寫當下經驗的，不惟不過時，更能融滙古今，翻舊爲新。這與該刊恢復傳統，振興民族的編輯宗旨一以貫之。

五　結語

晚清以來，傳統文化備受衝擊，五四新文學作家提倡新詩，更是向傳統詩歌舉起「詩國革命」的大旗。

儘管在文學史的敘述中，傳統詩歌仿佛被打上「落伍」、「保守」、「遺民」的刻板印象，但隨着更深入的研究，學界已體察到二十世紀的「舊體文學」內涵之豐富、形式之多元，因此發掘的重點轉爲這些作品的新語詞、新思想。舊體詩歌特處於新與舊的拉鋸線上，一方面是瞬息萬變的新時代挑戰，另一方面是源遠流長的强大傳統，自覺選擇舊體來創作的作者將如何面對新舊之間的角力？《藕孔微塵詞》可能提供了一個極端的視角：詞人最大限度地嘗試運用傳統來回應時代的命題，他不但採用傳統的體式，還進一步只用古人的句子來達意，甚至以集某一詞人之句來加大難度，而書寫的却是當下的事件與切身的感懷。肖伊緋在評價《藕孔微塵詞》時感慨它是「瘖孔中的古典」，甚至不及胡適的一首打油詩出名，然而我們不可忽視此集所反映的、舊體詩詞的作者積極求變、連繫新舊的嘗試。知此，則一九三七年抗日戰爭爆發後，所謂舊體文學的「絶處逢生」，熱潮再興，實有賴於此前之作者書寫不輟的努力。〔四〇〕

〔一〕現時及於王易文學創作的探討，主要是將他置於學衡派、中央大學群體、江西詩人的研究之中。而討論《藕孔微塵詞》的則有肖伊緋《民國溫度：一九一二—一九四九書影流年》，清華大學出版社二〇一三年版「《藕孔微塵詞》：瘖孔裏的古典」一節。（第一二九—一三九頁）該文結合王易詞學中重視「近現代」的觀念，與其集句形成對照，其説頗有啓發。然謂此集體現了詞壇「依四聲」的做法，則似乎不確。（第一三三頁）

〔二〕學界對集句詩的研究較多，如裴普賢《集句詩研究》，臺灣學生書局一九七五年版，及其續集，臺灣學生書局一九七九年版，宗廷虎、李金苓《中國集句史》，山東文藝出版社二〇〇九版，及張明華《集句詩嬗變研究》，中國社會科學版社二〇一一年版，《集句詩文獻研究》，社會科學文獻出版社二〇一二年版，及《文化視域中的集句詩研究》，中國社會科學出版社二〇一四年版。

〔三〕清代中期集句詞之風頗盛，名最著者如朱彝尊《錦蕃集》。參曹辛華《論清代中期的集句詞》，《文學遺産》二〇一六年第三期，第一七〇—一八一頁。至晚清、民國時期，詞壇大家則少有集句之作，如晚清四大詞人只是偶一爲之。民國詞人中較多集句詞爲程頌萬、廖恩燾，然多集詩句爲詞，多亦非一時之作。從這些方面來看，《藕孔微塵詞》有其特殊之處。

〔四〕在晚清民初詞人中，廖恩燾寫集句較多，既有集詩句的詞（集李賀詩句），亦有集詞句（包括吴文英、柳永等）。他曾總結：「大抵集

句詩易於詞，詞爲調束縛，稍能自圓其說，輒不恤天孫雲錦，雨碎風裂，未免獲鶴笑人，顧剪裁得天衣無縫，亦煞費匠心。」廖恩燾著、卜永堅、錢念民主編《廖恩燾詞箋注》下册，廣東人民出版社二〇一六年版，《八聲甘州》（序），第五九一頁。

〔五〕據肖伊緋的《民國溫度：一九一二—一九四九書影流年》中《藕孔微塵詞》：瘖孔裏的古典」書中所示油印本圖像。肖文「憂心如淡」應爲「憂心如惔」之筆誤。（第一二九—一三〇頁）

〔六〕黄侃的評語見於油印本及《文史季刊》一九四二年第一期，第七三—七六頁。本文所引《藕孔微塵詞》依據《文史季刊》，下文不復一一注出。

〔七〕語出錢謙益評陳言集句詩。見氏著《列朝詩集小傳》，古典文學出版社一九五七年版，第七八五頁。

〔八〕從現存的材料來看，王易與朱祖謀交往不多，但他對四大家中的王鵬運、朱祖謀、況周頤三人是十分佩服的。《詞學季刊》一九三二年十二月第一卷第三號曾刊出他的《繞佛閣》一詞，序云「秋宵讀鶩音（筆者按：應爲翁之筆誤）集，慨題卷端，兼寄彊村、蕙風兩翁」。（第一六六頁）此詞寫作時間不詳，但肯定在一九二六年況周頤去世之前。王鵬運素爲朱、況二人所尊崇，王易此詞通過書寫讀鶩翁詞的感受來，向前輩致敬，又將此詞寄予朱、況二人，大抵是認爲自己對王詞的理解能得到朱、況的認同。雖然我們没有看到朱、況二人的反應，但至少可以推測三人有些來往。一九三一年王易的《詞曲史》問世，朱祖謀親筆題箋，可見對王易也是持肯定的態度。所以當他得知朱祖謀逝世的消息後，不能無動於衷。

〔九〕當時南京雖未遭兵禍，但國民政府已作遷都之準備，部分政府遷往洛陽，至年底才遷回，可見氣氛緊張。「新亭對泣」出自《世說新語·言語》，見余嘉錫《世說新語箋疏》，中華書局一九八三年版，第九二頁。這個典故巧妙地對應了當時外敵入侵、被迫遷都的情況，同時亦反映詞人書生無用之無奈。「山樞之吟」即《詩經·唐風·山有樞》，見李學勤主編，十三經注疏委員會整理《毛詩正義》，北京大學出版社一九九九年版，第三八〇—三八三頁。《毛序》謂其刺晋昭公「不能修道以正其國，有財不能用，有鐘鼓不能以自樂，有朝廷不能灑埽，政荒民散，將以危亡，四鄰謀其國而不知」，後人多以爲諷吝嗇，亦有以爲勸人及時行樂。王易此處似用毛說。

〔一〇〕吴澄《月令七十二候集解》：「反舌感陽而發，遇微陰而無聲。」載王雲五主編《叢書集成初編》第一三三七册，上海商務印書館一九三六年版，第五頁（總頁一一五）。作者作序時是一九四二年一月二十八日，當時抗日戰爭處於膠著狀態，中國的北方、東南大片土地淪陷，中國軍隊苦苦支撑。一九四一年底日本突襲珍珠港，太平洋戰爭爆發，戰局更不明朗。王易身處江西，是爲抗戰前線，大學及《文史季刊》之編輯部屢因戰事遷移，感受尤深。

〔一一〕如對王安石的集句就有兩極的評論，但以貶抑更多。錢鍾書曾批評其集句：「每遇他人佳句，必巧取豪奪，脱胎换骨，百計臨

摹，以爲己有……集中作賊，唐宋大家無如公之明目張膽者。」《談藝録》，香港中華書局一九八六年版，第二四五頁。

〔一二〕 Julia Kristeva, *Desire in Language: A Semiotic Approach to Literature and Arts*, ed. Leon S. roudiez, trans. Thomas Gora et al. New York: Columbia University Press, 1980, pp.64 - 65.

〔一三〕 Julia Kristeva, *Desire in Language: A Semiotic Approach to Literature and Arts*, p.36.

〔一四〕 王易在每句詞後注出出處，可見他預期讀者在閲讀時會關注原文本。

〔一五〕《訴衷情》用陸游《訴衷情》「當年萬里覓封侯」格。

〔一六〕〔一七〕〔二〇〕〔二一〕 吴文英著、吴蓓箋校《夢窗詞彙校箋釋集評》，浙江古籍出版社二〇〇七年版，第五六三頁，第一四九一—一五〇頁，第三三八頁，第四四七頁。

〔一八〕 余子道、張林龍《一二八淞滬抗戰》（上海人民出版社二〇〇〇年版）根據南京政府與上海市政府之間的往來資料，分析南京政府極力避免開戰的應對方針，並在整個戰爭時期都採取妥協政策，對前綫支援不足。這場戰爭也反映了當時國民政府的派系對立，各派和戰不一。

〔一九〕 戰爭爆發後，日本屢次增兵，雖然國民政府曾調第五軍協助第十九軍，但日本在海、陸、空一直占有兵力優勢。從十九路軍軍官和士兵的記述，可知第十九路軍與南京政府的矛盾及在戰爭中的困境。又可參《淞滬烽火：十九路軍一二八淞滬抗戰紀實》，廣東人民出版社一九九一年版，輯録了多篇第十九路軍人的回憶録、上海淞滬抗戰紀念館所刊登的由十九路總指揮部參謀處長趙一肩記録的《第十九路軍關於淞滬抗日作戰紀要》，都多次提到苦無援兵。http://www.813china.com/index.php?m=content&c=index&a=show&catid=45&id=3 此外，十九路軍官俞濟時《一二八淞滬抗日戰役經緯回憶》雖然認爲蔣介石有抗日的決心，但亦屢次提到支援不足。

〔二二〕 關於岳家軍，見王曾瑜《岳飛和南宋前期政治與軍事研究》，河南大學出版社二〇〇二年版，第二七一—三一五頁。宋高宗經歷劉苗兵變，對武將素有戒心，後因一意與金議和而殺岳飛。

〔二三〕 賈似道是影響南宋晚期政治的重要人物，歷代評論多承襲《宋史・奸臣傳》的觀點，因此認爲賈禍國殃民，導致南宋滅亡。現代學者則着眼於其歷史處境及評價形成的原因，如傅海波（Herbert Franke）《賈似道（一二一三—一二七五）：一個邪惡的亡國宰相？》是較早質疑賈的歷史評價，後來陸續有學者開始討論相關問題。氏著見臺北「中研院」中美人文社會科學合作委員會編《中國歷史人物論集》，中山學術文化基金董事會一九七三版，第二九八—三三四頁。

〔二四〕 退守崑山的戰爭經過可參余子道、張林龍《一二八淞滬抗戰》第八至第九章（第九〇—一二九頁）及 Donald A Jordan, *China's*

Trial by Fire: The Shanghai War of 1932 (pp.106－185)。雷文見《第十九路軍關於淞滬抗日作戰紀要》，http://www.813china.com/index.php?m=content&c=index&a=show&catid=45&id=3

〔二五〕杜甫《貧交行》：「翻手作雲覆手雨，紛紛輕薄何須數。君不見管鮑貧時交，此道今人棄如土。」杜甫著，仇兆鰲注《杜詩詳注》，中華書局一九七九年版，第一三三頁。

〔二六〕杜牧《赤壁》：「折戟沉沙鐵未銷，自將磨洗認前朝。東風不與周郎便，銅雀春深鎖二喬。」杜牧著，馮集梧注《樊川詩集注》卷四，上海古籍出版社一九七八年版，第二七一頁。

〔二七〕關於韓世忠及宋高宗時的政局，參鄧廣銘《韓世忠年譜》，生活·讀書·新知三聯書店二〇〇七年版。

〔二八〕吳潛曾官至宰相，後因與賈似道不和而遭貶。關於吳潛的研究，可參古欣芸《吳潛與南宋理宗朝政治》，臺灣東吳大學碩士學位論文二〇〇四年。吳文英對吳潛和賈似道都有詞作，其詞作意義參佘筠珺《臨場展演與書寫技藝》，臺灣大學博士學位論文二〇一五年。

〔二九〕「鑾腥未洗」出自吳文英《瑣窗寒》。該詞詠玉蘭，論者多認爲所詠爲西洋玉蘭，來自海外，故以「鑾」指稱。「腥」在夢窗詞多次用來形容花的氣味。參吳蓓《夢窗詞彙校箋釋集評》，第三一四頁。觀乎王易詞的語境，其重點應在於「鑾」，而「腥」則既可根據原文本指異地特徵，也是直接描寫戰爭的血腥。

〔三〇〕晚清以來，隨着傳播媒介如報紙、雜誌的興起，文學傳播與閱讀的方式改變，現代學者亦因此關注到報刊研究。如賀麥曉著，陳太勝譯《文體問題——現代中國的文學社團和文學雜誌 一九一一—一九三七》就指出不應將文本從語境（筆者按：指作品在雜誌出版這一事實）中剝離出來，而提出把一期雜誌作爲作品出現的語境對待。（第四章「集體作者與平行讀者：文學雜誌的審美維度」，第一一五、一一三頁）賀關注的主要是白話文學。而舊體詩詞也大量刊登在報刊上，除了報章、文學雜誌，也有專業刊物，如《詞學季刊》、《青鶴》等。相關研究可參：傅宇斌《現代詞學的建立：〈詞學季刊〉與二十世紀三、四十年代的詞學》，商務印書館二〇一三年版；朱惠國《詞學刊物與現代詞學研究格局的構建——以〈詞學季刊〉「詞壇消息」欄目爲例》，《社會科學戰線》二〇一六年第二期，第一四四—一五五頁；張文昌、朱惠國《現代文藝專刊與民國舊體詞的創作——以四種民國刊物爲例》，《南京師範大學文學院學報》二〇一一年第一期，第一七八—一八八頁；張寒濤《隱藏在廣告中的詞學批評——以〈詞學季刊〉刊登的文學廣告爲例》，《南陽師範學院學報》二〇一三年第五期，第四六—五〇頁。

〔三一〕中正大學創辦後先後出版了二十餘種叢書，對全國公開發刊。出版物之多，居當時全國各大學之冠。

〔三二〕關於《文史季刊》的研究不多，可參傅曉凡、王兆輝、張丁《抗戰時期的國立中正大學與〈文史季刊〉》，《雲南檔案》二〇一〇年第三期，第四三—四六頁，及張國功、苗旭鱗《抗戰情境下主流文化學術刊物的地方化擴散——以學衡派譜系中的〈文史季刊〉爲例》，《出版科

學》二〇一六年第一期，第一一八—一二四頁。

〔三三〕《文史季刊・發刊詞》第一卷第一期。

〔三四〕劉詠溱《明人防倭著述考》見於《文史季刊》第一卷第一期。歐陽祖經《省名考》見於《文史季刊》第一卷第二期及第三期。

〔三五〕《曉月詞》刊於《文史季刊》一九四一年第一卷第一期至第四期。

〔三六〕詞云：「孤軍猶據最高樓。把生死付閒漚。敵氛四面遮歸路，暮雲愁。旗影下，賦同仇。進退森嚴三尺令，回馬首撼山丘。繁華海上成焦土，竟何求。留勁節，挽神州。」《文史季刊》第一卷第四期。

〔三七〕語出歐陽祖經《浪淘沙》「自題《曉月詞》」，《文史季刊》第一卷第四期。

〔三八〕王易之評語刊於《曉月詞》之後的「編者按」。

〔三九〕在報刊研究中，學者提出平行閱讀(horizontal reading)、縱向閱讀(vertical reading)、綜合閱讀(integrated reading)和情境閱讀(situated reading)的方法，其中縱向閱讀是指觀察某一主題在一種或多種雜誌上的歷史變法。（《文體問題——現代中國的文學社團和文學雜誌(一九一一—一九三七)》第一一五頁）Doris Sung, Liying Sun and Matthias Arnold, "The Birth of a Database of Historical Periodicals: Chinese Women's Magazines in the Late Qing and Early Republican Period", *Tulsa Studies in Women's Literature*, 2014, 33(2): 227. 筆者借用其縱向閱讀的概念，但只處理一種雜誌，將五期雜志視爲一部「合訂本」。

〔四〇〕肖伊緋認爲王易「枉拋心力作詞人」，其「傾力搜求的那麽一點古典微塵，如今恐怕遠遠不如一首胡適打油詩的知名度。癡孔中的古典，王易是見證者，他本人也是要被那瘡孔吞噬的罷。」（《民國溫度：一九一二—一九四九書影流年》，第一三九頁）舊體詩於抗日戰爭時期「絶處逢生」的説法，參胡迎建《民國舊體詩史稿》，江西人民出版社二〇〇五年版，第一—三八頁。至於抗戰詞壇之研究，參杜運威《抗戰時期詞壇研究》，上海三聯書店二〇二四年版。

（作者單位：香港中文大學中國語言及文學系）

媒介轉换與詞話新變
——兼論報刊詞話價值

馬　强

内容提要　晚清至民國，報刊作爲新媒介的出現使舊文學發生了系列變化，民國報刊詞話便是縮影。它較傳統詞話有了顯著變化：從傳播效果看，報刊傳播具有時間短、地域廣的特點，由此擴大了詞話的受衆範圍，同時也使篇幅短小的詞話獲得了獨立的傳播價值，這些都提升了詞話影響力；從類型上説，既有堅持傳統的「讀詞型」詞話，又有類似於新聞的「時事型」詞話，帶有滑稽、香豔内容的「娱樂型」詞話，連續刊登的「連載型詞話」，體現了傳統與新變並存的特色；從寫作語言來説，受到晚清報刊白話文運動與新文化運動的雙重影響，産生了少量詞話的變體——白話詞話；從作者構成分析，得益於報刊投稿與稿酬制度的鼓勵，出現了專業詞學家與票友大衆組合模式，擴大了詞學研究者範圍；報刊詞話的這些特徵亦是報載文學及文學批評的鮮明特色。

關鍵詞　民國　媒介　詞話　新變

晚清之際，報刊開始出現，然後迅速發展。一八九五年，據李提摩太統計，一八一五至一八九四年，全

本文爲國家社科基金一般項目「近現代報刊詞學史料整理與研究」（編號：24BZW088）的階段性成果。

國先後出版的中文近代化報紙共有七十六種。辛亥革命後，全國報刊達五百家之多，一九一九年，據胡適統計，全國有報刊四百種；一九二一年，全國報刊總數爲一千一百零四種；一九二七年，據估計全國共有報刊兩千種之多〔一〕。報刊不僅加快了中國的進程，同樣也使中國傳統文學的面貌發生了變化，梁啓超曾說：「自報章興，吾國之文體爲之一變，汪洋恣肆，暢所欲言，所謂宗派家法，無復問者」〔二〕，他依托《清議報》、《新民叢報》及《新小説》雜誌，相繼發起詩界革命、文界革命、小説界革命和戲曲界革命，產生了巨大反響。於是，以報刊爲中心的文學時代到來了〔三〕，報載舊文學在主旨內容、傳播方式、語言、作者以及受衆等方面產生了變化，可是同樣是傳統文學的主要體裁「詞」却啞然無聲了。或許因爲詞向來被視爲壯夫不爲的「小道」，所以在新文化運動中受到的衝擊較小，以至於形成了「缺席與在場」①的矛盾現象。但是詞並未完全置身變革場外，詞學批評也開始了有傳統向現代的轉型。

詞話是傳統詞學批評的重要方式，它採用隨筆漫談的話體寫作而成，內容包含詞之本事，詞之作法、詞之聲律，詞之品鑒等各個方面。詞話最早產生於北宋，南渡前後逐漸興盛，金、元及明時期，詞話陷入低潮，至清代詞學復興，詞話創作再次繁榮〔四〕。民國詞話有傳承，也有新變。近代以來，尤其是民國時期，借助於報刊的發達，衍生了大量報刊詞話，成爲民國詞話的重要組成部分，一些重要的民國詞話即是以報刊詞話爲基礎而成型，如況周頤《蕙風詞話》便是在其早年發表的《香海棠館詞話》、《餐櫻廡詞話》、《珠花簃詞話》的基礎上匯輯增訂而成，其中收入《餐櫻廡詞話》的內容最多，《餐櫻廡詞話》發表於一九二〇年《小

① 張宏生《詩界革命：詞體的「缺席」與「在場」》一文指出：「當十九世紀末，隨着西方文化的輸入和社會政治、文化的變遷，詩壇上有人嘗試着新的變革，並打出「詩界革命」的旗幟時，詞却没有像一直以來的趨勢那樣，力圖與詩歌同步發展，而是有所疏離。」張宏生《清詞探微》，上海古籍出版社二〇〇八年版，第三五三頁。

説月報》第十一卷五號到十二號，共二百五十則，後被《蕙風詞話》收録一百五十則〔五〕。學界雖有研究指出了報刊詞話的重要性及其異於前代的獨特之處〔六〕，但是對於報刊詞話獨特之處尚缺乏具體分析，本文即在學界已有基礎上繼續探討，請方家指正。

一　傳播效果的飛躍與詞話影響力的提升

古代文學傳播大致有口頭傳播與書面傳播兩種方式，口頭傳播有演唱、講唱、説唱、誦讀、品題等，書面傳播有題壁、題畫、題屏、題扇、刻石以及别集、選本等印刷方式〔七〕。傳統詞話傳播多屬於傳統書籍印刷傳播，這也是古代文學傳播的主要方式之一。書籍刊刻昂貴，書籍寫作、出版週期長，往往「從形成到出書，再到産生影響，一個週期往往要幾十年，甚至更長」〔八〕，這導致詞話的傳播時效受限，詞話影響僅局限於詞人之間。從晚清開始，報刊作爲新的傳播媒介出現，改變了以往的書籍傳播模式，報刊較書籍價格便宜，易於購買，屬於大衆傳播，其傳播效果較以往大大加强。許多民國詞話刊載於報刊，借助於報刊進行傳播，影響力大幅提升，下面以《梅訊》爲例進行分析。

《梅訊》撰稿人爲民國詞人趙尊嶽，連載於《申報》一九二〇年四月至五月各期，是對梅蘭芳來滬表演的報導，其中一些報導是對梅蘭芳與滬上詞人雅集活動的記載，並録有詞作，可視爲本事類詞話。序言交待了背景：「畹華（梅蘭芳）不作南行於兹三載，眷懷之苦，復何可言。客冬應通州之召，初擬一葦渡江，卒以事阻，令海上望者如在五雲縹緲間。二月望日得京友函訊：畹華於十九日南下，楊枝甘露從此遍灑塵寰，可爲鵲躍。……」〔九〕此中可以看出滬上觀衆對於梅蘭芳來滬之深切期待，就傳播效果而言，這種期待無疑是值得預期的。梅蘭芳赴上海演出後，《梅訊》作了及時跟蹤報導，如一九二〇年四月十四日朱祖謀、況周頤與諸人聚會，朱氏以《浣溪沙》詞調侃況周頤傾倒梅蘭芳之事；五月三日玉楳詞人擬總集二百餘闋

美人色相詞送梅蘭芳；五月九日録況蕙風兩公子作《減字浣溪沙》送梅蘭芳，録況周頤贈姚玉芙《清平樂》；五月二十一日録朱祖謀題《香南雅集圖》的《清平樂》詞一闋；五月二十二日録孟心史贈趙尊嶽詞；五月二十六日録沈子培賦《臨江仙》詞謝梅蘭芳贈小影等。

《梅訊》在《申報》上的連載及傳播，可以看成是報刊（新媒介）與詞話（舊文學）的一次完美結合，也是報刊對詞話影響力提升的一個具體例證。第一，傳播效果飛躍。這種傳播效果體現在時間短、地域廣。《申報》的發行網絡遍佈全國，北京、天津、上海、武漢、九江、香港、安慶、廣州、四川、浙江等地民衆都能借此讀到《梅訊》〔一〇〕，而且最快當天，最長只需要兩三天的時間，這意味着地方詞社與詞人很快便能知曉這一盛事，並會引起他們作詞唱和的興趣。第二，擴大了詞學受衆範圍。報刊除了刊登詞話，也刊登詞作，但是詞作的受衆範圍比較小，難以引起更多人的興趣。詞話由於採用了話體，而且《梅訊》又是關於梅蘭芳的消息，很容易受到廣大讀者的追捧，普通讀者在閱讀消息時，也會連帶閱讀詞作，對於普及詞學大有裨益。此外，報刊發行量大，易於收集，保存相關文獻，不僅在當時擴大了詞學影響力，還能支持現代的詞學研究。《梅訊》中保留了民國詞人的活動線索，記録了民國詞人詞作，爲研究梅蘭芳與民國滬上詞學提供了文獻支持〔一一〕。

報刊對詞話影響力的提升還表現在，一些篇幅較小的詞話獲得了獨立的傳播價值。傳統詞話有獨立成書型詞話與包孕型詞話兩種型態，從傳統傳播方式而言，前者由於篇幅大，容易獨立成書，而易於傳播，從而產生詞學影響。而包孕型詞話由於篇幅較小，往往散見於大部頭的書籍中，而難以獲得獨立的傳播可能，以致於湮没無聞。報刊傳媒的發展使得篇幅短小的詞話也同樣容易傳播。就實際情況而言，民國報刊詞話半數以上是篇幅短小，連載次數在兩次以下（含两次）的詞話，這些詞話在以傳統傳播方式爲主的時代是很難單獨傳播的，但是如今却能借助報刊而得以廣泛傳播。同時，這些詞話作者多是詞學票友，發表報刊詞話在一定程度上也成全了他們「著書立説」的夢想，因此也激發了他們的撰寫熱情。

二 類型多樣化：新變與傳統並存

傳統詞話的類型，依據内容劃分，有本事、品評、引用、考證、論述等類別〔一二〕。有研究者將民國詞話分爲三類：教人填詞的詞法詞話；存人存詞詞話；借鑒古人名作，從中汲取經驗的歷代詞評〔一三〕，民國報刊詞話屬於民國詞話範疇，但又有些不同。民國報刊詞話受報紙報導新聞注重時效的影響，產生了時事型詞話，受報刊娛樂文化的影響產生了「娛樂型」詞話，受報刊連續出版特點的影響，產生了長篇連載型詞話，此外還有延續傳統性詞話寫作的讀詞型詞話。下面按照不同類型詞話所占比例從小到大分類敘述。

時事型詞話：這種類型詞話在民國報刊所占比例最小，以筆者所見僅五六部，但是特點鮮明。如民國國務總理熊希齡與毛彦文女士一九三五年二月九日結婚，二人皆是社會名流，加上老夫少妻的模式足以引起人們的興趣，當時多家報紙進行報導，如《申報》：「前國務總理熊希齡氏，現年六十六歲，悼亡三載，昨日下午三時，假慕爾堂與毛彦文女士行結婚禮。毛女士爲留美學生，任大學教授，芳齡三十有九，紅顔白髮，韻事流傳，滬上聞人咸往道賀，汽車塞途，極一時之盛……」〔一四〕耳食依據這條新聞線索撰《熊毛嘉禮詞話》十天後即登載，詞話敘述了結婚盛況，並録熊詞一首《賀新郎》，熊詞云：「世事堪回首。覺年來、飽經憂患，病容消瘦。我欲尋求新生命，惟有精神奮鬥。漸運轉、春回枯柳。樓外江山如此好，有神針、細把鴛鴦繡。黄歇浦，共攜手。求凰樂譜新聲奏。敢誇雲、老萊北郭，隱耕箕帚。教育生涯同偕老，吾幼及人之幼。更不止、家庭濃厚。五百嬰兒勤護念，衆揺籃在在需慈母。天作合，得佳偶。」〔一五〕詞作流露出詞人「春回枯柳」喜悦之心情，且文言與白話並用，體現出民國詞的特點。

娛樂型詞話：該類型詞話最爲讀者喜聞樂見，在民國報刊詞話中接近二十部，它的產生與報刊娛樂氛圍息息相關。晚清開始，報刊寫作娛樂氛圍日益濃厚，至一九一一年左右大報副刊已紛紛接受了滑稽、

詼諧、香豔等寫作風格〔一六〕，以香豔詩話爲例，民國年間産生了《香奩詩話》、《香豔詩話》、《唐詩豔話》等二十多種詩話作品〔一七〕。與此相應，民國報刊詞話也産生了娛樂型詞話：第二，對社會人生的嘲諷、批判。如佚名撰《滑稽詞話》（載《最新滑稽雜誌》一九一四年第六期）皆以詞記滑稽事。第一則詞嘲弄某某隨地便溺；第二則記録某君戀某妓，暗訪香蹤，被發現後，以詞自嘲；第三則父子同宿某妓，被人作詞譏之；第四則宋氏兄弟在上海租界誤認逃妻，被訴至法庭，時人作詞譏之；第五則寫某僧戀鄰女美色，作淫詞被罰；第六則寫張長壬寫詞嘲諷朋友，害其家破人亡，有勸諫之意。第三，記録文人之逸事。《詞林新語》記録王國維、沈曾植、鄭叔問、朱祖謀、況蕙風之詞人逸事，以朱祖謀與況蕙風居多。如：「或問彊邨翁：『晚歲何以少作詞？』翁噱然曰：『理屈詞窮！』」「歸安朱彊邨暇輒行博，蕙風爲賦詞《竹馬子》，以紀其事。或勸之曰：『久坐傷骨，久視傷脾。』彊邨曰：『不坐傷心。』」〔一八〕筆法仿《世説新語》，可以看到朱祖謀作爲詞宗的詼諧一面。第三，香奩詞話。《香豔詞話》（載《鶯花雜誌》一九一五年第二、三期）第兩期共十三則，以録詞記事爲主，以詞記録各種香奩之事。如録遼蕭後《十香詞》，詞因猥褻而被誣害；無名氏女郎《玉蝴蝶》詞敘述爲情憔悴爲馬致遠所賞；滕若渠撰《冷廬非詞話》連載於《先施樂園日報》〔一九〕（一九一九年一月八、九日，四月十二、十四日）録濡東錢《美人詠》四闋，分別是《少年遊・詠聾美人》、《浪淘沙・詠瞎美人》、《點絳唇・詠啞美人》、《采桑子・詠癡美人》。

連載型詞話：受到報刊單篇版面篇幅限制以及連續出版的特點，産生了長篇連載型詞話。以筆者統計，連載十次以上的有十五部詞話。這種長篇連載可以是同一詞話分期連載，還可以同一報連載不同詞話。前一種占據多數，如夏敬觀撰《匯輯宋人詞話》，一九四二—一九四四連載於《同聲月刊》。作者前有序言介紹編纂詞話緣由：「江寧唐圭璋輯《詞話叢編》，凡前人詩詞話、詩詞雜陳者，不録。其輯《全宋詞》，則遍采諸籍，搜索逸詞，而遺其記載之語。蓋體例如此，不得不然。昔朱竹垞《詞綜》、張詠川《詞林紀事》，

間有徵引。然其主旨不屬於博采宋人詞話。徐電發《詞苑叢談》亦非此例，茲編從宋人筆記、詩話，匯録成書，意在補《詞話叢編》之不足。」[一九]《匯輯宋人詞話》從《南部新書》、《東原録》、《雞肋編》、《志林》、《仇池筆記》、《吴中紀聞》等數十部筆記中摘録，可見詞人用功之勤。還有一種即同一報刊連載諸多篇幅短小的詞話，如一九一七—一九一八年連載於《申報》上的單篇詞話，詞話以録詞爲主：一九一七年四月二十三日秋夢撰詞話，録同鄉張婉儂女士詞數闋，多閨怨之詞；一九一七年五月九日竹軒撰詞話，録周星譽《東鷗草堂詞》中《洞仙歌》七闋；一九一七年五月十一日黑子撰詞話，録長洲宋志沂詞兩闋。一九一七年五月三十日栩園撰詞話，録武進李芷喬先生《小元仙館詞》中《菩薩蠻》詞七闋。此外，先後有署名「詞客」「靖梅」的作者，撰詞話連載於一九四二年《三六九畫報》第十三卷九期至十五卷十八期，共三十則，内容與《申報》詞話類似。

「讀詞型」詞話：它是民國報刊詞話中最多的一類，多達七八十部。有的直接以「談詞」「説詞」「讀詞」命名，有的雖不以此命名，但是内容上仍以讀詞、品詞爲主。「讀詞型」内容上延續了傳統詞話中對詞的品評，但是在命名上未遵循單一詞話命名規律，這體現出了民國報刊詞話作者寫作的專論意識，「讀詞型」詞話就詞論詞，具體内容有閨秀詞、唐五代詞、宋詞、清詞。（一）閨秀詞。如楊式昭《讀閨秀百家詞選劄記》（載一九三二年《文學年報》第一期），《閨秀百家詞選》爲清代吴灝所纂，其中選詞範圍是歷代女詞人單行本詞集、各朝詩詞總集、附録、詩話、詞話，楊氏的劄記便是對這些詞的研讀。（二）唐宋名家詞。如蕭滌非撰《讀詞星語》，前有序云：「此篇之作，蓋在去年，計所論列，於五代有李後主、韋莊、馮延巳、李珣、鹿虔扆，於宋有晏殊、晏幾道、柳永、張先、歐陽修、蘇東坡、秦觀、黄山谷、孫洙、趙令疇、陳去非、周美成、李清照、辛棄疾、趙彦端、吴文英、蔣捷、馬莊父、康伯可、張炎，於近代則有王國維，填詞名家，略備於此。」[二〇]此部詞話較具規模，以詞家爲線索勾勒了整個唐宋詞史。（三）清詞。龍榆生《清詞經眼録》（《同聲月刊》第一卷十二號，第二卷第一號）點評了清代六家詞集：許宗衡《玉井山館詞》、《玉井山館詩餘》，馮履和《浪餘詞》、

成功[二九]。到了三十年代,《詞學季刊》問世,詞學的影響力日益顯現,這時候詞體改革運動宣導者們開始注意到了詞,遂有詞體改革運動的展開,但是詞體改革運動並未成功,因爲當時掌握話語權的仍然是詞學傳統派,即《詞學季刊》詞人群,如龍榆生、葉恭綽、夏承燾、趙尊嶽、夏敬觀、冒廣生、張爾田等。白話詞話可以看作是詞話之變體,所以數量很少。但却與傳統詞話有相同之處,白話詞話的內容仍然是圍繞傳統詞作進行話本事、評鑒、賞析。這與同時期產生的白話詩話不一樣,白話詩話一部分圍繞舊體詩進行評論,還有一部分圍繞新體詩進行評論[三〇]。而詞在新文化運動受到衝擊很小,也未產生新詞體,所以筆者目及的白話詞話在鑒賞詞的內容上仍然是傳統詞。

白話詞話較傳統詞話也出現了一些變化。第一,白話帶來了形式上的變化。傳統詞話以文言爲主,言簡意賅,多以條目的形式呈現。而白話詞話多採用篇幅更多的現代段落的形式。第二,白話使作者將原來傳統詞話感悟性的術語表達更爲清晰,也更容易使讀者理解詞話。傳統詞話甚至包括產生於清末民初的傳統詞話,其中的一些術語很難領悟,如果要讀懂,必須建立在閱讀大量古典詩詞的基礎上,否則一般讀者會不著邊際。而白話詞話則可以用通俗的語言進行解釋,使讀者容易理解,如一九三五年漱英作《再論讀詞》,作者認爲王國維《人間詞話》中「境界」指「可以寄托情緒的對象」,其內涵有二,即「真實的情緒」與「具體的對象」[三一],這樣的解釋可以促進讀者對「境界」一詞的理解。第三,新的語言帶來了新的思想、新的角度。白話詞話中,作者以新角度而非傳統儒家詩教讀詞,如淡華撰《讀詞雜記》是從抒發情感方面解讀詞,在解讀張元幹詞時讀出了一種積極向上的人生情感:「青春誠然是寶貴的,但人之所貴乎青春者,不過青春能够更多的給人們利用以爲『人生』努力一些,那末,只須不懈的努力於『人生』,雖青春已逝,又複何礙?」[三二]這些解讀相對於常州派傳統的儒家詩教的解讀,給人耳目一新之感,這也是將詞人從過去作爲封建王朝的依附向獨立個體的回歸,這其實是民國詞話現代性的體現,因爲「在文學藝術上,現代

性則體現爲對真、善、美的追求」〔三三〕。

白話詞話或許可以理解爲民國時期傳統詞話現代轉型的特殊形式，傳統詞話轉向現代有兩種變化：第一種，詞話是傳統條目寫作形式，但是其理論內涵及結構體系等均已呈現新變，例如提出不同的論詞標準，重視條目之間的理論關係，構建起較完整的理論體系〔三四〕，如《蕙風詞話》《珍重閣詞話》。第二種，即論述語言上已經是白話而非文言，體系與內部結構更接近於現代學術論文。從消極方面而言，白話的介入改變了傳統詞話的屬性，非詞話之正體，對於這些白話詞話，不但得不到傳統的詞論者的認同，即便是一些現代研究者也不認可這種形式。

四　專業詞學家與大衆票友

作品一經刊刻出版，作者往往就成爲傳播過程中的傳播者，讀者也就成爲接受者。在傳統社會，士大夫與文人是主要的文學傳播者與接受者，近代以來至民國，報刊的普及帶來了傳播者與接受者範圍的日益擴大，傳播者從以往的士大夫衍變、擴展爲知識份子①，創作者的身份也呈現多元化特徵。民國報刊詞話作者來源廣泛，有作家、學者、官員、學生、會計師、美術家等。作家如唐弢；學者如龍榆生、蕭滌非、周焯（周焯還是植物學家）。此外如陳機峰法商學院畢業，職業爲高級會計師；巴壺天先任政府官員，後在大學任教；劉次簫是國民黨的行政官員；盧鴻基爲美術家；學生則如楊式昭、朱保雄等。除了從職業的

① 荆惠蘭《近代中國新型知識份子群體的形成、發展及作用》，《大連理工大學學報》一九九九年第三期。認爲傳統的「士人」階層蛻變爲新型知識份子經歷了四代人：而產民國報刊作者正是中間兩代人組成：第二代產生於戊戌時代，第三代產生於辛亥時代，辛亥革命後到二十世紀二十年代初。

角度來劃分作者的歸屬以外，還可以從詞學專業與否來劃分。況周頤、夏敬觀、汪東、陳洵、冒廣生、龍榆生屬於專業詞學家，其他如壽石工、聞野鶴、金受申則屬於票友類型。專業詞學家主要發表的是重要詞話，如趙尊嶽《珍重閣詞話》（後修訂爲《塡詞叢話》）、夏敬觀《匯輯宋人詞話》、《忍古樓詞話》，冒廣生《疚齋詞話》與況周頤《餐櫻廡詞話》等，這些詞話價值毋庸多言，學界已有充分探討。詞學票友中水準較高的如壽石工所撰《詞學大意》、《詞學講義》，其中《詞學大意》共一萬六千餘字，連載於一九三〇年《藝林月刊》。作者論詞首倡「意内言外」，從詞之緣起一直敘至民國詞，以詞人詞作爲線索勾勒詞史，品評諸家短長，該詞話受到了劉毓盤《詞史》的影響。金受申的一系列詞話發表在《三六九畫報》，有《寒夜談詞》、《談談福堂體》、《讀詞劄記》、《讀詞瑣記》。還有一些形制短小的單篇詞話作者，署名也是筆名，多不可考。雖然報刊詞話作者衆多，但其中影響較大的仍然是專業詞學家的詞話，如影響最大的莫過於王國維《人間詞話》，到了三四十年代，民國報刊詞話對王國維境界説的討論仍然熱度不減，如《漚庵詞話》（一九四二年《雜誌》第十卷第二、三期）；漱英《再論讀詞》（載於一九三五年《中國學生》第一卷十二期）；朱保軒《還讀軒詩詞話》（載一九三〇年《清華週刊》三十四卷第一期），但多數報刊詞話在發表後如過水雲煙，難見迴響。

大量不同身份、來自不同行業的人撰寫詞話，一方面説明詞學的影響力日益凸顯，另一方面也與報刊的投稿制度有關。報刊自有文學欄目以來，第一次平等的面向所有作者，報刊給了所有作者平等的投稿機會，如一九三六年復興書局出版了《投稿術》一書，其中有「投稿可以無須情面的請托」一節，認爲向報刊投稿可以避免社會上情面的請托，稿件的選擇以公正爲標準〔三五〕。當然，如此多的人參與詞話寫作，經濟因素也是一個不可忽視的原因，即投稿能獲得稿酬。如著名京劇作家翁偶虹的《怡簃詞話》便是一九二九至一九三〇年發表在《華北畫刊》，他曾説：「一九二九年，我於京兆高中畢業，……好不容易輾轉托人，得以在第二小學里擔任了庶務工作，那繁雜的出入賬目，使我如坐針氈，索然忍耐；每月所得，不過是二十

元的薪金。自思假若我作點小説，寫點戲評，也能博得二十元的稿酬，與其枯守而喑，何如脱樊而鳴？思來想去，便毅然辭職，專意在家寫作。我鼓足勇氣，向各報投稿，居然應選，後又同時擔任幾家報刊的長篇小説連載的寫作，綜合所得，竟能超過庶務的薪金。」〔三六〕再如況周頤發表報刊詞話是緣於生計原因〔三七〕。而對於報社編輯而言，自己投稿則可以省去稿費，從而降低了成本，可以使報館得以維持，如果編輯喜愛詞學，撰寫詞話，或邀請友人撰寫詞話也往往是其工作之一：「當時報館經濟窘迫，無力收購外稿，除外界義務投稿外，均得由諸編輯自己撰寫，好得編輯大多是南社成員，便請南社社友幫忙寫稿，有柳亞子的《魔劍室隨筆》，陳匪石的《舊時月色齋詞話》，葉小鳳的《一萬里山水美人記》，以及胡樸安、胡寄塵、姜可生、姚鵷雛、王蘊章、汪景廬、高吹萬、高天梅、余天遂、陳去病等的雜著。」〔三八〕陳匪石的《舊時月色齋詞話》便是這種情況下的產物。

民國報刊詞話作者有一些是學生，如朱保雄爲清華大學學生，作《還讀軒詩詞話》（載一九三〇年《清華週刊》三十四卷第一期）；楊式昭爲燕京大學學生，作《讀閨秀百家詞選劄記》（載一九三二年《文學年報》第一期）。這些學生撰寫詞話與他們受到的詞學教育有關，從一九一八年北京大學國文學課程中出現詞曲課程開始〔三九〕，開設詞學課程的民國大學逐漸增多，《詞學季刊》創刊號曾刊登一則《南北各大學舊體詞教授近訊》的消息：

南北各大學學詞教授，據記者所知，南京中央大學爲吴瞿安（梅）、汪旭初（東）、王簡庵（易）三先生，廣州中山大學爲陳述叔（洵）先生，湖北武漢大學爲劉洪度（永濟）先生，北平北京大學爲趙飛雲（萬里）先生，杭州浙江大學爲儲皖峰先生，之江大學爲夏臞禪（承燾）先生，開封河南大學爲邵次公（瑞彭）、蔡嵩雲（楨）、盧冀野（前）三先生，四川重慶大學爲周癸叔（岸登）先生，上海暨南大學爲龍榆生（沐勳）、易大厂（韋齋）兩先生。〔四〇〕

由此可見民國詞學教育覆蓋空間很廣，成效明顯，如在《國學通訊》發表《星槎詞話系列》（一九四〇年第三、四期，一九四一年第五、六期）的厲鼎煃便是東南大學的學生，其就讀期間詞曲大師吴梅正在東南大學講授詞曲，作者很有可能受到了吴梅教學的耳濡目染。

除了讀詞型詞話外，民國報刊詞話有一部分詞話，勾勒詞史，價值較高。如《影香詞話》（載一九三六年《天津商報畫刊》第三十五、三十六、三十七期）詞話共十三則，作者談到了詞之分期，詞之唐宋元明清之發展階段，詞之體制、風格，以及詞之作法。如《金詞述要》（載一九三四年《教授與作家》第一卷第二期）。該詞話「兹據《中州樂府》、《詞綜》以及王朱兩刊所録，合計不下四十餘家」先列表，然後舉重要作家敘述之。譚壽林《西齋筆記》（載《廣西留京學會學報》一九二四年第一卷第二期）詞話以《詞綜》記録女詞人爲底本，分述（一）宋代女詞人，如李清照《聲聲慢》詞，吴淑姬《惜分飛》詞，朱淑真《生查子》詞，孫道絢《憶秦娥》及歌姬詞。（二）元代女詞人管道升《漁父詞》，劉燕哥送別《太常引》詞，陳鳳儀送別《一落索》詞。（三）明代女詞人如沈宜修《望江南》、李玉照《浣溪沙》、張倩倩《蝶戀花》、葉小紈、葉小鸞《浣溪沙》等詞。雖未列清代女詞人，但指出清代女詞人勝過前代。

五　餘論

通過以上探討，民國報刊詞話從總體上而言，詞話價值高低不一。首先詞話價值與篇幅與作者是否爲詞學專家有一定關係。凡是名家所作長篇詞話，詞學系統性强，詞學價值高，如本文開篇所述，況周頤的《蕙風詞話》，其中重要來源之一就是民國報刊詞話《餐櫻廡詞話》（發表於一九二〇年《小説月報》第十一卷五號到十二號），《餐櫻廡詞話》探討了如何作詞、詞史觀、詞人評點、詞作考證，保留了一些《蕙風詞話》所缺乏的内容，而且數量多達二百五十則。再如趙尊嶽《填詞叢話》，初名《珍重閣詞話》刊登於《同聲

月刊》（第一卷三、四、五、六、八號），《填詞叢話》的主要詞學思想與主要篇幅是從《珍重閣詞話》而來，兩者差別不大。無論是《餐櫻廡詞話》，還是《珍重閣詞話》，這兩部詞話在民國報刊詞話中，篇幅長且有重要價值，類似於這樣的詞話在民國報刊詞話中所占比例較小。民國報刊詞話中更多的是一些短篇詞話，不但篇幅小，且有的詞話並非以探討詞藝爲專門對象，如前面所述「時事性」、「娱樂性」詞話，所以價值有限。但是也不能一概而論，前面所提到的「讀詞型」詞話雖然是以探討詞藝爲中心，但是因爲篇幅小，而不能深入探討，所以也影響了詞話的價值。而這部分詞話占據了相當比例。

其次，從中可以探尋作者詞學思想的變化。例如趙尊嶽《填詞叢話》初名《珍重閣詞話》刊登於《同聲月刊》，從《珍重閣詞話》到《填詞叢話》，二者之間有着微妙的變化，《珍重閣詞話》中的「神來之筆」在《填詞叢話》中被改爲「神來之境」，此外，《珍重閣詞話》對「風度」的要求是「雅潔摇曳」，對「氣度」的要求是「雍容和粹」，而《填詞叢話》對「風度」的要求則是「摇曳雍容」，對「氣度」的要求是「静雅沖淡」。這些内容的更改對於探尋趙尊嶽前後期詞學思想變化有積極意義。

再次，詞話是觀察民國詞學教育的獨特窗口。民國學生是如何學詞，民國教師又是如何教授詞學，這些都無影像資料，但是其中的一些細節尚能在民國報刊詞話中尋覓一二。如金受申在《談談作詞》中記載俞平伯先生在清華大學講授詞學時喜好援引小詞，這便是從接受者的角度對民國詞學教育的具體記録。又如《讀詞瑣記》有一段對民國詞學教育中教師教法的記録：「我在各學校教國文時，也把詞來給學生講，先鈔作者小傳，再説説詩變詞、詞變了曲的史的記載。末後再講詞的原文，如更能美讀一下，似念似唱，那就更顯得有本事了。最大膽的，學生作詩詞，我也敢改，而且無不翕服。」〔四一〕由此可見，民國時期詞學教學已經注意到詞學理論與創作實踐的結合。

当然，民国报刊词话还可以窥见词话编纂者受到当时女权运动的影响，如杨芬若撰《绾春楼词话》就

彰显了女性意识〔四二〕。此外，報刊詞話作爲報刊文學的一種，它的這些變化並非報刊詞話個案現象，其他報刊舊體文學亦有相似規律，而且時間可以上溯到晚清。以最受歡迎的小説爲例，英國傳教士傅蘭雅在《中國記事》一八九五年六月號的中文《求著時新小説啓》廣告的旁邊，伴隨有一條英文啓示，題爲《有獎中國小説》：「總金額一百五十元，分爲七等獎，由鄙人提供給創作了最好的道德小説的中國人；小説必須對鴉片、時文和纏足的弊端有生動的描繪，並提出革除這些弊病的切實可行的辦法。希望學生、教師和與在華各種傳教士機構有關的牧師都能看到附帶的廣告，並受到鼓勵來參加這次競賽；由此，一些真正有趣和有價值的、文理通順易懂的、用基督教語氣而不單單用倫理語氣寫作的小説將會産生……所有手稿將會得到收條，手稿須密封好，在農曆七月末之前，送交漢口路四〇七號格致書室或傅蘭雅收。」〔四三〕截止日期是農曆七月末之前，主辦方要求在近兩個月之内完成徵文比賽，可見晚清報載小説的傳播之迅速。由於設立了獎勵，旨在鼓勵學生、教師與牧師都能參賽，小説的作者較以往擴大了許多，對語言的要求也是通俗易懂。

從晚清這則報載徵文（小説）啓示，到本文所探討的民國報刊詞話，新媒介的廣泛參與，使得舊體文學傳播效果有了極大提升，類型呈現出多樣化，白話開始介入，作者隊伍也明顯擴大（出現了以稿酬爲生的文人），這些變化是報載文學及其文學批評的區別於傳統文學的顯著特徵。

〔一〕徐萍《從晚清到民初：媒介環境中的文學變革》，山東師範大學博士學位論文，二〇一一年，第二六、二七頁。
〔二〕梁啓超《中國各報存佚表》，《清議報》一九〇一年第一百期。
〔三〕關愛和《晚清：以報刊爲中心的文學時代的開啓》，《復旦學報（社會科學版）》二〇二〇年第三期，第一三三頁。
〔四〕朱崇才《詞話史》，中華書局二〇〇五年版，第一頁。
〔五〕孫克强《況周頤〈餐櫻廡詞話〉考辨與輯佚》，《中華文史論叢》二〇〇六年第二期，第三〇八頁。

〔六〕曹辛華《論民國詞話的特點和價值》，《社會科學戰線》二〇一四年第七期，第一三三頁。
〔七〕王兆鵬《中國古代文學傳播方式研究的思考》，《文學遺産》二〇〇六年第二期，第一四頁。
〔八〕朱惠國《論傳播媒介對詞學研究的影響》，《華東師範大學學報（哲學社會科學版）》二〇〇五年第三期，第五二頁。
〔九〕春醪《梅訊》，《申报》一九二〇年四月十四日。
〔一〇〕張天星《報刊與近代中國文學轉型：一八三三—一九一一》，復旦大學出版社二〇一五年版，第三八頁。
〔一一〕彭玉平《梅蘭芳與況周頤的聽歌之詞：民國滬上的藝文風雅》，《復旦學報（社會科學版）》二〇一九年第一期，第七—九一頁。
〔一二〕朱崇才《詞話史》，第四頁。
〔一三〕孫克强《民國詞話的傳統與新變》，《文藝研究》二〇二二年第六期，第六六—六七頁。
〔一四〕《熊毛嘉禮誌盛》，《申報》一九三五年二月十日。
〔一五〕耳食《熊毛嘉禮詞話》，《北洋畫報》一九三五年第三期。
〔一六〕杜新豔《論民初報刊諧趣化現象》，《南京師範大學文學院學報》二〇〇九年第二期，第八二頁。
〔一七〕李德强《近代報刊詩話的娛樂性新變》，《華南師範大學學報（社會科學版）》二〇一二年第二期，一五二頁。
〔一八〕靈《詞林新語》《詞學季刊》一九三三年第一卷第三號。
〔一九〕夏敬觀《匯輯宋人詞話》，《同聲月刊》一九四二年第二卷第三期。
〔二〇〕蕭滌非《讀詞星語》，《清華週刊》一九三二年第三十二卷第二期。
〔二一〕漱英《怎麽樣讀詞》，《中國學生》一九三五年第一卷第十一期。
〔二二〕王仲聞《讀詞雜記》，《現代郵政》一九四七年第一卷第三期。
〔二三〕付建舟《近現代轉型期中國文學論稿》，鳳凰出版社二〇一一年版，第九四頁。
〔二四〕文言《文學傳播學引論》，遼寧人民出版社二〇〇六年版，第七八頁。
〔二五〕曾今可《詞的解放運動答張鳳問》，《新時代月刊》一九三三年第四卷第一期。
〔二六〕劉樹棠《「詞的解放」之我見》，《民鐘季刊》一九三五年創刊號。
〔二七〕張宏生《詩界革命：詞體的「缺席」與「在場」》，上海古籍出版社二〇〇八年版，第三五三頁。
〔二八〕施議對《胡適詞點評》，中華書局二〇〇六年版，第一二三頁。

〔二九〕陳水雲《中國詞學的現代轉型》，社會科學文獻出版社二〇一六年版，第一一六頁。
〔三〇〕彭繼媛《西學東漸與中國新舊體詩話的分野》，羊城晚報出版社二〇一五年版，第二六一至二六四頁。
〔三一〕漱英《再論讀詞》，《中國學生》一九三五年第一卷第十二期。
〔三二〕淡華《讀詞雜記》，《華年》一九三七年第六卷第二十七期。
〔三三〕徐萍《從晚清到民初：媒介環境中的文學變革》，第五頁。
〔三四〕曾智聰《詞學批評的現代轉型——論民國時期詞話傳統的嬗變》，《靜宜中文學報》二〇一八年第十三期，第三八—七二頁。
〔三五〕張天星《報刊與晚清文學現代化的發生》，鳳凰出版社二〇一一年版，第三六頁。
〔三六〕翁偶虹《翁偶虹編劇生涯》，同心出版社二〇〇八年版，第五頁。
〔三七〕孫克强《況周頤詞話綜考》，《國學學刊》二〇一八年第四期，第四八—六三頁。
〔三八〕鄭逸梅《書報話舊》，學林出版社一九八三年版，第二一五頁。
〔三九〕陳水雲《有聲的詞學——民國時期詞學教學的現代理念》，《文藝研究》二〇一五年第八期，第六四頁。
〔四〇〕《南北各大學舊體詞教授近訊》，《詞學季刊》一九三三年創刊號。
〔四一〕金受申《讀詞瑣記》，《立言畫刊》一九四二年第一七六期。
〔四二〕張潔文《〈綰春樓詞話〉與〈銷魂詞〉詞學思想考論》，《詞學（第四十八輯）》，華東師範大學出版社二〇二三年版，第一五五頁。
〔四三〕徐萍《從晚清到民初：媒介環境中的文學變革》，第五六頁。

（作者單位：湖州師範學院人文學院）

沈祖棻詞學研究的特色和價值

張宏生

内容提要 沈祖棻是一個傑出的詞人，她的創作經驗使得她對詞學的研究更爲深入。在分析作品時，她多用和善用比較之法，往往能够爲作品設置一個恰當的坐標點。她的作品鑒賞善於從微觀到宏觀，從個别到一般，不僅體現出廣博的知識，更體現出宏觀的視野和理論的敏感。她在詞學研究中注重文獻，扎實有據。她的詞學觀念受到中央大學諸位老師的影響，體現了南雍一脈的傳承，而又踵事生華，有所發展。

關鍵詞 沈祖棻 詞學 文獻 以小見大 傳承

沈祖棻，字子苾，别號紫曼，筆名絳燕、蘇珂。浙江海鹽人。一九〇九年一月二十九日出生在蘇州一個世代書香之家。曾祖父沈炳垣，道光進士，咸豐年間曾任廣西學政。祖父沈守謙，曾官徐州兵備道。沈祖棻八歲入私塾開蒙，由於祖母和父母都對她非常寵愛，學習氛圍很是寬鬆，不僅打下了堅實的文史基礎，而且天性中喜愛文學的因子得以充分發展。中學時，沈祖棻就讀於上海。一九三〇年考入中央大學上海商學院。入學後，感到專業方向與志趣不合，因此於一九三一年轉學至南京中央大學文學院中文系。這裏大師雲集，汪中、汪辟疆、吴梅、胡小石等名教授都在此任教，她如魚得水，盡情地在她所喜愛的文學海洋中遨遊。這種對文學的熱愛，伴隨了她的一生，而詞學尤其是她特别著力的地方。

一　心靈探賾與比較説詞

程千帆先生談到沈祖棻的詞學研究時曾指出：「她是以自己豐富的創作經驗來欣賞、體會、理解古代作品的，她接觸那些名著，主要是依仗心靈，而不是，至少不僅是可以觸摸的語言文字，所以往往能够形成妙達神旨的境界。簡單地説，她講得好是因爲她作得好。」〔一〕這確實是理解沈祖棻研究成就的一把鑰匙。比如對王沂孫的《齊天樂·蟬》，歷來批評家多認爲寄托了家國興亡之感，比較有代表性的是端木埰：「詳味詞意，殆亦碧山黍離之悲也。首句『宫魂』點清命意。『乍咽』、『還移』，慨播遷也。『西窗』三句，傷敵騎暫退，宴安如故也。『鏡暗妝殘』，殘破滿眼，『爲誰』句，指當日修容飾貌，側媚依然。衰世臣主全無心肝，千古一轍也。『銅仙』三句，傷宗器重寶均被遷奪北去也。『病翼』三句，更是痛哭流涕，大聲疾呼，言海真徼棲流，斷不能久也。『餘音』三句，哀怨難論也。『漫想熏風，柳絲千萬』，責諸人當此尚安危利災，視若全盛也。」〔二〕雖然從時代、典故、語碼等出發，有其合理性，不過説得太實了，顯得有點穿鑿。沈祖棻雖然服膺常州詞派，但並不盲目，她的認識有自己的特色，她説：「只要是對我國文學這種傳統表現方法比較習慣的讀者，欣賞的時候，就決不會讓它們的重點從眼中滑過去。」〔三〕是什麽「習慣」呢？顯然，不僅是理論的思考，也有創作的經驗。她具體説明：「因爲蟬本來不過是一種小動物，到了秋天，漸近死亡，也是自然現象。若非作者别有用意，是不會以這樣深沉的悲哀和巨大的痛苦來詠歎它的。」〔四〕這種體會，就有作爲一個詞人的靈心慧性在。沈祖棻也寫過蟬，其《曲玉管·寒蟬》：「冷露移盤，西風掃葉，枯枝尚歎棲難定。欲把濃愁低訴，還咽殘聲，此時情。倦戀柯條，羞尋冠珥，上林祇讓寒鴉影。冉冉斜陽，鏡裏雙鬢妝成，爲誰輕？　暗想當時，任嘶遍故家喬木，却憐幾度風霜，而今獨抱淒清。感飄零。問知音誰在？不見悲吟楚客，更知何日，萬縷垂楊，響答江城。」〔五〕和王沂孫《齊天樂》深有淵源。這首詞寫於在中央大學就讀時

期，可以説是接續了作者著名的《菩薩蠻》「斜陽」一詞，心中應有「九一八」在。從詞的描寫看，顯然對王沂孫的這一首有所借鑒，但後面寫「故家喬木」，又寫屈子心志，則就不是王作所能規範的，而有着現實的政治寄寓。像「暗想當時，任嘶遍故家喬木，却憐幾度風霜，而今獨抱淒清」數句，其中也有「深沉的悲哀和巨大的痛苦」。

南宋黄孝邁的《湘春夜月》是詞史上的名篇，全詞如下：「近清明。翠禽枝上消魂。可惜一片清歌，都付與黄昏。欲共柳花低訴，怕柳花輕薄，不解傷春。念楚鄉旅宿，柔情别緒，誰與温存。　空樽夜泣，青山不語，殘月當門。翠玉樓前，惟是有、一陂湘水，摇蕩湘雲。天長夢短，問甚時、重見桃根。這次第，算人間没箇并刀，剪斷心上愁痕。」〔六〕沈祖棻是這樣分析的：「我們讀到『可惜』二句，覺得有沉痛的惋惜、深摯的悲哀；『欲共』二句，有無窮的幽怨、無限的抑鬱、無邊的寂寞、無盡的淒涼。顯然地，這都發自作者萬不得已之情。『空尊』三句，情景淒苦，真是無可奈何之境。看來似乎必有所指。作者是晚宋人，對於當時政治局勢，不會毫無感觸，詞中有所寄托，自然是可能的。但即使知道它確有寄托，却也無從指實其所寄托的是一些什麽事情。如『可惜』二句，可以認爲他説的是可惜一片江山都付與暗淡的局勢，也可以認爲他説的是可惜一腔忠憤都付與昏亂的現實。這一腔忠憤，可以屬於當時的賢臣，也可以屬於作者自己；還可以認爲是慨歎才華限於遭際，或者是惋惜愛情擲向空虚。又如『欲共』三句，可以認爲他説的是『時事日非，無可與語』，也可以認爲他説的是『君門九重，叩閽無路』，還可以認爲是知己難逢的歎息，或者是情人薄幸的煩憂。讀者不能，也不必去指實他的托意是我們所推想的哪一種。」〔七〕這一段論述可以看出她所接受的詞學資源，如譚獻説：「作者之用心未必然，讀者之用心何必不然。」〔八〕況周頤説：「吾聽風雨，吾覽江山，常覺風雨江山外有萬不得已者在。此萬不得已者，即詞心也。而能以吾言寫吾心，即吾詞也。」〔九〕但是，更能看出她以自己的詞心加以體會所得出的感受。程千帆先生曾在不同的地方指出創作和研究的關

係問題，或者説：「如果我的那些詩論還有一二可取之處，是和我會做幾句詩分不開的。」〔一〇〕或者説：「一位從來没有作過詩或没有其他藝術創作經驗的人侈談詩歌藝術，不説外行話，很難。」〔一一〕或者説：「文學研究所面對的，是人的感情。古代的文學家們，因接觸外界事物而有感，然後發爲文章，後人研究他的感發，反省其感發，成爲理論。因此，如果你對心靈的火花，感情的悸動，缺少同情，缺乏愛賞，而只是非常理智地去判斷和品評它，這雖不能説不對，但總隔了一層。對古人從作品中表現的心靈多所感發，同時自己有所感發的心靈也有能力表現出來，人我交會，自能貫通。現代的一些學者，如俞平伯先生，他所撰的《唐宋詞選釋》、《讀詞偶得》和《清真詞釋》，都講得非常深刻，真能體會詞心。其中一個很大的原因，就是俞先生自己的詞作得好。」〔一二〕和前面程先生對沈祖棻詞的評價對讀，更能對沈祖棻的成就有深刻的理解。

著名學者舒蕪先生曾寫有《千帆詩學一斑》，主要是指：「千帆的詩學，善於比較。」他並指出：「只有真正熟讀博覽，沉潛浸潤於古今詩歌之中，長時期積累了欣賞和理解的成果，讀書得間，自具慧眼者，才有可能運用這樣多角度多方面的比較方法。若没有這樣深厚的根底，則往往只能局促於一家一篇之中，或者氾濫於一家一篇之外，根本不會知還有何可比，何從去比，如何去比。」〔一三〕程先生和沈先生的詩學觀念相同，用這個説法來評價沈祖棻，也完全可以成立。比較可以味甘苦，解特色，知異同，明得失，辨優劣等，在古代文學研究中，尤其是在作品鑒賞中，是經常使用的方法，沈祖棻常用此法，善用此法。晏殊的《蝶戀花》：「檻菊愁煙蘭泣露。羅幕輕寒，燕子雙飛去。明月不諳離别苦。斜光到曉穿朱户。昨夜西風凋碧樹。獨上高樓，望盡天涯路。欲寄彩箋無尺素。山長水闊知何處。」這首詞寫離别相思之情，時間是「由夜到曉」，空間是「由室内、室外而到樓上」。在對這篇作品作了具體梳理後，沈祖棻又舉出晏殊的一首《踏莎行》：「碧海無波，瑶台有路，思量便合雙飛去。當時輕别意中人，山長水遠知何處？綺席凝塵，香閨掩霧，紅箋小字憑誰附？高樓目盡欲黄昏，梧桐葉上瀟瀟雨。」她説：「拿來和本詞一比，我們就可以看出，

其主題、題材、人物、景色、情事無不相同或極其相似。然而，在晏殊的筆下，這兩首詞却各自成爲一個完整的、不可重複的藝術形象。」〔一四〕這是用來和晏殊自己的作品進行比較。歐陽修的《踏莎行》有「平蕪盡處是春山，行人更在春山外」二句，沈祖棻這樣分析：「范仲淹《蘇幕遮》云：『山映斜陽天接水，芳草無情，更在斜陽外。』本詞云：『平蕪盡處是春山，行人更在春山外。』一向被人認爲是相類的名句。它們的特徵在於，將情景融成一體，在想像中更進一層。斜陽已遠，而芳草更在斜陽之外；春山已遠，而行人更在春山之外：就更其令人不能爲懷。與這種表現手法可以比較的，則是作家們有時又不從想像而從事實著筆。張潮《江南行》云：『茨菰葉爛别西灣，蓮子花開猶未還。妾夢不離江上水，人傳郎在鳳凰山。』劉采春《羅嗊曲》云：『那年離别日，只道住桐廬。桐廬人不見，今得廣州書。』本以爲他在江水邊，誰知道却跑到鳳凰山去了。本以爲他在桐廬，想不到却從廣州來了信。這，叫人的感情怎麼追得上他的脚跡呢？一寫想像，一寫事實，但其由於景的擴大而增加了情的容量，則正相同。」〔一五〕則不僅和相同文體的詞相比較，而且跨文體和詩相比較；不僅看出這種手法的普遍性，也看出作者視野的開闊性。晏幾道《鷓鴣天》中有「今宵剩把銀釭照，猶恐相逢是夢中」二句，沈祖棻這樣分析：「前人詩中寫意外重逢真如夢境的詩句不少，如戴叔倫《江鄉故人偶集客舍》『還作江南會，翻疑夢裏逢』，司空曙《雲陽館與韓紳宿别》『乍見翻疑夢，相悲各問年』；但都不及杜甫《羌村》中的『夜闌更秉燭，相對如夢寐』。『今宵』兩句，情景與杜詩最爲接近。但杜作是五古，風格渾樸，而這兩句是詞，寫得動盪空靈，仍然各有千秋。劉體仁《七頌堂詞繹》曾舉此兩例，以爲這也是『詩與詞之分疆』，不爲無見。」〔一六〕則又不僅詩詞對讀，而且指出詩詞的風格之分。

二　從微觀上升到宏觀

沈祖棻在學術研究上以詩詞鑒賞而知名，所謂鑒賞，門檻似乎不高，但層次和境界却有很大的區别。

好的鑒賞，既能説清楚作品本身的情境之美，又能舉一反三，見一知百，提升到宏觀層面，啓發進一步思考。宋代詞人張先《醉垂鞭》：「雙蝶繡羅裙。東池宴。初相見。朱粉不深勻。閑花淡淡春。細看諸處好，人人道。柳腰身。昨日亂山昏。來時衣上雲。」〔一七〕這是酒宴中的贈妓之作，寫完相見之地，相見之因及女主人公的身份後，就重點寫其化妝的特徵——淡妝。寫淡妝的妙處在哪裏呢？沈祖棻分析道：「這裏涉及到欣賞中一與多的變化的問題。在一般情況下，多數女子並不濃妝（在詞中，又稱爲嚴妝、凝妝），所以一個濃妝的，便顯得出衆。但在上層社會的行樂場所，或是貴族宮廷裏，多數女子都作濃妝，一個淡妝的，就反而引人注目了。……我們平常贊美一件東西、一個作品等，説它新奇別致，其中往往就包含了這個一與多的問題。」〔一八〕一與多是一對哲學範疇，也是一對美學範疇和一種藝術手段，程千帆先生爲此曾專門寫了一篇長文，對這一現象在古典詩歌的結構與描寫中的表現作了全面研究。程先生的這篇文章主要是想闡述這樣的學術思想：「從理論角度去研究古代文學，應當用兩條腿走路。一是研究『古代的文學理論』，二是研究『古代文學的理論』。前者是今人所着重從事的，其研究对象主要是古代理論家的研究成果；後者則是古人所着重從事的，主要是研究作品，從作品中抽象出文學規律和藝術方法來。這兩種方法都是需要的。但在今天，古代理論家從過去的及同時代的作家作品中抽象出理論以豐富理論寶庫並指導當時及後來創作的傳統做法，似乎被忽略了。於是，儘管蘊藏在古代作品中的理論原則和藝術方法是無比地豐富，可是我們却並没有想到在古代理論家已經發掘出來的材料以外，再開採新礦。這就使我們對古代文學理論的研究，不免局限於對它們的再認識，即從理論到理論，既不能在古人已有的理論之外從古代作品中有新的發現，也就不能使今天的文學創作從古代理論、方法中獲得更多的借鑒和營養。」〔一九〕沈祖棻的這篇賞析，可以爲程先生的這一研究作一個生動的注脚。

以小見大的關鍵，是要真正了解什麼是「大」，這需要廣博的知識，更需要有宏觀的視野和理論的敏

感。北宋晏幾道的《臨江仙》：「夢後樓臺高鎖，酒醒簾幕低垂。去年春恨却來時。落花人獨立，微雨燕雙飛。　記得小蘋初見，兩重心字羅衣。琵琶弦上説相思。當時明月在，曾照彩雲歸。」〔二〇〕上片的「落花人獨立，微雨燕雙飛」二句，晚清著名詞學家譚獻曾這樣作評：「名句，千古不能有二。」〔二一〕但是，這兩句却完全録自五代翁宏的《春殘》：「又是春殘也，如何出翠帷？落花人獨立，微雨燕雙飛。寓目魂將斷，經年夢亦非。那堪向愁夕，蕭颯暮蟬輝。」〔二二〕對此，沈祖棻作出了精彩的分析：「我們拿晏詞和翁詩作一比較，就不難看出，它們之間，不僅全篇相比，高下懸殊，而且這兩句放在詩中，也遠不及放在詞中那麽和諧融貫。作一個跛脚的比喻，就好像臨邛的卓文君，只有再嫁司馬相如，才能揚名於後世一樣。在翁詩裏，這麽好的句子，由於全篇不稱，所以有句無篇，它們也隨之被埋没了；而由於晏詞的借用，它們就發出了原有光輝，而廣泛流傳，被人稱道。由此可見，我們如果對某一句詩進行評價，除了它本身所達到的藝術高度之外，還必須看其與全篇的有機聯繫如何。把某一句，或甚至某一個字孤立起來評定優劣，不僅不能如實地理解它、欣賞它、評價它，而且往往還會導致錯誤的結論。」〔二三〕沈祖棻還舉了晏殊《浣溪沙》中「無可奈何花落去，似曾相識燕歸來」兩句，原是他本人《示張寺丞、王校勘》七言律詩中的第三聯，也是放在詩中，不如放在詞中，因而一般讀者也就不記得那首七律，而只記得這首小令了，説明晏、翁之事，並非孤證〔二四〕。若推廣開來，這種情形又並不一定只表現在詩詞中。酈道元《水經・江水注》中有一段描寫巫峽風光的文字，歷來的作品選、文學史都盛稱之，並被選入中學教材，文字如下：「三峽七百里中，兩岸連山，略無缺處。重巖迭峰，隱天蔽日，自非停午夜分，不見曦月。至於夏水襄陵，沿泝阻絶。或王命急宣，有時朝發白帝，暮到江陵，其間千二百里，雖乘奔御風，不以疾也。春冬之時，則素湍緑潭，回清倒影。絶巘多生怪柏。懸泉瀑布，飛漱其間，清榮竣茂，良多趣味。每至晴初霜旦，林寒澗肅，常有高猿長嘯，屬引淒異。空谷傳響，哀轉久絶。故漁者歌曰：『巴東三峽巫峽長，猿鳴三聲淚沾裳。』」〔二五〕但這一段却基本上出自南朝劉宋

盛弘之的《荆州記》，盛文作：「三峽七百里中，兩岸連山，略無缺處。重巖迭峰，隱天蔽日，自非停午夜分，不見日月。至於夏水襄陵，沿泝阻絶。或王命急宣，有時云朝發白帝，暮到江陵，其間一千二百里，雖乘奔御風，不爲疾也。春冬之時，則素湍緑潭，回清倒影。絶巘多生怪柏，懸泉瀑布飛其間，清榮竣茂，良多雅趣。每晴初霜旦，林寒澗肅，常有高猿長嘯，屬引淒異。空岫傳響，哀轉久絶。故漁者歌曰：『巴東三峽巫峽長，猿鳴三聲淚沾裳。』」〔二六〕僅有文字極小的不同，可以忽略不計〔二七〕。當然，《荆州記》唐宋時期就已散佚，不過，清代輯佚學發達，該書在清代已有輯本，看過的人應該不少，却基本上無人在這一點上進一步思考，所以，這段文字仍然是因附麗《水經注》而得以流傳，並成爲經典。完全可以這樣説，這段文字在《水經注》中，焕發出了新的光彩。可見文獻學上的還原和和美學上的價值，有時並不能統一。

這方面的思考在沈祖棻的詩詞研究中還有不少，涉及不同類别，值得特别提出。如談蘇軾《念奴嬌·赤壁懷古》：「在藝術上，這首詞也有它的獨特成就。其中最突出的一點就是它將不同的，乃至於對立的事物，思想，情調有機地融合在一個整體中，而毫無痕跡。」〔二八〕一篇創作中，存在着這樣的對立統一，作爲古代作家創作中的一種重要手法，無疑值得關注。又如談賀鑄《薄幸》（淡妝多態），引清人周濟的話對柳永和賀鑄的詞進行比較，最後總結説：「周濟在這裏爲我們提出了一個風格學上的新課題，即風格的形成，不獨是基於個性，而且還受到藝術手段的制約，很值得認真思考。」〔二九〕

三　文獻意識與學術傳承

沈祖棻在《古典詩歌論叢》的後記中曾總結她和程先生共同的研究心得，提出了將批評建立在考據之上的方法：「我們感到，有一個比較普遍的和比較重要的缺點，那就是，没有將考證和批評密切的結合起來。」「基於這樣的理解，我們就嘗試着一種建立在考據基礎上的方法。」沈祖棻的詩詞鑒賞非常精彩，如前

所述，詩詞鑒賞也能寫出境界，闡發出具有宏觀高度的理論意義。這裏則想進一步指出，其理論闡發的重要基礎之一，來自對文獻的重視。

比如注釋典故，宋代周邦彦的《瑞龍吟》有「前度劉郎重到」一句，沈祖棻總結各種注本，給出自己的判斷：「此語雖出自劉禹錫《再游玄都觀》『種桃道士歸何處，前度劉郎今又來』，以與前文『試花桃樹』關合，但實際上却是用劉義慶《幽明録》所載東漢劉晨入天台山遇仙女故事，這個故事中也有桃樹（詳後《玉樓春》篇）。我們也可以説，是兩典合用，成語用前者，故事用後者。注家們只引用劉禹錫詩是不全面的。」〔三〇〕

所謂文獻，有時表現出來的是一種敏感度，是通過「操千曲而後曉聲，觀千劍而後識器」的積累而進行的判斷。詞史上有一篇題爲李白所作的名篇《菩薩蠻》（平林漠漠煙如織），從明代開始，直到當代，關於是否李白所作，仍有争論。和有些學者從《菩薩蠻》一調是否可能出現在盛唐來討論該詞真僞的做法不同，沈祖棻認爲，「圍繞着《菩薩蠻》這個曲調出現的遲早進行争論，似乎難以解決此詞是否屬於李白這個問題」。沈祖棻的做法是走另外一條路，這「就是從詞體的發展來考察，看這首詞的題材、風格等是否可能出現在盛唐時代。答案是否定的。……像這首《菩薩蠻》中所表現的羈旅行役之感，在晚唐、五代詞中是十分生疏的，其所表現的闊大高遠的境界、渾厚清雅的風格，也完全擺脱了花間派以綺豔風情爲主的影響」。這一結論的得出，來自她對從晚唐五代到北宋這一階段詞創作的熟悉，「這首《菩薩蠻》中所表現的羈旅行役之感，在晚唐、五代詞中是十分生疏的」，這一斷語不是輕易下的，背後有着深厚的文獻功夫。師兄莫礪鋒教授曾經這樣論述柳永詞：「柳詞中關於男女相思題材的名篇幾乎都與羈旅行役有關，例如《八聲甘州》（對瀟瀟暮雨灑江天）就與《雨霖鈴》齊名。原因在於專寫男女密約幽期的婉約詞往往會流於軟媚乃至俗豔的鄙陋之境，而柳永把男女相思的背景從青樓洞房轉向江湖旅途，紅燭羅帳就變成了清風明月，氤氳

香氣就變成了瀟瀟夜雨，喃喃情語就變成了魚雁傳書，倚紅偎翠就變成了獨守孤燈。於是，詞中的情得到了昇華，詞中的景得到了淨化，詞的意境也變得清麗高遠。」[三一]在羈旅行役的背景中寫男女之情，是柳永在詞史發展中的一大貢獻，或者可以説是對詞體文學創作的一大革新，而柳永大約生活在北宋的前中期。如果説在詞體文學剛剛興起不久的盛唐時期就有這樣成熟的寫羈旅行役的作品，而和之後相當長一段時間的詞創作風格都不同，大約是不容易説通的。沈祖棻雖然並没有作表面上的文獻考證，但實際上是將考證過程掩藏在文字之後了。

近日讀到戎默先生的一篇文章[三二]，談到蘇軾的名篇《水調歌頭》(明月幾時有)中的「瓊樓玉宇」一詞，綜合前人的一些看法，指出許多注本往往都會引用下面一條材料：「《大業拾遺記》：瞿乾祐於江岸翫月，或問：『此中何有？』瞿笑曰：『可隨我觀之。』俄見月規半天，瓊樓玉宇爛然。」而沈祖棻的《宋詞賞析》却作：「語出《拾遺記》：『翟乾祐於江岸玩月。或問：「此中何有？」翟笑曰：「可隨我觀之。」已而月現中天，瓊樓玉宇爛然。』」戎先生指出，《大業拾遺記》各本皆無此條，沈祖棻寫成《拾遺記》，瞿字亦作翟，想必另有根據，乃根據老輩學者注書，其中典故往往使用類書的傳統，查看《佩文韻府》，果然在《佩文韻府》卷三七上「七麌」韻「宇」字「玉宇」條中，發現了這一則文獻，文字基本相同。戎先生就有如下結論：「沈書的材料來源，應當就是《佩文韻府》；所謂來源《大業拾遺記》的通行誤注，應也是來自《佩文韻府》，只是一時將『翟』誤爲『瞿』，又覺引文與書名時代不合，於是想當然地以爲此『《拾遺記》』應是更符合時代的『《大業拾遺記》』，故增『大業』二字。始作俑者，大概就是胡雲翼先生的《宋詞選》。如此，沈祖棻《宋詞賞析》出處爲《拾遺記》的注文，並非抄自選本中的『《大業拾遺記》版』而又删字，反是直接來自《佩文韻府》，可説更接近來源文獻。」胡雲翼《宋詞選》一九六二年由中華書局出版，戎先生認爲：「考慮到胡雲翼先生的《宋詞選》的成書之早與影響之廣，則稱胡注《宋詞選》爲之後各條書引用該注的始作俑者，也應『雖不中，亦不遠

沈祖棻的《宋詞賞析》原名《北宋名家詞淺釋》，據程千帆先生説：「是一部没有寫完的講課筆記。好些年前，她曾經有個機會和幾位青年教師、研究生一起學習宋詞。……她在講課時，就側重在每一篇詞的藝術技巧的分析方面，也側重於婉約派的作品；同時也由於當初並没有想將這個課程當作一般的詞選來講，而主要是企圖解決學習者所遇到的問題，所以入選各家篇目的多寡，並不完全反映其在詞史的地位。大家如蘇軾，也只講了兩篇，就是因爲同志們覺得蘇詞比較好懂，不須多講的緣故。」〔三三〕胡雲翼的《宋詞選》是影響力很大的宋詞選本，沈祖棻爲武漢大學中文系的青年教師和研究生講宋詞時，或許胡書尚未出版，但後來肯定是見到過的，但她没有像許多選本一樣，徑抄胡注，而是「更接近來源文獻」，這無疑就是「將考證和批評密切的結合起來」的某一方面的具體體現。戎先生説沈祖棻的注釋「更接近來源文獻」，是一個準確的判斷。

説到傳統，沈祖棻的詞學中也有一以貫之的傳承，這可以從比興寄托來談。

一九三二年，也就是「九一八」事變的第二年，二十歲出頭的沈祖棻尚是一位大學生，就寫出著名的《浣溪沙》，其中「有斜陽處有春愁」一句受到當時中央大學文學院院長汪東先生的激賞，爲之延譽，一時「沈斜陽」之名傳遍吟壇學林。汪東之所以如此激賞，就在於「斜陽」、「春愁」深有意藴，這個「意」，就是寄托。年輕的沈祖棻在詞壇上一出手就有「寄托」二字横亘心中，在後來的創作中，這一特色一直保持着。如她求學於中央大學時所寫的《高陽臺・訪媚香樓》：「古柳迷煙，荒苔掩石，徘徊重認紅橋。錦壁珠簾，空憐野草蕭蕭。螢飛鬼唱黄昏後，想當時、燈人笙簫。剩年年，細雨香泥，燕子尋巢。青山幾點胭脂血，做千秋淒怨，一曲嬌嬈。家國飄零，淚痕都化寒潮。美人紈扇歸何處？任桃花、開遍江皋。更傷心，朔雪胡塵，尚話前朝。」〔三四〕媚香樓位於南京秦淮河畔，是明末秦淮名妓李香君的故居，其遺址大約民國十二年前後被發現，此後，文人墨客每喜在此發思古之幽情。這首詞寫於日本侵華之後，帶有濃重的歷史印

記。李香君雖然是青樓女子，但堅持民族大義，孔尚任著名的《桃花扇》寫了她和侯方域兩情相悦，血濺定情詩扇，而又不齒於侯變節事清的故事。這昔日的繁華之處如今已是一片荒涼，如果僅僅如此，還不過是懷古之作的常見路數，下片一開始就寫「青山幾點胭脂血」，如果當年李香君的鮮血是灑在扇上的話，現在則染紅了青山，當年鮮血點染出來的桃花，也已經「開遍江皋」。沈祖棻當時所處的時代，戰火已經迫近南京，「朔雪胡塵」的悲劇或將重演，所以想起前朝往事，不免「更傷心」。在懷古詠史之中，浸潤着濃厚的現實情懷。又如一九四二年飄泊四川期間，沈祖棻創作了一組《浣溪沙》共十首。其小序有云：「每愛昔人遊仙之詩，旨隱辭微，若顯若晦。因效其體制，次近時聞見爲今詞十章。」[三五] 兹引其中的第九首：「聞道仙郎夜渡河，星娥隔歲一相過。機邊親贈水精梭。縱使青天甘寂寞，應憐銀漢近風波。雲盟月誓莫蹉跎。」[三六] 通過作者的小序，至少可以看出這樣兩層意思，一是辭旨隱微，二是涉及時事，這就提醒我們要從比興寄托的角度，對作品加以理解。但作品顯然是指向牛郎織女之事，如何理解呢？好在對此最爲熟悉的程千帆先生，親自作了箋注。云：「此第九首，望印度參加同盟軍，同抗日帝也。一九四一年十二月，中英軍事同盟成立，中國軍隊開入緬甸，協助英軍作戰。而與緬甸爲鄰之印度猶徘徊於兩大之間，故蔣介石於一九四二年二月加爾各答會晤印度人民領袖甘地，勸其抗日。仙郎喻蔣，星娥喻甘地，此用牛郎織女故事。隔歲相過，謂磋商經年始克相晤。贈梭，喻獻策。下闋謂印度欲置身事外，而戰爭範圍日益擴大，終恐波及，不如早日參加盟軍之爲愈也。」[三七] 蔣介石訪問印度，是近代以來中國領導人首次以元首身份出國訪問，也是中國歷史上首次有最高領導人訪問印度，這是中國對外關係上的一件大事。而第二次世界大戰爆發以來，作爲中國戰區的最高統帥，蔣介石訪問作爲同盟國英國的殖民地印度，也具有戰略上的意義。所以，當時詞人對此密切關注，有所思考。在中國古代詩詞中，牛郎織女是經常出現的意象，或云有情人之受到阻隔，如古詩《迢迢牽牛星》；或作翻案語，提倡應以感情之品質爲重，如秦觀《鵲橋仙》（纖雲

弄巧)。但用以比喻兩個政治人物,却還少見。沈祖棻的這首詞,爲牛郎織女的形象系列,增添了新的内容。

沈祖棻曾寫有《清代詞論家的比興寄托説》一文,對詞學中的比興寄托理論進行了詳細而深入的研究,在學術史上,是這一領域最重要的文章之一,其價值學界多有論列,此處不贅。這裏想特别指出的是,沈祖棻如此重視比興寄托,從思想根源上看,固然和她本人對中國文學傳統的體認有關,但也不可忽視其師承所起到的重要作用。汪東是沈祖棻在詞學道路上的重要領路人。他師承章太炎,對音韻學、訓詁學、文字學諸方面都有精深的研究,尤長於詞學,有《唐宋詞選》、《詞學通論》等行世。一九三六年十二月二十八日,他曾作題爲《文學的道德》的演講,中心意思是説「文學家不能逃避他們的責任」〔三八〕。也是在這一年,他發表了《國難教育聲中發揮詞學的新標準》一文,其中特别推重比興:「詩詞尤以比興爲工。」提出創作與時代的關係:「正變之分,原由環境接觸,心所感受不同。治世所感,其聲和樂,便謂之正,衰世所感,其聲哀怨,即謂之變。」「詩詞正變,既是世道隆替,國勢盛衰必然的結果,那麼,我們今日談詞作詞便該感覺到自身所處的地位環境是怎麼樣。」〔三九〕沈祖棻的另一位老師黄侃(一九二八年至一九三五年任教於中央大學),精研《文心雕龍》,著有《文心雕龍札記》,其中也討論比興:「原夫興之爲用,觸物以起情,節取以託意,故有物同而感異者,亦有事異而情同者。」「彦和辨比興之分,最爲明晰。一曰起情與附理,二曰斥言與環譬。介畫憭然,妙得先鄭之意矣。」〔四〇〕黄侃論阮籍《詠懷》詩,雖然不贊成絶對比附政治,但也經常指出其中的寄托:「阮公深通玄理,妙達物情。《詠懷》之作,固將包羅萬態,豈僅厝心曹、馬興衰之際乎!跡其痛苦窮路,沉醉連旬,蓋等南郭之仰天,類子輿之鑒井。大哀在懷,非恒言所能盡,故一發之於詩歌。」〔四一〕如第三十三首(一日復一夕)、第三十四首(一日復一朝),黄侃評:「言哀老相催,由於憂患之衆。而智謀有限,變化難虞,雖須臾之間,猶難自保。『薄冰』之喻,『心焦』之談,洵非過慮也。」這裏的生命之

憂，當然是和司馬氏奪取政權後讀書人的現實政治處境分不開的。第四十七首（生命辰安在），黄評：「言翔高棲下，皆有命焉，雖欲追隨鳴鶴，不可得也。憂戚流涕，素琴淒心，非復常言所能解矣。」也是同樣的思路。在討論郭璞《遊仙詩》時，他和阮籍《詠懷》相聯繫，指出：「景純斯篇，本類詠懷之作，聊以攄其憂生憤世之情，其於仙道，特寄言耳。」這正呼應了鍾嶸的看法：「《遊仙》之作，詞多慷慨，乖遠玄宗。其云『奈何虎豹姿』，又云『戢翼棲榛梗』，乃是坎壈詠懷，非列仙之趣也。」〔四二〕和汪東一樣，黄侃也是章太炎的弟子，在音韻學、訓詁學、經學、文學等方面造詣甚高，詞亦爲世所稱。雖然曾謙稱古人詩詞是「天九」，自己的只是「地八」，但正如先師程千帆先生所説，這個「地八」終究是「天九」之後第一大的〔四三〕，可見其自矜。他的詞，深情邈綿，辛亥革命之後的諸作，憂傷國事，寄托遥深。一九一二年，黄侃編《纗華詞》成，汪東爲其撰序，云：「所述有哀郢之志，思美之遺。」〔四四〕俞平伯曾回憶：「民國五年、六年間方肄業於北京大學，黄季剛老師在正課之外忽然高興，講了一點詞，從周濟《詞辨》選録凡二十二首，稱爲『詞辨選』，講義至今尚存。季剛盛稱周氏選録之精，又推薦各書。」〔四五〕堵述初也回憶：「一九二五年，黄季剛先生在我的母校北京民國大學中國文學系教授《爾雅》和詩詞兩門功課」，「黄先生指定的課本是郝懿行的《爾雅義疏》和張惠言的《詞選》」。〔四六〕黄侃教授詞學，選取的教材是張惠言的《詞選》和周濟的《詞辨》，這二人正是清代常州詞派的開創者和重要的繼承者，可見其詞學傾向。沈祖棻的又一位老師吴梅，一九二二年至一九三七年間擔任中央大學及其前身東南大學教授。吴梅一生以戲曲研究最爲著名，但在詞的方面也很有成就，著有《詞學通論》等。他的詞學思想中也非常重視比興寄托，指出：「所謂寄托者，蓋借物言志，以抒其忠愛綢繆之旨，三百篇之比興，《離騷》之香草美人，皆此意也。」「唯有寄托則辭無泛設，而作者之意，自見言外，朝市身世之榮枯，且於是乎覘之焉。」〔四七〕如他討論馮延巳的詞：「正中詞纏綿忠厚，與温韋相伯仲。其《蝶戀花》諸作，情詞悱惻，可群可怨。張皋文謂：『爲《騷》辨之遺。』譚仲修謂：『如金碧山水，一片空蒙。』所謂有寄

托入，無寄托出也。」〔四八〕專門引述張惠言和譚獻的看法，見出傳承有自。沈祖棻特別尊師重道，老師們的這些見解，對她深有啓發，同時，她又踵事增華，加以發展，從而在詞學研究，乃至文學史研究上，留下了深刻的一筆。

〔一〕 程千帆《宋詞賞析・臺灣版後記》，沈祖棻著《宋詞賞析・誦詩偶記》，沈祖棻著，張春曉主編《沈祖棻全集》，廣西師範大學出版社二〇二四年版，第二三〇—二三一頁。以下引沈祖棻的著述，皆出自此版本，不另作注。

〔二〕 端木埰批注《詞選》，唐圭璋編《詞話叢編》第二册，中華書局二〇〇五年版，第一六二一頁。

〔三〕〔四〕〔七〕 沈祖棻《清代詞論家的比興説》，沈祖棻著《宋詞賞析・誦詩偶記》，第三八三頁，第三九一頁，第三八五頁。

〔五〕〔三四〕〔三五〕〔三六〕〔三七〕 沈祖棻《涉江詩詞集》，沈祖棻著，張春曉主編《沈祖棻全集》，第三四頁，第三五—三六頁，第七七頁，第八四頁，第八四頁。

〔六〕〔一七〕〔二〇〕 唐圭璋編《全宋詞》，中華書局一九六五年版，第二七七三頁，第五七頁，第二三二頁。

〔八〕 譚獻《復堂詞話》，唐圭璋編《詞話叢編》第四册，第三九八七頁。

〔九〕 況周頤《蕙風詞話》卷一，唐圭璋編《詞話叢編》第五册，第四四一一頁。

〔一〇〕 程千帆《閑堂自述》，鞏本棟編《程千帆沈祖棻學記》，貴州人民出版社一九九七年版，第一一頁。

〔一一〕 程千帆《答人問治詩》，鞏本棟編《程千帆沈祖棻學記》，第五六頁。

〔一二〕 程千帆《關於學術研究的目的、方法及其它》，鞏本棟編《程千帆沈祖棻學記》，第一二三頁。

〔一三〕 舒蕪《千帆詩學一斑》，鞏本棟編《程千帆沈祖棻學記》，第一五七—一六三頁。

〔一四〕〔一五〕〔一六〕〔一八〕〔二三〕〔二四〕〔二八〕〔二九〕〔三〇〕 沈祖棻《宋詞賞析・誦詩偶記》，張春曉主編《沈祖棻全集》，第二六頁，第三一—三二頁，第七六頁，第二〇—二一頁，第六九—七〇頁，第七〇頁，第八九頁，第一二五頁，第一三一頁。

〔一九〕 程千帆《古典文學描寫與結構中的一與多》，《古詩考索》，武漢大學出版社二〇〇八年版，第二四—二五頁。程千帆《關於學術研究的目的、方法及其它》，鞏本棟編《程千帆沈祖棻學記》，第一二三頁。

〔二一〕 周濟輯撰《詞辨》卷一，中華書局二〇二二年版，第一二八頁。

〔二二〕彭定求等編《全唐詩》卷七六二，中華書局一九六〇年版，第八六五六頁。
〔二五〕酈道元著，陳橋驛校證《水經注校證》卷三三，中華書局二〇〇七年版，第七八七頁。
〔二六〕李昉等編《太平御覽》卷五三，中華書局一九六〇年版，第二五九頁。
〔二七〕參看襲甫《〈水經·江水注〉巫峽那段非酈道元作》，《文學遺産》一九八五年第四期。
〔三一〕莫礪鋒《寧鈍齋隨筆》，鳳凰出版社二〇二二年版，第三六一頁。
〔三二〕戎默《再談古典文學注本的引證》，《中國古典文獻研究（第二輯）》，廣西師範大學出版社二〇二三年版，第一八五—一九一頁。
〔三三〕程千帆《宋詞賞析·後記》，沈祖棻著《宋詞賞析·誦詩偶記》，第二二八頁。
〔三八〕薛玉坤《汪東年譜》，河南文藝出版社二〇一六年版，第一三九頁。
〔三九〕汪旭初《國難教育聲中發揮詞學的新標準》，《文藝月刊》一九三六年第九卷第二期。
〔四〇〕黄侃《文心雕龍札記》，中華書局二〇〇六年版，第二一〇、二一二頁。
〔四一〕黄侃《文心雕龍札記·附録》，第二九六頁。按：黄侃「阮公深通玄理……」這一段被沈祖棻全部引用在《阮嗣宗〈詠懷〉詩初論》一文中，參見沈祖棻《唐宋詞賞析·誦詩偶記》，第二九一頁。
〔四二〕鍾嶸著，曹旭集注《詩品集注（增訂本）》，上海古籍出版社二〇一一年版，第三一九頁。
〔四三〕程千帆《憶黄季剛老師》，武漢老齡科學研究院等主編《黄侃紀念文集》，湖北人民出版社一九八九年版，第三〇—四一頁。
〔四四〕汪東《繖華詞序》，《國故》一九一九年第一卷第二期。
〔四五〕俞平伯《清真詞釋序》，俞平伯著《讀詞偶得　清真詞釋》，人民文學出版社二〇〇〇年版，第六九頁。
〔四六〕堵述初《黄季剛先生教學軼事》，張暉編《量守廬學記續編》，生活·讀書·新知三聯書店二〇〇六年版，第二七頁。
〔四七〕〔四八〕吴梅《詞學通論》，復旦大學出版社二〇〇五年版，第四頁，第四七頁。

（作者單位：香港浸會大學中文系）

南宋王千秋《審齋詞》版本源流考
——兼補正《全宋詞》之疏誤

趙　毅

内容提要　南宋詞人王千秋詞風爲花間一派，被評一代作手，是南宋值得關注的詞家。《審齋詞》現有明代抄本兩種，即吴訥《百家詞》本和紫芝漫抄本，兩抄本同出一源。刻本以明毛晋汲古閣《宋六十名家詞》本爲源頭，後世多據此本刊刻影印，形成了汲古閣刻本系統，毛扆曾據紫芝漫抄本校對汲古閣本，並作校記。近人唐圭璋先生編纂《全宋詞》以毛校本爲底本收録《審齋詞》，並以紫芝漫抄本爲參校本，補録《醉落魄》（能歌善謔）殘詞一首，且吸收近人校勘成果，成爲目前通行本。經過對王千秋及其《審齋詞》的考察，可增補《全宋詞》王千秋小傳，補正《全宋詞》本的錯别字、校勘疏誤，整理《審齋詞》定本，爲《全宋詞》的修訂提供基礎文本。

關鍵詞　王千秋　《審齋詞》　《全宋詞》　版本

王千秋，字錫老，號審齋，東平府人，南宋孝宗時寓居金陵，現存詞集《審齋詞》一卷，版本衆多。王千秋雖不是大家，仍可稱一代作手，有可觀處。《四庫全書總目》評：「况其體本花間，而出入於東坡門徑，風格秀拔，要自不雜俚音。南渡之後，亦卓然爲一作手。」〔一〕《御選歷代詩餘》（簡稱《御選》）收録其詞二十五首〔二〕，《宋六十一家詞選》收録五首〔三〕。對王千秋的詞集版本和文本的全面考察有助於評價詞的價值，認

識宋詞流傳的路徑和特點。

目前未見單行本《審齋詞》，主要依賴詞集叢編流傳後世。現存最早關於《審齋詞》的記録是宋陳振孫《直齋書録解題》卷二十一所載：「《審齋詞》一卷，東平王千秋錫老撰。」〔四〕陳振孫所見版本應是南宋寧宗嘉定年間，由湖南長沙劉氏書坊刊刻的《百家詞》中所録一卷本《審齋詞》，有《直齋書録解題》卷二十一《笑笑詞集》注「自《南唐二主詞》而下，皆長沙書坊所刻，號『百家詞』……」〔五〕爲證。此版本《審齋詞》或隨劉氏《百家詞》的亡佚〔六〕而散失。現存《審齋詞》版本有：明抄本，即吴訥《百家詞》抄本和紫芝漫抄本；刻本，以明代毛晋《宋六十名家詞》本爲源頭的汲古閣刻本系統；整理本，即《全宋詞》本。本文擬梳理王氏《審齋詞》編纂流傳情况，揭示各版本《審齋詞》之間的傳抄關係，確定其詞之定本，爲宋詞研究提供基礎文獻。

一　明抄本《審齋詞》的編纂與流傳

現存兩種明抄本《審齋詞》：一是明末紅絲欄抄本《唐宋名賢百家詞》本；二是明末紫芝漫抄本。

（一）吴訥《百家詞》本

吴訥（一三七二—一四五七），字敏德，謚文恪，江蘇常熟人。於正統六年（一四四一）彙輯《唐宋名賢百家詞》，收總集三種，别集八十五家，另有十家，有目無書。其卷帙豐富，遠超明末毛氏所刻，「唯因傳鈔不易，未嘗付梓，世間罕有見之者」〔七〕。現存《百家詞》乃後世傳抄吴訥《唐宋名賢百家詞》之稿本，原因如下：載有《唐宋名賢百家詞集》、《百家詞目》兩個目録，且兩目録之間未一一對應；《百家詞目》中尚有批注，如《坦庵詞》、《姑溪詞》、《滄浪詞》等詞集下注有「缺」字，《耐軒詞》及《笑笑詞》下注「重」字，可見未定稿；此外，《後山居士詞》末有注「正德五年孟秋巧夕前一日録」〔八〕。《竹山詞》後亦注「正德丁卯季夏十日蘇臺雲翁志」〔九〕。系蘇臺雲翁正德年間抄録。

明紅絲欄抄本《審齋詞》是現存最早的本子[一〇]，是後世所資考訂、校勘之善本，于一九八九年由天津古籍出版社影印出版。此本實録《審齋詞》七十三首，並録有梁文恭《讀審齋先生樂府》，爲研究王千秋及其詞作提供幫助。也有不足之處，一是目録共計六十一首詞，但正文實録七十三首，存在統計錯誤，當是抄本未經校勘所致，情况如下：目録載《西江月》一首，正文收録二首；目録載《生查子》一首，正文收録七首；目録載《浣溪沙》一首，正文收録二首；目録載《點絳唇》一首，正文收録五首。二是文本存在錯漏訛誤之處：有抄寫錯漏者，《臨江仙》(者也之乎真太錯)漏抄二十字，「隱豹冥鴻。此身今在幻人宫。要將驢佛我，分付馬牛」；有形近訛誤者，《驀山溪・海棠》中「似頭不語」爲「低頭不語」；《瑞鶴仙・韓南澗生日》「正描花照眼」是「正榴花照眼」，「笑班楊周字未穩」爲「笑班揚用字未穩」；等等。現有津圖明抄本《唐宋名賢百家詞》四十册，一百三十一卷和國圖抄本《唐宋名賢百家詞》四十册，均以天津圖書館藏明紅絲欄本爲底本，屬同一系列。

一九九二年天津市古籍書店出版了吴訥《百家詞》，此本是據一九四〇年商務印書館排印本(林堅之校本)影印，兩本大同小異[一一]，綜合論之。將此本所録《審齋詞》與原抄本比對，有如下變化：目録得以完善，共計七十三首，與正文實録情况一致；文本錯漏處得到校勘，改抄本《水調歌頭》(遅日江山好)中「桃花避風流」爲「桃扇避風流」等。但也存一定問題，抄本《南歌子・壽廣文》「便合批風支月紫薇間」之「合」字被誤改爲「令」；《念奴嬌・水仙》「未容梅品懸隔」之「隔」被誤改「格」等，應是林堅之抄校致誤。

（二） 紫芝漫抄本

紫芝漫抄本，明人抄録。清初爲毛斧季所得，並以此本校勘毛晋所輯《宋六十名家詞》，有跋：「從孫氏舊録本校其僞。」[一二]此孫氏舊録本，即紫芝漫抄本。清唐宴(號涉江)曾得紫芝漫抄本，記：

……「毛斧季據含經宋本及周氏、孫氏兩抄本」，所云孫氏當即此本。今檢《酒邊詞》首頁有二印

曰：孫熹星遠者應即其人耶。〔一三〕

毛斧季曾於己酉（一六六九）得孫星遠《宋元詞》約七十册。《秋澗詞》一卷後有跋：

戊申重陽前四日，從錫山秦翰林留仙得抄本宋元詞十四册，中有《秋澗詞》一卷，即此册也，惜逸其後三卷。後十一年己酉中元後二日，復過錫山，訪於孫氏，又得《宋元詞》五十餘册，中有《秋澗詞》兩卷，是時薄遊金陵，即攜至秦淮寓中。適訪黄俞邰藏書，見《秋澗文集》自八十四卷至八十七卷載樂府四卷，因與借歸。其孫氏所得二册，即於歸舟校過。此册到家校之，其第四卷並擬舊式刻一格紙，命桐子補抄，遂成完書矣。己未八月初三日虞山毛扆識於汲古閣下。〔一四〕

並於己未（一六七九）據黄俞邰《秋澗文集》補紫芝漫抄本《秋澗詞》缺文。此外，毛斧季對紫芝漫抄本進行校勘，列舉幾條校記爲證：

《竹洲詞》後校注：「己巳三月望日，從周氏藏本校。毛扆」〔一五〕

《樂齋詞》後校注：「己未人日，從顧裕愍藏本校一過。毛扆」
「己巳三月望前一日，從家藏舊録本校一過。扆」〔一六〕

紫芝漫抄本與吴訥《百家詞》本相似度較高：一是兩者同抄梁文恭作《讀審齋先生樂府》，此爲汲古閣本所無。二是兩者目録中篇目、篇目順序及所存數量統計問題皆相同。三是作者信息皆書「東平王千秋錫老」，與他本「宋王千秋」有異。四是文本方面：都録《醉落魄》殘詞「能歌善謔，精神堆下人難學，疏簾清」，紫芝漫抄本另有毛斧季校注：「《醉落魄》前版廿七字，後版三十字，又中間共一字，共五十八格。今邑有十四字，共還他四十四格。」〔一七〕所存闕文相同，以《點絳唇》其四爲例，別本皆作「酌酒殷勤勸」，惟此二本作「酌□殷勤勸」，缺「酒」字；也存相同抄寫錯誤，如《水調歌頭·九日》「斟郢酒」，皆作「針郢酒」；《滿江紅·和諸公賞心亭待月》「樓壓層城」，皆作「樓壓增城」；《喜遷鶯》其二「枯枝煎茗」，皆作「枯枯」；等

等。諸多共同之處應不全是偶然，但兩抄本非直接傳抄關係，有兩點原因：《百家詞》本所録《臨江仙》（者也之乎真太錯）一詞，缺二十字，但紫芝漫抄本不缺； 紫芝漫抄本録《虞美人》（琵琶弦畔春風面）一詞，缺「么弦」二字，但《百家詞》本不缺〔一八〕。 由上可知，兩抄本應是同出一源。

二　汲古閣刻本系統《審齋詞》考述

汲古閣本《審齋詞》爲明毛晋所輯，收録在《宋六十名家詞》中，存詞七十二首，缺《醉落魄》（能歌善謔）殘詞一首，現存《審齋詞》多據此本刊刻。

一是《中國文學珍本叢書》本，據貝葉山房張氏所藏汲古閣刊本排印。張氏所藏書前分別載有夏樹芳《刻宋名家詞序》和胡震亨《宋詞敘》，此爲初印本〔一九〕。 據胡震亨《敘》：「先是，已行晏元獻以下十家詞矣。至是，周美成以下十家復成帙，日有益而未已。」「庚午夏之朔海鹽胡震亨遯叟識」〔二〇〕，可知胡震亨寫敘時正是《宋六十名家詞》前兩集刊成之際，詞集的最終竣工當在崇禎三年（一六三〇）之後。

二是中國人民大學圖書館藏明崇禎汲古閣刻本《宋六十名家詞》，爲修版後印本〔二一〕，書前有夏樹芳《刻宋名家詞序》，第二集《片玉詞》前有胡震亨《宋詞二集敘》。此本所刻《審齋詞》與初印本出入不大，僅修改個別字，如改初印本《生查子》（睡起髻雲松）「那無魚雁書」爲「都無魚雁書」； 改《鷓鴣天·圓子》「花神偏巧，特爲剪冰裁水」之「特」爲「持」； 改《謁金門》（何處春來，試煩君向盤中看）「犀筋調匀」爲「犀箸調匀」等。 另有清光緒十四年汪氏振綺堂刊本； 文津閣《四庫全書》本； 文淵閣《四庫全書》本； 《續修四庫全書》本； 民國二十五年中華書局聚珍仿宋刊本； 一九八九年上海古籍出版社影印本等皆據明崇禎汲古閣本抄校、影印。 其中一九八九年上海古籍出版社影印本（二〇一四年又重印），附有朱居易先生《毛刻六十家詞勘誤》記「王千秋《審齋詞》據毛斧季校本校」〔二二〕，共校三首詞：《醉蓬萊》「磨香」，「香」字下奪「金」

字；《南歌子》「便今」、「今」應作「合」；《浣溪沙》「劈」應作「擘」〔二三〕，朱居易先生對明崇禎汲古閣刻本《審齋詞》的校勘甚少。

三是清吴重憙刻《石蓮庵刻山左人詞》本。吴重憙（一八三八—一九一八），字仲飴，號石蓮老人，室名石蓮庵，山東海豐（今無棣）人，曾在清光緒二十七年於金陵輯刻《石蓮庵刻山左人詞》，録《審齋詞》，現藏山東大學圖書館。

此本《審齋詞》以汲古閣《宋六十名家詞》爲底本。繆荃孫《藝風堂友朋書劄》中存吴重憙信件，第十三則：

王禹偁、李師中、柳永、晁補之、衝之、端禮、李冠、楊適、李邴、侯置、王千秋、韓維、趙磻老、宋待訪十三人，不知《宋六十家詞》中能得一二否？馮選不在手下，請撥冗一檢，如有録者，可向王氏鈔取也。内柳永、晁補之、晁端禮、王千秋、侯置五家，竹垞翁及見專集，汲古或取一二，未可知也……〔二四〕

吴重憙認爲王千秋《審齋詞》或可見於毛晋輯《宋六十名家詞》。光緒辛丑三月，江陰繆荃孫爲《石蓮庵刻山左人詞》作序云：

戊戌之冬，吴糧儲仲飴同年屬爲校刻《山左人詞》，先得……庚子又於《六十家詞》得柳耆卿、晁无咎、王錫老、侯彦周四家；於《典雅詞》得趙渭師一家，共十七家。〔二五〕

此《六十家詞》當指明毛晋所輯汲古閣本《宋六十名家詞》，即吴重憙所用底本。另有吴刻《審齋詞》文本爲證：集中共録七十二首詞，缺殘词《醉落魄》（能歌善謔），與汲古閣本《審齋詞》一致；集後附毛晋撰寫的《審齋詞跋》，可見其源流關係。但兩者並非全然一致，如目録、板式、個别字詞方面就有一定差異，應是吴重憙翻刻時有所整理、校勘。

四是毛斧季校本《審齋詞》，現爲《中華再造善本續編》收録。此本封面左側題名「《宋名家詞》」，下方

記「第二十五册」及「家塾刊本」字樣，中間記載詞集，諸如「壽域詞」、「審齋詞」等。如有校注，即在該詞集下方批注「校」。毛斧季對《審齋詞》目録及文本内容都進行了校勘，並録校記，如《醉落魄》闕文處注：「《虞美人》前尚有《醉落魄》一首。雖有闕文，不妨共格，不應竟删去也。」〔二六〕。文末有跋：「六月廿六日讀。己巳穀日，從孫氏舊録本校，其僞缺處略同，《醉落魄》尚存缺文，抄本爲勝矣。」〔二七〕此孫氏舊録本，即孫星遠藏紫芝漫抄本。可見，毛斧季以汲古閣崇禎刊本爲底本，以紫芝漫抄本爲參校本，對《審齋詞》進行校勘，並於己巳年（一六八九）校完。毛斧季校勘極爲細緻，使此校本成爲汲古閣系統《審齋詞》中最精善的本子，惜未能付梓，僅存稿本，其校勘成果未爲清代諸刻本吸收。

三 《審齋詞》定本

《全宋詞》由唐圭璋先生編纂而成，至今已刊印四版，第一版於一九四零年抗戰時期在長沙出版；第二版是一九六五年版，此版對第一版進行校勘與增補，撰有《訂補附記》，並請王仲聞先生進行訂補；第三版是一九八八年版，在第二版基礎上進行修訂與增補，有《訂補續記》；第四版是一九九九年版，此版較以往有三點不同：一是採用簡體字；二是採用横排模式；三是吸收孔凡禮先生《全宋詞補輯》的成果，内容更豐富。此外，還有朱德才先生《增訂注釋全宋詞》一書對《全宋詞》進行補充，但此書與第四版《全宋詞》相次出版，故未能及時參考其研究成果。

《全宋詞》據汲古閣《宋名家詞》收録王千秋《審齋詞》，並補紫芝漫抄本所録《醉落魄》（能歌善謔）殘詞一首，現共收録《審齋詞》七十三首。其中一九九九年版《全宋詞》是目前錯漏最少、收録最全的本子，且以簡體横排方式排印，符合現代人閲讀習慣，然仍有一定不足，有待進一步修訂。首先，王千秋小傳過於簡略，可進一步搜集史志資料加以補充，亦可從詞作中窺探一點信息，如《好事近》（明日發驪駒）中提到「十

歲女兒嬌小」，王千秋應有一女；還可從唱和詞作：《沁園春・晁共道侍郎生日》、《虞美人・寄李公定》、《好事近・和李清宇》、《漁家傲・簡張德共》、《瑞鶴仙・韓南澗生日》、《水調歌頭・趙可大生日》、《好事近・壽黄仲符》等，見出王千秋的交友情況，可補入小傳之中。其次，此版本仍有未簡化之字，繁簡轉换確有較難處理的地方，但有些字可據其他版本《審齋詞》進行對校簡化，如「剪」字在《全宋詞》本中作「翦」，有《喜遷鶯》（春前臘尾）「持爲翦冰裁水」、《滿庭芳・二色梅》「蜜翦蜂房」、《浣溪沙・白紵衫子》「美人親翦稱腰身」，《點絳唇》（何處春來，試煩君向盤中看）「玉指呵寒翦」，但在吴訥《百家詞》本中皆作「剪」，或可據此改寫「剪」。最後，文中有校勘疏誤之處，其情況如下：

《全宋詞》本《審齋詞》校勘補正

汲古閣本	紫芝漫抄本	毛校本	《全宋詞》本	校記
《風流子》（同雲垂六幕）「一番詩思苦」	一番詩思苦	無校記	一番詩思若	作「苦」，是，《全宋詞》本誤。
《風流子》（同雲垂六幕）「綺衾人馬」	綺衾人馬（毛扆校「□」）	無校記	綺衾人馬	《御選》卷八十六「人病」，是，《全宋詞》本誤。
《好事近・和李清宇》「抹牆腰橫月」	抹牆腰橫月	無校記	抹牆腰橫日	作「月」，是，《全宋詞》本誤。
《水調歌頭・九日》「躍馬歡遊」	躍馬（毛扆補「□」）歡遊	馬字下疑脱一字。	躍馬□歡遊	闕文，文淵閣《四庫》作「縱」；《御選》卷五十八作「恣」，疑。

續表

汲古閣本	紫芝漫抄本	毛校本	《全宋詞》本	校記
《驀山溪・海棠》「餘酲滿面」	餘酲滿面	無校記	餘醒滿面	作「酲」，是，《全宋詞》本誤。
《瑞鶴仙》（征鴻翻塞影）「戲馬臺前閑」	戲馬臺前閑	閑字疑衍，應前字衍。	戲馬臺閑	《御選》卷七十九作「戲馬臺前」，是，《全宋詞》本誤。
《瑞鶴仙・韓南澗生日》「地□譽高英俊」	地□譽高英俊	無校記	地□譽高英俊	闕文，文津閣《四庫》作「面」，疑。
《瑞鶴仙・韓南澗生日》「□比椿齡更永」	□比椿齡更永	無校記	□比椿齡更永	闕文，文津閣《四庫》作「應」，補。
《滿江紅・和諸公賞心亭待月》「□□留連邀皓月」	□□留連邀皓月	無校記	□□ 留 連 邀皓月	闕文，文津閣《四庫》及《御選》卷五十六作「半晌」，補。
《滿江紅・和諸公賞心亭待月》「不須簾阻」	不須簾阻	無校記	不煩簾阻	作「須」，是，《全宋詞》本誤。
《喜遷鶯》（春前臘尾）無題	無題	無校記	無題	《御選》卷八十作「《梅》」，補。
《喜遷鶯》（春前臘尾）「持爲翦冰裁水」	特爲翦冰裁水	無校記	持爲翦冰裁水	《御選》卷八十作「特爲」，是，《全宋詞》本誤。

續表

汲古閣本	紫芝漫抄本	毛校本	《全宋詞》本	校記
《喜遷鶯》(玉龍垂尾)無題	無題	無校記	無題	《御選》卷八十作「《雪和前韻》」,補。
《訴衷情・登雨華臺》「醉袖骨香沾粉」	醉袖骨香沾粉	無校記	醉袖胃香沾粉	作「骨」,是,《全宋詞》本誤。
《虞美人・和姚伯和》「還入亂山來」	還入亂山來	無校記	還入亂山來	作「入」,是,《全宋詞》誤。
《點絳唇》(其三)「留副□和願」	留副□和願	無校記	留副□和願	闕文,文津閣《四庫》作「陽」,疑。
《點絳唇》(其四)「願長□健」	願長□健	無校記	願長□健	闕文,文津閣《四庫》作「康」,補。
《西江月》「璀璨雕籠灑筆」	璀璨雕籠(毛扆改爲「龍」)	無校記	璀璨雕籠灑筆	作「龍」,是,《全宋詞》本誤。

注:

①「汲古閣本」爲明崇禎毛氏汲古閣刻本;②吴訥《百家詞》本因筆誤較多,且與紫芝漫抄本同出一源,故表中不列此本,以紫本代之,如有參考則在校記中提及;③「毛校本」主要記録毛扆校語;④所用《全宋詞》版本爲中華書局一九九九年版,第一九〇〇—一九一四頁;⑤「校記」以一九九九年版《全宋詞》本爲底本,進行勘正,補其疏誤。

四　結語

《審齋詞》自編輯成集始，便是一卷本，或收詞作七十三首，或七十二首（缺殘詞《醉落魄》（能歌善謔））。現可見較早抄本爲吴訥《百家詞》本和紫芝漫抄本，後有汲古閣刻本，抄本與刻本原爲兩個獨立的版本系統，至清初康熙年間，毛斧季以汲古閣《審齋詞》爲底本，以紫芝漫抄本爲參校本，對《審齋詞》進行精細校勘，促進抄本系統與刻本系統合流。毛斧季校本《審齋詞》是明清時期極精善的本子，是現今較好的底本。唐圭璋先生在編纂《全宋詞》時，便以此爲底本，並據毛校記增録《醉落魄》（能歌善謔）殘詞一首。此外，還吸收近代校勘成果，如《浣溪沙》（親染柔毛擘彩箋）一首，在「擘」字處有按：「『擘』原作『劈』，從朱居易校《審齋詞》」。《全宋詞》所録《審齋詞》不論在版本上，還是在校勘上，都比較完備，但此本在作者小傳、繁簡轉化、闕文及文字錯漏方面仍存一定問題。故以《全宋詞》本所録文字作爲此本底本，以吴訥《百家詞》本、紫芝漫抄本、汲古閣刻本、《四庫全書》本、選本《御選歷代詩餘》、選本《宋六十一家詞選》、朱德才先生《增訂注釋全宋詞》本爲參校本，對其進行補正，爲《審齋詞》及《全宋詞》的進一步完善助力。

〔一〕永瑢等《四庫全書總目》卷一九八，中華書局一九六五年版，第一八一六頁。

〔二〕沈辰垣輯《御選歷代詩餘》，清康熙四十六年（一七〇七）刻本。選録情況：卷十四録《清平樂》二首，卷十五録《憶秦娥》二首，卷二十一録《西江月》二首，卷二十四録《南歌子・壽廣文》一首，卷三十録《虞美人》三首，卷三十四録《醉落魄》一首，卷三十八録《臨江仙》一首，卷四十二録《漁家傲》一首，卷四十四録《青玉案・送人赴黄岡令》一首，卷五十一録《驀山溪・海棠》一首，卷五十六録《滿江紅》二首，卷五十八録《水調歌頭・九日》一首，卷六十八録《念奴嬌・水仙》一首，卷七十九録《瑞鶴仙》一首，卷八十録《喜遷鶯》二首，卷八十六録《風流子》一首，卷八十九録《沁園春・晁共道侍郎生日》一首，卷九十四録《賀新郎・石城吊古》一首，共計二十五首。

〔三〕馮煦《宋六十一家詞選》，清宣統二年（一九一〇）石印。卷十一選録情況：《西江月》一首，《憶秦娥》一首，《水調歌頭・九日》一

首,《浣溪沙·科斗》一首,《謁金門·諸公要予出郊》一首,共計五首。

〔四〕〔五〕陳振孫撰《直齋書録解題》,上海古籍出版社一九八七年版,第六三〇頁,第六二九頁。

〔六〕參見唐圭璋編《全宋詞》,中华书局一九六五年版。其《編訂説明》云:「宋有長沙書坊的《百家詞》(今佚)。」

〔七〕唐圭璋撰《百家詞·序》,見吴訥《百家詞》,天津古籍出版社一九八九年版。

〔八〕吴訥輯《百家詞·後山居士詞》,天津古籍出版社一九八九年版。

〔九〕吴訥輯《百家詞·竹山詞》,天津古籍出版社一九八九年版。

〔一〇〕吴訥輯《百家詞》,天津古籍出版社一九八九年版。有唐圭璋先生作《序》:「是編《百家詞》輯於正統六年辛酉,其時去宋未遠,易求得詞集之善本、足本,不少孤本賴此以存。……王千秋《審齋詞》、洪瑹《空同詞》、李昴英《文溪詞》等,皆以此本爲最早。」

〔一一〕吴訥輯《百家詞》,天津市古籍書店一九九二年版。有《出版説明》:「近人林堅之本着「志在流布原書」的原則……重新編定,名曰《百家詞》,於一九四零年刊行問世……我們這次影印出版,重新編纂了總目録,以便讀者檢尋,其餘仍依其舊。」

〔一二〕毛晋編,毛斧季校《宋名家詞·審齋詞》,《中華再造善本續編》第一三五種。

〔一三〕見紫芝漫抄本《宋元名家詞·東坡詞拾遺》後,《中華再造善本續編》第四三三種,第一五册。

〔一四〕紫芝漫抄本《宋元名家詞·秋澗詞》,《中華再造善本續編》第四三三種,第一五册。

〔一五〕紫芝漫抄本《宋元名家詞·竹洲詞》,《中華再造善本續編》第四三三種,第一五册。

〔一六〕紫芝漫抄本《宋元名家詞·樂齋詞》,《中華再造善本續編》第四三三種,第一五册。

〔一七〕紫芝漫抄本《宋元名家詞·審齋詞》,《中華再造善本續編》第四三三種,第一五册。

〔一八〕吴訥《百家詞》作「公弦」,乃抄寫錯誤,應爲「么弦」,「么」同「幺」,即「幺弦」。《御選歷代詩餘》選録此詩作「老來心緒怯幺弦」。

〔一九〕武悦《毛晋〈宋名家詞〉初印、後印與底本撤换考》云:「由於《宋名家詞》隨得隨刻,毛氏在刻成前兩集時,即將胡序置於書前,但續刻後四集之後發現此序位置不妥,因此在後印諸本中將其更名爲《宋詞二集敘》,且置於第二集《片玉詞》前。而此本胡序仍位於書前,當爲最初印本。」

〔二〇〕毛晋輯《宋六十名家詞》甲集,《中國文學珍本叢書》第一輯,第三種,第三頁。

〔二一〕武悦《毛晋〈宋名家詞〉初印、後印與底本撤换考》,《中國曲學研究(第五輯)》,中國社會科學出版社二〇二一年版。

〔二二〕〔二三〕毛晋輯《宋六十名家詞》,上海古籍出版社一九八九年版,第六二六頁,第六二六頁。

〔二四〕繆荃孫著，顧廷龍校閲《藝風堂友朋書劄》下册，上海古籍出版社一九八一年版，第六一一—六一三頁。

〔二五〕《山東文獻集成（第二輯）》第四五册，山東大學出版社二〇〇七年版，第四〇七頁。

〔二六〕〔二七〕毛晋編，毛斧季校《宋名家詞·審齋詞》，《中華再造善本續編》第一三五種。

（作者單位：貴州師範大學文學院）

明詞人生卒、本名及履歷叢考

周明初

内容提要　明詞人考九則，前六則主要考詞人之生卒年，兼考生平；後三則，主要是考三位宗室詞人的本名及生平。

關鍵詞　明詞人　生卒年　生平　宗室詞人

在重編《全明詞》的過程中，對收入原有的《全明詞》和《全明詞補編》中的詞人小傳全部作了修訂，其中一項重要的工作是盡量考出詞人的生卒年，兼及對詞人生平的考證。現在提交的這篇小文，也以考證詞人的生卒年爲主。後三則，則是對收入原來的《全明詞補編》中的三位佚名的宗室人員所作的考證，主要是考證了他們的本名及生平。

一　顔木

饒宗頤初纂、張璋總纂《全明詞》第二册收顔木詞，其小傳不載生卒年。[一] 李時人編著《中國文學家大辭典・明代卷》也謂其生卒年不詳。[二]

本文爲國家社科基金重大招標項目「《全明詞》重編及文獻研究」（項目編號 12&ZD158）中期成果。

案：顔木，字惟喬，號淮漢，正德十二年（一五一七）進士。有《淮漢燼餘録》存世。顔木有詩《除日立春二首》，其一云「除日常年愁歲盡，今年除日伴春還」「初筵莫惜十分醉，送故迎新一日間」，其二云「五十七星無事客，鬢邊霜雪已皤然」〔三〕，這就很明確地告訴了我們除夕之日也正是立春之日，而該年顔木五十七歲。而此兩首之後隔一首爲《辛丑元旦試筆二首》，其二云「看看六十行將近，百歲虚延大半春」〔四〕可知《除日立春二首》寫于辛丑年元旦之前一日庚子年除夕。顔木既爲正德十二年（一五一七）進士，可知其詩中的辛丑年當爲嘉靖二十年（一五四一），而其上一年庚子年爲嘉靖十九年（一五四〇）。查嘉靖十九年庚子除夕這天爲十二月三十日，確實同時是立春日（公曆一五四一年一月二十六日）。嘉靖十九年庚子，顔木五十七歲，可推知其當生於成化二十年（一四八四）。

顔木生於成化二十年（一四八四），在《淮漢燼餘録》中的其他詩歌中可以得到驗證。在《戊戌元旦試筆》、《己亥閏七夕》之間，有一首《初度奉答竹軒翁次韻是夏大水》云「偶逢初度五旬五，白日幾虚二十千」〔五〕，可知此詩爲顔木五十五歲生日時所作。此首處于嘉靖十七年戊戌（一五三八）、十八年己亥（一五三九）之間，顯然是這兩年間的作品。若作于嘉靖十七年戊戌（一五三八），則同樣可推知顔木生於成化二十年（一四八四），若詩作于十八年己亥（一五三九），則顔木生於成化二十一年（一四八五）。綜合起來看，此詩應當作于嘉靖十七年戊戌（一五三八）。

顔木之生年既明，現在考其卒年。《（康熙）應山縣志》卷三《鄉賢傳》本傳：「顔木，字惟喬。鄉薦游南雍，一時衣冠翕然宗之。得第，居都下，與黄岡王廷陳稱楚兩傑。時期以館職，竟外補許昌。薦調亳州，懲武人石氏恣横，坐中傷，免。性嗜書，善考索，文思精勁。歸益淬厲名節。居馬坪二十餘年，日有紀述，吟詠不輟。嘉靖十四年聘纂《興都志》，告成，賜鏹幣焉。」〔六〕查《（順治）亳州志》卷二《秩官列傳》本傳，可知顔木於正德十五年任亳州。而緊接《顔木傳》爲《戴時弁傳》，載戴時弁於嘉靖二年任知州。〔七〕又顔木《戊戌元

旦試筆》云：「昔年四十覲楓宸，忽漫山林十六春。」〔八〕上句是説他四十歲時進京朝覲皇上，上文已考顏木生於成化二十年（一四八四），其四十歲正是嘉靖二年（一五二三）癸未。按照明代的考察制度，辰、戌、丑、未之年爲大計之年，外任官員除接受上級部門的考察外，還要進京朝覲皇上。結合《（順治）亳州志》卷二所載，可知这次癸未年「大计」的结果对他极为不利，在朝觐之後，他即因免官而归乡了。至嘉靖十七年（一五三八）戊戌，他免官家居首尾已有十六年。《（康熙）應山縣志》稱顏木在嘉靖十四年受聘編纂《興都志》，「告成，賜鏹幣焉」，又據《明世宗實録》卷二五九，嘉靖二十一年三月壬辰，「承天督工尚書顧璘進所輯《興都志》書。上曰：『覽所進志，亦見諸臣纂輯效勞。顧璘、方遠宜、魏良輔、柯喬及王格、顏木、王廷陳等，各賞銀幣有差……』」〔九〕可知在嘉靖二十一年，顏木仍在世。而據《（康熙）應山縣志》，顏木自嘉靖二年（一五二三）免官歸後，「居馬坪二十餘年」，則他至少活到了嘉靖二十二年（一五四三）以後。

二　林希元

《全明詞》第二册收林希元詞，小傳謂其「生卒年不詳」〔一〇〕，《中國文學家大辭典·明代卷》標注其生卒年爲「一四八三——一五六七」，并謂「嘉靖四十五年卒，年八十五」，「生平見佚名《雲南按察司僉事林公希元傳》、《國朝獻徵録》卷一〇二、《（乾隆）福建通志》卷四五、《明史》卷二八二」〔一一〕。

案：查檢這些文獻來源，唯《雲南按察司僉事林公希元傳》謂其「年八十五終于家」〔一二〕，其餘傳記連此類信息也没有，故不知其標注林希元生卒年之文獻依據究竟爲何。

林希元，字茂貞，號次崖，福建同安人。正德十二年（一五一七）進士。據林希元《先府君明夫先生行狀》，其父林應彬（號明夫）「生正統己卯二月二十六日寅時，卒弘治己未二月二十九日巳時，得年六十有五」，「年四十有七，始生元」，「先君之殁，元雖年十九而世故未諳」〔一三〕，據此可考林希元之生年。《其父生

「正統己卯」，然正統年間并無己卯年，林希元此處記憶有誤，暫且放下。其父卒於弘治己未也即弘治十二年（一四九九），此條是否也存在着記憶有誤的問題，則可檢驗。此文中説：「終先君世，未有安樂時也。殁後十七年，元始登第，先君又弗及見。」〔一四〕林希元于正德十一年（一五一六）中舉，次年中進士。若以中舉之年算，正好相隔十七年；若以中進士之年算，相隔十八年，也大致符合。因此其父親之卒年，誤記的可能性較小。以此爲坐標，可推知其父生於宣德十年（一四三五）乙卯。該年正月初，明宣宗薨，其子英宗繼位，改次年爲正統元年。可知「正統己卯」之「己卯」爲「乙卯」之誤（己、乙形近，傳抄、刊刻時常互訛），而「正統」則爲明英宗第一個年號，該年正月英宗已經即位，雖然仍用了先帝的「宣德」年號將近一年，第二年才正式啓用「正統」年號，習慣上可稱明英宗爲正統帝，故將「宣德」年號誤記爲「正統」年號了。

理清了林希元父親林應彬的生卒年問題，現在可以考證林希元的生年了。林應彬生於宣德十年（一四三五），四十七歲才生林希元，則林希元當生於成化十七年（一四八一），弘治十二年（一四九九）林應彬卒時，林希元也正好爲十九歲。可知在《先府君明夫先生行狀》中，林希元對自己年齡的記述是可靠的。

又林希元有《庚申新正試筆二首》，其一云：「光陰速于箭，歲月詎能留。世事操磨盡，年華八十周」〔一五〕，庚申爲嘉靖三十九年（一五六〇），所推其生年結果也相同。此詩中的「八十周」之「周」不可理解成「周年」，用「周」而不用「歲」，是爲了押韻的需要。而林希元終年八十五歲，可推知其卒於嘉靖四十四年（一五六五）。可知《中國文學家大辭典·明代卷》所標注之林希元之生卒年不確。

三 陳完

《全明詞》第三册收陳完詞，小傳謂：「字明甫，號海沙，南通州人。生卒年不詳，約明天啓初前後在世。萬曆三十四年（一六〇六）舉人。工詩。有《皆春園集》。」〔一六〕《中國文學家大辭典·明代卷》也謂生卒

年不詳，并謂：「少從其長兄陳堯學《毛詩》，嘉靖二十五年（一五四六）中舉，數赴春官不第，遂棄之。」〔一七〕

案：此兩傳，關於陳完中舉之年份，一説萬曆三十四年，一説嘉靖二十五年，究竟孰是？陳完《皆春園集》卷首收有湯顯祖、姚汝循、袁隨所作的序，三篇序均作于萬曆十五年（一五八七）丁亥，其中姚汝循之《陳海沙先生集序》中已明確指出陳完「學成而登南畿丙午鄉薦」〔一八〕。萬曆十五年前的「丙午」只能是嘉靖二十五年（一五四六）丙午，而不可能是萬曆三十四年（一六〇六）丙午。又張萱《西園聞見録》云：「陳完，字名甫，通州人。嘉靖丙午以詩魁于鄉。痛母寡居，誓終養。母九十四歲終，完哀毁幾不勝，絶意仕進。族黨力勸之，乃援都察院都事，但一拜章服而已。」〔一九〕《（萬曆）揚州府志》卷十八《人物志下・篤行傳》本傳同。則陳完爲嘉靖二十五年丙午科舉人，當已明確。

又據姚汝循序，陳完「屢上春官不利。屬母太淑人齒漸高，先生撫然太息曰：『古之人尚不以三公易一日養，吾何以區區一第爲哉？』遂十五年不走長安道」，「既太淑人見背，先生益絶意世故，乃上狀乞恩，遥授都察院都事。遂閉門掃軌，大肆其力于作者之林」。〔二〇〕據此，則陳完先是參加了幾次鄉試，然後才因養母而不再應試，而非一開始就絶意仕進，專意于養母，此可補《西園聞見録》等之缺失。

陳完之生年也可考。董裕有詩《海沙陳公，如岡年丈叔也。秩係臺中，身游事外，蓋逸民者流。壽屆八十，小子心賞而樂賦之》云：「秋入淮南青桂吐，湖連京口白鷗親。風流小阮誰堪並，遥採陽阿頌大椿。」〔二一〕此詩所説「如岡年丈」，是指陳完之侄陳大科。陳大科，號如岡，爲陳完之長兄陳堯之子。王錫爵《總督兩廣軍務都察院右都御史兼兵部右侍郎贈兵部尚書如岡陳公墓志銘》稱：「公通州人，諱大科，字某，如岡其號。父司寇公生公最晚。」〔二二〕又汪道昆《明故通議大夫刑部左侍郎陳公墓志銘》稱：「上二年夏六月晦，廣陵陳侍郎卒于家。撫臣以聞，下恤典如令甲。三年冬十二月賜葬西關端平橋之陽。嗣子河南府推官大科，先謁王司寇爲狀，許贊善爲表矣。蓋司寇爲公門人，而公子則又贊善門人也。往贊善語道

昆，志非司馬不可及。道昆得請歸省，一切避徵辭，而公子復介吴叔原，皇皇然惟懼弗得，乃述公所自著事略系其後，凡數千百言。道昆故多陳公爲人，自昔幸從公弟完同籍，乃今先之以贊善申之，以吴生即有成言，何敢終避？遂按事略而爲之志，盖庶幾足徵云。志曰：故通議大夫、刑部左侍郎陳公堯，字敬甫，其先通州人……」〔二三〕此墓志銘中對陳堯及其嗣子大科、弟陳完三人之關系交待得很清楚。因汪道昆與陳完同爲嘉靖二十五年應天鄉試舉人，故汪道昆稱兩人「同籍」，又陳堯官至刑部左侍郎，故王錫爵所作陳大科之墓志銘中稱其父陳堯爲「司寇公」。

又陳大科與董裕同爲隆慶五年（一五七一）辛未科進士，故董裕稱其爲「年丈」。因此只要搞清楚董裕之詩《海沙陳公，如岡年丈叔也……》作於何時，則陳完之生年也可推知。此詩緊接於《九日同陳如岡趙卓庵朱訥齋諸寅丈登觀象臺集梁氏園亭》三首之後。此兩首詩，一曰「九日」即重陽日，一曰「秋入」，應當是同一年的秋天所作。因此，只要弄清楚了其中一首詩的寫作時間，另一首詩的寫作時間也就揭曉了。《九日同陳如岡……》一詩之詩題中的「寅丈」即同僚之意，三首詩之其一中有云：「自公選勝帝城隅，光禄勳卿漢大夫。」〔二四〕「光禄勳」原是漢代負責宫内宿衛等事務的機構，在後世則稱光禄寺，負責祭享、膳食等事務，光禄寺的正佐官員也因此稱爲「勳卿」。明代光禄寺設正卿一人、少卿二人、寺丞二人。結合詩題，可知「陳如岡趙卓庵朱訥齋諸寅丈」是董裕的同僚，且均身居「光禄勳卿」之職。現考諸人任職光禄寺之時間。

（一）董裕。據《國朝列卿紀》卷一四七《光禄寺少卿年表》：「董裕，江西樂安人。隆慶辛未進士。萬曆十八年正月由南改任，十二月降太僕寺。」〔二五〕又該書卷一四八《南京光禄寺少卿年表》：「董裕，江西樂安人。隆慶辛未進士。萬曆十六年由尚寶司丞任，十八年改北。」〔二六〕可知董裕在萬曆十八年正月至十二月任光禄寺少卿。

（二）陈大科（如岡）。據《國朝列卿紀》卷一四四「光禄寺卿年表」：「陳大科，南直通州人。隆慶辛未進士。萬曆十八年六月由右通政任，十九年陞太常寺卿。」〔二七〕又據《明神宗實録》卷二三八，可知陳大科陞太常寺卿是在萬曆十九年七月。〔二八〕可知陳大科任光禄寺卿是在萬曆十八年六月至十九年七月之間。

（三）趙卿（卓庵）。據《國朝列卿紀》卷一四七《光禄寺少卿年表》：「趙卿，南直泗州人。隆慶辛未進士。萬曆十七年十一月由尚寶司丞任，十八年陞太僕寺少卿。」〔二九〕而據《明神宗實録》卷二三三，趙卿由光禄寺少卿升太僕寺少卿是在萬曆十九年三月甲子。〔三〇〕可知趙卿任太僕寺少卿是在萬曆十七年十一月至十九年三月間。此趙卿當是趙卓庵。董斯張《吴興備志》稱：「德清有老人蔡四者，余於丙子歲見之，年百有四齡矣……時泗上趙卓庵侍御爲令，以粟帛禮待。又四年而殁。」〔三一〕此謂「泗上趙卓庵」，籍貫正與趙卿相同，而其人先任德清知縣，後任監察御史（即侍御），經歷也與趙卿同。據《（萬曆）湖州府志》卷十《縣令》知趙卿在隆慶六年任德清知縣。〔三二〕又據《明神宗實録》卷六四，趙卿于萬曆五年七月由知縣考選爲都察院四川道監察御史。〔三三〕可知《吴興備志》文中所説「丙子歲」是指萬曆四年。由上可知，董裕詩中所稱的「趙卓庵」正是時任光禄寺少卿的趙卿。趙卿與董裕、陳大科不僅曾經是光禄寺同僚，而且三人還是同年進士。

（四）朱維京（訥齋）。據于慎行《明故光禄寺丞訥齋朱公墓志銘》可知，朱維京，字可大，號訥齋，江西萬安人。工部尚書朱衡子。萬曆五年（一五七七）進士。早年因得罪張居正，仕途艱難，在張居正過世後，召爲工部主事。後屢有升遷。「戊子，以文學推擇，主廣東考試，得儁爲多。會主爵條故江陵所抑諸賢，公名在内，特擢光禄寺丞，嘗署寺篆」，「庚寅，虜入河湟，經略主撫，制府主戰，廷中持兩端不決，公疏言當戰狀，語侵經略」，可知朱維京在萬曆十六年戊子或稍後，即擢光禄寺丞，雖然具體時間不可考，但肯定是在萬曆十八年庚寅之前。其後，「癸巳，有旨並建三王。公慨然奮曰：『三王並封，是國無元子也。此吾報國

時矣。』即夜草疏力諫，援證古今，語極激切，侵及政府。上手疏震怒，欲置重典，居三日稍解，奪爵歸田里，而並封議亦中寢」[三四]。可知，在萬曆二十一年癸巳，朱維京因上疏反對「三王并封」而遭解職。由上可知朱維京任光祿寺丞的時間是在萬曆十六年稍後至萬曆二十一年之間。

據以上諸人在光祿寺任職時間的梳理，可知董裕與陳大科、趙卿、朱維京三位同僚在光祿寺共事的時間是在萬曆十八年六月至十二月間，其時陳大科爲光祿寺卿，董裕、趙卿同爲少卿，而朱維京爲寺丞，因此有機會進行同僚間的聚會，《九日同陳如岡趙卓庵朱訥齋諸寅丈登觀象臺集梁氏園亭》三首當作於該年的九月九日重陽節。緊隨其後的《海沙陳公，如岡年丈叔也。秩係臺中，身游事外，蓋逸民者流。壽届八十，小子心賞而樂賦之》一詩，應當也是同一年秋天所作。因爲《董司寇文集》中該卷爲七言律詩，編年排列的特征非常明顯。該詩後一首爲《送葛尚實奉使豫南便道歸省》，詩中有云：「曙天纖月曉霞輕，節使乘秋出帝京。」[三五]也當作於該年秋天。緊接着兩首送別詩看不出作於什么季節，但其後兩首《同孟符臺張光禄雪夜集李臨淮惟寅宅》、《春日同年于應城伯宅會，會者十九人，用見洛丈韻四首》，作於冬春季節則非常明顯。也就是説，自《九日同陳如岡……》至《春日同年……》相連續的數首詩作於自上一年的秋季到下一年的春季，在時間順序上是非常明顯的。因而《海沙陳公，如岡年丈叔也……》與《九日同陳如岡……》一樣，作於萬曆十八年（一五九〇）秋是可以確定的。該年「海沙公」陳完年届八十，可推知其生於正德六年（一五一一）。

四　羅明祖

《全明詞》第三册收羅明祖詞，小傳不載生卒年，并謂：「字宣明，永安（一作延平）人。明天啓元年（一六二一）進士，歷官華亭、繁昌、襄陽令。精律算、青烏、渾天、格物之學，迭上平寇議於總督楊嗣昌，頗忤時

俗。卒年四十四。」〔三六〕《中國文學家大辭典·明代卷》也稱其生卒年不詳，并謂：「字宣明，號紋山。福建延平府永安人。天啓七年（一六二七）舉人，崇禎四年（一六三一）進士，授松江華亭令，以内艱歸。起補太平府繁昌令，坐筑城詿誤，謫浙江布政司藩幕，旋署蕭山令，又以不屈，爲中官所排，調襄陽。十三年，朝廷遣監軍中使領禁旅十萬協剿張獻忠，驕兵擾民，明祖請禁於提督熊文燦，不聽，繼上書閣部楊嗣昌，罷歸，尋卒，年四十四。平生雜學旁搜，能詩文。」〔三七〕

按：羅明祖之生卒年其實可考。其有詩《十四年武昌生日之作》云：「四十過漢汭，四十三武昌。馬齒征塵老，鶯巢轉徙忙。」〔三八〕崇禎十四年（一六四一），羅明祖在武昌過四十三歲生日，逆推可知其生於萬曆二十七年（一五九九）。又該書卷首收有李世熊《羅紋山先生傳》，謂其罷官家居後，「未幾竟卒，年僅四十有四」〔三九〕，結合生年，可推知其卒於崇禎十五年（一六四二）。

又羅明祖之生平履歷，《中國文學家大辭典·明代卷》已經比較詳細，蓋其參考了《羅紋山先生傳》。然此傳不記年，故《大辭典》于羅明祖之任官履歷也不系年。今當補考。羅明祖有《生母羅門李氏夫人墓志銘》，據此銘，知羅母李氏「崇禎壬申年夏六月十四日酉時卒」〔四〇〕，崇禎壬申年即崇禎五年（一六三二），則羅明祖以丁内艱歸，也當是該年。又據《（乾隆）太平府志》卷十八《職官四》，知羅明祖於崇禎八年（一六三五）任繁昌知縣。〔四一〕據《（康熙）杭州府志》卷十八《會治各憲中》，知羅明祖於崇禎十年（一六三七）降爲浙江布政司照磨。〔四二〕據羅明祖《司理關公釐弊利民德政碑記》「今上十有一年十有二月十之五日，余來茲蕭山攝也。日積八，適中使至，因謝病弗能見」〔四三〕，可知羅明祖代理蕭山知縣是在崇禎十一年十二月。

又羅明祖有以「原任湖廣襄陽府襄陽縣知縣」之身份所作的《辨帖》，此帖作於崇禎十三年七月，内稱：「某原降調浙司，十一年十二月遥授今職。二月聞報。曾署篆蕭山，保留載道。」〔四四〕又據《羅紋山先生傳》，羅明祖在代理蕭山知縣不久，即爲蕭山做了實事，「旋署蕭山令，一月間捍塘五百丈。蕭民去水患、增

歲食，誦聲大作」，但他隨即被改授襄陽知縣，第二年二月調令到達，「襄自崇禎甲戌至是，寇亂六載。上任或爲紋山憂之，乘蕭山攀留塞道，欲借此尼其行」。〔四五〕據《辨帖》，一則由于蕭山方面「保留載道」，二則由于上任路上「虜氛梗道」，羅明祖延誤了上任襄陽所規定的期限，爲當時總理湖廣一帶軍務的兵部尚書兼都察院右副都御史熊文燦所劾并降級。熊文燦敗後，大學士楊嗣昌以督師身份負責清剿張獻忠，時明軍數萬駐襄陽，楊嗣昌向襄陽加派餉銀，一時難以滿足，又以「運餉違誤」事彈劾羅明祖等州縣地方官，羅明祖遂落職。據《辨帖》：「今某與各州縣共四十七員于十二月而同參，三月而各題復。某雖被參，至正月二十一日方離縣事。」〔四六〕可知羅明祖等遭彈劾是在崇禎十二年十二月，而其落職是在十三年正月。又據《羅紋山先生傳》，羅明祖解任後，受襄王之聘，居藩邸侍教襄王世子。在襄陽城爲張獻忠所破之前離開襄陽，「趨武昌寓門人家」〔四七〕，其詩《十四年武昌生日之作》正作于寓居武昌之時。大約在這之後不久，他離開武昌回到了福建老家，不久即死去。

五　劉榮嗣

《全明詞》第三册收劉榮嗣詞，小傳不載其生卒年〔四八〕；《中國文學大辭典》記其生卒年爲「？——一六三六」，并謂「生平事跡見《列朝詩集小傳》丁集、清鄒漪《啓禎野乘》卷六」〔四九〕；《中國文學家大辭典・明代卷》則標注其生卒年爲「一五七一——一六三八」，小傳謂：「字敬仲，號簡齋。京師廣平府曲周（今屬河北）人。萬曆四十三年（一六一五）順天中舉，明年進士，授户部主事。改吏部，歷員外、郎中，出爲山東參政，歷布政使，入爲光卿，遷順天府尹，拜户部侍郎。崇禎六年（一六三三）以工部尚書總督河道，别鑿新河，起宿遷至徐州，分黄河水以通漕運，八年以河工無效被劾，十一年死於獄中，年六十八……生平見清鄒漪《啓禎野乘》卷六、《（雍正）畿輔通志》卷七二。」〔五〇〕

案：查兩種辭典所提示之三種生平材料，均未記載劉榮嗣卒年六十八歲，不知它們從何得出這一結論。劉榮嗣現存詩文集，有明崇禎年間刻《簡齋詩鈔》十卷《秋水謠》五卷《劍吷》五卷，又有清康熙元年其孫劉佑所刻《簡齋先生詩選》十一卷《文選》四卷。崇禎刻《秋水謠》五卷爲劉榮嗣治河期間的作品結集，而《劍吷》五卷，爲其獄中所作之結集。在康熙刻本《簡齋先生詩選》中，此兩部分詩作，已合并至各詩體之中。今取崇禎刻本，劉榮嗣有五言律詩《戊寅生日》，詩中云：「六十九年人，今嗟世事新。」〔五一〕這裏他明言崇禎十一年（一六三八）戊寅自己已經六十九歲。他又有七言古詩《不寐》云：「人生七十古來稀，我今年已六十七……一羈圜土九月餘，連綿病困春夏失。」〔五二〕劉榮嗣於崇禎八年秋被劾入獄，在獄中九月餘，則此詩作於崇禎九年無疑，該年他六十七歲。又有七言律詩《寒夜次錢牧齋韻》八首，緊接於《丁丑立秋》、《中秋》、《九日》之後，《丁丑生日》之前，可知是崇禎十年丁丑之作品，其八中云：「六十八載陷艱危，邇復年年受縲羈。」〔五三〕從詩中可知崇禎十年其爲六十八歲。在《劍吷》中他一再談及自己的年齡，而且一一對應，可知没有誤記或誤刊之可能。由此可推知劉榮嗣當生於隆慶四年（一五七〇），而非大辭典所標注的一五七一年即隆慶五年。

《中國文學家大辭典·明代卷》所標注劉榮嗣之生年既誤，那麼其卒年是否有誤呢？這也是可以檢驗的。上文所舉《戊寅生日》，説明劉榮嗣在崇禎十一年生日時還活着，又據其《丁丑生日》詩作在《九日》及《寒夜次錢牧齋韻》之後，可知劉榮嗣之生日在冬季。而崇禎刻《劍吷》五卷之卷首有《劍吷小引》，末署「崇禎十一年小春朔一日劉榮嗣謹識」〔五四〕，「小春」指農曆十月，所謂十月小陽春也，可知此小引作於十月初一日；在《劍吷小引》後并有《附言》，末署「崇禎十一年十一月廿八日榮嗣又識」〔五五〕，可知在該年十一月底前，劉榮嗣仍然在世。

那麼劉榮嗣究竟卒於何時呢？錢謙益《列朝詩集》丁集卷十六「劉尚書榮嗣」條稱其「崇禎戊寅獄未解

而卒」〔五六〕，而鄒漪《啓禎野乘》一集卷六《劉尚書傳》則説得更具體：「巴陵計沮，復授意漕使者借新河誣劾公，擬旨提問，羅織鍛鍊，幽囚三載。時錢公謙益亦以閣訟繫獄，日與公唱和吟詠。公卒以憤鬱成疾，戊寅冬終戲舍。」〔五七〕「巴陵」指當時的次輔王應熊。崇禎八年正月，張獻忠軍隊破鳳陽、毀皇陵，劉榮嗣聞變，將此情況奏報崇禎帝，致王應熊之座師、時任漕運總督兼鳳陽巡撫楊一鵬遭棄市，故王應熊有此報復。而錢謙益與劉榮嗣獄中唱和事，錢謙益在《列朝詩集》之「劉尚書榮嗣」條也有記載：「余在請室，與敬仲游處逾年。敬仲取往復次韻之作，都爲一集，名曰《錢劉唱和詩》。」〔五八〕上文所提及《寒夜次錢牧齋韻》八首，正是劉榮嗣與錢謙益在獄中唱和之作。錢謙益雖比劉榮嗣早出獄，但他曾是劉榮嗣之獄中難友，在出獄後一定比其他人更關心劉榮嗣後來的情況，因此他對劉榮嗣卒於崇禎十一年之記載應當是可靠的，而鄒漪説劉榮嗣終於崇禎十一年冬天的租舍中，説得比錢謙益更具體，應當亦是有確切依據的。劉榮嗣既然在崇禎十一年十一月底前還活着，那他應當是卒於該年十二月了。

鄭鄤《峚陽草堂詩集》卷十七有《挽劉半舫》〔五九〕，詩在《戊寅十二月初一夜，夢人示予關聖畫像，緑巾絳袍，手捧劍，劍有鞘，倒捧之，作鞠躬狀，覺而爲之贊》之後、《戊寅除夕十絶句》之前。據鄒漪《劉尚書傳》：「公名榮嗣，字敬仲，號簡齋，别號半舫。」〔六〇〕可知半舫即劉榮嗣。鄭鄤因得罪時相温體仁，於崇禎八年十一月被劾下獄，十二年遭棄市，與劉榮嗣亦爲獄中難友，兩人在獄中也有唱和之作。從鄭鄤之挽詩，可知劉榮嗣確實卒於崇禎十一年十二月。又崇禎十一年十一月廿八日即是一六三九年一月一日，故劉榮嗣既卒於崇禎十一年十二月，按公曆已經在一六三九年一月了。

劉榮嗣之生平履歷，《中國文學家大辭典·明代卷》雖有所介紹，但不够具體。據鄒漪《劉尚書傳》，劉榮嗣「庚申調吏部，歷考功、文選司」〔六一〕，可知其在萬曆四十八年或泰昌元年（一六二〇）調任吏部，并在考功司與文選司任過職，孫承宗所擬作「制詞」中有《吏部文選清吏司員外郎劉榮嗣》〔六二〕，可知劉榮嗣在吏

部，由考功司主事陞文選司員外郎。又據《列朝詩集》之「劉尚書榮嗣」條「改吏部，歷稽勳郎中，出爲山東參政」〔六三〕，可知劉榮嗣在吏部，先陞文選司員外郎，後陞稽勳司郎中，不過具體任職年份已不可考。

據《啓禎野乘》，劉榮嗣「丙寅出補山東參政」，「戊辰以卓異遷左布政。庚午入爲光禄寺卿。壬申陞順天府尹，尋晋户部侍郎」，「八月，以工部尚書兼都察院右副都御史命公總理河道」〔六四〕，可知劉榮嗣在天啓六年（一六二六）出任山東布政司參政，并在崇禎元年（一六二八）陞山東布政司左布政使，三年入爲光禄寺卿，五年陞順天府尹，同年又晋陞爲户部侍郎。但劉榮嗣以工部尚書總理河道，并非在崇禎五年八月而是在第二年八月，見康由基《河渠紀聞》卷十二：「明莊烈帝崇禎六年八月，以劉榮嗣爲工部尚書兼都察院右副都御史，總理河道。」〔六五〕可知《啓禎野乘》所記有疏誤。又劉榮嗣被劾下獄，《啓禎野乘》未載時間，《河渠紀聞》則載：「明莊烈帝崇禎八年九月，逮總理河道尚書劉榮嗣。」〔六六〕又據《明熹宗實録》卷八十三可知天啓七年四月戊申陞山東布政司右參政劉榮嗣爲本省按察使，仍管兖西道〔六七〕，此亦可補《啓禎野乘》記載之缺失。

最後，還有個問題，劉榮嗣是否瘐死於獄中？《大辭典》謂劉榮嗣「十二年死於獄中」，這應當是受了《（雍正）畿輔通志》卷七二《人物傳·名臣》本傳所記載影響的緣故。該傳謂劉榮嗣：「累遷工部尚書總理河道，爲嫉者所中，下獄卒。」〔六八〕而明清時各種史料，也多謂劉榮嗣瘐死於獄中，如明末文秉《甲乙事案》卷下「雪劉榮嗣罪」條謂：「榮嗣於崇禎六年任河道總督……八年與中河郎中胡璉同逮。後榮嗣斃於獄，胡璉於十二年服法。」〔六九〕又康基田《河渠紀聞》卷十二也謂：「明莊烈帝崇禎八年九月，逮總理河道尚書劉榮嗣。巡漕御史倪于義糾榮嗣欺罔誤工諸狀，令所司按問，坐贓，瘐死獄中。郎中胡璉，亦置於法。」〔七〇〕

然劉榮嗣并非瘐死獄中，而是保釋出獄後死於寓所。劉榮嗣《劍吷》卷四之七言律詩最末一首爲《出獄送訊萬自同、劉潛熙》，題下有自注云：「戊寅五月，保釋候結。」〔七一〕又該集卷五之七言絶句之最末爲《口

號十首》，題下也有自注云：「戊寅五月二十四日，保放在寓候結。觸事成詩，情至之語，不暇計文理也。」〔七一〕可知劉榮嗣在崇禎十一年五月二十四日已被保釋出獄，等候結案。其作於該年十一月廿八日之《劍吷小引》後之《附言》也云：「予在請室三年，而久怨艾……圣明之心，有同已溺，特許保放，比於泣罪解網之仁。」〔七二〕也明言自己這時已是保放出獄。故《啓禎野乘》一集中言劉榮嗣「戊寅冬終僦舍」，「僦舍」也即寓所；而《列朝詩集》中言劉榮嗣「戊寅獄未解而卒」，也只言其尚未結案而卒而不言卒於獄中。

六　張瑋

《全明詞》第三册收張瑋詞，小傳不載其生卒年〔七四〕。《中國文學家大辭典·明代卷》也稱其生卒年不詳，小傳謂：「字席之，一字韋玉，號二無。南直隸常州府武進（今江蘇常州）人。少孤貧，取糠秕自給，不輕受人飯，勵志苦學。萬曆四十年（一六一二）鄉試解元，四十七年進士，除户部主事。歷兵部郎中，出爲廣東僉事。以大吏建魏忠賢生祠，即日引去。崇禎初復出，歷江西參議、福建副使、山東副使、尚寶卿。遷左副都御史，與劉宗周等主持風紀。謝病歸，卒於家。福王時，謚清惠。」〔七五〕

案：張瑋之生卒年大致可考。張瑋《如此齋詩集》一卷有《崟陽有詩賀余致仕，依韻酬答》：「四十休官恨不早，竹床趺穩尋吾好。」〔七六〕查鄭鄤《歸去來齋草》中有詩《張二無四十休官，詩以賀之》：「二無四十休官早，芒履布袍顏色好。」〔七七〕又據鄭鄤《崟陽草堂文集》卷十六《天目自敘年譜》，天啓二年八月，鄭鄤館選入翰林院。未幾即因上疏言事而降二級調外任用，回籍候補，于十月初六日出京。天啓五年，因擔心遭受魏忠賢集团迫害，離家避禍，「晦迹山水之間」，不久又歸家。〔七八〕可知鄭鄤《崟陽草堂詩集》所收，卷一《中秘存草》，爲鄭鄤於天啓二年中進士後，選翰林院庶吉士期間所作。該卷中有詩《辛酉計偕，余在池河過歲。壬戌臘月謫歸。復還舊寓，追數前期，率然口號》，壬戌臘月即天啓二年十二月，可知鄭鄤於該年十二

月回到家中。其後尚有《抵家》、《歸里》、《歸后作》數首。卷二《歸去來齋草》則爲鄭鄤在回籍候補期間所作，卷三《赤水洞天草》以下四卷，正是其於天啓五年離家避禍期間所作。收入卷二《歸去來齋草》中的《張二無四十休官，詩以賀之》當作於天啓三年歸家之後。

又據《啓禎野乘》二集卷二《張清惠傳》：「擢公職方司，旋進正郎。故事：每推總戎一人，可獲暮夜金數千。公在事數月，獨懸缺不補。當事心儀公，將命公典天曹啓事，托所知道意，時天啓甲子也。公睹時事多艱，且耻由門户以進，復力謝之，僅督粵東學政以出……會省城請建逆賢生祠，其上梁文例出督學手。公遂拂衣賦歸來。」〔七九〕天啓甲子即天啓四年，張瑋當在該年外放爲廣東學政。其因不肯爲魏忠賢生祠作上梁文而告歸，當在崇禎六年。據《明史·熹宗本紀》，天啓六年閏六月，「巡撫浙江僉都御史潘汝楨請建魏忠賢生祠，許之。嗣是建祠幾遍天下」〔八〇〕。天啓七年八月崇禎帝即位後，建生祠之風才消退。故張瑋辭歸，當在天啓六年至七年之間。今暫定其告歸在天啓六年（一六二六），該年張瑋四十歲，四十歲很可能是成數，逆推之，可知張瑋約生於萬曆十五年（一五八七）。

而張瑋之卒年則是明確的。管紹寧《議補給副都張瑋祭葬疏》稱：「原任都察院左副都御史張瑋於崇禎十六年四月病故任所。」〔八一〕又陳龍正《爲副院張二無報聞疏》，下注「癸未代任仲玉道長」，該疏稱：「大臣病故，比例報聞。臣巡視東城，有原任都察院左副都御史張瑋在告，因歸路有梗，養疾京邸。於四月十七日身故。」〔八二〕癸未即崇禎十六年，可知張瑋卒於崇禎十六年（一六四三）四月十七日。

其履歷，也有可補充修正之處。據上文所引《張清惠傳》，張瑋調兵部職方司擢郎中，在事數月，即出爲廣東學政，則兩職之遷陞當同在天啓四年。該傳又説：「公至己巳，始起補江西參議，猶然平調而已。歷遷福建、江西、山東副使。周旋藩臬，幾于夢斷京華。」〔八三〕張瑋在崇禎二年（一六二九）己巳起補爲江西布政司參議，其後歷遷三省之按察司副使，則此前在天啓四年是以廣東按察僉事之身份提督學政的。從

張瑋《如此齋詩集》中《余自己巳九月迄今庚午十有一月，五度過章江矣。夜泊小飲，慨然寫懷》：「經年萬里客，五繫贛江舟。」〔八四〕可知他在崇禎二年己巳至三年庚午共十一個月里，五度經過贛江（章江爲贛江之上游），且一年裏走了很多路程，可知他在崇禎二年任江西參議不久，即陞福建副使，不久又調回江西任副使，其調回江西任副使當在崇禎三年庚午。又據《（乾隆）武進縣志》卷九《人物志·名臣》：「崇禎初，起瑋備兵嶺北。身冒矢石，跋履叢篁毒箐間，斬首千餘級，又傳檄勸諭賊衆乞降。未幾，乞休。踰年，復起山東副使。」〔八五〕大約在調回江西不久，張瑋就提出辭呈了。過了一年多，復起爲山東副使。「備兵嶺北」當是指張瑋任江西按察司副使、備兵於嶺北。明代於江西按察司設贛州兵備道兼嶺北分巡道，「備兵嶺北」即指此。江西贛州處大庾嶺之北，故稱嶺北。結合起來看，張瑋自江西副使乞休，當在崇禎四年，又其復起山東副使，應在崇禎六年。

其後，據《張清惠傳》：「會吴公宗達在政府，心折公廉潔端方，難進易退，力言于銓曹，始内轉尚寶，旋進太僕。已，又以直道忤時，降補南大理寺丞。」〔八六〕而據《國榷》，崇禎七年九月丁丑「張瑋爲南京尚寶司卿」〔八七〕，又陳玉璂《張清惠公傳》也稱：「尋擢南京尚寶司正卿。留都設官，雖等燕京，而政事頗暇豫，璽卿尤屬閒冷。公益得讀書，與諸生徒講學。」〔八八〕則張瑋所任實爲南京尚寶司卿。又據《明史》本傳，「進太僕少卿。坐事調南京大理丞，引疾去」〔八九〕。其後，據《張清惠傳》，「庚辰始起應天府丞」「辛巳陞南光禄寺卿，召入爲僉都御史」〔九〇〕，可知張瑋在崇禎十三年起補應天府丞，十四年陞南京光禄寺卿，同年又召爲都察院僉都御史。又據《國榷》，崇禎十四年十二月庚戌「張瑋爲都察院左僉都御史」〔九一〕，十五年九月癸酉「張瑋爲左副都御史」〔九二〕，十六年二月張瑋致仕〔九三〕，三月卒〔九四〕。崇禎十七年九月戊戌「故左都御史張瑋謚清惠」〔九五〕。可知張瑋得到謚號已是南明福王時。而《國榷》所載張瑋卒於崇禎十六年三月，并不確切，上文已考；謂其「左都御史」也是誤記。

七 弋陽王（朱拱樻）

《全明詞補編》據《毛襄懋先生别集》卷六收弋陽王《滿庭芳・龍鳳呈祥詞》，小傳謂：「朱姓，明宗室，郡王，爲寧王之後代。嘉靖年間在世。」〔九六〕

案：查《毛襄懋先生别集》卷六《凱壽録》，「詩類」收弋陽王《海屋添壽古風》二首，并在「弋陽王」之下注「醒齋」〔九七〕，「調類」則收其《滿庭芳・龍鳳呈祥詞》一首〔九八〕。「詩類」中第二首爲劉魁所作，無詩題，但有序，序稱：「東塘公於生甫申之期，到今花甲一周矣。時奏安南成功於朝，而待報於家。泰和劉魁，通家鄙人也。敬題家藏壽圖，奉祝以獻。」〔九九〕可知此卷《凱壽録》所收之詩詞，爲友朋祝毛伯温六十大壽而作，而此時適逢毛伯温平定安南之亂，故有「凱壽」之名。毛伯温（一四八二—一五四五），字汝厲，號東塘，江西吉水人。正德三年（一五〇八）進士。因安南發生内亂，嘉靖十九年（一五四〇），以兵部尚書兼都察院右都御史之身份，與仇鸞一道帶兵前往平定。第二年平定安南功，加太子太保，該年毛伯温六十歲。可知《毛襄懋先生别集》卷六《凱壽録》所收弋陽王之詩詞作於嘉靖二十年（一五四一）。

據《明史・諸王世表三》：明太祖朱元璋庶十七子朱權，洪武二十四年封寧王，是爲寧獻王。獻王子盤烒襲封寧王，是爲寧惠王。寧惠王庶五子奠壏景泰二年以鎮國將軍封弋陽王，天順五年薨，謚榮莊；子覲鍊成化二年襲封，弘治十年薨，謚僖順；子宸洏弘治十七年襲封，正德九年薨，謚莊僖；子拱樻嘉靖二年襲封，嘉靖三十年薨，謚端惠；庶長子多焜嘉靖三十三年襲封，萬曆五年薨，謚恭懿。無子，除。〔一〇〇〕是朱拱樻在嘉靖二年（一五二三）至嘉靖三十年（一五五一）間襲弋陽王。可知在嘉靖二十年作詩詞之弋陽王正是朱拱樻。又據《毛襄懋先生年譜》，嘉靖二年癸未六月，毛伯温奉命出封弋陽王。〔一〇一〕是弋陽王朱拱樻與毛伯温在嘉靖二年就有交往。

八　苾齋（朱寘鉶）

《全明詞補編》據《毛襄懋先生别集》卷九收苾齋《春從天上來》詞，小傳謂：「朱姓，明宗室，鞏昌王。苾齋當爲號，名不詳。嘉靖年間在世。」〔一〇二〕

案：查《毛襄懋先生别集》卷九《撫夏集》，從「詩類」中所收盧襄詩《大中丞東塘先生祗命節鉞西夏，某忝屬吏，賦詩贈别》以及調類所收諸帳詞之序中稱毛伯温爲「巡撫寧夏大都憲」、「大中丞巡撫寧夏」〔一〇三〕，知此卷所收爲毛伯温巡撫寧夏離任時，當地人士的贈别之作。毛伯温於嘉靖六年由大理寺右寺丞遷都察院右僉都御史、巡撫寧夏。嘉靖七年，因嘉靖五年任大理寺丞時審理「李福達案」所存在的過失而遭革職。故卷九所收詩詞，當作於嘉靖六年至七年之間。

該卷所收苾齋詞一首，在「苾齋」名下注有「鞏昌王」〔一〇四〕。知「苾齋」爲當時的鞏昌王之外號。據《明史·諸王世表三》：明太祖庶十六子朱㮵，洪武二十四年封慶王，二十六年就藩韋州，建文三年遷寧夏，正統三年薨，是爲慶靖王；庶長子秩煃，正統四年襲封，成化五年薨，是爲慶康王；庶長子邃塀，成化七年襲封，十五年薨，是爲慶懷王；因無子，其弟邃塀於成化十七年進封，弘治四年薨，是爲慶莊王。慶莊王庶二子寘鉶，弘治三年封鞏昌王，嘉靖十二年革爵，發高墻，除。〔一〇五〕可知嘉靖六年或七年作詞贈毛伯温之鞏昌王苾齋是朱寘鉶。

关于鞏昌王寘鉶革爵事，《明史·諸王傳二·慶王㮵》載：慶莊王薨後，由子寘鏊襲封，弘治十一年薨，是爲慶恭王。恭王子台浤襲封，後因不法事，廢爲庶人，留邸，歲與米三百石。「以其叔父鞏昌王寘鉶攝府事。寘鉶裁慶邸宮妃薪米，取邸中金帛萬計。台浤子鼒櫝幼，失愛於父，逃寘鉶所。寘鉶造台浤謀逆謠語，使寺人誘鼒櫝吟誦，圖陷台浤自立。懷王妃王氏奏寘鉶裁減衣食，至不能自存。豐林王台瀚亦欲陷

寘鉲，遂發其瀆亂人倫諸罪。驗實，廢爲庶人，幽高牆。」〔一〇六〕

朱寘鉲之卒年不詳，其生年可知。王世貞《弇山堂別集》卷三五《郡王·慶府》載：「鞏昌王寘鉲，莊第三子。嘉靖十二年，年五十五，有罪，革爵，幽高墻死。」〔一〇七〕由嘉靖十二年（一五三三）五十五歲，可推知其生於成化十五年（一四七九）。

九　平齋（朱台瀚）

《全明詞補編》據《毛襄懋先生別集》卷九收平齋《水龍吟》詞，小傳謂：「朱姓，明宗室，字豐林，號平齋，名不詳。嘉靖年間在世。」〔一〇八〕

案：查《毛襄懋先生別集》卷九所收，於「平齋」下注「宗室豐林」，是平齋即慶府豐林王朱台瀚也。黄虞稷《千頃堂書目》卷一七著録「豐林端康王台瀚《平齋集》」并有注：「慶藩安簡王庶子，嘉靖九年封。」〔一〇九〕可證。

據《明史》卷一〇二《諸王世表》三，慶康王庶六子邃垅，成化八年封豐林王，正德六年薨，謚温僖；嫡長子寘鏌正德十年襲封，嘉靖五年薨，謚安簡；庶長子台瀚嘉靖九年襲封，二十六年薨，謚端康。〔一一〇〕朱台瀚直到嘉靖九年才襲封爲豐林王，而《毛襄懋先生別集》卷九所收入的他的《水龍吟》詞作於嘉靖七年，當時台瀚尚未正式襲封，故所注爲「宗室豐林」而非「豐林王」。

朱台瀚襲封豐林王後，因與鞏昌王寘鉲争奪慶府之管理權而互相奏訐，一度被廢爲庶人，後來得以復爵。《明世宗實録》載：「嘉靖十一年十月己丑，「上以寘鉲貪淫狂悖，傷化敗倫，背違祖訓，并王氏及奸生二女，俱下法司會廷臣議。台瀚陰懷覬覦，争權奏擾，革爵爲庶人」〔一一一〕。又嘉靖十八年十二月乙酉，「復慶府豐林王台瀚爵。始台瀚與鞏昌王寘鉲奏訐，降爲庶人。尋復冠帶。至是，慶世子鼒樌奏台瀚無大過，且

能自悔改，故有是命」〔一二二〕。

台瀚卒於嘉靖二十六年（一五四七），已見《明史·諸王世表》。其生年亦可考知。王世貞《弇山堂別集·郡王·慶府》載：「（豐林）端康王台瀚嗣，薨壽四十四。」〔一二三〕由其在嘉靖二十六年薨時四十四歲，可推知生於弘治十七年（一五〇四）。

〔一〕〔一〇〕饒宗頤初纂，張璋總纂《全明詞》第二册，中華書局二〇〇四年版，第七三五頁、第七三九頁。

〔二〕李時人編著《中國文學家大辭典·明代卷》，中華書局二〇一八年版，第一五五九頁。

〔三〕〔四〕〔五〕顔木《淮漢爐餘録》卷二，《明别集叢刊》第二輯第二八册，黄山書社二〇一六年版，第五一三頁、第五一四頁、第五一二頁。

〔六〕《（康熙）應山縣志》卷三，清康熙二十二年（一六八三）刻本，第四一叶。

〔七〕《（順治）亳州志》卷二，清順治十三年（一六五六）刻本，第六七叶。

〔八〕《淮漢爐餘録》卷二，《明别集叢刊》第二輯第二八册，第五一二頁。

〔九〕《明實録·明世宗實録》卷二五九，上海書店影印臺北「中研院」歷史語言研究所校印本，一九八二年版，第五一八二頁。

〔一一〕〔三七〕〔七五〕中國文學家大辭典·明代卷》，第八九一頁、第九二〇頁、第七二七頁。

〔一二〕焦竑《國朝獻徵録》卷一〇二，《續修四庫全書》第五三一册，上海古籍出版社二〇〇二年版，第三七頁。

〔一三〕〔一四〕林希元《同安林次崖先生文集》卷十四，《四庫全書存目叢書》集部第七五册，齊魯書社一九九七年版，第七〇九頁，第七〇九頁。

〔一五〕《同安林次崖先生文集》卷七，《四庫全書存目叢書》集部第七五册，第七四三頁。

〔一六〕〔三六〕〔四八〕〔七四〕《全明詞》第三册，第一三六五頁、第一三七一頁、第一三九九頁、第一四一二頁。

〔一七〕《中國文學家大辭典·明代卷》，第八二〇頁。

〔一八〕姚汝循《陳海沙先生集序》，陳完《皆春園集》卷首，《四庫全書存目叢書》集部第一八二册，齊魯書社一九九七年版，第七四二頁。

〔一九〕張萱《西園聞見録》卷二，《續修四庫全書》第一一六八册，上海古籍出版社二〇〇三年版，第三八頁。

〔二〇〕姚汝循《陳海沙先生集序》,《四庫全書存目叢書》集部第一八二册,第七四二—七四三頁。

〔二一〕董裕《董司寇文集》卷十八,《四庫未收書叢刊》第五輯第二二册,北京出版社二〇〇〇年版,第七六四頁。

〔二二〕王錫爵《王文肅公文集》卷十,《四庫禁燬書叢刊》集部第七册,北京出版社一九九九年版,第二三二頁。

〔二三〕汪道昆《太函集》卷四十九,《續修四庫全書》第一三四六册,第三五三頁。

〔二四〕《董司寇文集》卷十八,《四庫未收書叢刊》第五輯第二二册,第七六四頁。

〔二五〕雷禮《國朝列卿記》卷一四七,《續修四庫全書》第五二四册,第二九五頁。

〔二六〕同上書卷一四八,第二九七頁。

〔二七〕同上書卷一四四,第二八一頁。

〔二八〕《明實録·明神宗實録》卷三三八,第四四〇七—四四〇八頁。

〔二九〕《國朝列卿記》卷一四七,《續修四庫全書》第五二四册,第二九五頁。

〔三〇〕《明神宗實録》卷二三三,第四三三九頁。

〔三一〕董斯張《吴興備志》卷二九,影印文淵閣《四庫全書》第四九四册,臺灣商務印書館一九八六年版,第五六九頁。

〔三二〕《(萬曆)湖州府志》卷十,明萬曆年間刻本,第二七叶。

〔三三〕《明神宗實録》卷六四,第一四二一頁。

〔三四〕于慎行《穀城山馆文集》卷二三,《四庫全書存目叢書》集部第一四七册,第六六九—六七〇頁。

〔三五〕《董司寇文集》卷十八,《四庫未收書叢刊》第五輯第二二册,第七六四頁。

〔三八〕羅明祖《羅紋山先生全集》卷八,《四庫禁燬書叢刊》集部第八四册,第一九三頁。

〔三九〕《羅紋山先生全集》卷首,《四庫禁燬書叢刊》集部第八四册,第一七頁。

〔四〇〕同上書卷三,第八八頁。

〔四一〕《(乾隆)太平府志》卷十八,清乾隆二十三年(一七五八)刻本,第二〇叶。

〔四二〕《(康熙)杭州府志》卷十八,清康熙二十五年(一六八六)刻本,第四四叶。

〔四三〕《羅紋山先生全集》卷三,《四庫禁燬書叢刊》集部第八四册,第七二頁。

〔四四〕同上書卷十五,第二八九頁。

〔四五〕同上書卷首，第一四頁。

〔四六〕同上書卷十五，第二九〇頁。

〔四七〕同上書卷首，第一五頁。

〔四九〕錢仲聯等主編《中國文學大辭典》，上海辭書出版社二〇〇〇年版，第九六四頁。

〔五〇〕《中國文學家大辭典·明代卷》，第三六八—三六九頁。

〔五一〕劉榮嗣《劍映》卷三，《明别集叢刊》第五輯第六册，黄山書社二〇一六年版，第五四一頁。

〔五二〕同上書卷二，第五三四頁。

〔五三〕同上書卷四，第五五一頁。

〔五四〕〔五五〕同上書卷首，第五二二頁，第五二二頁。

〔五六〕〔五八〕〔六三〕錢謙益《列朝詩集》丁集卷十六，《續修四庫全書》第一六二四册，第二四四頁，第二四四頁，第二四四頁。

〔五七〕〔六四〕鄒漪《啓禎野乘》一集卷六，《四庫禁燬書叢刊》史部第四〇册，第四六五頁，第四六五頁。

〔五九〕鄭鄤《峚陽草堂詩集》卷十七，《四庫禁燬書叢刊》集部第一二六册，第六六九頁。

〔六〇〕〔六一〕《啓禎野乘》一集卷六，《四庫禁燬書叢刊》史部第四〇册，第四六五頁，第四六五頁。

〔六二〕孫承宗《高陽集》卷十六，《續修四庫全書》第一三七〇册，第三四一頁。

〔六五〕〔六六〕康由基《河渠紀聞》卷十二，《四庫未收書輯刊》第一輯第二九册，第一五〇頁，第一五〇頁。

〔六七〕《明實録·明熹宗實録》卷八十三，第四〇二九—四〇三〇頁。

〔六八〕《（雍正）畿輔通志》卷七二，清雍正十三年（一七三五）刻本，第四九叶。

〔六九〕文秉《甲乙事案》卷下，《續修四庫全書》第四四三册，第五五四頁。

〔七〇〕康由基《河渠紀聞》卷十二，《四庫未收書輯刊》第一輯第二九册，第一五〇頁。

〔七一〕《劍映》卷四，《明别集叢刊》第五輯第六册，第五六二頁。

〔七二〕同上書卷五，第五六九頁。

〔七三〕《劍映》卷首，《明别集叢刊》第五輯第六册，第五二二頁。

〔七六〕張瑋《如此齋詩集》不分卷，羅振玉輯《百爵齋叢刊》第七册，民國二十三年（一九三四）石印本，第六叶。

〔七七〕鄭鄤《峚陽草堂詩集》卷二，《四庫禁燬書叢刊》集部第一二六册，第五三九—五四〇頁。

〔七八〕同上書，《四庫禁燬書叢刊》集部第一二六册，第四八六—四八九頁。

〔七九〕〔八三〕〔八六〕〔九〇〕《啓禎野乘》一集卷二，《四庫禁燬書叢刊》史部第四〇册，第三六八頁，第三六八頁，第三六八頁，第三六八頁。

〔八〇〕《明史》卷二十二，中華書局一九七四年版，第二册，第三〇五頁。

〔八一〕管紹寧《賜誠堂文集》卷四，《四庫未收書輯刊》第六輯第二六册，第一七四頁。

〔八二〕陳龍正《幾亭全書》卷四十，《四庫禁燬書叢刊》集部第一二册，第三八六頁。

〔八四〕《如此齋詩集》不分卷，《百爵齋叢刊》第七册，第一六叶。

〔八五〕《（乾隆）武進縣志》卷九，清乾隆三十年（一七六五）刻本，第一五叶。

〔八七〕談遷著，张宗祥校点《國榷》卷九三，中华書局一九五八年版，第六册，第五六六五頁。

〔八八〕陳玉璂《學文堂集》傳一，《四庫全書存目叢書補編》第四七册，齊魯書社二〇〇二年版，第四四三頁。

〔八九〕《明史》卷二五四，中華書局一九七四年版，第二一册，第六五六八頁。

〔九一〕《國榷》卷九七，中华書局一九五八年版，第六册，第五九一〇頁。

〔九二〕同上書卷九八，第五九四一頁。

〔九三〕同上書卷九九，第五九六二頁。

〔九四〕同上，第五九六八頁。

〔九五〕同上書卷一〇三，第六一四七頁。

〔九六〕〔一〇二〕〔一〇八〕周明初、葉曄編《全明詞補編》，浙江大學出版社二〇〇七年版，第四五八頁，第四五九頁，第四六〇頁。

〔九七〕〔九八〕〔九九〕毛伯温《毛襄懋先生文集》附《毛襄懋先生別集》卷六，《四庫全書存目叢書》集部第六三册，第四二〇頁，第四二五頁，第四一七頁。

〔一〇〇〕《明史》卷二〇二，中華書局一九七四年版，第九册，第二七二七頁、第二七三四—二七三五頁。

〔一〇一〕毛伯温《毛襄懋先生文集》附《毛襄懋先生年譜》，《四庫全書存目叢書》集部第六三册，第一二〇頁。

〔一〇三〕〔一〇四〕《毛襄懋先生別集》卷九，《四庫全書存目叢書》集部第六三册，第四六二頁，第四七一頁。

〔一〇五〕《明史》卷一〇二，中華書局一九七四年版，第九册，第二七一五—二七一六頁、第二七二三頁。
〔一〇六〕《明史》卷二一七，第一二册，第三五八九頁。
〔一〇七〕王世貞《弇山堂別集》卷三五，明萬曆十八年（一五九〇）刻本，第九叶。
〔一〇九〕黄虞稷著，瞿鳳起等整理《千頃堂書目》卷一七，上海古籍出版社二〇〇一年版，第四四三頁。
〔一一〇〕《明史》卷一〇二，中華書局一九七四年版，第九册，第二七二一—二七二二頁。
〔一一一〕《明實録・明世宗實録》卷一四三，第三三三四頁。
〔一一二〕同上書卷二三三，第四七七〇頁。
〔一一三〕《弇山堂別集》卷三五，第九叶。

（作者單位：浙江大學中文系）

標情務遠，比音則近

——試論秦觀詞用韻與抒情之關係

倪春軍

内容提要　秦觀詞的用韻與抒情有緊密關係。秦觀大部分的平韻格詞，隔協多於連協，形成了秦觀平韻詞舒緩從容的基本風格。在他的仄韻格詞中，上、去聲入韻的詞占了多數，大多表達愁苦哀怨之情。秦觀詞多用遇、果、流、蟹、臻五攝的韻字，適宜表達淒婉哀怨的情感，這對秦觀婉約詞風的形成有一定的影響。秦觀的一部分詞喜用方言俗語，甚至以方音口語入韻，不僅適合表達世俗化的男女之情，而且也體現了秦觀詞的俳諧傾向。秦觀詞在聲律與情致兩方面互爲照應，相得益彰，體現了詞調聲韻與作品情感的諧協相生。

關鍵詞　秦觀　詞韻　抒情　韻位　平仄　聲情　俚俗

傳統的詞韻研究，主要以編訂詞韻專書爲主，這方面的成就當以清嘉慶年間戈載的《詞林正韻》爲代表。此外，歷代詞論家對於詞的用韻也有一定的關注和討論。但是，這些評論往往瑣碎而不成體系，且多屬於經驗之談，未能形成從創作到理論的總結和概括。現代學術視野下的詞韻研究，則打通了文學與語言學的學科壁壘，不僅探索形成了一套科學的詞韻研究方法，並且取得了許多標志性的成果。比如音韻

本文爲國家社科基金一般項目「龍榆生詩詞箋注」(24BZW092)、海南省哲學社會科學規劃重大專項課題「『副文本』理論視野下《東坡樂府箋》文獻整理與研究」[HNSK(ZDZX)25－30]階段性成果。

學專家魯國堯先生，以現存全部兩萬多首宋詞爲研究對象，又旁涉金元詞，歸納出宋詞韻十八部，比戈載《詞林正韻》少一部，更加符合宋詞的實際用韻情況，成爲目前宋詞用韻研究的重要結論。〔一〕這種韻部統計與歸納的方法，是目前最常見的詞韻統計研究法，即將各韻獨用及同用的韻段數列成表格，並列舉每一種用韻情況的詞例。然而，這類基於數理統計的詞韻研究，往往忽視了詞作爲一種文學樣式的藝術特徵，僅僅關注詞韻的語料意義，屬於音韻學的研究法，而脱離了文學研究的基本屬性。龍榆生曾提出現代詞學意義上的「聲調之學」，相比於傳統詞學的「圖譜之學」，「聲調之學」更加關注作品思想情感的變化，即「推求各曲調表情之緩急悲歡」〔二〕。因此，我們一方面要學習並利用數字人文的研究工具與方法，同時也要根植於傳統的詞韻批評與理論，回歸詞文體的藝術本位來分析詞韻，從而體現詞作爲一種韻文的艺术感染力。

關於秦觀詞用韻的基本特點，楊詠雅《秦觀詞用韻考》〔三〕一文已經作了全面統計與分析，並總結歸納了秦觀詞四聲獨用和相押的用韻規律，可資參考。本文在楊文研究的基礎上，進一步將相關的統計數據與傳統的詞學批評相結合，並從抒情的角度分析秦词的用韻特點，探究詞的聲韻與聲情之間的復雜關係。

一 韻位疏密與平仄轉換

江順詒《續詞品》其七云：「句有長短，韻無參差。一字未穩，全篇皆疵。」〔四〕明確指出了填詞用韻的重要性。因詞乃有韻之文、倚聲之曲，所以，詞韻的選擇與安排，往往會直接影響到詞的情感抒發和歌唱效果。蔣兆蘭《詞説》云：「名家之詞，押韻如大成玉振之收，聲容益盛，是亦不可不講也。」〔五〕秦觀作爲北宋著名文學家，他在文學創作時也十分關注押韻的重要性。李廌《師友談記》曾記載秦觀論作賦押韻的言論：「少游言：賦中工夫不厭子細，先尋事以押官韻，及先作诸隔句。凡押官韻，須是稳熟浏亮，使人读之不觉牵强，如和人诗不似和诗也。」〔六〕李廌在秦觀的這段論賦言論後説：「觀少游之説，作賦正如填歌曲

這首詞寫於宋哲宗紹聖四年（一〇九七），當時秦觀貶居郴州，親朋杳無音訊，于淒風苦雨之中寫了這首詠懷之作。明代李廷機讀後「猶難爲情」[一七]，唐圭璋先生也説：「此首述旅況，亦極悽婉。」[一八]由於這首詞的情感悽婉，感慨至深，以致句句用韻，韻脚緊湊，給人一種激烈緊張的節奏，表達了相當强烈的傷心情緒。

除平韻三十七首外，秦詞尚有三十五首是仄韻格。龍榆生認爲：「仄韻小令，音節是比較峭勁的。」[一九]但是，仄韻上、去、入三聲韻也有明顯的區别，「上、去聲韻適宜表達清幽峭拔、沉鬱淒壯的思想感情；入聲韻適宜表達激烈豪爽、決絶瀟灑的思想感情」[二〇]。在秦詞三十五首仄韻詞中，上、去入韻的占了多數，以入聲入韻的詞只有五首（即《雨中花》一首，《促拍滿路花》一首，《品令》兩首，《好事近》一首）。按照龍氏的觀點，上、去聲韻「清幽峭拔、沉鬱淒壯」[二一]，這類風格的名作如《踏莎行》（霧失樓臺）、《千秋歲》（水邊沙外）、《水龍吟》（小樓連遠横空）等，抒發愁苦哀怨，歷來被認爲是婉約經典之作。

通過上文對於平仄韻格的分析，我們可以看到，平韻和仄韻所表達的情感是不同的。而每一個人的情感又是起伏變化的，詞人如果要在詞作中表達出内心情感的複雜變化，就須要進行韻位轉换。《文心雕龍·章句》云：「若乃改韻從調，所以節文辭氣。賈誼、枚乘，兩韻輒易；劉歆、桓譚，百句不遷；亦各有其志也。」[二二]劉勰指出，换韻是爲了符合情調，是爲了調節文氣，文人换韻，也是「各有其志」，隨文辭而定。但是，换韻不可臆换，只有反復琢磨，「折之中和，庶保無咎」[二三]。縱觀秦詞五首平仄韻轉换格，韻脚轉换之處，亦體現情感之起伏，符合轉韻之精神。各舉《菩薩蠻》和《虞美人》一首爲例，作簡單説明：

蟲聲泣露驚秋枕，羅幃淚濕鴛鴦錦。獨卧玉肌涼，殘更與恨長。陰風翻翠幔，雨澀燈花暗。畢竟不成眠，鴉啼金井寒。（《菩薩蠻》）[二四]

高城望斷塵如霧，不見聯驂處。夕陽村外小灣頭，只有柳花無數送歸舟。瓊枝玉樹頻相見，只恨離人遠。欲將幽事寄青樓，争奈無情江水不西流！（《虞美人》）〔二五〕

《菩薩蠻》詞，上片「枕」、「錦」協兩上，「涼」、「長」協兩平，一仄一平，從驚夢時的緊張，進入夢覺後的清醒；下片「幔」、「暗」協兩去，「眠」、「寒」協兩平，也是一仄一平，由陰風驟雨的急猛，進入鴉啼金井的難眠。「這樣匀稱的平仄互换，先仄後平，一急一緩，恰與作者感情起伏相應，於急促中見纏綿，是一個非常美聽的調子。」《虞美人》也如此相似，上片「霧」、「處」協兩去，「頭」、「舟」協兩平，下片「見」、「遠」協兩上，「樓」、「流」協兩平，從尋覓不至的焦切，到遥見歸舟的欣喜，最終還是離人恨遠，不得相見。「於迫促中見纏綿悱惻的無窮情致，是這個曲調的特色。」〔二六〕平聲韻表達纏綿悱惻之情，仄聲韻傳達强烈相思之意，韻部的平仄變化與情感的波瀾起伏彼此照應。

二　韻字聲情與抒情效果

根據上文可知，一首詞韻位的疏密和平仄轉换，往往取決於詞調的體式，但同一個詞調的作品也可以呈現出不同的聲情效果，這就與詞人所選擇的韻部有關。龍榆生指出：「每一個詞牌或曲牌，都有它的不同情調。調子雖然選得適當，如果韻部安排得不對頭，那風格也會跟着變化的。比如宋詞裏有『六州歌頭』這個詞牌，原來是一支軍樂中的『鼓吹曲』，它的音調是悲壯的。但作者所選的韻部不同，它所表達的思想感情也就跟着會起變化。」〔二七〕因此，除了韻位疏密和韻格平仄可以影響詞的表情達意，韻字的聲情也會影響詞的思想情感。衆所周知，文字具有「形、音、義」三要素，文字的聲音可以表達不同的情感特徵。聲與情合，則聲情並貌；聲與情乖，則聲情兩失。所以，詞人在填詞用韻的時候，應該充分考慮其所選的韻部是否與詞作表達的情感相一致。因爲，每一個韻部的韻字，由於發音的不同，所産生的聽覺效果也會

有所差異。明人王驥德説：

至各韻爲聲，亦各不同。如「東鍾」之洪，「江陽」、「皆來」、「蕭豪」之響，「歌戈」、「佳麻」之和，韻之最美聽者。「寒山」、「桓歡」、「先天」之雅，「庚青」之清，「尤侯」之幽，次之。「齊微」之弱，「魚模」之混，「真文」之緩，「車遮」之用雜入聲，又次之。「支思」之萎而不振，聽之令人不爽。至「侵尋」、「監咸」、「廉纖」，開之則非其字，閉之則不宜口吻，勿多用可也。〔二八〕

王驥德按照音響效果的從高到低，把韻部分成了若干等級，雖然他所討論的是曲律，但是，詞與曲都是演唱的藝術，詞韻和曲韻還是相通的。既然各個韻部存在着高下等級之分，那麼，每一個韻部的韻字，都有其獨特的音響特徵，分别適合表達各自獨特的情感。關於韻部與表情之關係，清代的周濟就有所論述，他説：「東、真韻寬平，支、先韻細膩，魚、歌韻纏綿，蕭、尤韻感慨，各具聲響，莫草草亂用。」〔二九〕近人夏敬觀也根據韻部的抑揚之别，把韻部分爲兩類，他説：「作詞選韻，須看是何律調。有宜用支脂韻、魚虞韻、佳皆韻、蕭宵韻、歌戈韻、佳麻韻、尤侯韻者，有宜用東冬韻、江陽韻、真諄韻、元寒韻、庚耕韻、侵韻、覃談韻者，一類之音響，有抑揚之别。宜抑者用前類，宜揚者用後類。」〔三〇〕但是，以上諸家的分類未及細緻深入，少則抑揚兩類，多則不過四、五類，不足以説明各個韻攝之間的細微差異。關於韻攝的聲情特徵，清代學者袁子讓作過更加全面的描述：

讀等者，各攝中各有名號，皆别其所讀之聲也。如内八轉，通攝爲甕裏揭瓢，聲欲出而細也；止爲花間蝶舞，聲欲飛而躍也；遇爲子哭顔回，聲欲哀而思也；果爲漫水拖船，聲欲囦而緩也；宕爲將戰交槍，聲欲雄而鋭也；曾爲曉星移落，字雖少而聲欲明也；流爲孤雁失群，聲不借於他攝也；深爲金磚落井，聲欲鏗鏘有餘韻也。如外八轉，江爲子母分離，母具而子少也；蟹爲鳳凰撮嘴，欲其聲之縮聚也；臻爲風翻荷葉，欲其聲之輕飄也；山爲餓虎跑山，欲其聲之哮烈也；效爲豺犬呼群，欲其聲

之狺會也；假爲鴉鵲噪林，欲其聲之喧喳也；梗爲將軍交戰，欲其聲之嚴整也；咸爲獅子銜環，欲其聲之合而出也。此學切者所不必知，而讀等者，相傳有之，故備載焉。〔三二〕

袁子讓運用形象的比喻，把各韻攝的聲情特徵比作生活中的各種聲響，給人一種非常直觀的感受。比如，遇攝的發音，就好象夫子哭顔回之死，哀思綿綿；而深攝的發音，就像金磚墜落井底，鏗鏘有力，餘音嫋嫋。通過袁氏的形象分析，各攝的聲情特徵就呈現在我們面前了。那麼，秦觀在填詞擇韻的時候，是如何選擇韻攝的呢？他的選擇又是否合適呢？

根據「韻系列表法」的統計結論，我們將秦觀詞所押韻攝的數量作出如下統計（括號内爲詞作數量）：

遇攝（十六）　山攝（十六）　流攝（十三）　蟹攝（十二）　梗攝（十一，其中入聲五）　止攝（八）　通攝（七）　臻攝（七，其中入聲二）　曾攝（五，其中入聲四）　宕攝（五）　咸攝（四）　假攝（二）　深攝（二）　果攝（一）　效攝（一）

根據袁子讓的論述，「遇爲子哭顔回，聲欲哀而思也……果爲漫水拖船，聲欲囡而緩也……流爲孤雁失群，聲不借於他攝也……蟹爲鳳凰撮觜，欲其聲之縮聚也；臻爲風翻荷葉，欲其聲之輕飄也」，那麼，遇、果、流、蟹、臻五攝，適宜表達淒婉哀怨的情感。秦詞用這五攝的詞有四十七首，超過總數的一半，對秦觀婉約詞風的形成有一定的影響。在秦詞所用的韻字當中，出現頻率比較多的是「愁」（八次）、「去」（七次）、「路」（七次）、「樓」（六次）、「暮」（五次）、「舟」（五次）、「數」（四次）、「流」（四次）、「秋」（四次）等字，這些字或屬於遇攝，或屬於流攝，最適合婉約詞的創作，其他詞人也經常使用。

比如使用臻攝真文韻的名作《滿庭芳》，吴曾《能改齋漫録》卷十六記載：

杭之西湖，有一倅閑唱少游《滿庭芳》，偶然誤舉一韻云：「畫角聲斷斜陽。」妓琴操在側云：「『畫角聲斷譙門』，非『斜陽』也。」倅因戲之曰：「爾可改韻否？」琴即改作陽字韻云：「山抹微雲，天連衰

草，畫角聲斷斜陽。暫停征轡，聊共引離觴。多少蓬萊舊侶，頻回首、煙靄茫茫。孤村裏，寒鴉萬點，流水繞低牆。　魂傷當此際，輕分羅帶，暗解香囊。漫贏得青樓，薄倖名狂。此去何時見也，襟袖上、空有餘香。傷心處，長城望斷，燈火已昏黄。」東坡聞而稱賞之。〔三二〕

倉促之間，能將錯就錯，大膽改韻而天衣無縫，這對於一位普通歌伎而言，實屬不易，難怪東坡要稱讚她的機敏聰慧。但是，如果從韻部的聲情考慮，這種改韻還是值得商榷的。因爲，《滿庭芳》原作所要表達的是男女之間的離愁别緒，同時，「將身世之感打併入豔情」〔三三〕，表達人生的失落情感。所以，這首詞就適合以臻攝入韻，因爲，「真文」韻聽來感覺遲緩，臻攝的韻字像清風翻動荷葉，輕盈飄動，孎孎不絶，給人以纏綿的餘響縈繞。琴妓改臻攝韻爲宕攝韻，做法有欠妥當，有破壞原詞聲韻意境之嫌，因爲，「江陽」是響亮的韻部，宕攝的韻字，如將士交戰，聲音雄渾而尖鋭，適合抒發慷慨激昂的情感，不符合這首詞的感傷基調。從秦詞總體來看，押宕攝韻的只有五首詞，可見秦觀不喜用宕攝韻入詞。秦觀有六首《滿庭芳》詞，没有一首使用宕攝韻部的韻字，説明秦詞《滿庭芳》確實不宜用宕攝入韻。而蘇軾對琴妓的改韻加以稱賞，可能更看重她的捷思而非作品本身。蘇軾有兩首著名的《江城子》，《江城子》（老夫聊發少年狂）是慷慨豪放之作，《江城子》（十年生死兩茫茫）乃哀悼淒涼之作，兩首詞的格調完全相反，却都用宕攝入韻，可見蘇詞的用韻有欠妥當。誠如周濟所言，每一個韻部「各具聲響，莫草草亂用」〔三四〕，蘇軾在填詞的時候可能忽視了選擇韻部與傳情達意的關係。

由此可見，秦觀在填詞的時候，充分考慮了詞韻與詞調、情感的關係，然後，選擇最佳的字來押韻，以達到完美的效果。所以，次韻秦詞也并非易事，次韻者應對原作的聲情有準確地把握。如秦詞名作《千秋歲》（水邊沙外），根據王水照先生的研究，有孔平仲、蘇軾、黄庭堅、李之儀、惠洪、王之道、丘崈（三首）等七人唱和〔三五〕，而這首詞的用韻也十分特别，使追和之士望而却步。宋人胡仔《苕溪漁隱叢話後集》卷三十三

引《復齋漫録》云：

山谷守當塗日，郭功甫寓焉，日過山谷論文。一日，山谷云：「少游《千秋歲》詞，歎其句意之善，欲和之而海字難押。」功甫連舉數海字，若「孔北海」之類。山谷頗厭，未有以却之。次日，功甫又過山谷問焉，山谷答曰：「昨晚偶尋得一海字韻。」功甫問其所以。山谷云：「羞殺人也爹娘海。」自是功甫不論文於山谷矣。蓋山谷用俚語以却之。〔三六〕

在韻書中，「海」字即非險韻，又非僻字，山谷何以難押至此？殊不知，詞人用韻，「務使韻上一字或數字連綴成句時，其句法自然而渾成，乃爲出色當行。若稍涉牽强，或出自杜撰，其韻必不穩妥，能使全詞爲之減色」〔三七〕。也就是説，押韻並非押一字之韻，還要考慮與全句、全篇之關係，「自然而渾成」，方爲當行本色。反觀秦觀這首《千秋歲》，充分考慮了字與句的關係，運用藝術技巧，使韻字與詞句渾然一體，達到了自然天成的境界。「春去也，飛紅萬點愁如海」，脱胎于李後主《虞美人》「問君能有幾多愁，恰似一江春水向東流」句，採用明喻的手法，以海喻愁，從而建立了「海」字與「愁」字的關係，「愁」因飛紅引起，飛紅又因春歸而飄零，於是，這四個意象就緊密聯繫，毫不脱節，從而建立了「海」字與全篇的關係。所以，字不離句，句不離篇，正是這一詞句的精彩之處。清人先著、洪程《詞潔》評語曰：「『飛紅萬點愁如海』，此七字銜接得力，異樣出精彩。」〔三八〕所以，令黄庭堅犯愁的並不是「海」字本身難押，而是佳句難覓——既要押穩「海」字，又要銜接得體，才不顯雕琢痕跡。比之他人的次韻之作，無論是李之儀的「紅日晚，仙山路隔空雲海」，還是蘇東坡的「吾已矣，乘桴且恁浮于海」，秦詞所勝並非一籌。而黄庭堅一夜苦思所得出的「羞殺人也爹娘海」一句，確實與原作有霄壤之别。

三　方音入韻與俚俗傾向

詞在早期民間創作時期，就已經開始使用一些口語、俚語和方言入詞，而柳永則是第一位在詞中大量使用方言俗語的專業詞人。清代宋翔鳳《樂府餘論》云：「耆卿失意無俚，流連坊曲，遂盡收俚俗語言，編入詞中，以便伎人傳習。」〔三九〕在秦觀詞中，也有不少作品呈現出柳永詞的俚俗傾向。龍榆生指出：「今集中專爲應歌之作，雜以俚語，一似柳永之所爲者，如《望海潮》『奴如飛絮』、《鼓笛慢》『亂花叢裏曾攜手』。前二闋寫離懷，語意較少游其他作品爲樸拙，如『成病也因誰』、『問呵，我如今怎向』，皆情深語淺，曲曲傳出兒女柔情。」〔四〇〕秦觀詞的俚俗傾向，不僅體現在詞中使用這些俗語和方言，而且在詞的句尾也使用方言入韻，比如《滿園花》：

一向沉吟久，淚珠盈襟袖。我當初不合苦撋就，慣縱得軟頑，見底心先有。行待癡心守，甚捻着脈子，倒把人來僝僽。近日來非常羅皂醜，佛也須眉皺。怎掩得衆人口？待收了孛羅，罷了從來斗。從今後，休道共我，夢見也，不能得勾。〔四一〕

明代徐渭評此詞云：「渾似元人雜劇口吻。」〔四二〕今人徐培均箋注此詞亦云：「此詞以俚語寫情人之間嘔氣，似受汴京勾欄藝人影響。」〔四三〕根據《欽定詞譜》，這首詞中上闋的「久」、「袖」、「就」、「有」、「守」、「僽」，下闋的「醜」、「皺」、「口」、「斗」、「後」、「勾」都是韻字，其中「撋就」和「僝僽」是宋代的方言詞彙。「撋就」是遷就的意思，張相《詩詞曲語辭匯釋》卷五：「撋就，猶云遷就或温存也。……秦觀《滿園花》詞：『我當初不合苦撋就，慣縱得軟頑，見底心先有。』」〔四四〕「僝僽」，是嘔氣的意思，《詩詞曲語辭匯釋》卷五：「僝僽，猶云嘔氣或駡詈也。」〔四五〕這兩處都是使用方言詞彙押韻。同時，詞中還使用了口語入韻，比如「待收了孛羅，罷了從來斗」一句，便化用了宋代的口語，這在元人雜劇中還有沿襲。如元雜劇《包待制陳州糶米》第二折

【煞尾】：「只要肥了你私囊，也不管民間瘦。我如今到那里呵，敢着他收了蒲藍罷了斗。」〔四六〕另外，「近日來非常羅皂醜」一句中，「羅皂」一詞也是當時的口語，意謂糾纏、攪擾，而韻脚上的「醜」字應該也是當時的方言，不是醜陋的意思。由此可見，這首詞不僅在句中使用了大量的口語詞彙，而且在押韻時也存在以口語和方言入韻的情況，更加表現出男女之間因感情糾葛而產生出對對方的不滿和怨怒。

通過這首《滿園花》詞的用韻，可以體會到秦觀在填詞用韻時充分考慮詞韻與詞情的關係。特別是社會最底層男女之間的世俗之情，更適合使用方言和俗語入韻。秦觀詞中還有兩首《品令》，關於這一詞調，萬樹《詞律》卷五杜文瀾注云：「按此調多作俳詞，故爲彼時歌伶語氣，多用入聲。」〔四七〕杜文瀾指出，這一詞調的特點就是俳諧戲謔，因此常以入聲押韻。秦觀的兩首《品令》，均以歌伎的口吻出之，所以在詞中使用了大量的口語和方言。徐培均說：「(此二首)皆以高郵方言寫艷情，疑神宗熙寧年間鄉居之時爲應歌而作。」〔四八〕《品令》其一云：

幸自得，一分索强，教人難喫。好好地、惡了十來日，恰而今、較些不？　須管啜持教笑，又也何須肐織！衡倚賴、臉兒得人惜，放軟頑、道不得。〔四九〕

這首詞中，「喫」、「日」、「不」、「織」、「惜」、「得」是韻字。其中，「難喫」是難受的意思，是當時的口語。張相《詩詞曲語辭匯釋》卷五云：「喫，猶被也，受也。」〔五〇〕「較些不」，也是當時的口語，意思相當於好些不。「肐織」，是曲折、不順的意思，與「疙瘩」意思相近。清代李調元《雨村詞話》云：「肐織、衡、倚賴，皆俳語。」〔五一〕這三個詞語都是宋代的俚語和俗語，秦觀在詞中使用這些俚俗詞語，更能體現這些歌女日常的言行舉止和性格特徵。

值得注意的是，《品令》第二首也使用了方言入韻，但由於語言的變遷以及秦詞版本的原因，首句就出現了難以判斷的異文。《全宋詞》中所收《品令》其二如下：

每每秦樓相見，見了
掉又懼。天然個品格。於中壓一。簾兒下時把鞋兒踢。語低低、笑咭咭。
無門憐惜。人前强不欲相沾識。把不定、臉兒赤。[五二]

詞的首句「掉又懼」之「懼」字，各個版本有異，大致有兩種情況：或作「臞」，或作「懼」。作「臞」的版本有：明萬曆戊午李之藻高郵刻《淮海後集》之長短句、明末段斐君武林刻《淮海後集》之長短句、明末毛晉刻《淮海詞》、萬樹《詞律》、清四庫全書《淮海詞》、清道光丁佑王敬之高郵刻《淮海集》之《淮海詞》、同治癸酉秦元慶刻《淮海後集》之長短句、一九三〇年故宫博物院影印本、四部備要本。作「懼」的版本有：日本内閣文庫藏宋乾道高郵軍學本《淮海居士長短句》、清四庫全書《淮海集》之長短句、朱祖謀《彊邨叢書》本之《淮海居士長短句》、四部叢刊本。

從詞韻角度來看，全詞其他的韻字爲「一」、「踢」、「咭」、「惜」、「識」、「赤」，在《廣韻》中分別屬於質、錫、質、昔、緝、昔韻，「錫質昔緝」四韻通押，無疑義。但是，「懼」屬遇部，「臞」屬笑部，無論是遇韻還是笑韻，都没有和入聲「錫質昔緝」通押的旁證。《詞律》卷五以這首《品令》爲别體，以「臞」爲韻脚，按曰：「此調多作俳詞，故爲彼時歌伶語氣，多用入聲。而『肐織』字與『掉又臞』及『壓一』等語未解，且亦恐傳寫有訛也。」[五三]造成以上情況，有兩種可能：一种情况是此詞以當時的口語方音入韻，「懼」或「臞」以當時口語土音讀之，方能入韻。如焦循《雕菰樓詞話》論少游《品令》曰：「凡此皆用當時鄉談俚語，又何韻之有？」[五四]還有一種情況是此詞首句三字不入韻，但無旁證，屬孤調。蔣禮鴻先生認爲，這裏應該作「臞」字解，意爲美好之意[五五]。從詞意上講，這種解釋是可行的，但是，古人在表達美好之意時使用的字是「嬥」，而不是「臞」，這兩個字之間爲什麽能相通，或者是否還有其他通假使用的例證？另外，「臞」字是否入韻也應該有所交代。也許正如夏敬觀所言：「少游清麗，山谷重拙，自是一時敵手。至用諺語作俳體，時移世易，語言變遷，後之閱者漸不能明，此亦自然之勢。試檢揚子雲絶代語，有能一一釋其義者乎？」[五六]秦觀詞以方音

入韻的特點及其意義，還需要通過更多的資料來加以論證和解釋。正如黄坤堯先生所言：「詞韻宜就名家作品的語音特點綜合考察，建構一個個的方言點，有點像古方言的田野考古，積累的資料多了，自然可以準確地考察詞韻的本來面貌。」〔五七〕

龍榆生曾説：「語言是表達思想感情的工具。思想感情有各式各樣的不同；用來表達它的語言，也就會由於外在事物的沖激和聲帶的震動，從而發出高低、輕重、洪細、清濁等等的不同音響。音韻學家把收音相同的字歸納成爲若干韻部，作爲審音綴詞的標準。雖然這些韻部，常是因了時間、地域的不同總在不斷的變化；但不同韻部具有各自的不同音響，是不容忽視的。應用它來表達思想感情，必須理解每一韻部的不同性質，予以適當安排，才能够做到『繪影繪聲』，表現『恰如其分』的感染力。」〔五八〕説明作品的語言與情感之間有着十分緊密且微妙的影響關係，而文字的聲韻特點就是其中的要素之一，它直接影響到文字的抒情效果與藝術感染力。李清照説秦觀詞「專主情致」〔五九〕，葉夢得説秦觀詞「語工而入律，知樂者謂之作家歌」〔六〇〕，秦觀詞在聲律與情致兩方面互爲表裏，相得益彰。正如劉勰所言「標情務遠，比音則近」〔六一〕，秦詞用韻體現了詞調聲韻與作品情感的諧暢相生。

〔一〕 魯國堯《論宋詞韻及其與金元詞韻的比較》，載《中國語言學報（第四期）》，商務印書館一九九一年版。收入《魯國堯自選集》，河南教育出版社一九九四年版。

〔二〕 龍榆生《研究詞學之商榷》，張暉主編《龍榆生全集》（第叁卷），上海古籍出版社二〇一五年版，第二四一頁。

〔三〕 楊詠雅《秦觀詞用韻考》，載《南方語言學（第十六輯）》，世界圖書出版廣東有限公司二〇二〇年版。

〔四〕 唐圭璋編《詞話叢編》第四册，中華書局一九八六年版，第三三〇一頁。

〔五〕 唐圭璋編《詞話叢編》第五册，中華書局一九八六年版，第四六三六頁。

〔六〕〔七〕 李廌撰，孔凡禮點校《師友談記》，中華書局二〇〇二年版，第一八頁，第二一頁。

〔八〕彭國忠《唐宋詞學闡微》，安徽大學出版社二〇〇八年版，第一七三頁。

〔九〕〔一九〕〔二〇〕〔二二〕〔二六〕龍榆生《詞曲概論》，張暉主編《龍榆生全集》（第壹卷），上海古籍出版社二〇一五年版，第三五七頁，第三六八頁，第三六八頁，第三六八頁，第三七七頁。

〔一〇〕〔一六〕〔二四〕〔二五〕〔四〇〕〔四一〕〔四三〕〔四八〕〔四九〕秦觀著，徐培均箋注《淮海居士長短句箋注》，上海古籍出版社二〇〇八年版，第五一頁，第一三〇頁，第七七頁，第一六四頁，第一四頁，第六九頁，第六九頁，第一七一頁，第一七一頁。

〔一一〕〔三九〕唐圭璋編《詞話叢編》第三册，中華書局一九八六年版，第二五二九頁，第二四九九頁。

〔一二〕〔三八〕〔五一〕〔五四〕唐圭璋編《詞話叢編》第二册，中華書局一九八六年版，第一五五二頁，第一三五一頁，第一三九五頁，第一四九三頁。

〔一三〕按：這裏所説的「句」，並非語法意義上的概念，而是古代韻法範疇的概念。參考陳廷敬等纂，蔡國强考正《欽定詞譜考正・凡例》，華東師範大學出版社二〇一七年版。

〔一四〕〔一五〕龍榆生《詞學十講》，張暉主編《龍榆生全集》（第貳卷），上海古籍出版社二〇一五年版，第四八頁，第四八頁。

〔一七〕李廷機《重刻草堂詩餘評林》評語，鄧子勉編《明詞話全編》第四册，鳳凰出版社二〇一二年版，第二六四七頁。

〔一八〕唐圭璋選釋《唐宋詞簡釋》，上海古籍出版社一九八一年版，第一〇六頁。

〔二一〕〔二三〕〔六一〕劉勰著，范文瀾注《文心雕龍注》，人民文學出版社一九五八年版，第五七一頁，第五七一頁，第五五四頁。

〔二七〕〔五八〕龍榆生《音韻學》，未刊手稿，第三六頁，第三五頁。

〔二八〕王驥德《曲律》，中國戲曲研究院編《中國古典戲曲論著集成》第四册，中國戲劇出版社一九五七年版，第一五三—一五四頁。

〔二九〕〔三三〕〔三四〕周濟輯選，石任之整理《宋四家詞選・詞辨》，中華書局二〇二三年版，第八頁，第三八頁，第八頁。

〔三〇〕夏敬觀《蕙風詞話詮評》，唐圭璋編《詞話叢編》第五册，中華書局一九八六年版，第四五九六頁。

〔三一〕袁子讓《五先堂字學元元》，《四庫全書存目叢書》經部第二一〇册，齊魯書社一九九七年版，第一四六頁。

〔三二〕〔三六〕吳曾《能改齋漫録》，上海古籍出版社一九七九年版，第四八三頁，第四七一頁。

〔三五〕王水照《蘇軾研究》，中華書局二〇一五年版，第一一二頁。

〔三六〕胡仔纂集，廖德明校點《苕溪漁隱叢話》，人民文學出版社一九六二年版，第二四九頁。

〔三七〕沈義父著，蔡嵩雲箋釋《樂府指迷箋釋》（與《詞源注》合刊），人民文學出版社二〇一八年版，第七二頁。

〔四二〕周義敢、周雷編《秦觀資料彙編》，中華書局二〇〇一年版，第一八八頁。

〔四四〕〔四五〕〔五〇〕張相《詩詞曲語辭匯釋》，上海古籍出版社二〇〇九年版，第五八〇頁，第五五四頁，第五二九頁。

〔四六〕顧學頡選注《元人雜劇選》，人民文學出版社一九五六年版，第四九四頁。

〔四七〕陳廷敬等纂，蔡國强考正《欽定詞譜考正》，華東師範大學出版社二〇一七年版，第一四八頁。

〔五二〕唐圭璋編《全宋詞》第一册，中華書局一九六五年版，第四六八頁。

〔五三〕萬樹撰，蔡國强考正《詞律考正》，華東師範大學出版社二〇一九年版，第一四八頁。

〔五五〕蔣禮鴻《義府續貂（增訂本）》，中華書局二〇二〇年版，第八一頁。

〔五六〕夏敬觀《吷庵詞評》，葛渭君編《詞話叢編補編》第四册，中華書局二〇一三年版，第三四六九頁。

〔五七〕黄坤堯《宋代詞韻與方音現象》，《詞學（第五十輯）》，華東師範大學出版社二〇二三年版。

〔五九〕李清照《詞論》，徐培均箋注《李清照集箋注》，上海古籍出版社二〇〇二年版，第二六七頁。

〔六〇〕葉夢得撰，田松青、徐時儀校點《避暑録話》（與《石林燕語》合刊），上海古籍出版社二〇一二年版，第一三七頁。

（作者單位：華東師範大學中文系）

明代詞學批評中的秦觀詞接受

張杏

内容提要　秦觀詞作爲鮮有負面評價的「婉約之宗」，與明確提出詞體以「婉約爲正」的明代，詞學趣尚正相契合，二者之碰撞會有怎樣的精彩尚缺乏細緻考察。立足明代詞學批評文獻，考察其對秦詞之接受，發現從明代前期到中期，論者對秦詞婉約風格從初步體認到高度揚譽，最終又在晚明發生轉向，突顯了秦觀「以詩爲詞」而能充分保持詞體本色的一面。明代無疑構成秦觀及其詞經典化歷程的關鍵環節。

關鍵詞　明代詞學　秦觀詞　接受

秦觀是一位幾乎被歷代視作典範，鮮有負面評價的詞人。秦詞爲婉約之宗已成學界共識。明代是明確提出詞體以「婉約爲宗」的時期，二者詞學趣尚高度契合。朱麗霞《八百年詞學接受視野中的秦觀詞》一文指出：「明代詞學在理論方面仍多有創新，明詞話富有英姿和卓見。秦觀『婉約之宗』的詞史地位即于此得以確立。」〔一〕然明代詞學批評對秦觀詞的具體接受歷程尚缺乏細緻考察。故本文擬在現有研究基礎上，考察明代詞學批評中的秦觀詞接受，以期對現有研究成果予以補充。

總體而論，隨着政治、經濟和文化制度及文學思潮的變遷，從洪武至成化的明代前期，到弘治至萬曆初年的中期，明人對秦詞婉約風格從初步體認到高度揚譽，萬曆中期以後的晚明，發生了一次轉向，突顯了秦觀「以詩爲詞」，又能充分保持詞體本色的一面。明代無疑是秦觀及其詞經典化歷程的關鍵環節。

一　「雪月中人，欬唾珠玉」：明代前期對秦詞婉約風格的初步體認

明初詞壇較爲黯淡。洪武年間作爲元詞到明詞的過渡期，詞作水準尚可觀。此後，永樂到成化八十餘年間的詞壇了無生氣。張仲謀《明詞史》將此期定位爲「明詞的衰弊期」〔一〕。此種背景下，明代前期詞學批評文獻總體數量較少。鄧子勉編撰的八册《明詞話全編》，收録七百五十餘家文人詞話萬餘則，共計近四百萬字。是編基本按作者生卒年順序編排。其中大致屬于明代前期的詞話僅第一册，第二、三册爲明代中期，剩餘五册均屬明代後期。與此一致，其中有關秦觀的詞話，明代前期輯録約二十則，中期二百餘則，後期達四百五十餘則。

前期二十餘則文獻，已可見出論者對秦詞婉約風格的體認。最先提及的是由元入明的陳謨，其爲友人詞集作《張子靜樂府序》云：「讀子靜詞，孰不曰此月下秦淮海、花前晏小山也。」〔二〕「月下秦淮海，花前晏小山」出自宋人李太古《南歌子》，將秦觀與晏幾道並稱是自宋代已形成的視二家爲典範的評價。陳謨以秦、晏比擬張子靜詞，顯然亦是此意。與陳謨同時的凌雲翰《蘭畹説》則言：「宋人集其長短句，亦以《蘭畹》題名，凡歐、蘇、黄、秦諸公之作在焉，則是《蘭畹》者，衆芳之所聚也。」〔四〕他將秦觀與歐陽修、蘇軾、黄庭堅並舉，視爲宋詞傑出代表，美贊其詞選總集爲「衆芳之所聚」，詞體風格指向婉約。

洪武十五年（一三八二）舉賢良方正的董紀，爲友人新建之軒榭作《閑處光陰記》云：

因取少游詞中語，名之曰閑處光陰，而求予爲之記。予謂少游雪月中人，欬唾珠玉，故其言雖淺近，而意味無窮。登是軒者，睹其名而思其實，一軒之義盡矣，備矣。〔五〕

「閑處光陰」語出《蝶戀花》詞：「鐘送黄昏雞報曉。昏曉相催，世事何時了。萬恨千愁人自老。春來依舊生芳草。　忙處人多閑處少。閑處光陰，幾個人知道。獨上高樓雲渺渺。天涯一點青山小。」作者實爲王

誂〔六〕，明人多將此詞歸秦觀名下。董紀評價秦觀「雪月中人，咳唾珠玉」，正代表了明初對秦觀及其詞的印象。「雪月中人」自是多情細膩、蘭心蕙質，「珠玉」之詞必字字珠璣、流麗圓潔。此言可視作「少游詞心」論調之濫觴。

秦觀的「詩如詞」、「詩似詞」亦受到了明前期論者的關注。這一詞學論題關乎詩、詞文體之别，强調「詩似詞」，基于對秦詞婉約風格的深刻印象。徐伯齡《蟫精雋》卷九曰：

宋淮海秦少游觀工於詞，《古今詞話》言之悉矣，而其詩律纖秾豔巧，故時人有「蘇東坡詞似詩，秦淮海詩似詞」之語。其《遊鑒湖》詩云：「畫舫朱簾出繞牆，天風吹到芰荷鄉。水光入座杯盤瑩，花氣侵人笑語香。翡翠側身窺緑酒，蜻蜓偷眼避紅妝。葡萄力緩單衣怯，始信湖中五月涼。」「翡翠」「蜻蜓」之句，俊詞也，可謂鏤冰翦水者矣。鶴窗馬浩瀾評周、秦之詞，以周尚言情，而秦則情景俱到，似冠清真之上者，信然。〔七〕

徐氏探討秦觀的詞和詩，特指出秦詩「纖秾豔巧」，並引録了北宋人對秦觀「詩似詞」之評。此評出自「蘇門六君子」之一陳師道的《後山詩話》，爲南宋胡仔《苕溪漁隱叢話》所轉引：「世語云：『蘇明允不能詩，歐陽永叔不能賦；曾子固短於韻語，黄魯直短於散語；蘇子瞻詞如詩，秦少游詩如詞。』」〔八〕世語所云將秦觀的「詩如詞」與蘇軾的「詞如詩」，蘇洵、歐陽修的「不能」及曾鞏、黄庭堅的「短於」對舉，傳達了北宋人對秦觀詩風柔豔的印象。這裏，徐氏又以秦詩《遊鑒湖》例證。可見他對秦觀詩句中的「俊詞」飽含探討熱情，且贊賞有加。最後，他還引録其妻弟馬洪（字浩瀾，號鶴窗）對周邦彦和秦觀詞的評價，認爲秦詞「情景俱到」，高出周邦彦，對秦詞的推崇甚爲明顯。由徐伯齡的觀念可見，明代前期已不乏論者在將詞與詩統觀比較中强化以「俊」爲標準的詞體特性，表現出對秦詞爲代表的婉約風格的崇尚。

正統年間中舉的曹安著有《讕言長語》，卷上説：

昔人謂老蘇不工於詩，歐陽公不工於賦，曾子固短於韻語，黄魯直短於散語，東坡詞如詩，少游詩如詞。數公之文名世，而人猶非之，信矣，作文之難也。〔九〕

據成化二十二年（一四八六）自序，此書作者從年少時期便開始搜羅記録。曹安也關注到「少游詩如詞」這一現象，以此説明「作文之難」，雖未探討更多，但顯示出詩、詞判然有别的文體觀念。

明初將秦觀、晏幾道並稱，對秦詩如詞等問題的關注與探討，雖總體上不太深入，還未進入詞學理論探析的界域，但鮮明映射出此期論者對秦詞婉約風格的初步體認與深刻印象，也隱見詩詞有别的辨體意識，爲下一階段的深入探索與辨析作了鋪墊。

二　「詞之正宗」：明代中期對秦詞婉約風格的高度揚譽

從弘治到正德年間，論者繼續不斷引録陳師道秦詩如詞之評。弘治三年（一四九〇）刊刻的揚州太守楊成玉編撰的《詩話》卷四，當是現有明人文獻中第一個直接輯録陳師道詞話的，楊成玉視此《詩話》爲詩學益進的法寶〔一〇〕。孫緒（一四七四—一五四七）《沙溪集》卷十一引録陳師道論「淮海詩如詞」之説，與宋子京評論老子、屈原、司馬遷、左丘明等人各有一種專長作比較，與明初曹安的引録目的頗相類，他對陳師道之論也表示認同〔一一〕。此類引録以對秦詞婉約風格的體認爲前提。

正德五年（一五一〇）陳霆在《水南稿》中説：

宋詞載《草堂詩餘》中，蓋篇篇奇麗，字字俊逸，高處不減於唐五字句。如秦少游「飄零疏酒盞，離别寬衣帶」……六字句如趙德麟「樓上縈簾弱絮，牆頭礙月低花」、秦少游「香篆暗銷鸞鳳，畫屏縈繞瀟湘」「夜月一簾幽夢，春風十里柔情」……餘不能盡述，蓋其風流醖籍，清楚流麗，綺靡悽婉，數聯者足以盡之。〔一二〕

他例舉《草堂詩餘》中的佳句，以奇麗、俊逸、風流醖籍、清楚流麗、綺靡悽婉等一系列形容詞進行充分贊美，其中提及秦詞三句，柳永、朱希真各兩句，餘者均一句，足見他對秦詞之偏愛，對其婉約風格之激賞。

這種論調基礎上，張綖繼續探索，在嘉靖十五年（一五三六）所刻《詩餘圖譜》和嘉靖十七年（一五三八）的《草堂詩餘别録》中説：

詞體大略有二：一體婉約，一體豪放。婉約者，欲其辭情醖藉；豪放者，欲其氣象恢弘。蓋亦存乎其人，如秦少游之作多是婉約，蘇子瞻之作多是豪放。大抵詞體以婉約爲正，故東坡稱少游爲今之詞手，後山評東坡詞雖極天下之工，要非本色。（《詩餘圖譜》）[一三]

《浣溪沙》（小院閑窗）：……後段三句似佳，結語尤曲折婉約有味，若嫌巧細，詞與詩體不同，正欲其精工，故謂秦淮海以詞爲詩，嘗有「簾幕千家錦繡垂」之句，孫莘老見之，云又落小石調矣。（《草堂詩餘别録》）[一四]

前則張綖從詞體内部出發，分出婉約、豪放二體，分别以秦觀、蘇軾爲代表，提出「詞體以婉約爲正」，詞之「正宗」觀念由此確立，秦觀無疑成爲婉約之宗。後則他從詞體外部展開探討，高度强調詞體與詩體不同，在二者的對比視域中重申詞體體性，甚而不惜以秦觀「以詞爲詩」爲例，引宋人孫覺（字莘老）對秦詩「落小石調」之戲諷[一五]，申述兩種文體互不相容。同時，張綖眼中的「婉約」是有條件與標準的，試看《草堂詩餘别録》以下數則：

陸務觀《水龍吟》（摩訶池上）：前段寫景亦精麗，後段「身在天涯，亂山孤壘，危樓飛觀」，甚高妙。「歎春來，只有楊花和恨，向東風滿」，亦佳句也。……今觀斯詞，宛然淮海家法也，豈曰鷹鳩之隔哉。

秦少游《八六子》（倚危亭）：語緩而意至，結句尤悠雅醖藉。朱淑真詩「欲將鬱結心頭事，付與黄鸝叫幾聲」，便不成語。

> 秦少游《水龍吟》(小樓連苑橫空)：此淮海贈妓婁東玉之作，亦率易，無甚思致，惟「天還知道，和天也瘦」二句警異。[一六]

他將陸游詞與秦觀詞比較，效仿宋人「柳氏家法」之論[一七]，提出「淮海家法」。他夸贊陸詞的「精麗」、「高妙」無疑是「淮海家法」題中之義。「精麗」當指語詞精工流麗，「高妙」則蘊含人生體悟。他還認爲《八六子》(倚危亭)「語緩意至」「悠雅醞藉」，贈妓之作《水龍吟》(小樓連苑橫空)則「率易，無甚思致」。可見，張綖所謂的「思致」也即思想意趣，强調作品之内蘊，要有感而發，不可率意而爲，過于膚淺。顯然，他所推舉的「宗主」秦觀之詞多數是符合標準的。

蔣芝爲張綖《詩餘圖譜》作序，則將秦觀的至高詞史地位再次强化：

> 文詞至宋，斯盛極矣。自歐陽公首倡，於時文人詞客，彬彬輩出。眉山有蘇子瞻，豫章有黄魯直，臨川有王介甫，彭城有陳無己，高郵有秦少游，皆文詞宗工，諸家集可覩也。而秦之賦才特長于詞，故謂其以詞爲詩。蓋秦之于詞，猶騷之屈，詩之杜，千載絶唱也。[一八]

他先列數了歐陽修、蘇軾、黄庭堅、王安石、陳師道、秦觀一衆詞家，都是「文詞宗工」，後對秦觀單獨説明，强調其「特長于詞」，並將秦詞與屈騷、杜詩相提並論，以「千載絶唱」稱之，秦詞地位被推尊到無以復加之境地。他同張綖都提及秦觀的「以詞爲詩」，然這種批評非但未使秦觀受損，反而愈發突顯了其詞婉約正宗的風貌。

此後，嘉靖二十九年(一五五〇)何良俊爲顧汝敬刻本《草堂詩餘》作序云：

> 宋初……詩餘爲極盛。然作者既多，中間不無昧於音節，如蘇長公者，人猶以「鐵綽板唱大江東去」譏之，他復何言耶？……樂府以皦逕揚厲爲工，詩餘以婉麗流暢爲美。即《草堂詩餘》所載，如周清真、張子野、秦少游、晏叔原諸人之作，柔情曼聲，摹寫殆盡，正辭家所謂當行、所謂本色者也。[一九]

他將蘇軾作爲負面的「昧於音節」者，而以周邦彦、張先、秦觀、晏幾道諸人爲正面的「當行」、「本色」，並以「樂府以皦逕揚厲爲工，詩餘以婉麗流暢爲美」再度强化詩詞之别，重申詞體婉約體性，是對張綖之論的直接回應。

成書于隆慶四年（一五七〇）的《文體明辯》中，徐師曾則進一步將秦觀、蘇軾對立，臧否意圖更爲顯豁：

秦少游觀之詞，傳播人間，雖遠方女子亦知膾炙，至有好而至死者，則其感人因可想見，殆不可謂俗體而廢之也。第作者既多，中間不無昧於音節，如蘇長公軾者，人猶以「鐵綽板唱大江東去」譏之，他復何言哉！……近時何良俊以謂詩亡而後有樂府，樂府闕而後有詩餘，詩餘廢而後有歌曲，真知言哉！……至論其詞，則有婉約者，有豪放者。婉約者欲其辭情醖藉，豪放者欲其氣象恢弘，蓋雖各因其質，而詞貴感人，要當以婉約爲正，否則雖極精工，終乖本色，非有識之所取也，學者詳之。〔二〇〕

此文基本是何良俊、張綖言論的復刻。較之張綖二體説，徐師增加以强調「詞貴感人」，較之何良俊當行本色之論，則增入遠方女子因鍾愛秦詞「好而至死」作爲例證。他于此本事後緊接蘇軾「昧於音節」之論。秦觀對比蘇軾，一揚一抑，一褒一貶的格局十分鮮明。與何良俊將蘇軾與周、張、秦、晏等一衆婉約名家對舉相比，無疑更爲强化和突出了秦觀的份量與權威。

經過此番艱難而漫長的探索，王世貞在初刻于萬曆四年（一五七六）的《弇州山人四部稿》之《藝苑卮言附録》中明確提出：「言其業，李氏、晏氏父子、耆卿、子野、美成、少游、易安，至矣，詞之正宗也。温、韋豔而促，黄九精而刻，長公麗而壯，幼安辨而奇，又其次也，詞之變體也。」〔二一〕由此築實並穩固了秦觀等人「詞之正宗」的地位。他還更進一步提出詞之「變體」，以「正宗」爲優，「變體」是「其次」的審美標準也同時確立。

其後，胡應麟（一五五一—一六〇二）《少室山房筆叢》卷四十一云：

蓋六朝、五代一也，障其瀾而上則詩盛而爲唐，襲其流而下則詞盛而爲宋。余因是知陳、李、少陵厥功於藝苑甚偉，而歐陽、王、蘇、黄、秦諸君子弗能弗爲三嘆而致惜也。宋諸君自秦外不稱當行，然扶衰反正之責在焉，而亦屬意斯道，故他無譏也。〔二二〕

他指出宋詞之盛以唐詩之盛爲基，陳子昂、李白、杜甫居功甚偉，歐陽修、王安石、蘇軾、黄庭堅、秦觀諸人都爲之慨歎。文末「宋諸君自秦外不稱當行……」乃胡氏所加注之小字，充分顯揚了他對秦詞的獨尊。明代的秦詞接受在胡應麟這裏達到峰值。

要之，從弘治到萬曆初年，受詩壇辨體風潮影響，明人對詞體體性、詩詞異同等問題不懈探索，明確區分出詞的婉約、豪放二體，提出詞之「正宗」與「變體」兩個詞學範疇，秦詞作爲婉約代表，被歸列「正宗」。崇正抑變成爲此期詞學評判準則，秦詞因鮮明的婉約風格受到高度揚譽，甚而形成一家獨尊之局面。

三　「是漢、魏佳詩」、「唐風」：晚明秦詞評點的轉向

時至晚明，一方面「婉約爲正」的詞體觀念仍在流衍，詞壇創作亦香風瀰漫；另一方面，從萬曆初年就興起的重情説愈演愈烈。此種背景下，詞作爲最擅長抒情的文體受到極大關注和認同。以「情」爲標準，明人對婉約、豪放及二者之外的其他詞體風格採取相容並包的態度，詩、詞之間的文體隔閡開始模糊。晚明論者紛紛否定「詩料不可入詞料」〔二三〕，反對明代中期何良俊、王世貞等人言論〔二四〕。他們對秦觀詞的品評也出現了相應轉向：一是在中期俯拾皆是的秦晏、秦黄、秦周並稱之外，出現將秦觀和蘇軾並舉，同予贊美；二是指認秦詞蹈襲詩語或直言秦詞是詩。這提醒我們應對秦觀的「以詩爲詞」重加審視。

（一）對秦觀、蘇軾的並舉同贊

明代中期，論者爲了强調詞體「婉約爲宗」，將秦觀與蘇軾分别作爲婉約、豪放代表，有意製造對立，强化區别，而對二者相似性多所忽略。晚明論者打破此種割裂，更爲全面地體味出二家詞的相似相通。

萬曆四十二年（一六一四）秦堣刊刻《絶妙詞選》，茹天成爲之作《重刻絶妙詞選引》云：

及宋之名流，益以詞爲尚。如東坡、少游輩，才情俊逸，籍籍人口，往往象題措語，不失樂府之遺意。〔二五〕

他拎出蘇軾、秦觀作「宋之名流」的代表，認爲二者皆「才情俊逸，籍籍人口」、「不失樂府之遺意」，無謂優劣，不予褒貶，同加賞愛。

萬曆四十六年（一六一八），工部都水司郎中李之藻校刻《淮海集》，王寰洽作《刻秦少游淮海集序》説：

當先生與蘇、黄諸君子修千秋之業，拈筆有神，芳華的歷，繁星昭燦，錯錦成霞，此亦何與章惇諸人事？……以至坡公、少游，皆困頓終其身，而獨留其空言天壤，與鬚眉笑語，並在人間。〔二六〕

王寰洽先將秦觀、蘇軾、黄庭堅與章惇對比，突顯前者的芳華昭燦，後單獨將蘇軾、秦觀並舉，揚譽其身陷困頓，而笑語人間的胸襟氣度。將二者並舉，便多了一層寄托理想人格的意味。

此期，更不乏論者從二家具體詞句中體味出相似性。黄嘉惠評東坡《點絳唇》（月轉烏啼）：「渾似少游。」〔二七〕直言蘇詞似秦詞。沈際飛評周邦彦《尉遲杯》（隋堤路）：「『蘇詞『載一船離恨向西州』，秦詞『載取暮愁歸去』，又是一觸發。」〔二八〕將蘇詞和秦詞對舉，認爲他們是周詞之外的另一種思路。評王世懋《如夢令》（枝上子規猶鬧）：「杜老涼淡，疑蘇疑秦。」〔二九〕則認爲王世懋之詞寫盡杜詩般的世態炎涼，像蘇軾又像秦觀，亦隱含對蘇、秦二家相似性的體認。卓人月、徐士俊《古今詞統》卷十則指出蘇軾《江城子》（天涯流落思無窮）：「東坡絶愛少游『爲誰流下瀟湘去』，脱化出末句來。」〔三〇〕認爲蘇詞是化用秦詞而來。同卷評

秦觀《江城子》（西城楊柳弄春柔）説：「前結似謝，後結似蘇。」〔三一〕又認爲秦詞結句很像蘇詞，點明了二家的互相學習、彼此效仿。《古今詞統》卷四甚至還將秦觀與辛棄疾同舉，説：「少游『曉陰無賴』，稼軒『小桃無賴』，一悶一喜。」〔三二〕中期論者眼中乃天壤之別的兩家，在《古今詞統》中被統觀並舉。毛晋則從專業編刻出版家視角指出：「東坡詩文不啻千億刻，獨長短句罕見。近有金陵本子，人争喜其詳備，多混入歐、黄、秦、柳作，今悉删去。」〔三三〕東坡詞中多混入秦觀等人之作，當然是認同二家相似的結果。

明代前中期將秦柳、秦晏、秦周並稱最多，即便蘇軾、秦觀同時出現，也是與其他一衆宋代著名詞人共同對舉，强調他們群星閃耀，合力構建起宋詞成爲一代之文學的文學史格局。其實，明代中期並非没有論者注意到二者的某些相似性，如題名楊慎批點的《草堂詩餘》指出秦觀《江城子》（西城楊柳弄春柔）結語乃「從坡公結語轉出，更進一步」〔三四〕。但這種論斷尚屬孤例，鮮有回應。中期論者眼中二家截然不同，甚至有意强化這種區別。到了晚明，當審美接納度更爲寬泛，更多不同風格的詞作全面進入批評視閾，論者發現二者並非迥然相異，實則有似有通。于是，在中期受到强烈抑貶的蘇詞和被高度推崇的秦詞，最終被並舉同贊，可謂晚明詞論家對明中期以來「婉約爲宗」觀念的反撥與修正。

（二）指認秦詞蹈襲詩語或直言秦詞是詩

晚明秦詞評點的另一重要轉向，是指認秦詞蹈襲詩語，甚至直言秦詞是詩，隱含明人對秦觀「以詩爲詞」的體認。

萬曆四十七年（一六一九）刊刻《新刻李于麟先生批評注釋草堂詩餘雋》論及秦詞時，出现將詩與詞合論，已與明中期認爲二者判然兩别大不同了。如卷一評周邦彦《西平樂》（稚柳蘇晴）：「筆端縱横，詞調贍雅，自與王、李、柳、秦並擅詩宗。」〔三五〕將王維、李白、柳永、秦觀與周邦彦諸位詩人、詞人並舉，認爲他們「並擅詩宗」，直接打破了詩詞分界，統觀同論。卷二將歐陽修的《浣溪沙》（青杏園林煮酒香）《全宋詞》於晏

殊、歐陽修下俱收録）歸秦觀名下，評曰：「眼前語致，口頭語，便是詩家絶妙詞。」〔三六〕「詩家絶妙詞」六字從作者層面傳達出詩詞之間的相通性。而同卷評秦觀《八六子》（倚危亭）又説：「全篇句句寫個愁意，句句未曾露個愁字，正合詩可以怨。」〔三七〕直以儒家詩教評秦詞。崇禎十二年（一六三九），鄭元勳爲查應光作《麗崎軒詩詞小序》云：「今讀其詩閑妙渾厚，無大中以後淺薄態。詩餘則得清微跌宕之致，與歐、黄、秦、周諸君子後先競秀，允爲大雅遺音。」〔三八〕認爲查應光詞可與歐、黄、秦、周競秀，他們都是大雅遺音，也是以詩教類評。

晚明更不乏論者指認秦詞蹈襲詩語。萬曆初年，王世貞就已指出：「『寒雅（當作鴉，下同）千萬點，流水繞孤村』，隋煬詩也，『寒雅數點，流水繞孤村』，少游詞也，語雖蹈襲，然入詞，尤是當家。」〔三九〕表明秦詞化用隋煬帝詩，但妥帖自然，仍是當家本色。萬曆中期以後此類品評不勝枚舉，試看如下數例：

秦觀《阮郎歸》（湘天風雨破寒初）：杜詩：「旅食歲崢嶸。」（卓人月、徐士俊《古今詞統》卷六）〔四〇〕

秦觀《千秋歲》（柳邊沙外）：《文選》：「日暮碧雲合，佳人殊未來。」王筠詩：「偏舟泛西池，鴛鴦同翠蓋。」（卓人月、徐士俊《古今詞統》卷十）〔四一〕

秦少游《木蘭花》（秋光老盡芙蓉院）：有詩云「醉臉雖紅不是春」，兩存之。（沈際飛《草堂詩餘續集》卷下）〔四二〕

此類評價均表明了秦詞有所本。錢錫生《論秦觀詞對前人詩歌的接受》一文對此問題有精到細緻的探討，如點明《阮郎歸》（湘天風雨破寒初）中「崢嶸歲又除」用杜甫《敬贈鄭諫議十韻》中的「旅食歲崢嶸」，屬于借用語詞；《千秋歲》（柳邊沙外）中「人不見，碧雲暮合空相對」，是將江淹《雜體三十首·休上人怨别》中的「日暮碧雲合，佳人殊未來」融入詞中，等等〔四三〕。張高評指出：「詩詞若作新奇之創意組合，立足于詞，以詞爲主體，移置融入詩歌之風格特質，經由會通化成，截長補短，于是原本隸屬于詩歌之題材、主題、語彙、意象、風格，憑藉新奇組合，而體現于詞體中，此之謂『以詩爲詞』。」〔四四〕顯然，明人對秦觀的此種作法也有

充分體認。

另有論者直以不同朝代詩文比擬秦詞：

秦少游《千秋歲》（水邊沙外）：「飄零」「疏酒」二句，是漢、魏佳詩。（潘游龍《精選古今詩餘醉》卷五）[四五]

秦少游《生查子》（眉黛遠山長）：唐風。（沈際飛《草堂詩餘續集》卷上）[四六]

秦少游《八六子》（倚危亭）：長短句偏入四六。（沈際飛《草堂詩餘正集》卷三）[四七]

潘游龍直指秦詞是「漢、魏佳詩」，沈際飛在《草堂詩餘正集》卷二表達了相同觀點。沈氏還認爲秦觀《生查子》（眉黛遠山長）有唐詩風味，《八六子》（倚危亭）則是以四六文入詞，這就模糊了秦詞與詩、文之界限，可謂是對秦觀以詩爲詞的直接指認。晚明論者拿來與秦詞比擬的詩人，涵蓋了漢魏六朝、盛唐至晚唐五代、宋代及明代各個時段，指明了秦詞對前代傑出詩人詩作的學習與借鑒，或化用詩語，或借用詩意。他們拿來與秦詞比較的詩人以南北朝、晚唐五代最多，此兩時期之詩風歷來以風華情致、柔豔細膩著稱，與詞體最爲接近。這正是秦觀「以詩爲詞」又能葆有詞體本色之奧秘，明人已有體悟。

在明人這種不斷深入探索和體認基礎上，清代詞論家對秦觀詞作出了更爲深入精到的評價與總結。陳廷焯《白雨齋詞話》云：「秦少游自是作手……詞至是乃一變焉。然變而不失其正，遂令議者不病其變，而轉覺有不得不變者。」[四八]他指出詞至秦觀發生了一次變化，然不像蘇軾的「以詩爲詞」，產生了巨大風格異化，秦詞之變「不失其正」，這當然源于秦觀「以詩爲詞」所精心擇取的師法對象，以南北朝、晚唐五代爲主，雖有新變，又良好把控變革之「度」，存駐了詞體本色。近人夏敬觀《吷庵手校淮海詞跋》則言：「少游清麗婉約，辭情相稱，誦之迴腸盪氣，自是詞中上品。比之山谷，詩不及遠甚，詞則過之。蓋山谷是東坡一派，少游則純乎詞人之詞也。東坡嘗譏少游：『不意別後，公却學柳七！』少游學柳，豈用諱言？稍加以

坡，便成爲少游之詞。學者細玩，當不易吾言也。少游是詞人之詞，非東坡、山谷一派。」[四九]夏先生雖言秦觀非東坡、山谷一派，而「純乎詞人之詞」，然他所提出的「柳＋蘇＝秦」這一學詞者應遵循的公理法式，不正説明了蘇軾與秦觀的相像相通嗎？此種體認，可視爲近代詞評家對晚明論者的異代迴響。明代，無疑構成秦觀及其詞經典化歷程不可或缺的關鍵一環。

〔一〕朱麗霞《八百年詞學接受視野中的秦觀詞》，《雲南大學學報（社會科學版）》二〇〇八年第一期，第七十四頁。

〔二〕張仲謀《明詞史（增訂版）》，人民文學出版社二〇二〇年版，第一〇七頁。

〔三〕陳謨《海桑集》卷五，《景印文淵閣四庫全書》第一二三二册，臺灣商務印書館一九八六年版，第五八九頁。

〔四〕凌雲翰《柘軒集》卷四，《景印文淵閣四庫全書》第一二二七册，第八四二頁。

〔五〕董紀《西郊笑端集》卷二，《景印文淵閣四庫全書》第一二三一册，第七八二頁。

〔六〕唐圭璋編《全宋詞》第一册，中華書局一九六五年版，第二七四頁。

〔七〕徐伯齡《蟫精雋》卷九，《景印文淵閣四庫全書》第八六七册，第一三二頁。

〔八〕胡仔纂集，廖德明校點《苕溪漁隱叢話前集》卷三十八，人民文學出版社一九六二年版，第二五五頁。

〔九〕曹安《讕言長語》卷上，《景印文淵閣四庫全書》第八六七册，第二九頁。

〔一〇〕楊成玉生平不詳，但曾與程敏政（一四四六—一四九九）有交往（程敏政《篁墩文集》有《寄揚州楊成玉太守鮑粟之同知》、《賦瓊花時與楊成玉太守鮑粟之同知飲無雙亭作》等作），故活動時間當與程氏相差不遠。此《詩話》有弘治三年（一四九〇）馮忠揚州刻本，據馮氏《重刊詩話引》：「閩楊成玉守揚州時，嘗刻《詩話》一卷……謂其初得詩話寫本，日三復玩味，而詩學益進，乃不欲自秘其美，命工鋟梓。」（楊成玉編《詩話十卷》，《四庫全書存目叢書》集部第四一六册，齊魯書社一九九七年版，第五九八頁）可見，馮本爲重刻本，初本《詩話》在弘治三年以前已由楊成玉親自刊刻。

〔一一〕孫緒《沙溪集》卷十一，《景印文淵閣四庫全書》第一二六四册，第五八六頁。

〔一二〕陳霆《水南稿》卷十九，《四庫全書存目叢書》集部第五四册，第五五四頁。

〔一三〕〔一八〕張綖編著，劉尊明、李文韜整理《詩餘圖譜》，華東師範大學出版社二〇二二年版，凡例第三頁，序（蔣芝）第一頁。

〔一四〕〔一六〕 張綖《草堂詩餘別録》，上海圖書館藏明抄本。

〔一五〕 此論非出自孫覺之口，張綖當爲誤記。實際爲宋哲宗元祐年間，秦觀和王仲至詩，作「簾幕千家錦繡垂」一句，王仲至戲以「小石調」稱之（參見郭紹虞輯《宋詩話輯佚》卷上《王直方詩話》，中華書局一九八〇年版，第一頁）。

〔一七〕 參見彭東煥、王映鈺《碧雞漫志箋證》，巴蜀書社二〇一九年版，第五九頁。

〔一九〕〔三〇〕〔三一〕〔三二〕〔四〇〕〔四一〕 卓人月匯選，徐士俊參評，谷輝之校點《古今詞統》，遼寧教育出版社二〇〇〇年版，第一一——一二頁，第三八九頁，第三八九頁，第一二七頁，第一九五——一九六頁，第三九三——三九四頁。

〔二〇〕 徐師增《文體明辯》附録卷三，《四庫全書存目叢書》集部第三一二册，第五四五頁。

〔二一〕〔三九〕 《弇州山人四部稿》卷一百五十二，《景印文淵閣四庫全書》第一二八一册，第四四四——四四五頁。《弇州山人四部稿》成書時間參見許建平《〈弇州山人四部稿〉的最早版本與編纂過程》，《文學遺産》二〇一八年第二期。

〔二二〕 胡應麟《少室山房筆叢》卷四一，上海書店出版社二〇〇九年版，第四一三頁。

〔二三〕 王圻（一五三〇——一六一五）《稗史彙編》論及「以詩爲詞」云：「豈以詞能損詩格耶？今觀工詩（按，依據文意當爲「詞」字）者，詩便似詞；工曲者，詩便似曲。」（王圻《稗史彙編》卷一百二，《四庫全書存目叢書》子部第一四一册，第三七四頁）；周永年（一五八二——一六四七）《豔雪集原序》言：「從來詩與詩餘亦時離時合，供奉之《清平》，助教之《金荃》，皆詞傳於詩者也。玉局之以快爽致勝，屯田之以柔婉取妍，皆詞奪其詩者也。」（周永年《豔雪集原序》，趙尊嶽輯《明辭彙刊》下册，上海古籍出版社二〇一二年版，第一七七九頁）；顧胤光（萬曆四十六年舉人）爲施紹莘（一五八一——一六四〇）詞集《秋水庵花影集》作序説：「夫詞，詩之餘也。前人謂工詩不必工詞，詩料不可入詞料，則詞固別有當行。而餘嘗評覽宋、元詞家，如蘇如柳，如王、董、關、馬諸君，各擒致標體，不傍門户。濃濟啼笑，無相優劣。」（施紹莘《秋水庵花影集》，《續修四庫全書》第一七三九册，上海古籍出版社一九九六年版，第二一二頁）

〔二四〕 孟稱舜（一五九九——一六八四）《古今詞統》序：「故作詞者率取柔音曼聲，如張三影、柳三變之屬。而蘇子瞻、辛稼軒之清俊雄放，皆以爲豪而不入於格。宋伶人所評《雨淋鈴》、《酹江月》之優劣，遂爲後世定律矣。予竊以爲不然。蓋詞與詩、曲，體格雖異，而同本於作者之情。古來才人豪客，淑姝名媛，悲者喜者，怨者慕者，懷者想者，寄興不一。或言之而低徊焉，宛戀焉；或言之而纏綿焉，悽愴焉；又或言之而嘲笑焉，憤悵焉，淋漓痛快焉。作者極情盡態，而聽者洞心聳耳，如是者皆爲當行，皆爲本色，寧必姝姝媛媛，學兒女子語，而後爲詞哉？故幽思曲想，張、柳之詞工矣，然其失則俗而膩也，古者妖童冶婦之所遺也。傷時吊古，蘇、辛之詞工矣，然其失則莽而俚也，古者征夫放士之所托也。兩家各有其美，亦各有其病，然達其情而不以詞掩，則皆填詞者之所宗，不可以優劣言也。」（《古今詞統》，序第三頁）；《古今名

劇合選序》中孟稱舜再次反駁詞「要須以宛轉綿麗、淺至儇俏爲上……慷慨磊落，縱横豪健，抑亦其次，故蘇、柳二家軒輊攸分」之説，認爲「吾謂此固非定論也」，顯然是直接針對王世貞正變説提出的異議。（孟稱舜《新鐫古今名劇柳枝集》，《續修四庫全書》第一七六三册，第二〇八—二〇九頁）

〔二五〕茹天成《重刻絶妙詞選引》，祝尚書《宋人總集敘録》卷八，中華書局二〇〇四年版，第三八八頁。

〔二六〕王寰洽《嬾園漫稿》卷二，《四庫全書存目叢書補編》第五三册，齊魯書社二〇〇一年版，第二八頁。

〔二七〕黄嘉惠編刻《鐫蘇黄風流小品》十六卷，集蘇軾、黄庭堅題跋、尺牘、小詞，具體評點中多有「劉辰翁曰」、「楊慎曰」、「王世貞曰」、「陳霆曰」等語，而這些評語均不見現存諸人著作。當是作爲書商的黄嘉惠以名人效應求銷量的托名之言。（黄嘉惠《鐫蘇黄風流小品》卷一，内閣文庫藏明爾如堂校刻本，鄧子勉編《明詞話全編》第四册，鳳凰出版社二〇一二年版，第二三〇四頁）

〔二八〕〔二九〕〔四二〕〔四六〕〔四七〕顧從敬選，沈際飛評《古香岑草堂詩餘四集》，臺灣「中央圖書館」藏明崇禎間太末翁少麓刊本，《正集》卷五第二一頁，《新集》卷一第七頁，《續集》卷上第五頁，《續集》卷下第四頁，《正集》卷三第八頁。

〔三三〕毛晋《宋名家詞》，《續修四庫全書》第一七一九册，第一四七頁。

〔三四〕楊慎批點，白敦仁校勘《批點草堂詩餘》，王文才、萬光治主編《楊升庵叢書》（六），天地出版社二〇〇二年版，第七八三—七八四頁。

〔三五〕〔三六〕〔三七〕《新刻李于麟先生批評注釋草堂詩餘雋》，《明詞話全編》第二册，第一一四〇頁，第一一四四頁，第一一四五頁。

〔三八〕查應光《麗崎軒詩四卷詩餘一卷》，《四庫禁燬書叢刊》集部一二八册，北京出版社一九九八年版，第十頁。

〔四三〕錢錫生、蔡慧《論秦觀詞對前人詩歌的接受》，《詞學》（第三十六輯），華東師范大學出版社二〇一六年版，第五四—六九頁。

〔四四〕張高評《破體與創造性思維：宋代文體學之新詮釋》，《中山大學學報（社會科學版）》二〇〇九年第三期。

〔四五〕潘游龍輯，梁穎校點《精選古今詩餘醉》卷五，遼寧教育出版社二〇〇三年版，第一七八頁。

〔四八〕陳廷焯《白雨齋詞話》卷一，鳳凰出版社二〇一九年版，第四〇四頁。

〔四九〕秦觀撰，楊世明箋注《秦觀詞箋注》附録，中華書局二〇二一年版，第二一二頁。

（作者單位：中南民族大學文學與新聞傳播學院）

吕碧城年譜

謝永芳

傳略

吕碧城，原名賢錫，字遁天、明因，後改字聖因，晚號寶蓮，法號曼智，別署蘭清、信芳詞侶、曉珠等。安徽旌德人。先世自九世祖會俊公爲明季諸生，有清以來罕操儒業者。高祖祥璠，字焕若。貢生，貤贈中議大夫。曾祖成瀾（一七六八—一八三八），字雲波。貢生，贈中議大夫。祖偉佳，字馨遠，一字秋園。太學生，累贈奉政大夫，晉贈中議大夫。祖妣氏汪。伯祖偉槐，字群超。國子監生，貤贈奉政大夫。叔祖偉權，字廷彩。州同銜，貤贈奉政大夫。四叔祖偉楷，未婚卒。父鳳岐，字瑞田，別號石柱山農。行四，派名烈芝。同治九年（一八七〇）中舉，光緒三年（一八七七）成進士。歷官國史館協修、山西學政。著有《静然齋雜著》、《石柱山農行年録》等。前母蔣氏，蔣士銓曾孫女，能詩，早卒。母嚴士瑜，字韻娥，安徽來安人。嚴玉鳴（琴堂）次女。同治十三年由鳳岐娶爲繼室。大伯父烈芬，官名鴻烈，字子晋。同知銜，直隸特用知縣候補府經歷，歷署正定、保定等府經歷。二伯父烈茂，字子田。從九品，貤封奉政大夫。三伯父烈蘇，字景坡。從九品，貤贈中憲大夫。五叔父烈蕙，字竹塘。保舉從九品。

碧城，光緒九年六月生。早有才名。光緒三十年，出任北洋女子公學總教習。後任北洋女子師範學校校長。民國三年，入南社。民國七年，前往美國就讀哥倫比亞大學，主攻美術，兼學歷史與文學。師從

嚴復，與樊增祥、易順鼎、英斂之、楊圻、葉恭綽、費樹蔚、袁克文、陸丹林、龍榆生等過從較密。善屬文，工詩畫，詞尤著名於世。通曉多國文字，精研釋典，數度漫遊歐美。晚年定居香港。民國三十二年逝世。終身未嫁。異母兄二：賢銘（新伯）、賢釗（仲選），均蔣氏所出。姊二：賢鍾（惠如）、賢鈖（美蓀）；妹一：賢滿（坤秀），皆嚴氏所出。賢銘有女一：翠霞。惠如曾任兩江女子師範學校校長。適舅氏嚴士琦（朗軒）子象賢。著有《惠如詩稿》、《詞稿》、《文存》及《惠如長短句》。美蓀曾任奉天女子師範學堂總教習，女子美術學校、安徽第二女子師範校長。適朱翰章。師從蔣智由。著有《眉生詩稿》、《詞稿》、《遼東小草》、《葂麗園詩》、《陽春白雪詞》、《瀛洲訪詩記》及《葂麗園隨筆》，編有《漢文典古文讀本》。美蓀有子一：絅德。坤秀曾任吉林雙城府女子師範學校、厦門女子師範學校教習。未嫁。著有《季妹遺稿》，由美蓀與碧城校刊；所著《靈華閣詩稿》及《撤珥集》散佚，有詩九首附於其父《靜然齋雜著》。

被認爲「足與易安俯仰千秋，相視而笑」（潘伯鷹語）的吕碧城詞，最早的印本是英斂之輯刊《吕氏三姊妹集·碧城詞稿》，光緒三十一年鉛印本。又，費樹蔚編輯《吕碧城集》，五卷，民國十八年鉛印本。卷二（録詩）卷首「題辭」有樊增祥、陳完、徐沅和沈祖憲題詞各二首、一首、一首和四首。卷三録詞五十三首，卷四録海外新詞一百八首。又，黄盛頤輯《信芳集》，不分卷，民國十八年排印本。其中，有詞（同民國十四年聚珍仿宋版）及詞增刊（民國十七至十八年在歐洲之作）。又，葉恭綽題簽之《曉珠詞》，四卷，民國二十六年鉛印本。其中，卷一録五十二首，較《吕碧城集》卷三少《金縷曲》（剪燭舊窗底）一首；卷二録一百六十九首，皆海外之作；卷三、卷四均録三十一首。卷首載陳完、徐沅和樊增祥題詞各一首，卷末附《惠如長短句》。又，《雪繪詞》，又名《山中白雪詞》，與《觀音菩薩靈簽》及《勸發菩提心文》合刊，收入《夢雨天華室叢書》。另著有《歐美之光》、《香光小録》、《文史綱要》、《觀無量壽佛經釋論》等。今有上海古籍出版社出版之李保民《吕碧城詞箋注》（增訂本）（另有《吕碧城詩文箋注》），收詞三百一十八首，編年箋校，頗爲詳備。

年譜

清穆宗光緒九年癸未（一八八三）　一歲

六月，生於山西太原。時乃父鳳岐四十七歲，任山西學政。

吕鳳岐《石柱山農行年録》：「（光緒九年）在山西任。……六月，三女賢錫生。」「（光緒二十一年）女鈖謹按：……九月十二日（十月二十九日），爲先君五十晋九誕辰。」案：二姊美蓀《記先大夫葬親事》有云：「先大夫昆季六人，子嗣盡絶，六房僅留七女……余女兄弟四人既長，各餬口於四方，自食其力。同堂妹三人或早死，而不死者所嫁亦皆貧困。竊以爲先世未聞喪德，心嘗怪之。」又曾作《先外王母嚴太夫人先從母余太夫人孝行》。

伍廷芳（秩庸）、繆嘉蕙（素筠）四十二歲。樊增祥（樊山）三十八歲。嚴復（幾道）三十歲。盧靖（—一九四八。勉之、木齋）二十八歲。諦閑法師（卓三）、易順鼎（實甫、一厂居士）二十六歲。李經羲（仲仙、仲軒。李鴻章侄）、袁世凱（項城）二十五歲。嚴修（範孫）二十四歲。印光大師（趙紹伊、子任、聖量、常慚）、唐紹儀（少川）二十二歲。胡惟德（馨吾）二十一歲。鐵禪和尚（心鏡、鐵頭陀）十九歲。英斂之（華、安蹇齋主）、彭穀孫（子嘉）十七歲。廉泉（南湖、小萬柳堂主人）十六歲。程湝（白葭）十四歲。丁祖蔭（祖德、初我）、林鵾翔（鐵尊、半櫻）十三歲。金天羽（松岑）、蔣維喬（—一九五八。竹莊）、冒廣生（—一九五九。鶴亭、疚齋）十一歲。吴佩孚（子玉）、傅增湘（—一九四九。潤沅、沅叔、鐵花館主、藏園居士）、易孺（大厂）十歲。楊圻（雲史、野王）、秋瑾（閨瑾、碧城）、吕惠如（湘、雲英）、王季同（小徐）、夏敬觀（—一九五三。吷庵）九歲。劉孟揚（伯年）、康同璧（文佩）七歲。徐文霨（蔚

如、藏一）六歲。朱熙（琛甫）、朱兆莘（—一九三二。鼎青）五歲。李叔同（弘一）、徐沅（—？。芷生、芷升、姜庵、壽椿廬主）、陳攖寧（圓頓子）四歲。范古農（—一九五一。幻庵、寄東）、朱少屏（葆康）、吕美蓀（清揚、眉生、仲素）、葉恭綽（玉甫）三歲。楊天驥（錫驥、駿公、千里）、朱劍霞二歲。張昭漢（默君、涵秋）、湯國梨（—一九八〇。志瑩、影觀。章太炎夫人）一歲。

光緒十年甲申（一八八四）　二歲

平襟亞（—一九八〇。衡、襟霞閣主人、沈亞公、網蛛生、秋翁）、陳鴻璧（—一九六六。碧珍）、陳輔相（—一九六七。無我、法香）、楊蔭榆（楊絳姑母）、費樹蔚（仲深、韋齋、迂瑣居士。柳亞子舅父）生。

光緒十一年乙酉（一八八五）　三歲

中法簽訂《天津條約》。

十月，父鳳岐在太原卸任於高燮曾（理臣）。十一月，啓程回皖，於小除日（一八八六年一月二十八日）抵六安。

竇存我（—一九六五）、余其鏘（—一九六〇。十眉）生。

光緒十二年丙戌（一八八六）　四歲

父鳳岐決計乞病退休。

本年，長姊惠如已有《清映軒詩》數十首。案：惠如《清映軒遺稿》有詩四首，附於其父《靜然齋雜著》。

光緒十三年丁亥（一八八七）　五歲

二月，巽母長兄賢銘婚配。所娶者，父鳳岐同年兼同鄉黃瑞芝（楚薌）次女。七月，黃氏於母家逝世。

五月，異母二兄賢釗以逃學受薄責，自經而亡，年十九。

本年，碧城一日侍父園中，父顧垂柳，以「春風吹楊柳」五字命對，即應聲曰：「秋雨打梧桐。」父奇之。

陳靜濤（一一九六七。靜庵、慧濤）、張覺明（一一九四四。朝覺）、楊令茀（清如）、柳亞子（一一九五八。亞盧、棄疾）、錢芥塵（一一九六九。須彌）生。

光緒十四年戊子（一八八八）　六歲

正月初六日（二月十七日），妹坤秀生。案：二姊美蓀曾作《正月初六日女弟坤秀生辰悲涕有作》，又《葂麗園隨筆・母妹陰靈》有云：「余季妹賢滿，字崑秀，後以避先大夫諱上鳳下岐之岐字，改爲坤秀。」

十二月，長兄賢銘迎娶同邑汪期棣（蕚樓）之女。

光緒十五年己丑（一八八九）　七歲

劉達（一?。豁公、夢梨）、王鈍根（晦、耕培、永甲）生。

慈禧歸政，德宗載湉親政。

本年，已能作巨幅山水。

光緒十六年庚寅（一八九〇）　八歲

二月，父命長兄賢銘回旌德掃墓。四月末，賢銘女翠霞生。

汪東（—一九六三。東寶、旭初、寄庵）、王鯤徒（式園）、袁克文（寒雲、抱存。袁世凱次子）生。

光緒十七年辛卯（一八九一）　九歲

正月，長兄賢銘以疾歿，年二十五。

光緒十八年壬辰（一八九二）　十歲

本年，與同鄉汪某訂親。

光緒十九年癸巳（一八九三）　十一歲

父鳳岐於六安城南購地築新宅及藏書之屋「長恩精舍」，三載中屢興屢輟。

光緒二十年甲午（一八九四）　十二歲

中日甲午戰争爆發。父鳳岐居恒憂歎。

持松（—一九七二）、吴湖帆（—一九六八。萬）、吴宓（雨僧、雨生）生。

光緒二十一年乙未（一八九五）　十三歲

中日簽訂《馬關條約》，甲午戰争結束。

秋，新宅落成。九月十二日，州官及紳學就新宅爲父鳳岐壽。十月初三日（十一月十九日），父因病逝世。未幾，族人霸占家産，汪某藉詞退婚。

鄭逸梅（—一九九二。紙帳銅瓶室主）、周瘦鵑（—一九六八。祖福、國賢）生。

光緒二十二年丙申(一八九六)　十四歲

長姊惠如適外家表兄嚴象賢。正二姊美蓀《重至京師》詩中所云「外兄而姊夫」。母嚴氏不堪族人欺凌,攜碧城三姊妹離開六安,就食來安外家。案:依據《大清律例》:「無子者,許令同宗昭穆相當之侄承繼,先盡同父周親,次及大功、小功、緦麻。如俱無,方許擇立遠房及同姓爲嗣。」族人所謂「欺凌」,應該是企圖霸占家産。

奉母命往依司権塘沽之大舅嚴士琦。居塘沽期間,作《清平樂》(冷紅吟遍)、《生查子》(清明煙雨濃)等,樊增祥於此二首分别有眉批:「南唐二主之遺」、「『無風自偃君知否,西子裙裾拂過來』,結局不減劉郎矣」。

光緒二十三年丁酉(一八九七)　十五歲

陸丹林(楓園、紅樹室)、趙尊嶽(叔雍)、常惺(寂祥)、凌啓鴻(—?。楫民)生。

光緒二十四年戊戌(一八九八)　十六歲

吴康(—一九七六。致覺)生。

光緒宣佈變法維新。

光緒二十五年己亥(一八九九)　十七歲

鄭振鐸(—一九五八。西諦)、豐子愷(—一九七五。潤)生。

林楞真(—一九六六。舜群)生。

光緒二十六年庚子(一九〇〇)　十八歲

八國聯軍陷北京。兩宫逃難西安。

李榮祥(圓淨)生。

光緒二十七年辛丑(一九〇一)　十九歲

清政府與英、美、法、德、俄、日、意、奥、西、荷、比等十一國政府簽定《辛丑合約》。

嚴復到天津「總辦」礦務。後碧城經英斂之介紹,與之相識並拜師。

光緒二十八年壬寅(一九〇二)　二十歲

五月,英斂之於天津創辦《大公報》。

本年,母、妹爲惡戚所厄,父鳳岐同年樊增祥遣兵迎救。

吕美蓀《葂麗園隨筆》:「時余女兄弟三人皆各糊口於千萬里外,母妹寄居來安外家,復爲惡戚所厄,慘無生路,俱各飲鴆自盡,幸爲邑令灌救得活;而伯姐復泣求於江寧藩司樊樊山年伯,乃荷樊公星夜飛檄鄰省,隔江遣護勇來迎。」

龍榆生(一一九六六。沐勛、忍寒)生。

光緒二十九年癸卯(一九〇三)　二十一歲

傅增湘受直隸總督袁世凱之命,籌辦女子學堂。

光緒三十年甲辰(一九〇四)　二十二歲

正月廿七日(三月十三日),作《青衫濕·甲辰正月廿七日夜宴留别雪鴻二姊及夏玉貞萬葵容兩女士》(銀屏鳳蠟流寒焰)。雪鴻二姊、夏玉貞及萬葵容均未詳。

春，離舅氏家出走，既抵津，知舅署秘書方小洲的夫人寓大公報館，乃馳函暢訴，爲該報總經理英斂之所見，遂委爲《大公報》編輯。隨後在該報發表詩文，名聲漸廣。如三月廿五日（五月十日）、廿六日，《大公報》刊碧城《滿江紅・感懷》（晦黯神州）及《舟過渤海偶成》一詞一詩，詞末附「潔清女史」（英斂之夫人淑仲）跋語，略云：「昨蒙碧城女史辱臨，以敝箑索書，對客揮毫，極淋漓慷慨之致，真女中豪傑也。女史悲中國學術之未興，女權之不振，亟思從事西學，力挽頹風，且思想極新，志趣頗壯，不徒吟風弄月，摛藻揚芬已也。」一時名流如「羅刹庵主」（祖保泉《讀呂碧城詞箋注拾零》疑即英斂之，《讀碧城女史詞奉呈一律》，刊於三月廿六日《大公報》）、「鐵華館主」（傅增湘，《昨承碧城女史見過談次佩其才識明通志氣英敏謹賦兩律以誌欽仰藉以贈行》，刊於四月初四日《大公報》）、「壽椿廬主」、「姜庵詞人」、「姜庵塵稿」（徐沅，《讀碧城女史詩詞即和其舟過渤海原韻》四首、《閱大公報獲讀碧城女史著論即次鐵華韻率拈二律以識敬服》，分別刊於四月初四日、十五日《大公報》）、「摩兜堅室」（疑即夏仁瑞（一八五八—一九二〇。字靄如。夏仁虎堂兄。相關作品未詳）等，皆有投贈。

案：方豪《英斂之筆下的呂碧城四姊妹》謂，碧城任職編輯在癸卯三月二十三日。

四月初六日（五月二十日），大舅嚴士琦撤任記過。初十日，長姊惠如抵津，與英斂之首次會晤。後於六月與英夫人淑仲結爲盟姊妹。

四月廿七日，秋瑾從北京慕名來訪。後《大公報》於六月十日（七月二十二日）、七月十六日（八月二十六日）刊秋瑾致碧城二函。

五月，碧城辦女學的願望得到梁士詒（一八六九—一九三三。燕孫）、傅增湘、方若（一八六九—一九五五。藥雨）、英斂之、徐庚身（一八二五—一八九三。星叔）等人的積極贊同。其《與某先生書》即云：「甲辰之歲，北方女學尚當草昧未闢之時，鄙人浪跡津沽，徵諸同志，將有創辦女學之舉，恐綿

力之難濟也，抒其芻論，假報紙遊説於當道。」「某先生」謂唐紹儀。六月，袁世凱與唐紹儀已議，允撥款千元爲學堂開辦費。八月廿四日（十月二日），《大公報》刊《天津女學堂創辦簡章》，具名倡辦人吕碧城、議事員等同訂。十月十一日（十一月十七日），天津女學堂（北洋女子公學。故址在今天津美術學院）開學，任總教習（教務長）兼國文教習。長姊惠如任教習。

本年，《女子世界》第九期刊碧城文一篇。

潘伯鷹（一一九六六。式、孤雲、鳧公）生。

光緒三十一年乙巳（一九〇五）　二十三歲

清廷詔停科舉，興學校。

春，英斂之編刊《吕氏三姊妹集》。南京圖書館藏本年排印本凡收《惠如詩稿》三十九首，《惠如詞稿》二十六首，《惠如文存》二篇；《眉生詩稿》二十四首，《眉生詞稿》八首；《碧城詩稿》十二首，《碧城詞稿》十六首，《碧城文存》三篇。卷首有英氏本年「三月中浣」所作序，略云：「惠如則典贍風華，匠心獨運；碧城則清新俊逸，生面别開，乃摘其尤佳者登之《大公報》中。一時中外名流投詩辭，嗚欽佩者，紛紛不絶。誠以我中國女學廢絶已久，間有能披閲書史、從事吟哦者，即目爲碩果晨星，群相驚訝。況碧城能闢新理想，思破舊錮蔽，欲拯二萬萬女同胞出之幽閉羈絆黑暗地獄，復其完全獨立自由人格，與男子相競爭於天演界中。嘗謂自立即所以平權之基，平權即所强種之本，强種即所以保國而不至見侵於外人，作永世之奴隸。嗟乎！世之峨高冠、拖長紳者尚多未解此，而出之弱齡女子，豈非祥麟威鳳不世見者乎！」卷末有英氏本年「暮春之初」跋。集中所收碧城《齊天樂》（横塘未

到花時節)、《浪淘沙》(寒意透雲幬)等,樊增祥於此二首分别有眉批:「此等起句,非絶頂聰明人不能道。仙心禪理」、「漱玉猶當避席,斷腸集勿論矣」。又,《惠如詩稿》中有《眉生二妹去歲于歸金陵十月歸省盤桓數月極山水琴樽之樂今復將行予與碧城亦偕北上至金陵分手感賦》,未審題中「去歲于歸」是否指美蓀適朱翰章。《惠如詞稿》有「盌庵」(未詳何人)上年題識:「朱文公謂本朝婦人之能文者,惟魏夫人及李易安二人而已。余既讀碧城女士詩文,復得其女兄惠如之詞,紆回隱軫,氣體清華,何吕氏閨秀之多才也。古閨秀詞多淒怨,大抵傷離别而感遲暮,稿内如《浪淘沙》、《疏影》、《踏莎行》等闋,均有悔現女子身之意。理想之卓越,遠勝古人。」

本年,二姊美蓀應天津兩學堂之邀,任北洋女子公學教習兼北洋高等女學堂(傅增湘本年另立)總教習。

本年,《大陸》第三年第十四號載「光明」(未詳何人)評碧城三姊妹云:「吕惠如女士暨淑妹眉生、碧城者,皖人也。幼育名門,長嫻書史。才同謝女,早傅詠絮之詞;思比若蘭,不織回文之字。神州莽莽,傷心女學之沉淪;弱息奄奄,深恨女權之墮落。放大千之金藏,貞心私淑羅蘭;起九死之沉魂,宏願竟同達克。僕匡時有志,作賦無才,恨未識乎英姿,幸獲觀乎瓊什,敢謝江郎之才盡,深欽班氏之識高。用爲小引,藉表同情。」又,《大陸》第十六號刊碧城詩一首。《大陸報》第三年第十四、十六號刊《和鐵華館主見贈韻》等詩三首、《鷓鴣天》(良夜迢迢小閣前)詞一首。《笑林報》刊賦一篇。《芝罘報》刊詩四首。

蔡吉堂(—一九九六。契誠、慧誠)生。

光緒三十二年丙午(一九〇六)　二十四歲

閏四月二十二日(六月十三日),出席北洋女師範學堂開學典禮。

十二月，秋瑾主編《中國女報》在上海創刊，碧城爲作發刊詞；第二年第一號亦刊其文一篇。碧城《歐美漫遊録·予之宗教觀》有云：「彼在東所辦《女報》，其發刊詞即予署名之作。後因此幾同遇難。」

本年，《女子世界》第十六、十七期合刊刊「初我」（丁祖蔭）《中國之女文學者》，盛贊碧城三姊妹。

本年，《大公報》刊碧城文一篇。

光緒三十三年丁未（一九〇七）　二十五歲

三月初九日（四月二十一日），妹坤秀由來安抵津。後赴吉林雙城府女子師範學校教習。

四月，二姊美蓀奉趙爾巽之召，任奉天女子師範學堂教務長及國文講習，兼中日合辦女子美術學校教員、名譽校長。

六月初六日（七月十五日），秋瑾遇害。後碧城曾作《西泠過秋女俠祠次寒雲韻》悼之。

八月廿二日（九月二十九日），嚴復到天津，會見英斂之夫婦及碧城。嚴氏本年曾作《代甥女何紉蘭復旌德吕碧城女士書》，稱贊女子求學的重要意義。

本年，《中國新女界》第二、四期刊碧城《創辦女學教育會章程》、《天津高等女子學校總教習吕碧城之影》；第三期刊《山東第一公立女學堂校長昆明蕭國英女士調查天津女學日記》，中有云：「（光緒丙午五月）初九日，偕友霞往看公立女學校。先由舍監某君導觀，適生徒預備期考，未授新課，上堂則温課而已。晤其教授吕碧城、吕惠如二君，見其生徒所繪本國畫，頗可觀。國文亦佳。其教科則頭班用國民讀本及高等國史教科書，程度楚楚可觀。其生徒亦循循規矩。二吕故負時望，名下固無虚也。」蕭國英未詳。

光緒三十四年戊申（一九〇八）　二十六歲

光緒、慈禧相繼去世。溥儀入繼帝位，改明年爲宣統元年。

八月，謁嚴復。嚴氏至女學堂，以名學教授碧城。此後往來頻繁。

九月，與英斂之決裂。英氏九月十三日（十月七日）日記云：「碧城因《大公報》白話，登有《勸女教習不當妖豔招摇》一段，疑爲譏彼，旋於津報登有駁文，强詞奪理，極爲可笑。數日後復來信，洋洋千言分辯。予乃答書，亦千餘言。此後遂不來館。」其實，兩人此後仍有聯繫，並未真正絶交。嚴復在《與甥女何紉蘭書》中於此有言：「英斂之、傅潤沅所以毁謗之者，亦是因渠不甚佩服此二人也。據我看來，甚是柔婉服善，説話間，除自己剖析之外，亦不肯言人短處。」又云：「碧城心高氣傲，舉所見男女，無一當其意者。極喜學問，尤愛筆墨，若以現時所就而論，自是難得。但以素乏師承，年紀尚小，故所學皆未成熟。然以比平常士夫，雖四、五十亦多不及之者。身體亦弱，不任用功。吾常勸其不必用功，早覓佳對，渠意深不謂然，大有立志不嫁以終其身之意，其可歎也。此人年紀雖少，見解却高，一切塵腐之論不啻唾之，又多裂綱毁常之説，因而受謗不少。初出山，閲歷甚淺，時露頭角，以此爲時論所推，然禮法之士疾之如仇。自秋瑾被害之後，亦爲驚弓之鳥矣。現在極有懷讒畏譏之心，而英斂之又往往加以評騭，此其交之所以不終也。即於女界，每初爲女友，後爲仇敵，此緣其得名大盛、占人面子之故。往往起先議論，聽者大以爲然，後來反目，則云碧城常作如此不經議論，以詬病之。其處之苦如此。」又嚴氏本年曾作《秋花次吕女士韻》。

溥儀宣統元年己酉（一九〇九）　　二十七歲

南社在虎丘正式成立，陳去病、高旭和柳亞子爲發起人。

黄穉荃生。

四月廿六日（六月十三日），訪嚴復。嚴氏爲碧城獨身不嫁深感憂愁。

夏，北洋女子公學第一屆師範科學生十人行畢業禮，潘連璧爲其中之一。後碧城曾作《念奴嬌・及門潘連璧女士秀外慧中爲數百同學之冠于歸南洋盧氏甫數載夫婦相繼歿遺雛猶在襁褓也》（昭容玉尺）、《無悶・前闋既成意猶未盡女士本吴氏珠江巨族幼遭家難螟寄於潘姓及長雖微知其事而莫詳身世予偶於某粤人處得聞概略即往告之女士大慟時同客燕京也》（幽怨重重）。

仲秋下浣，二姊美蓀於奉天女子師範學校自序《遼東小草》。

本年，盧靖在天津住宅創辦「盧氏蒙養園」，由碧城姊妹主持。翌年由自美歸國的次女雲卿（雲青）接辦。又，長姊惠如在南京，任南京女子師範學校校長。

本年，欲出洋遊學美國，托嚴復向學部代爲疏通，未果。

震華（一一九四七。京口夾山沙門，俗姓唐）、張次溪（一一九六八。涵鋭、仲鋭、江裁）生。

宣統二年庚戌（一九一〇） 二十八歲

秋，因病休養。作《北戴河遊記》。

本年，二姊美蓀輯刊《漢文典古文讀本》。該書選録範圍自先秦以迄明末，凡一百六十二篇。有本年「季秋」於奉天女子師範學校所作自序。

本年，作《燭影摇紅・庚戌感事偕芷升同賦》（絮影萍根）。後載《南社叢刻》第十一集。題一作「有感時事，以閒情寫之，次芷生韻」。

宣統三年辛亥（一九一一） 二十九歲

廣州起義。武昌起義。

閏六月十六日(八月十日),《民立報》刊《吕碧城女士辭職案》,碧城辭去北洋女子公學監督兼總教習之職。

本年,二姊美蓀、妹坤秀前後分别由奉天、雙城返滬,侍母而居。時家有三婢女:喜子,珊珊,來順。案:徐新韻校點《吕美蓀詩文集》附録二《年譜簡編》謂,據《遼東小草》中《紅絲怨》詩句「而翁遠來涕沾裳,顛兒攜去歸故鄉」云云推測,美蓀子絅德(即吕德)大約出生於一九〇八至一九一〇年間;南下之時,美蓀已與其丈夫朱翰章分開,僅攜兒南下。

本年,與蔣維喬訂文字交。

本年,《婦女時報》第一、第五號刊《北戴河遊記》及《首屆北洋女子公學畢業合影》。

中華民國元年壬子(一九一二)　　三十歲

孫中山在南京就任中華民國臨時大總統。稍後辭任。

清宣統帝宣佈退位。

袁世凱接替孫中山在北京就任臨時大總統,此前已聘碧城爲公府諮議,而碧城已奉母移居滬上,並始與西商角逐交易,數年間獲利頗豐。

偕母嚴氏與二姊美蓀對簿公堂。時與母嚴氏居虹口華特路,美蓀則與幼妹坤秀另居楊樹浦路。

本年,作《民國建元喜賦一律和寒雲由青島見寄原韻》。

本年,《臨時政府公報》第四十六期刊登《教育部批江南寧屬女子師範學校校長吕惠如請立案呈》,同意長姊惠如開辦江南寧屬女子師範學校申請。

中華民國二年癸丑(一九一三)　　三十一歲

春,作《燭影摇紅·癸丑春感蒙古事有作用舊韻寄示芷生》(重展殘箋)。後載《南社叢刻》第十一集。

冬，袁克文在北京與易順鼎、何震彝、閔爾昌、步翔棻、梁鴻志、黄濬、羅惇曧結詩社於所居南海流水音，時人以「寒廬七子」稱之。畫家汪鷗客爲繪《寒廬茗話圖》、《流水音修禊圖》，袁克文自題一律，梁鴻志題詩其上，何震彝爲作《寒廬七子歌》，王闓運於明年四月爲題詩。碧城也作有《寒廬茗話圖爲袁寒雲題》及《齊天樂・寒廬茗話圖爲袁寒雲題》：「紫泉初啓隋宫鎖，人來五雲深處。鏡殿迷香，瀛臺挹淚，何限當時情緒。興亡無據。早玉璽埋塵，銅仙啼露。 硒六韶華，夕陽無語送春去。 鞓紅誰續花譜。有平原勝侶，同寫心素。銀管縷春，牙籤校秘，蹀躞三千珠履。低迴吊古。聽怨入霓裳，水音能訴。花雨吹寒，題襟催秀句。」

本年，二姊美蓀拜蔣智由爲師。又，母嚴氏病逝於上海，葬於静安寺之第六泉旁。後光鐵夫編《安徽名媛詩詞徵略》收嚴氏詩二首：《江水斷句》、《紀夢》，謂嚴氏「幼憐於學，得其（指其父嚴玉鳴）詩學」，又於碧城四姊妹「親爲課讀」。又陳詩《皖雅初集》引二姊美蓀述記曰：「（母嚴氏）遺稿盡失，僅憶斷句『吞花笑女癡』五字。」後又於六安宗人處抄得《流波硐》七古一篇，所存止此。」

本年，《神州女報》第三號刊碧城詩《遊鍾山步舒醒庵君韻》。醒庵，一作省庵。又，《國是》第一、二期刊詩《民國建元喜賦一律和寒雲由青島見寄原韻》、《和程白葭韻》。

中華民國三年甲寅（一九一四）　三十二歲

六月，二姊美蓀應厦門女子師範之聘，攜妹坤秀同行。十月二十七日（十二月十三日），坤秀病逝於厦門。美蓀扶櫬返滬，葬於母嚴氏墓側。後《安徽名媛詩詞徵略》録坤秀詩二首。又，美蓀後曾作《爲先母嚴淑人亡妹貞孝女坤秀營二髪冢於青島瀕海之山陽銜哀作詩紀之》。

夏，經朱少屏介紹加入南社。次序登記號爲第四一八名。八月，參加在上海徐園（又名雙清别墅）舉行的臨時雅集，與會者中有朱少屏、張昭漢等。

本年，吕惠如居南京。《江蘇教育行政月報》（一九一四年第十四期）刊載《批省立第一女子師範學校校長吕惠如呈請辭職由》。

本年，《南社叢刻》第十一、十二集刊碧城詞《法曲獻仙音·題吴虚白女士看劍引杯圖》（緑蟻浮春），詩《和白葭韻》、《和抱存流水音修禊十一真韻》、《贈李蘋香》。詞題中「吴虚白女士」未詳，一作「女郎」。樊增祥於《法曲獻仙音》有眉批：「是荆十三娘一輩人語。」徐沅亦評曰：「拔天斫地，不可一世，在詞家獨闢一界，不得以音律繩之。」李蘋香，上海名妓。又第十二集刊潘飛聲《湘月·題吕眉生新居即用眉生前年在關外送余出都韻》（巢痕何處）。（案：二姊美蓀曾作《次韻酬潘徵君蘭史（飛聲）》，《葹麗園詩續》此詩後附録潘氏見贈之作。又曾作《輓番禺潘蘭史（飛聲）》。）又，《太平洋》第一卷第七號刊詩《由京師寄和廉南湖》。

中華民國四年乙卯（一九一五）　三十三歲

袁世凱政府與日本簽署賣國條約「二十一條」。碧城《浪淘沙》（百二莽秦關）當作於協議告成之際，時在北京，同時作有《出居庸關登萬里長城》詩。樊增祥評曰：「此詞居然北宋。」後「籌安會」立，帝制議起，碧城辭總統府秘書。又，《賀新涼·西陵》（古檜生雲氣）當作於本年。《清史稿·禮志五》：「凡孝陵、景陵以下，世宗曰泰陵，高宗裕陵，仁宗昌陵，宣宗慕陵，文宗定陵，穆宗惠陵，並在直隸易、遵化二州，稱東、西陵。東陵鳳臺山，封昌山；西陵太平峪，封永寧山。」

本年，《中華婦女界》第一卷第一期刊碧城詩《爲袁抱存題寒廬茗話圖》。又，《中華婦女》第一卷第二、第五期刊詩《精忠柏斷片圖爲白葭居士題》、文一篇。《香豔》第二期刊詞《臺城路·爲抱存題三海吟社圖》（一泓空翠蓬壺境），一作《齊天樂·寒廬茗話圖爲袁寒雲題》（紫泉初啓隋宫鎖）。

自本年至一九一七年間，作《祝英臺近·爲余十眉題神傷集》：「背銀釭，拈翠管，秋影瘦荀倩。洛賦

吟成，人共素波遠。可憐魂覓帷間，釵尋海上，都不是、等閒恩怨。幾曾見，瓊樹日日常新，冰蜍夜常滿。贏得情長，那怕夢緣短。瓣香待卜他生，慈雲乞取，好深護、玉樓仙眷。」以余妻胡淑娟歿於民國四年十二月十六日，而一九一八年一月二十三日《民國日報·民國思潮》已刊載此詞。樊增祥於此首有眉批：「句法善於伸縮，的是填詞能手。世間無數鈍漢，自命夢窗，縱使嘔心十二萬年，不能道其隻字。」題一作「題余十眉神傷集」。又鄭逸梅《南社叢談·南社社友事略》云：「其鏘痛悼之餘，集定庵詩成數十首，名之曰《神傷集》。」

中華民國五年丙辰（一九一六）　三十四歲

春，季媛致函碧城，有覆函。碧城《輓季媛》詩序：「丙辰春，季媛由西泠寓書，有『既感孤寂，復苦春寒』之句。予答之曰：值此春寒料峭，倦旅伶俜，湖水漣漪，嶺梅零落，小青長往，西子何之，而乃幽我佳人於空谷耶云云。後予延之至滬爲食客，未久以病辭，不知所往。今聞噩耗，愴然有作。」季媛未詳。

秋，與費樹蔚等遊覽杭城及浙境諸山，作《木蘭花慢·丙辰秋與老友韋齋及廖公子孟昂同遊杭之西溪頃韋齋寄示新詞述及舊事孟昂早歸道山予亦遠謫異國棖風雋句深寓滄桑之感賦此奉和亦用夢窗韻》（賦情傳雁羽）、《喜遷鶯·遊浙境諸山》（層巒幽夐）、《浣溪沙》（風籟鳴哀起翠條）、《臨江仙·錢塘觀潮》（橫流滾滾吞吴越）、《百字令·登莫干山夜黑風狂清寒砭骨率成此調》（萬峰潑墨）。廖孟昂，廖世蔭（樾衢）子。費氏亦有《杭遊雜詩》、《西溪紀遊》諸作。

本年，袁世凱逝世。居如皋之二姊美蓀爲作《項城袁公挽辭》。後碧城曾作《予早歲受知於項城爲辦學務有年時公方開府北洋也》（《感逝三首》其三）。案：劉成禺在其《世載堂雜憶》「洪憲女臣」一則中，曾將當時圍繞在袁氏政權周邊的女性活動家分爲高尚、運動、流浪三派，「高尚派」以「吕碧城領

之」：「其從者多名門能文女子，絶不與時髦女子往還。」劉氏《洪憲敘事詩本事簿記》對該派亦有類似記載：「（吕碧城）學位門第較高，爲項城咨議。所領女徒黨，別張才女之幟，在風度，不在服裝也。」

本年，掃葉山房石印本雷瑨等輯《閨秀詞話》刊行。該編卷四中論及碧城云：「旌德吕氏，有才女子三，其季碧城尤絶，如吴江三葉之有瓊章也。碧城《題吴虛白女士看劍引杯圖》調寄《法曲獻仙音》……讀之正如酒氣拂拂從十指間出也。又有《燭影摇紅》二闋，其一《庚戌感事偕芷升同賦》……其二《癸丑春感蒙古事有作用舊韻寄示芷升》……感事傷時，詞婉而諷，恐非李易安、朱淑真所能及也。」案：碧城曾在所作《重陽和徐芷生見寄柳絮泉訪易安遺址韻》中詠及李清照：「節到重陽已漸寒，愧無新句送秋殘。西風人比黄花瘦，絶代銷魂李易安。」後又作《宴清都・偶檢舊篋得徐君芷生遊柳絮泉訪易安遺址見贈之作賦此追和相隔已廿餘年矣》：「絮影微波寄。荒祠外、勝遊曾訪遺址。寒泉浥黛，清詞漱玉，峨眉名世。硯池豔點飛花，認麗句、徐陵慣擬。似謝娘、殘詠回春，朦朧更因風起。　隋堤漸少吹綿，叢殘未理，誰續芳史。塵箋再展，數行猶見，故人深意。新華暗凋宫柳，早寥落貞元朝士。剩舊時洹水東流，萍蹤迤邐。」

本年，從陳攖寧問學。

中華民國六年丁巳（一九一七）　三十五歲

京直大水。

最遲不晚於本年，作《點絳唇》（野色横空）（雲馬風車）。樊增祥於後一首有眉批：「似唐昭宗語。」

二月，偕張昭漢、陳鴻璧、唐佩蘭等共遊蘇州鄧尉，作《鄧尉探梅十首》（《南社叢刻》第二十二集題作

《丁巳二月偕女伴探梅鄧尉率題十絶以誌鴻雪》)。唐佩蘭未詳。行前,碧城致函友人蘇州鎮守使朱琛甫,請求派人護行。朱接函允之,並予盛情款待。又,參加在上海徐園舉行的南社第十六次雅集(碧城參加南社雅集僅兩次),與會者中有余其鏘、張昭漢等。

七月,遊廬山。作《沁園春・丁巳七月遊匡廬寓 Fairy Glen 旅館譯日仙谷高踞山坳風景奇麗名頗稱也縱覽之餘慨然有出塵之想率成此闋》(如此仙源)。返滬後,與諸名媛發起組織女子賑災會,並親撰《京直水災女子義賑通告》。

歲暮,離滬赴京。《三姝媚・爲尺五樓主題揚州某校書所畫芍藥片石卷子》(花枝紅半吐)約作於此前。尺五樓主,碧城寓居滬上之友人。在京期間,作《百字令・排雲殿清慈禧后畫像》(排雲深處)。後收入《南社叢刻》第二十一集,調作《念奴嬌》,字句微異。

本年,《太平洋》第一卷第七號刊碧城詩《訪攖寧道人叩以玄理多與辯難歸後却寄》、《鄧尉探梅十首》。

中華民國七年戊午(一九一八) 三十六歲

本年之前,劉達著《戲劇大觀》。碧城《念奴嬌・爲劉豁公題戲劇大觀》(文章何用)當作於此書成後未久。樊增祥於此首有眉批:「鬆於梅溪,細於龍洲。」

約在歲初或本年自北京致函費樹蔚之前不久,作《瑞鶴仙》(賦情淒欲斷)。函中有「今春曾兩次夢入一室,狀頗堅固,甫入其門,即戛然閉。余知自此與塵世永隔,皇急而醒」云云。樊增祥於此首有眉批:「徐典樂之亞匹。」徐典樂即徐申。

春,客居北京。詣崇效寺看牡丹,作《崇效寺探牡丹已謝》。又,拜謁應邀到京講《圓覺經》的諦閒法師,請法師爲之開示,若有所悟,自此信佛益虔。

夏,料理赴美諸事畢,因染時疫而遷延。

本年，王鈍根校刊《信芳集》，分詩、詞兩部分，詞凡五十首；作《校信芳集竟即題其後》：「滿懷感逝傷離意，無限憂時吊古心。風雨一編消永夜，恍聞澤畔有行吟。」以收入此本之故，碧城《齊天樂》（半空風簸秋聲碎）、《摸魚兒》（漾空濛、一奩涼翠）、《高陽臺・鶗簃感舊記爲芬陀居士題》（夢警鷴翎）、《月華清・爲白葭居士題葭夢圖》（人影蘆深）、《蝶戀花》（寒食東風郊外路）、《長相思》（風泠泠）最晚均應作於本年。芬陀居士未詳。《葭夢圖》即《白葭圖》，趙熙所作《白葭圖題辭》可參：「白葭心在葭深處，夢中亦向蘆花住。江色空明兩岸秋，一舸中流點沙鷺。廓然天地此高卧，別有仙心會詩趣。風流妙简孟光筆，伯鸞小影毫端遇。大勢江南煙水鄉，恍見吴淞數株樹。今年八月出京口，片帆直剪焦山渡。緣波紅日黄葉樓，金碧圖中印爪步。明朝又踏江聲去，上峽黄牛算朝暮。隨風落葉不歸根，南北風波四無路。此生那有漁師分，曬網花間作家務。如君此圖信清絶，左右裝奩排畫具。天然袞師秀無匹，平陽屢索西湖句。（女公子責詩甚勤。）畫中只少一樵青，詩夢期君證禪悟。」樊增祥於前四首分別有眉批：「常語能奇」、「稼軒」、「史梅溪『換巢鸞鳳』之嗣音也」、「清深蒼秀，不減樊榭山房」。樊氏並爲題《金縷曲》：「姑射嬋娟子。指仙家、碧城十二，是儂名字。冰雪聰明芙蓉色，不櫛明經進士。算兼有、韋經曹使。玉尺家聲嬌女繼，種鯉庭十萬新桃李。（君爲余同年吕提學季女，十年前已爲天津女學堂總教習。）男不重，重生女。　江南舊識雲英姊。寫春風、紅梅一卷，詩如花美。（令姊嘗爲余畫紅梅卷子，題詩其上。）芍藥清文今重見，始信花中有蕊。只漱玉、風流堪擬。料得前身明月是，睹聲名、碧海青天裏。應買貴，薛濤紙。」《曉珠詞》此首後有案語云：「按樊公樊山年伯此詞係十餘年前題於初卷者，其餘三卷刊後，公已歸道山。」又，沈祖憲所題《滿江紅》四首：「歐學東漸，知世界女權横絶。占人間、高華理想，筠清玉潔。慕賽精靈詩寫豔，羅蘭氣概刀瑩血。問神州巾幗有誰同，盟滕薛。　囊琴劍，訪碑碣。棄脂盝，攜壺笠。喜東亞女士，聯

翩遊屐。島國櫻花香薢茝若，梵天貝葉經翻譯。看風潮廿紀啓文明，今非昔。」「釵釧英雄，向夢裏尋消問息。是何人，傾璣瀉玉，手能代舌。螺墨潛消雕漆硯，鴛針不繡裝花舄。獨莊嚴襟帶説平權，風雷激。扶馬背，吟殘月。立鼇背，看初旭。驀九天咳唾，飛來珠屑。班氏一門傳史稿，劉家三妹雄文筆。冠大江南北女兒花，吕旌德。」「百感茫茫，對大地萬千巾幗。歎同胞，紡塼霜燭，蘭襟抑鬱。解縛索將彌勒笑，著書聊當天魔哭。發狂言紅粉首齊迴，淚痕濕。廳獨立，文明國。史革命，文章伯。掃粃糠舊説，鐙熒漆室。綵綫光陰春有脚，金輪世界花添福。擬人中龍鳳女蘇黄，一夔足。」「半面朱桓，似舊識蕉窗剪燭。思往事，才媛何在，墓門拱木。（女姪阿同績學工詩，今下世十稔矣。）鄭氏小同嗟薄命，王家名宿餘癡叔。恨英雄並世不珠聯，碎明月。謝道韞，清逾雪。李清照，瘦於菊。願大家鼎立，高張纁纛。絶頂聰明天所忞，嘔心文字人難續。看萬家萬本寫銀鉤，焚香讀。」早前均已發表於一九〇四年四月十三日《大公報》。詞後附手書一則，略云：「碧城先生著席：展誦尊集，欽佩之至，奉和《滿江紅》四闋，即希指正。今日衆客畢集，擬詞至十起十輟，亦可笑矣。校事決不致另有變局，執事爲北洋女學界之哥倫布，功績名譽，萬口皆碑，幸勿介意。」祖憲字吕生，與吳保初、田文烈、閔爾昌、費仲蔚等同爲袁世凱詩侶。又，易順鼎本年作《集卷中句》七首，其一、其二中分別有云：「莫怪詞鋒驚俗耳，那知香國有奇才」、「萬靈悽惻繞吟壇，絶代銷魂李易安」；末有「戊午上巳」「又題」：「讀『素手先鞭何處著，如此山川』，爲之起舞；讀『往返人天何所住，如此華年』，爲之宕氣；讀『遼海功名，恨不到青閨兒女』，則爲之敲碎唾壺矣。」又，上海圖書館藏《信芳集》一卷本扉頁有「近知詞人」（未詳何人）評語：「信芳詞清俶端麗，取法北宋，縱刻畫有過份處，而靈機敏諦，足以自拔，漸漸近於超脱之途，可以頡頏《斷腸》，而固尚不接躅於《漱玉》矣。」

本年，《教育公報》第五卷第十一期刊載《咨江蘇省長獎給吕惠如等匾額暨獎章文》。

繆嘉蕙逝世。繆氏曾作題吕碧城集《七絶二首》，其一云：「飛將詞壇冠群英，天生宿慧啓文明。絳帷獨擁人争羡，到處咸推吕碧城。」又有覆碧城手書一通：「素耳文名，時深企慕。頒來手翰，如獲瓊瑶。前讀大作，久已膾炙人口，固名下無虚。今觀書法秀逸，筆力遒勁，大有鬚眉之概，想見揮毫落紙時也。珊以積勞之軀，復爲二豎所侵，衰邁已甚。年來壯志消磨，渚君子文壇角勝，珊自應退避三舍，作壁上觀，可耳。冬至後舊恙復發，日來服藥，病勢稍減，俟痊可當候駕臨，快聆雅教也。珊如手肅。」

中華民國八年己未（一九一九）　三十七歲

巴黎和會召開，中國代表團公佈「中日密約」。

春，養疴香港。入夏後返滬。

本年，長姊惠如辭南京女子師範學校校長之職。

中華民國九年庚申（一九二〇）　三十八歲

春，客居北京。中間以事返天津，作《感舊記》。

夏，偕繆華女士赴蘇州訪費樹蔚，遊歷當地名勝。作《滿江紅·庚申端午偕繆華女士过瑣詞人泛舟吴會石湖用夢窗蘇州過重五詞韻時予將有美洲之行》（舊苑尋芳）。繆華女士未詳。樊增祥有同調和作「碧城以端午日石湖泛舟詞見寄，賦答二首」（首句分别爲「雙槳吴波」、「玉水東流」）。

八月，赴美遊學。行前，樊增祥、費樹蔚、李經羲等賦詩送别。九月，抵舊金山。

易順鼎逝世。易氏曾致函碧城，略云：「《廬山遊記》及詩稿數紙均讀過，兹送繳，祈詧收。見解之高，才筆之豔，皆非尋常操觚家所有也。來函論及女子綺語，如漱玉之類，謂『謗之者固爲病狂，辨護者

亦屬無味」，韙哉斯言，實獲我心矣。平日論作詩有四語云：性情真，學問博，心地淨，胸次高。鄙人生平一無所長，惟日日向『心地淨，胸次高』兩語做去，謗者麕集，全不放在心上，見他人受謗亦然。懶殘云『那有工夫爲俗人拭涕』，自己受謗尚不暇辨護，安有暇爲他人辨護哉！書博一笑，亦不妨示人。函云『勿示人』，竊猶以爲未達耳。稍暇，容奉約一談。」

中華民國十年辛酉（一九二一）　三十九歲

夏，作《紐約病中七日記》。始譯《美利堅建國史綱》一書。

本年，嚴復逝世。二姊美蓀作《輓嚴幾道》，又曾作《偶檢嚴幾道先生去秋過津門作字一副以贈末書梅生女詩家正余殊未敢當也》。後碧城曾作《業師嚴幾道先生學貫中西譯述甚富尤以首譯天演論著名然物競天擇之説已禍歐人若當時專以佛典譯餉世界則功不在大禹下惜乎未之爲此而先生晚年有詩云辛苦著書成底用豎儒空白五分頭亦自怨深矣》（《感逝三首》其二）。

本年，上海中華書局刊行《新遊記彙刊》，收入碧城《北戴河遊記》。

中華民國十一年壬戌（一九二二）　四十歲

春，結束哥大課程，經加拿大乘輪船返國。

六月，梁啓超講學金陵，二姊美蓀與其以詩唱和。

本年，《半月》第二卷第二號刊碧城文二篇。

伍廷芳逝世。碧城《歐美之光・謀創中國保護動物會緣起》有云：「予髫齡寓津，見滬報紀伍廷芳氏之蔬食衛生會，即函陳衛生義屬利己，應標明戒殺，以宏仁恕之旨。伍公復函，謂原蘊此義，惟恐世俗斥爲迷信佛學，故托衛生之説，以利進行云云。」

中華民國十二年癸亥（一九二三）　　四十一歲

寓居上海。

與袁克文等主編的雜誌《心聲》第一卷十期出齊。隨即辭謝《心聲》雜誌「婦女文苑」編輯事。

歲暮，王鈍根主編《社會之花》小說月刊出版預告，載有諸名流及碧城賜稿信息。

本年，《半月》第二卷第十二至十五號刊《紐約病中七日記》。

中華民國十三年甲子（一九二四）　　四十二歲

三月，作《橫濱夢影録》。末附誌云：「舊作《浣溪紗》一闋（即首句『殘雪皚皚曉日紅』者），移題此篇，似亦切合。」刊於本年《社會之花》第一卷第十期。

春，赴愚園路三十四號「遊存廬」看望哥大學友康同璧。

中華民國十四年乙丑（一九二五）　　四十三歲

上海發生「五卅」慘案。

歲初，《大陸》第四卷第三號刊《樊樊山先生致吕碧城女詩人書》手跡，略云：「得手書，固知吾姪不以得失爲喜慍也。巾幗英雄，如天馬行空。即論十許年來，以一弱女子自立於社會，手散萬金而不措意，筆掃千人而不自矜，此老人所深佩者也。」

春，偕沈月華遊南京。繼赴蘇州訪費樹蔚。旋與樹蔚、金天羽等放舟吴江。沈月華未詳。案：據汪東《寄庵談薈・信芳集》，碧城此次訪蘇，樹蔚嘗宴之於龐氏鶴園，汪東陪坐，獲贈《信芳集》一册。又碧城集中《費夫人墓誌銘》一文，實爲汪東代筆而碧城不知：「民國十四、五年間，碧城來遊蘇州，仲深觴之於鶴園，余亦陪坐。碧城贈《信芳集》一册，後增訂爲《碧城集》，分裝兩册，共五卷。……

其《費夫人墓誌銘》一篇，實余少年時所作。夫人適謝氏，爲先室女兄，早寡，以肺病卒。仲深屬余誌墓，而署女士名。文學六朝初唐，未能修潔，乃得幸附女士集中以傳。余與女士僅一面，贈余集時，並不知代作者即余，余亦未言。」

七月廿七日（九月十四日），長姊惠如病逝於南京。螟蛉女年方九歲，懇二姊美蓀爲之監護。後《惠如長短句》附於《曉珠詞》刊行，凡二十四首，碧城爲之跋曰：「先長姊惠如邃於國學，淹貫百家，有巾幗宿儒之概，矢志柏舟，主持姆教，長江寧國立師範女校有年，人多仰其行誼。歿時，家難糾紛，著作湮没，遺稿之求，列入訟案，蓋與遺産同被攫奪，亦往古才人所未聞也。時予方由美歸國，甫卸塵裝，茫無所措。承蔣竹村居士等協助，遍蒐未得，歎爲人琴俱亡矣。右詞一卷，近始承友人寄到，惜非全璧。擬爲刊專集，因頁數太少，乃附刊於此。竊思先姊平生致力不僅詞章，即詞亦復湮没太半，誠不幸矣。聊誌數行，以慰泉壤，棖觸家事，感慨係之，沉哀永閟，又豈詠歎所能宣其萬一耶？」並作《減字木蘭花·題先長姊惠如詞集》：「班徽往矣，一代鴻才能續史。片羽人間，零落猶存漱玉篇。　㲘髩垂隕，雨横風狂凌病枕，萁豆煎催，偏在塵寰撒手時。」又曾作《長亭怨慢》（又恨鐵、九州輕鑄）傷之。

滬上新聞學會和文藝界假碧城寓所集會，歡迎新聞學碩士張繼英從美國密蘇里大學學成歸國。

十二月，《美利堅建國史綱》譯畢，有碧城本月自序，交上海大東書局出版。

本年，聚珍仿宋版《信芳集》由上海中華書局印行，分詩、詞、文三類，詩、文部分與王鈍根本大致相同。

李經羲逝世。李氏曾作《送吕碧城女士遊學歐美》二首。

中華民國十五年丙寅（一九二六）　四十四歲

一月三十一日，《申報》刊劉達《碧城女士以新譯美利堅建國史綱暨所著信芳集見贈賦此謝之》二首：

「海外滄桑入簡編，山川文物費探研。卧游奚用荆關畫，開卷如臨美利堅。」「續史班昭有嗣音，更披雪絮動清吟。記從海島歸來後，一字推敲直到今。」

春，「李紅郊與犬」公案發生。平襟亞因在所編《笑報》上發表《李紅郊與犬》一文，惹惱碧城用慈禧親筆花卉立幅爲賞予以追緝，暫時避居蘇州。

「紙帳銅瓶室主」（鄭逸梅）《吕碧城》（《永安月刊》第五十一期）：「民國十四年，襟霞閣主撰一文，披露於某刊物上，女士認爲影射彼名，誣辱其人格，乃訴之於法。襟霞閣主懼其擾，匿居吴中調豐巷，易名爲沈亞公。女士更登報究探，謂如獲其人，當以所藏慈禧太后親筆花卉立幅一以爲酬。襟霞閣主終日杜門不出，甚感悶損，遂草長篇小説《人海潮》一書，凡半年始竣。其時女士却不復措意於往事。一日，錢須彌君晤之席間，遂以魯仲連自任，紛難乃立解。」

秋，再度赴美。轉赴歐洲，遊法國、瑞士、意大利、奥地利、德國、英國，定居瑞士日内瓦湖畔。抵美後，居舊金山。《申報》刊碧城詩《兩渡太平洋皆逢中秋》、《中秋夜太平洋上觀戲爲史璜生女士主演之片》等五首。又，再度去國前夕，碧城作《爲同學凌楫民博士題雲巢詩草》三首：「一卷琳琅抵百城，深研漢魏見菁英。生花筆豔佉盧字，變夏能存雅正聲。」「騫槎遥泛斗牛津，絃誦相聞憶比鄰。銀海光寒瑶霰急，扣舷同訪自由神。」「相逢王粲登樓日，再遇蘭成去國時。便欲乘桴成獨往，十洲洞去何之。」

本年，英斂之夫婦相繼逝世。二姊美蓀作《哭英斂之並夫人淑仲》以悼之。淑仲亦曾作《題吕氏三姊妹集》。

中華民國十六年丁卯（一九二七）　四十五歲

南京國民政府成立。

二月，《歐美漫遊録》（又名《鴻雪因緣》）遊美部分草成。全稿完成當在兩年以後。曾先後連載於北京《順天時報》與上海《半月》雜誌。其中如論「女子著作」有云：「世多訾女子之作，大抵裁紅刻翠，寫怨言情，千篇一律，不脱閨人口吻者。予以爲抒寫性情，本應各如其分，惟須推陳出新，不襲窠臼，尤貴格律雋雅，情性真切，即爲佳作。詩中之温李，詞中之周柳，皆以柔豔擅長，男子且然，況於女子寫其本色，亦復何妨？若言語必繫蒼生，思想不離廊廟，出於男子，且病矯揉，詎轉於閨人爲得體乎？女子愛美而富情感，性秉坤靈，亦何羨乎陽德？若深自諱匿，是自卑抑而恥辱女性也。古今中外不乏棄笄而弁，以男裝自豪者，使此輩而爲詩詞，必不能寫性情之真，可斷言矣。至於手筆淺弱，則因中饋勞形，無枕葄經史、涉歷山川之工，然亦選輯者寡識而濫取之咎，不足以綜概女界也。又或以綺語爲世詬病，如《漱玉》、《斷腸》等集，予與故友易君實甫曾函論之，見所刊拙著。古人中如范文正、宋廣平、司馬温公等，其豔思麗藻，世所習見，無玷於名賢，奚損於閨閣？必恕此而責彼，仍蹈尊男卑女之陋習。況《詩三百》多言情寫怨之作，而一言以蔽之，曰『思无邪』。先聖不以爲邪，後世豎儒反從饒舌，真可謂不識時務矣。」

二月十九日，《甲寅》第一卷第四十三號刊二姊美蓀《巽言》，即美蓀「十二月除日」（一九二七年二月一日）致章士釗函，以及士釗本年二月答言。章氏答言開篇即云：「曩淮南三吕，天下知名。」

春暮夏初，作《摸魚兒・客裏送春率成此闋傷時感事不禁詞意之淒斷也時客大秦》（悄凝眸、緑陰連苑）。大秦即羅馬帝國。又，抵羅馬之第五日，謁中國駐意大利公使朱兆莘，朱氏於次夕宴請碧城於使署。

六月三十日，《上海畫報》第二四八期第三版刊周瘦鵑《海外詩箋》一文，中有碧城致其函一通，略云：

「瘦鵑先生：兩月前寄緘，計達。茲以小詩二首投貴報，披露後，如能將該報剪寄，尤幸。」所附二詩爲《丁卯暮春遊瑞士》及《遊義京羅馬》。並有評云：「讀此二詩，令人神往於瑞士湖光、羅京夕照之問。蓋愚嘗先後聞朱少屏君與張織雲女士繩此二國之美，固已役吾夢魂，繫之寤寐矣。」

約在本年歲暮前後，作《念奴嬌・自題所譯成吉思汗墓記事見拙著鴻雪因緣》（英雄何物），時寓居倫敦。英報所載發現墓地之説，未可盡信。

本年，《申報》刊碧城詩《丁卯暮春遊瑞士》、《遊義京羅馬》。又，《紫羅蘭》第二卷第四號刊萬娟紅《護花精舍盆菊爲碧城女士作》。萬娟紅未詳。

本年，榮柏雲《二宅實驗》出版。榮氏稱懺悔學人，餘未詳。

中華民國十七年戊辰（一九二八）　四十六歲

正月十二日（二月三日），與鄭振鐸等宴集：「七時一刻，至上海樓，戈請客。有吕碧城。」（《鄭振鐸日記・殘存的海外日記》）

歲初前後，作《丁香結・夢於倫敦友人處見予所繪水墨大士像秀髮披拂現身海中憶髫齡鄉居鄉人曾以舊畫觀音一幅乞爲摹繪固有其事也》（妙相波瑩）、《摸魚兒・倫敦堡吊建格來公主》（望淒迷寒漪衒苑）、《金縷曲・倫敦快報稱銀幕明星范倫鐵諾之死世界億萬婦女贈以涕淚及香花而無黄金之賻迄今借厝他塋不克遷葬其理事人發乞助之函千封於范氏富友答者僅六函予爲莞爾曩予舟渡大西洋曾夢范氏乞誄事見鴻雪因緣今賦此闋寄慨兼償夙諾焉》（孰肯黄金市）等。本年十一月六日《申報・自由談・吕碧城近詞》嘗記及《摸魚兒》一詞創作緣起：「吕女士碧城擅長國學，又工詩詞，不愧爲女界中之先進。曩讀其《信芳》一集，清新雋逸，兼而有之。近遊海外，遍歷名勝，登山涉水之暇，填詞寄慨，雅興頗復不淺也。頃於友人處見其自日内瓦來函，並附詞一闋，調寄《摸魚兒》云，纏

綿悱惻，情見乎詞，蓋遊倫敦堡吊建格來公主而作也。下附小叔，兹並録之：『建格來由朝臣擁立，即位僅九日，其夫及翁擁兵助之，被其表姊馬利女王戰敗，囚繫於此堡中，經年而駢戮之。瀕刑之前，於囚室中見其夫無首之屍，舁過窗外，即已暈絶，時（猶）在妙齡。詳情見英史。名畫家多繪圖記其事，予覓得一幀，以其名貴哀豔，寄請吾國楊令茀女畫師，臨摹徵詠。女士作品，皆本國史蹟，得此當別開生面也。爰題《摸魚兒》一闋爲倡，並述概略如左。』亦簡雅可誦云。案：後柳亞子有借此首詞韻之作《摸鱼儿・自題秣陵悲秋圖爲亡友張秋石女士作借吕碧城女士倫敦堡吊古韻》（歎重來，西風白下）。

春，作《江城梅花引・日内瓦湖畔櫻花如海賦此以壯其盛》（搴霞扶夢下蒼穹）等，時居瑞士日内瓦。「孤雲」（潘伯鷹）於此首有評云：「奔放舒捲，如一筆書，賦色之豔，更無論矣。」又，接友人書，知國内兵燹不斷，感而賦《高陽臺》（啼鳥驚魂）。又，作《摸魚兒・暮春重到瑞士花事闌珊餘寒猶厲旅居蕭索賦此遣懷》（又匆匆，輕裝倦旅），刊於《北洋畫報》第一九八期（六月二十日）。楊圻以同調「和吕碧城女士重遊瑞士暮春櫻花之作」（首句「駐雕輪，踏莎裙屐」）和之。另據《北洋畫報》同期所刊「莼莓」（未詳何人）《記吕碧城女士》，凌啓鴻亦有和章：「旌德吕碧城女士，夙以驚才絶豔，蜚聲中外。清末盛言變法之際，已辦學於京津，且從嚴幾道受學。而『深閨猶願作新民』一詩，尤爲當時之所傳誦。僕時在髫齡，固已共仰天人矣。兹聞吕於往歲漫遊新大陸，撚脂新韻，江山生色，而服飾遊宴，盛爲彼都人士所稱道。吕雖已躋盛年，而容華焕發，猶堪絶代。近復浮海而遊歐陸，芳躅遥臨，益爲瑞士山川增其秀媚。近頃以《摸魚兒》新詞寄凌楫民博士，囑爲徵和，而江東雲史適在津門，首相酬和。楊氏文名，炳耀東南，有不煩靈氛之占者。詞壇佳話，合得流傳。聞楫民博士已將和章函寄瑞士云。」

七夕（八月二十一日），作《採桑子》（仙情更比人情薄）。「孤雲」於此首有評云：「首句逆攝全篇之神，寫仙情薄愈見人情之薄，落想奇而憤。」又，作《洞仙歌·戊辰中秋計予再度去國又二年矣》（圓規無恙）、《蝶戀花》（慧尾騰光明月缺）等。「孤雲」於《蝶戀花》一首有評云：「激昂悲壯。」秋冬之際，作《惜秋華·和韋齋西溪紀遊之作即次原韻》（越尾吴頭）。《吕碧城集》卷四海外新詞「附韋齋宿虎邱西溪題陳仁先杭州西溪圖原作」，首句爲「兩地西溪」。

歲暮前後，作《洞仙歌·白葭居士繪松林一人面海而立題曰湘水無情吊豈知南海康更生君見而哀之題詩自比屈賈而予現居之境恰同此景復以自哀焉爰題此闋以應居士之囑戊辰冬識於日内瓦湖畔》（何人袖手）、《三姝媚·滬友函稱有於古玩肆購得傅君沅叔爲予書詩册者珍襲徵詠視如古蹟云事見申報予去國時書笥皆寄存於滬此物何由入市且物主及書者均尚生存竟邀詠歎亦堪莞爾賦此以寄慨焉》（芳塵封鄴架）、《破陣樂·歐洲雪山以阿爾伯士爲最高白琅克次之其分脈爲冰山餘則蒼翠如常但極險峻遊者必乘飛車懸於電線掠空而行東亞女子倚聲爲山靈壽者予殆第一人乎》（混沌乍啓）、《喜遷鶯·得故國友人書謂社稷壇芍藥千餘株多金帶圍名種近被暴民集會踐踏無遺爲賦此調以代傳檄希海内騷人結社招魂俾暴徒愧悔兼可爲文苑他年掌故也》（杯傳婪尾）、《望湘人》（送征帆遠去）、《凄涼犯》（斷霞吹霰胡天晚）等。劉衍文於《三姝媚》一首有評云：「今觀此闋所賦，雖其時已皈心釋氏，而空桑三宿之情，猶溢於言表，離太上之忘，終隔一間也。顧就詞而論，則傳情抒感，亦難得此旖旎風光，正不必以無綺語之懺誚之。」（載《上海近百年詩詞選》）又「孤雲」於《望湘人》一首有評：「此詞前半，刻畫乍别回憶之景，真疑有鬼斧神工。本擬不列於此，以其有『銀褪糖衣』兩語，故録之。試思寫錫皮包之可可糖與燒剩之雪茄煙，雋妙至此，能不爲之擊節乎？」

本年，作《翠樓吟·瑞士水仙花多生於隆地然地以湖著名仍與原名契合欣賞之餘製此爲頌》（豔骨冰

清)、《解連環・巴黎鐵塔》(萬紅深塢)、《玲瓏四犯・意國多古蹟佛羅羅曼爲千餘年市場遺址斷礎殘甃散卧野花夕照間景最淒豔賦此以誌舊遊之感》(一片斜陽)、《八聲甘州・遊馬勒梅桑吊拿破崙之后約瑟芬》(望娟娟一水鎖妝樓)、《絳都春・拿坡里火山》(禪天妙諦)、《金縷曲・紐約港口自由神銅像》(值得黄金範)、《花犯・日内瓦湖畔牡丹數株看花已三度爲題此闋》(炫芳叢)等。

本年,《紫羅蘭》第三卷第十八號刊碧城文一篇。又,《北洋畫報》第三四七期刊詞《蝶戀花》(彗尾騰光明月缺)(海上秋來人不識)(迤邐湖堤光似砑)(爲問閒愁拋盡否)。

中華民國十八年己巳(一九二九)　四十七歲

上年至本年間,作《徵招・題周璕畫龍》(雩龍飛舞翻滄海)、《齊天樂・吾樓對白琅克冰山晨觀日出山頂賦此》(曜靈初破鴻濛色)、《夢芙蓉・蔻嶺多紫野花茁於雪際予恒採之遊蹤久别偶於書卷中見舊藏殘瓣悵然賦此》(纖苗凝奼紫)、《二郎神・楊深秀所畫山水便面兒時常摹繪之先嚴所賜楊爲戊戌殉難六賢之一變政之先覺也》(齊紈乍展)、《瑣窗寒・孟特如湖畔多玉蘭高樹婆娑巨朵千百掩映瑶峰玉宇饒華貴氣象予每春來此看花已三度爰用夢窗賦玉蘭韻而成此闋原作有海客乘槎及悲鄉遠等句不啻爲予今日詠也》(海日摶霞)、《柳梢青》(人影簾遮)等。「孤雲」於最末一首有評云:「『且消』二句,所謂强自慰藉也,其情愈哀。」

五月中旬,赴維也納參加國際保護動物會活動期間,作《還京樂・夢聞故國歌聲極頓挫蒼涼之致感而賦此》(殢春睡)。

五月下旬至八月下旬,作《祝英臺近・己巳春瑞士水仙滿山方抽寸翠未及見花有奧京維也納之役歸來尋賞零落已盡悵賦三解》(惓珍叢)、(繞湘皋)、(紺搴雲)、《風入松》(簫雲飛佩度清虚)、《滿江紅・中秋後殘月半規皎然海上爲賦此闋》(精豔難磨)等。

八月，潘伯鷹二十回小説处女作《人海微瀾》印行。碧城所作《高陽臺·題人海微瀾》當在其時：「花縣霏香，蕙庭消雪，君家特地春多。漲筆狂塵，肯教教英氣銷磨。金沙直瀉來千里，比恒河、還似黄河。聚人間，萬感悲歡，一派笙歌。傷春不在銀屏裏，在浮雲幻影，逝水迴波。縹緲悽痕，幾番著意描摹。臨流休覓殘紅語，怕落花、無奈愁何。盡收來、海底繁枝，珊網輕羅。」又，錢伯城《泛舟集》謂：「舊體小説《人海微瀾》，先在《大公報》連載，後單行。……名士呂碧城、黄稚荃稱爲『悽動心脾，不自知其掩卷而汍瀾』。」

九月，費樹蔚校閲之《呂碧城集》由上海中華書局出版。樊增祥爲題《七律一首》、《七絶八首》及《鷓鴣天·聖因賢姪續刻詩集屬余題句即送遊美洲》：「縹緲飛樓現碧城。又玄集比極玄清。盤中珠轉光難定，卷裏香多蠹不成。絲宛轉，玉瓏玲。紫簫能學鳳凰鳴。衹憐蕙子英靈手，獨抱璇璣海外行。」該集並録樊氏手書二則，一則已見前録，另一則云：「碧城賢姪文几：晚誦手書，知舞衣事已得前途答復。吾姪感時惜别，發函悵然，僕一生爲人所忌，是以愛才彌切。七十以後，忽見清文麗藻不屬冠帶而屬釵笄，而又孤鳳高騫，滄溟萬里，此亦往古才人所未聞也。拙句有云：『天人交忌是才名。』昔以自傷，今復爲吾姪詠矣。書中齒及江寧之事，此年家應有之義，不援則豺矣。述之滋愧，稍暇當過談。復候文安，增祥拜手。」

十月七日，《大公報》刊載「孤雲」《評呂碧城女士信芳集》，略云：「以《信芳集》與時賢諸家相較，則覺或辭俊有餘而意新不足，或長於輕巧而失之不能雄深；清逸者或少追琢之工，矜練者又亡渾融之妙。環顧斯世，竟難連鑣之選，此碧城風標絶世之概與易安相同者也。然亦殊有異，蓋《信芳集》之詞境，其豔冶淒馨之處，雖爲易安所可頡頏，然碧城則生於海通之世，遊屐及於瀛寰，以視易安，廣狹不可同年而語，詞中奇麗之觀，皆非易安時代所能夢見。雖云易地皆然，而惜乎生之不晚，此碧

城環境，時代優於易安者，一也。易安之詞，類皆閨襜之音，故云『緑肥紅瘦』、『人比黄花』之語，爲千古絶唱。然詠歎低徊，不出思婦之外。至若碧城，則以靈慧之才，負磊落之氣，下筆爲文章，無論賦景寫懷，皆豪縱感激，多亢墜之聲。其英姿奇抱超軼不羈，散見於辭句者，幾乎無處無之，而所謂豪縱感激者，又非荆卿歌、漸離筑之比，乃純乎女子之本色，如荆十三娘、公孫大娘之流，以此知其英俠之風出於天性，非日貌爲。遂覺晶光劍氣發於香口檀心而蔚爲異彩，尤於蒼涼雄邁之處，讀之使人起舞焉。易安純乎陰柔，碧城則兼有剛氣，此碧城個性强於易安者，二也。……著者詞中之一特點，爲能鎔新入舊，妙造自然，此爲某所亟欲言者。……其在諸外邦紀遊之作，尤爲驚才絶豔，處處以國文風味出之，而其詞境之新，爲前所未有。憶昔年見康長素《十一國遊記》中諸作，殊未能與《信芳集》比並也。此中消息至微，世有英傑其以慧心悟之。《信芳集》中更有一最著之特點，何也？則前所云豪縱感激之氣是也。太白之詩所以稱爲仙才者，以其奇横開闔，氣勢飛舞，非常人所能學步也。《信芳集》中，《破陣樂》、《齊天樂》、《念奴嬌》、《好事近》、《新雁過妝樓》、《江城梅花引》諸作，其氣體騫舉，句勢崢嶸，直與太白歌行相抗。夫寫景之作，而以奇縱之氣貫之振之，又乙太白長篇之妙納之於倚聲之體，豈非詞中至難至奇之境，實某所僅見也。此由其天才超絶，故豔冶可以至極，精細可以至極，而皆健筆揮斥以出之，若在凡手，則穠麗者必流於堆砌，豪宕者必流於叫囂矣。」

本年秋至歲末，作《高陽臺・故國諸友來書話舊各有身世之感賦此簽之》（芳禊修蘭）、《桂枝香・近人評桂爲花中聖賢蓋其樹幹高直枝葉整齊氣馥而色不炫猶蓮之爲君子也惜海外無此曩於紐約藏書樓見某卷稱中國特有之花約三千種不能移植西土云》（檀魂喚起）、《玉京謡・紅樹室時賢畫集爲陸丹林題》（斷綺淒紅樹）、《丹鳳吟・巴黎佛化美術家 Louise Janin 女士以所繪慧劍斬情魔圖見贈據

云斬魔之神於梵文中名 Achala 詢於華文爲何名予愧無所知爰賦此詞爲謝》（依約鬘天何許）、《減字木蘭花·友人來書謂予客海外有屈子行吟之感賦此答之》（蘭荃古豔）、《念奴嬌·題秋心樓印譜》（瘦金零落）等。《秋心樓印譜》未詳。

本年，門人黃盛頤於北京刊印《信芳集》，不分卷，有詩、詞（同聚珍仿宋版）、增刊詞（民國十七至十八年在歐洲之作）、文、遊記（《鴻雪因緣》）若干類。有凌啓鴻本年春日跋，略云：「女士有高足弟子謝黃盛頤夫人，清才績學，獨得其師之心傳，近以女士舊日所刻《信芳集》詩詞及《鴻雪因緣》代付鉛槧，囑余任校讎之責。惟余與女士爲十餘年文字之交，義固難辭，乃爲盡匝月之功，次第勘閱。雖然女士才識過人，慷慨有大志，出其餘緒以爲詩文，已足睥睨百氏，吐納萬有。異日興盡歸來，抒其抱負以謀國，必有以慰吾人之望者，又安可僅以詩人目之歟？」案：汪夢川《南社詞人研究》謂：《信芳集》又有吕碧城民國十八年十二月識本，李保民《吕碧城詞箋注》「未提及」。

本年，梁啓超逝世。二姊美蓀作《吊梁新會啓超》。

嚴修逝世。鄭逸梅《南社叢談：歷史與人物》有云：「嚴復又爲之推轂，認識了學部大臣嚴修，因此她長北洋師範，乃出於嚴修所舉薦。」

中華民國十九年庚午（一九三〇）　四十八歲

一月，胡也頻《一幕悲劇的寫實》由上海中華書局初版，屬徐志摩主編「新文藝叢書」之一種。書末有《吕碧城集》的書目廣告。

春，在瑞士正式皈依佛法。

本年，《海潮音》第十一卷第二、五、八、九期刊碧城文四篇。又，上海《時報》刊文一篇。碧城因不時將歐美佛教與護生消息傳遞國內，刊於上海《時報》，引起滬上知名居士王季同、吴康、豐子愷、李榮祥

等人注意。隨即由榮祥與之取得聯繫，約其將各文結集，寄回國内，籌劃印行，定名《歐美之光》。

丁祖蔭逝世。

中華民國二十年辛未（一九三一） 四十九歲

「九一八事變」爆發。

三月，旅歐之吴宓於日内瓦致函碧城，約會晤，並隨函鈔示所作《信芳集序》未刊稿：「《信芳集》確能以新材料入舊格律，所寫歐洲景物，及旅遊聞見感想，宓今身歷，乃更知其工妙（李思純《昔遊詩》及《旅歐雜詩》亦然）。而其藝術及詞藻，又甚錘煉典雅，實爲今日中國文學創作正軌及精品。《信芳集》確能以作者本身深切之所經驗感受，痛快淋漓寫出，而意境却極高尚，藝術却極精工，即兼有表現真我及選擇提煉之功夫。集中所寫，不外作者一生未嫁之淒鬱之情，纏綿哀厲，爲女子文學作品中之精華所在。然同時作者却非尋常女子，其情智才思，迥出人上。其境遇又新奇，孤身遠寄，而久住歐洲山水風物最勝之區。如此外境與内心合，遂若屈子《離騷》（集名亦取此書），又似西方浪漫詩人之作。所謂美麗之生活，方可製成精工之作品也。」又，吴氏《空軒詩話》所評可對參，略云：「《信芳集》（詩詞遊記）一卷，民國十八年出版。（其後又有增改，印成中國書式。分釘二册。中華書局印售。）凫公（署名孤雲）作長文評贊之，載《大公報·文學副刊》。（第九十一至九十二期）大意謂，作者才情横溢，藴蓄深富。獨『得風氣之先，漫遊大地，遂以其根柢於世家之舊學，溶於歐美之新知。優於天才，飽於世變，復得山川之助。』故其所作，可以上比李易安，而又别闢蹊徑。其詞較詩尤勝。所具特點，爲『能熔新入舊，妙造自然』云云。予平日論詩，（詞同）恒主以新材料入舊格

律。予又曾遊歐洲，有《歐遊雜詩》之作。故於《信芳集》中之詩詞，獨有深契於心。自謂於其技術及内容，頗多精到之評解。惟以嵬公已暢言之，故不贅辭。《信芳集》作者，自戊辰以來，奠居瑞士日内瓦湖（即麗滿湖）畔，時復出遊各國。予在歐，以人事匆促，未及訪晤，僅曾通函而已。」又録集中《瓊樓》、《天風》二詩，謂可「總括作者平生，隱概全集」。詞亦録《六醜》、《望湘人》及《望江南》（八首），並謂《望湘人》一首「以新材料入舊格律，真切典雅，實可爲全集諸詞之冠」；又案云：「黄公度《今别離》四章，實爲此類詩詞之濫觴。以新材料入舊格律，不但描繪景物，又必須表現自我。情意豐融，方合。此《信芳詞》之所以爲可稱也。」案：此函尚有後話。碧城隨即快信回覆吴宓，對來函言及未嫁之辭甚爲憤怒；又責吴氏不看全集，言論偏頗。

秋，二姊美蓀於青島自序《葂麗園詩》。

本年冬至明年歲初，作《夜飛鵲・英國詩聖雪萊思想繁化出入人天多遺世之作女詩人儒斯諦慣以宗教之語入詩奇情壯采涵被萬有皆於騷壇別闢勝境茲仿其例闡揚佛法勉成數闋未能暢微旨也》（春魂殢塵網）、《八犯玉交枝・佛説心生則種種法生心滅則種種法滅感而賦此》（光動圓菱）等。

本年，《歐美之光》印行。有上年九月碧城自序。又凌啓鴻序引林鶡翔評，云碧城詞爲「三百年來第一人」。

本年，朱祖謀逝世。彊村易簀前，親手將遺稿托付龍榆生，並以填詞雙硯贈之，一時傳爲佳話。繼夏敬觀《上彊村授硯圖》以後，湯滌、徐悲鴻、吴湖帆等均繪有《彊村授硯圖》，名流題詠無數。後碧城亦作有《側犯・爲龍榆生君題彊村授硯圖》：「廣陵散絶，雅音墜緒憑誰擷。依約。贈一角琳腴、寫藖笛。　磷淄石不轉，峭剪端溪碧。追憶。似夢雨，飄來伴吟席。　箏琶耳洗，金粉都無跡。早料理。攬仙潢，珍重浣詞筆。秀發樵歌，韻酬簑笠。十斛隃麋，翠翻潮汐。」又，二姊美蓀作《輓朱古微

侍郎(孝臧)》詩，又曾作《謝朱古微侍郎書聯》詩，《葹麗園隨筆》中有「彊村詞人」一則。

本年，《海潮音》第十三卷第四、七、八期刊碧城文三篇。

樊增祥、廉泉、袁克文逝世。樊氏曾作《寄酬聖因美洲》、《得聖因紐約書却寄》、《聖因寄示檀香山舟次觀日出詩漫和三解》。碧城曾作《贈高麗音樂家吳小坡女士次南湖韻》、《由京師寄和廉南湖》二首，後者題一作《奉酬南湖二律用李悔庵韻》。吳小坡未詳。李悔庵即李瑞清。又樊氏於碧城《南鄉子》(雨過漲留痕)、《聲聲慢》(聽殘臘鼓)、《蘇幕遮·擬周美成》(理鵾弦)、《金縷曲》(剪燭舊窗底)等詞分別有眉批云：「幽冷」、「陳君衡所不能到」、「吳城小龍女復見於今。『便作青蟲，也褪花蝴蝶』，向以爲佳，見此覺秋舲意淺矣」、「肝肺槎枒」。陳君衡即陳允平，秋舲即趙慶熺。碧城又曾作《更漏子·題浣雲吟稿》：「句聯珠，珠綴串。一一圓姿璀璨。哀窈窕，惜芳菲。自書花葉詩。花開落，人離合。顛倒夢中蝴蝶。癡宋玉，苦靈均。問天天不聞。」浣雲，或即袁寒雲。「孤雲」於此首有評：「前半自贊文字之精美，後半自寫哀感之深。」又，二姊美蓀作《吊項城公子袁寒雲》。

中華民國二十一年壬申(一九三二)　五十歲

夏，作《玲瓏玉·阿爾伯士雪山遊者多乘雪橇飛越高山其疾如風雅戲也》(誰鬬寒姿)等。

約於本年夏或稍前，作《風入松·題式園書畫集》(米船一棹泛滄溟)。該集爲陸丹林編輯，收顧麟士、夏敬觀、鄭午昌、馬駘、張大千、陳衍、趙熙等人書畫作品。

本年，《曉珠詞》三卷本出版。有碧城秋末自跋：「右詞三卷，刊於己巳歲杪，迨庚午春，予皈依佛法，遂絶筆文藝。然舊作已流海内外，世俗言詞，多違戒律，疚焉於懷，乃略事刪竄，重付鋟工，雖綺語仍存，亦藴微旨，麗情托制，大抵寓言，寫重瀛花月，故國滄桑之感。年來十洲浪跡，瑰奇山水，涉覽

略遍，故於詞境漸厭横拓，而耽直陡，多出世之想。聞頗有俗傖揣以凡情，妄構謡諑，爰爲詮釋，以闢其誤，西昆體晦，自作鄭箋，恨未能詳也。卷尾若干闋，乃今夏寢疾醫舍無聊之作，遺懷兼以學道，反映前塵，夢幻泡影，無非般若，播梵音於樂苑，此其先聲，儻亦士林慧業之一助歟！壬申秋末，聖因識於瑞士國之日内瓦湖畔。」

諦閑法師逝世。

中華民國二十二年癸酉（一九三三）　五十一歲

歲初，因葉恭綽之介，與龍榆生結爲文字之交。

龍榆生《悼吕碧城女士》：「予於民國二十二、三年間，旅居上海，與諸友好之喜談詞者，創辦《詞學季刊》，海内聲家，咸以篇什相投寄。時因葉遐庵先生之介，獲與碧城女士書問往還。」

仲春，二姊美蓀爲所輯《蔣觀雲先生遺詩》作跋，並題詞一首，商請葉恭綽爲之代印於上海。

四月，《詞學季刊》創刊號刊碧城「信芳詞」八首：《應天長》（環峰瞰水）、《洞仙歌》（海堧遷客）、《壽樓春》（盟寒梅冬心）、《浪淘沙慢・用清真韻》（遠遊處、人羈瘴島）、《玲瓏玉・詠瑞士山中雪橇之戲》（誰鬭寒姿）、《風入松・爲王式園題書畫集》（米船一棹泛滄溟）、《法駕導引・英譯阿彌陀經既竟感賦此闋》（素華誰探）、《喜遷鶯》（紺雲西邁）。後有龍榆生附識：「聖因女士久居瑞士，曾於十八年冬，刊行所爲《信芳詞》。頃自柏林來書，有『豈惟去國，且求避世』之語，並録示夏間養屙醫舍時所作詞十餘闋，亟先載八闋於此。」八月，《詞學季刊》第一卷第二號刊詞七首：《鷓鴣天》（沉醉鈞天籲不聞）、《霜葉飛》（十年遷客滄波外）、《天香・白蓮》（玉井飄鉛）、《鵲踏枝》（腥海横流犴狴鎖）、（自

在天衣舒更捲）、（影事花城聞冕卸），《玉京謡・爲陸丹林題紅樹室圖》（斷綺悽紅樹）。

冬，由瑞士歸國。

本年，林庚白作《孑樓隨筆》，嘗記及碧城云：「余欲刊近三月以來所作詩詞及語體詩，都爲一集，而苦無以名之。偶見旌德吕碧城女士詩，有『早知弱水爲天塹』之句，幾失此佳名，乃思以弱水名吾集。碧城故士紳階級中閨秀也，驚才絶豔，工詩詞，擅書翰。歲己酉，余年甫十三，讀書天津之客籍學堂，嘗私往窺伺，時碧城裁二十許，主女子公立學校，爲時流所重。其詩頗有神玉溪處，余尤喜《天風》及《崇效寺牡丹》兩律。」

步翔棻（？，章五）、胡惟德逝世。步氏曾作《聖因女士吕碧城也民國以來婦孺知名矣兹承來稿爲題一詩云》：「曾挾飛仙謁聖因，碧城縹緲絶紅塵。坤輿縱説多靈秀，自謂平生見此人。」

中華民國二十三年甲戌（一九三四）　五十二歲

寓滬迻譯釋典。

三月，許唯心（無畏）録碧城《聲聲慢》（聽殘臘鼓）中詞句以當《半農詩存》題詞：「『還剩浮生幾日，盡傷心付與，淺醉閒眠。無賴斜陽，爲底紅到樓邊。繁香又都吹盡，費冰毫、多事題箋。』半農輯其詩存，適閲吕碧城集，録其《聲聲慢》中句以當題詞。　許唯心，一九卅四年三月廿三日於南島。」見載林峻堅《海外客詩集》附録四。

孟夏，二姊美蓀校閲父鳳岐《石柱山農行年録》並爲之作跋，彙印成册。跋曰：「先大夫自光緒乙酉由山西學政乞病歸皖，僑寓六安，遊息書城泉石，甫十載而見背。不孝等幼闇，未能保遺著，詩文稿散佚以盡。頻年訪求，始得《靜然齋雜著》一卷，族叔小東先生録示詩一首，族姪桂叢復爲覓得自撰《行年録》數十頁，餘則付諸蓋闕之數。念人事之滄桑，恐失者不可復得，而得者或致再失，適族姪

篙漁來助校閲，乃彙印成册，將以贈宗戚鄉黨暨海内諸友好，以見我先人由艱苦勵志而成，非僅求文字之傳，且以明不孝等弗克負荷之罪云。甲戌孟夏，女賢鈖謹跋於青島。」又輯刊《陽春白雪詞》，收美蓀己作感春雪而賦之詩四首，並和者如費樹蔚、楊圻、陳詩、袁思亮、戴振聲、陸丹林等四十六人的七十三首和詩。

中華民國二十四年乙亥（一九三五）　五十三歲

春，抵津門，謁徐文霨。未幾南下。

三月初六日（四月八日），費樹蔚逝世。費氏曾作《和章次原韻》、《碧城偕沈女士月華遊白下宿惠龍旅舍既知館主爲英籍亟欲移榻而别無佳屋可以棲止不得已居之初闢兩室沈女士堅主去其一以賃資助倡義輟業諸工人乃與碧城分上下床碧城高卧晏然而月華爲蚊嚙幾無完膚次晨還滬碧城沿途散金與學子之募捐者復以餘資百元助賑予爲莞爾戲作四詩次見示詩韻》，碧城原唱分别爲《某歲遊春明於寓邸跳舞大會後夢雪花如掌片片化爲胡蝶集庭坊墀牆壁間俄而雪落愈急蝶翅不勝其重乃群起而振掉之一迴旋間悉化爲天女黑衣銀縷皓質輝映起舞於空際予平生多奇夢此尤泠豔馨逸因詩以紀之惜原稿散失僅得其殘缺耳碧城》、《蘇寧紀遊詩各一絶》二首。費氏又曾作《答吕碧城香港用梅村題西泠閨詠韻》四首、《吕碧城自香港回滬書來云將遊歐美索爲詩述其身世戲借梅村舊韻寄之詩中用典皆有本事後世自知之》四首、《碧城來蘇縱談時事有漫遊歐洲不復返意次日天雨宴之龐之鶴園作二詩贈之》、《碧城又有美洲之行示詩誌别依韻奉酬兼爲息壤之盟》、《送碧城之美國》等。又作《信芳集序》，略云：「今春素書來，問訊無恙，乃以所草《歐美遊記》三卷、新詞一卷、新詩數篇來。綜其書意，厥有四端：『胃疾久淹，將付剖割，脱有不幸，則身後之事，宜略經紀，叢殘著作，付托爲先，一也；平生詩友，服膺惟君，敬禮定文，匪異人任，二也；詞家盛於兩宋，而閨秀能有幾人？漱

玉、斷腸未爲極則。際兹舊學垂絶，坤德尤荒，斯文在兹，未敢自薄，既爲閨襜延詩書之澤，亦冀史乘列文苑以傳，三也；幼而畸零，壯益牢落，經行往復，形影羈孤。每有微吟，祇堪獨笑，采伴雖多，未諳韻語。密親既盡，誰延古歡？一從海外之游，更富囊中之句。雖舊書散盡，儉腹填難，而寸鐵羞持，紺珠强記。行盡十洲，拓開萬古，娟娟豸影，靡假粉澤爲妍；一一鶴聲，不乞隣醯而與。求之流輩，爭效捧心，邈矣流風，願爲媻尾，四也。』並改正舊時詞稿按拍未諧者，屬合爲一編，而坿雜文游記於其後。予受讀既竟，掩卷累欷。蓋其詩詞佳處高挹群言，俠骨仙心獨居深念，貞孝悱惻流露行間，漆室、木蘭遜其華好，道韞、清照無其瓌邁。游記敘事，寫懷每多深警，終卷數篇，語尤侃侃。性靈瑩澈，興寄蕭聊，非我佳人，孰能到此？欲歸未得，視死如歸，間氣所鍾，造物所忌，此卷印成之日，君其尸解仙去，魂來栩栩耶，抑猶得一握手酬唱爲樂耶？舊邦新命，何至焚坑？不朽之托，洵乎深識矣。」並有《書呂碧城信芳集後用舒鐵雲題汪小韞集詩韻》：「雙緘海角傳書鯉，隻影雲端罷舞鸞。素手刪詩存太少，紺毫寫照肖應難。蹉跎雄武秦良玉，漂泊清狂李易安。記取探梅圓俊約，上元細字研紅看。」又，費氏曾寄二姊美蓀絶筆二律，美蓀於費氏去世後作《吊吴江費仲深（樹蔚）》二首，《葹麗園隨筆》中有「費仲深遺詩」一則。

本年，葉恭綽編《廣篋中詞》刊行。該編卷四選録碧城詞三首：《祝英臺近・爲余十眉題神傷集》（背銀釭）、《祝英臺近》（縋銀瓶）、《汨羅怨・過故都作》（翠拱屏嶂）。

中華民國二十五年丙子（一九三六）　五十四歲

寓港。譯事之餘，曾一度回滬。歲暮，重遊南京、北京等地。順道訪費樹蔚，途人以死訊相告，遂愴然回車，賦《惜秋華》（十載重來）哀悼。抵北京時，適逢舊友盧雲青由北京移柩天津，乃馳往車站送行，後雲青夫君婁裕熹（魯青）「寓書乞誄」，爲作《望湘人》（記荀香謝絮）。

六月，《詞學季刊》第三卷第二號刊《惠如長短句》（與附於《曉珠詞》者同）。有蔡嵩雲附識：「惠如女士，旌德呂佩芬太史長女。太史女三，次美蓀，次碧城，與惠如並以文藝知名海内。惠如工書畫，善詩詞，尤長雅學，爲人婉嫕淑慎。在江南主持姆教有年，舊家名門慕其風，争遣子女來學，一時稱盛。憶其事女學時，暇輒相與考證名物，予每取新説訂古箋，偶進一解，必爲首肯。嘗爲予作《採菊圖》，題句云『天下奇才三徑遠，人間冷眼萬花空』，可以覘其襟抱矣。其詞長調雅近玉田，小令頗得易安神味，造境絶高。如《踏莎行》云『冰壺休浣九秋心，天寒珍重姮娥寡』；《洞仙歌》詠菊云『端不負初心，寂寞東籬，總未向春風低首』；《祝英臺近》云『似聞鶴語空山，忍寒餐雪，總不向紅塵飛到』；《憶舊遊》云『平生不願枯寂，冷處亦清華』；《高陽臺》云『梅花懶續東風夢，抱幽香自老青天』，諸語均非尋常閨闥所能道。」

本年，《安徽名媛詩詞徵略》由安慶東方印書館出版。該編卷三收碧城詩，編者光鐵夫所撰《小傳》有云：「今尚留瑞士國未歸。」

本年，柳亞子編《南社詩集》由上海開華書局出版。其中收「呂碧城（遁天）詩」凡二十首：《感事》、《遊鍾山和省庵》、《瓊樓》、《和白葭韻》、《和抱存流水音修禊十一真韻》、《贈李蘋香》、《次韻和南湖二律》、《丁巳二月偕諸女伴探梅鄧尉率題十絶以誌鴻雪》、《道中偶成》、《贈鎮守使朱琛甫君》。

中華民國二十六年丁丑（一九三七）　五十五歲

「盧溝橋事變」爆發。

二月初十日（三月二十二日），作《鷓鴣天・二月初十夢得末二句醒後成之》（百創心痕刻此生）。

三月，葉恭綽建立上海法寶館，任館長。碧城曾作《鶯啼序・海上法寶圖書館落成賦此爲頌柬遐庵館

長》（禎光夜騰蜃市）。又，葉恭綽後曾於民國三十年致函碧城，與此略有相干：「前此寄來各書久存敝處，弟因遷徙無定，難以照管，久欲交還。兹從者來此，祈即全數取去，以省枝節。但如擬寄存上海法寶館，則務請索取該館之正式收條，否則該館不能負責。至該館之負責人係鄙人，而非任何人，其駐館辦事人爲錢君重知，亦弟所委任。此外任何人所做之事，弟不能負責，亦無人可代表該館對外也。（弟與錢君除外。）」

三月、孟夏，《曉珠詞》三卷手寫本、四卷本相繼問世。有碧城本年三月跋：「予慨世事艱虞，家難奇劇，凡有著作，宜及身而定，隨時付梓，庶免身後湮没。曩刊《曉珠詞》即本此旨。時雖遠客海外，未能校讎，版漶字訛，均未遑計。邇以舊刊告罄，索者踵接，無以應也，乃謀重鋟，釐爲三卷。初稿多髫齡之作，次旅歐之作，歸國後專以佉盧文字迻譯釋典，三載始竣。重拈詞筆，月餘得若干闋，即此卷也。手寫新稿先付景印，將與前二卷合刊，俾成全璧。敝帚自珍，深愧結習之未蠲也。丁丑三月，吕碧城自記。」並從香港寄贈此手寫本二十部與吴宓，吴宓回贈《吴宓詩集》一部。又孟夏再跋：「年來潛心梵夾，久輟倚聲。由歐歸國後，專以佉盧文字迻譯釋典，三載始竣，形神交瘁，乃重拈詞筆，以遊戲文字息養心力。顧既觸夙嗜，流連忘返，百日内得六十餘闋，爰合舊稿，釐爲四卷。草草寫定，從今擱筆，蓋深慨夫浮生有限，學道未成，移情奪境，以詞爲最。風皺池水，狎而玩之，終必沉溺，凜乎其不可留也。至若感懷身世，發爲心聲，微辭寫忠愛之忱，小雅抒怨悱之旨，弦歌變徵，振作士氣，詞雖末藝，亦未嘗無補焉。予惟避席前賢，倒屣來哲，作壁上觀可耳。丁丑孟夏，聖因再識。」陳完爲題《沁園春》，序云：「昨與寒雲公子夜話，泛及近代詞流，公子甚贊旌德吕碧城女士，且言逾日當折柬邀女士與不慧飲集閒樓，留此人天一段韻事，爲他日詞苑掌故，因以女士自刊《信芳集》見示。不慧尋覽一過，奇情窈思，俊語騷音，不意水脂花氣間，及吾世而見此蒼雄冷慧之

才，北宋、南唐，未容傲胝，今代詞家，斯當第一矣。審其聰性，已入華嚴之玄。儻更竿木隨身，極盡楞伽變相，倚其末那，融我悲圓，靈雲見桃花而不疑，香嚴擊竹而忘所知，到此無垠，得大自在，則逢緣而妙，觸處如如矣。今填《沁園春》，即依集中游匡廬一詞元韻，爲女士詞像頌，托寒雲公子轉致女士。豐干饒舌，公子又將哂我頭陀多事也。」詞曰：「絶代佳人，蕙語蘭心，玲瓏太深。是色身菩薩，龍游花外，舊家風調，鶴在桐陰。如此闌干，相逢一笑，何似神皋紲馬憑。禪天事，有誰人解得，水月惺冷。　江山帶淚孤臨。把滄海桑田作豔吟。便等閒恩怨，都成泡昔，多生情障，又到而今。疑鏡梳春，俊悟明朝定不禁。休憔悴，有蓮花胎命，共汝空靈。」陳完（飛公）曾於民國七年與章太炎、蔣作賓等在上海成立「覺社」。又，徐沅亦爲題《法曲獻仙音》，序云：「《老學庵筆記》稱易安譏彈前輩多中其病，意其識解所到，有以破一世浮議，不爲所拘攣者，惜其論著不傳，乃僅以詞人目之也。碧城女史邃於哲理，憫女學之不昌，爲論説以張之。理之所據，於前哲不少迴護。三千年彤史中無此英傑，餘事填詞，亦復俊麗絶倫，殆今之易安居士歟？爰拈是解，依集中晚字韻，以寫傾頌之忱。」詞曰：「鵑血關河，燕襟簾幕，身世祇憐春晚。海角風濤，楚纍吟篋，心情倚樓常懶。懺不盡金荃恨，展箋正神黯。　按歌遍，喜坤靈扇開塵障，張華路不數五丁揮斷。彩鳳拍天來，耿吟眸一陣撩亂。盡淪新思，浥鮫綃珠字穿線，願天風度笛，叫起鎖樓繁怨。」

九月，致函龍榆生，略云：「兵燹方熾，忽奉雅函，奚只空谷足音。曾念尊寓滬西密邇戰地，本欲馳訊，恐已喬遷，兹悉無恙爲慰。大作以『銀潢』句最雋，本應擱筆，重違雅命，姑於百忙中奉和呈教。尚有拙作容緩録呈，亦乞賜和。拙譯各經，前刊於滬者近始到港，怵於世變，亟欲分寄歐美，庶大法不致湮没。急速緘封，焚膏繼晷，十晝夜始竣。俟郵畢，當裁答中外各函，已稽遲半載矣。……（請翻閱紙面。玉甫諸君乞代慰問，現未暇另函。）」函後附《臨江仙》，序曰：「奉和榆生詞家丁丑七夕李

後主忌辰之作，昔人曾以薄命君王詠後主。『詞皇』見《半櫻詞》。又金粱外史稱與後主同以七夕生，不僅爲其忌辰也。胡氛方熾，率寫今昔之感。」詞云：「薄命詞皇初度日，瑶空靈鵲齊飛。長星偏近玉繩西。傳杯良夜，惆悵碧天垂。　莫問倉皇辭廟事，南唐殘夢淒迷。何須貂錦怨胡兒。教坊揮淚，娥監自相依。」

十一月，離港，抵新加坡，下榻黄典嫻（黄福女）處。旋往檳嶼小住。本年前後所致龍榆生二函可證。其一云：「榆生詞家：十二月三日賜緘及造象均由港轉到，感謝之至。一棹南溟，今恰匝月。玉甫先生抵港已不及見。歲杪將往檳嶼小住。二月間遵紅海而西，雪山長往，此後恐與國人永别矣。林鐵尊、趙叔雍、夏吷庵及其他諸詞家住址，擬請録示，以便分寄續刊之詞稿。儻蒙惠允，感謝無量，由檳榔嶼 PENANG 南洋兄弟煙草公司轉。專此，敬頌吟安。吕碧城上，十二月廿三日。」其二曰：「榆生先生：前承賜緘，即已作答。寄康橋舊邸，祈往郵局查詢，並囑其所有郵件皆轉寄新址，按例係如此辦理，（惟須正式簽名。）則無遺失也。玉甫南來未晤，蓋鄙人已先離港，頃復由星坡抵檳嶼，擬下月初赴歐。俟得定所奉聞。尊寓如再遷，亦祈隨時示知爲幸。此復，敬頌吟安。碧城謹啓，一月四日。賜函請由梹嶼 PENANG 南洋兄弟煙草公司轉交。」（載張瑞田《百札館三記》）又，抵新後，碧城嘗致書蔡慧誠居士，云擬往檳嶼小住養病，俟春暖赴歐洲。

本年，作《減字木蘭花・英人福華德氏挽詞》（滄波萬里）、《望湘人・婁盧雲青女士爲予相識最早之友去國後遂睽音訊丙子歲暮重遊故都適聞其殯由都移柩津門乃馳往車站送之頃婁魯青君寓書乞誄爲賦此詞蓋紀事之作也女士著有遊記數萬言現方付梓供藝林珍賞殆閨襜中之徐霞客歟》（記荀香謝絮）、《齊天樂・予與美國蔬食月刊主筆奥爾伯特夫人 Jean Albert 共以文字宣闡主義排斥殺生食肉者神交數載客夏君病中無聊每長函覼縷傾其襟抱予適忙於譯經多擱置不閲君知之而不怨予方

感知己能恕之雅量亦以來日方長可緩答也詎譯書告竣君已逝世輓賦此詞不盡蒼茫之感其所用箋封皆緑表菜色也》（緑箋長斷西洲訊）、《臨江仙》（莫問金張全盛際）（空記藐孤家難日）、《傳言玉女・蜀中女才子黄穉荃來書千言斐亹今之李青蓮也囑題詩集賦此爲酬》（三峽瞿塘）、《惜秋華・詞友韋齋別十年矣歸國後便道訪之途人以訃告遂愴然回車爲賦此闋》（十載重來）、《陌上花・木棉花作猩紅色別名烽火樹和榆生教授之作》（丹砂抛處）、《玉京謡・荷蘭國保護動物社寄贈芳草驕驄圖蓋以予爲護生同志也》（幸不孤吾德）、《緑意・題瀟湘清籟圖》（塵襟待浣）、《瑞雲濃・買蓮供佛得手形花瓣一雙考之釋典果有蓮華手名辭敬賦此闋誌瑞》（金仙露掌）、《八聲甘州・丁丑陽曆六月四日爲予十年前卜居瑞士雪山之始感事傷時漫成此解》（訝年華脱手箭離弦）、《國香慢・素蘭和樊榭山房之作》（九畹春荒）、《摸魚兒・元遺山樂府有摸魚兒詞序云乙丑歲赴試并州道逢捕雁者云獲一雁殺之矣其脱網者悲鳴不去竟自投地而死予因買得之葬之汾水之上號曰雁丘時同行者多爲賦詩予亦有雁丘詞舊作無宫商今改定之按遺山此作開詞人戒殺之先例謹按原調和之人類以强凌弱而弱者復凌異類予深恥之安得普世廢屠以湔此大恥耶》（繞孤丘、苦蘆寒瀨）、《瑞鶴仙・予昔有齊天樂雪山觀日出之詞今遊炎嶠觀海日將沉奇彩愈烈更賦此詞而感慨深矣》（瘴風寬蕙帶）等。案：《曉珠詞》中《摸魚兒》一首後，附録有碧城舊譯美國作家摩克當納氏（James J. McDonough）所作《鹿冢詩》（又名《投槍行》）。附記云：「予既和遺山雁丘詞，憶及舊譯『鹿冢』詩，正義嶄然，尤足媲美（英文原作見拙譯《歐美之光》），爰録於此，以光吾集。」詩曰：「灩灩鹿湖水，六丈深且瑩。有槍沉其底，往事感生平。投槍緣何事，仁義所驅成。流光三十載，回憶心猶怦。其時有牝鹿，就湖飲清泠。吾槍既餤發，鹿蹶不能行。既蹶復奮起，步趾苦伶仃。迤邐隔遠陌，宛轉聞悲鳴。吾心驕且喜，趨前視所贏。始知爲鹿母，舐麑如撫嬰。雛鹿驟失母，弱體尤震驚。吾魂方驚醒，羞愧相交縈。

又如人以指，直指吾心阬。指我復鄙我，刺痛如棘荆。陷我於不義，此槍實堪懲。棄槍如棄塊，決絶鐫心銘。長跪向湖畔，申誓兼涕零。我永不食肉，我永不戕生。湖濱葬鹿母，摶土築孤坪。揮淚對坯土，懺禱輸悃誠。迴身取雛鹿，偎擁哀且矜。抱麑獨歸去，日暮悽長征。一曲碧湖水，悠悠萬古情。」

本年，《覺有情》第八十三、八十四期合刊碧城文一篇。

徐文霨逝世。

中華民國二十七年戊寅(一九三八) 五十六歲

葉恭綽在香港擬復刊《詞學季刊》，終未成事。

二月，赴瑞士，重返阿爾卑斯雪山。先居蒙特勒，再移居山中静怡旅館。有《繪雪詞》寄冒廣生。

四月，致函龍榆生，略云：「承惠新詞，深紉雅契，匠門遺緒，不落凡響，固無待區區之辭贊也。本應奉和，奈已擱筆。最近全稿之刊，即係結束之計。詞韻等書皆棄於南溟，以示決絶。惟知者諒之。……又聞女詞家丁寧身世艱虞，亦乞代寄一小册，勸其棄詞學佛。城久居海外，於故國詞流大抵皆未識面，然讀丁詞，知其造詣可期，但不宜以此自娱耳。拙詞集刊於星家坡，托友代寄台端，如收到，祈示知爲幸。」八月，再函龍榆生，略云：「《曉珠詞》全稿久在星加坡付印，定約今年二月十日出版，故疑早已寄尊處。已付半價於印字局，餘半則預存友人處，並已將尊址簽條寄友，托代發，詎迄今杳無消息。世事如此，惟有慨歎。又自題詞集《石州慢》一闋，賜和爲幸。」「自題詞集」《石州慢》一闋，即《石州慢·自題曉珠詞》：「仙吕新聲，仙枕舊遊，雙黯陳跡。拚教郢苑陽春，换與梵音潮汐。沉哀

何地。早分(去)散髮居夷。藤陰休問天南北，迅羽托浮生，老蒼煙泉石。蕭索。案閒青玉，尊瀲紅螺，墜歡慵拾。夢覺承平，一霎風流都息。楚歌先變，已是禹甸驚沉，遺珠誰吊殘燐碧。願倩水精輪，轉高寒風色。」十一月，又函龍榆生，略云：「十月杪寄《雪繪詞》，計已收到，趙叔雍處乞代爲解釋爲幸。頃奉十月十四日尊函，知於淨土已經起信，至爲欣慰。……城之斷除肉食則較早二年，至本年十二月廿五日，爲滿足十年。自甘蔬果，從不思食腥膻，絶無所苦。君等盍試之，於經濟道德皆大有裨益，尤爲學佛人之根本要義。」

秋，歐戰爆發，欲東返而因故未能成行。自春至秋，作《鷓鴣天·戊寅二月重返阿爾伯士雪山》(寥落天涯劫後身)、《祝英臺近·自題寒山獨往圖爲歸隱歐西阿爾伯士雪山之作》(亂峰皚)、《新雁過妝樓·寓雪山之頂漫成此闋》(萬笏瑶峰)等。

唐紹儀、楊蔭榆、朱熙逝世。碧城曾作《柬同學楊蔭榆女士》、《探梅歸後謝蘇州朱鎮守使琛甫》、《致琛甫》。

中華民國二十八年己卯(一九三九)　五十七歲

寓居瑞士。夏，擬往美國任《蔬食月刊》主編，因簽證不許久居而未果。秋，由静怡旅館遷山下克拉昂旅館。

六月晦日(八月十四日)，冒廣生致函碧城：「前得惠書，附詞二首。嗣由南洋轉到《曉珠詞》二册，循覽一過，覺自來《漱玉》、《斷腸》有此思精，無此體大，其女中之清真乎？僕於此道，學之五十餘年。初僅視若小道，尋常應酬用之而已。近年詞家，人人夢窗，開口輒高談四聲。心滋疑焉。夢窗時無《詞律》，所守之律殆即清真之詞也。乃先取清真詞之同調者，次方、楊、陳三家和詞，再次夢窗與清真同調之詞，一一對勘，乃無一首一韻四聲同者。乃至句讀可破，平仄可易。始悟工尺只有高低，

無平仄，嘌唱只有斷續，無句讀。而當世無一開眼之人。自萬紅友倡千里和清真詞無一字四聲不合之説，鄭叔問揚其波，朱古微拾其唾，天下學子皆受其桎梏。諸人何嘗下此死功將周、方詞逐首對勘耶？其四聲者，指宫調言，非指字句也；指宫商角羽言，非指平上去入也。唐宋合樂以琵琶爲主，琵琶四弦有宫商角羽，而無徵絃，故曰四聲。僕近成《四聲鉤沉》一書，欲爲詞家解放。以足下聰明絶世人，病腕數年，不憚其痛苦，乃爲足下一發之，知不以爲河漢也。同一詞也，令詞不必講四聲，慢詞則講之。普通慢詞又不必講四聲，猶周、吴集中慢詞則講之。統一國家而法令有二，亦習焉不察耳。題詞二首，悉依元韻，並寄碧城詞家足下。六月晦日，冒廣生。」函後附詞二首，一爲《石州慢・奉題曉珠詞即同自題原韻》：「一品仙衣，三疊霓裳，針線無跡。獨弦自譜哀歌，付與春潮秋汐。飄零萬里，回首舊日神京，浮雲淒黯關山北。待説與生平，奈韓陵無石。　離索。鏡奩釵鈿，研匣琉璃，也慵收拾。椀茗煙薰，病起自家將息。天涯知道，多少英氣清愁，除非問取殘燈碧。又强忍高寒，看雪山山色。」一爲《鷓鴣天・再題繪雪詞仍用自題原韻》：「現出聰明自在身，前身合住苧蘿村。藐姑肌骨清於雪，群玉衣裳豔若雲。　天浩浩，水粼粼。江山奇氣伴朝昏。善心至竟依三寶，餘技猶能了十人。」尾署「水繪庵老人冒廣生」。

八月，致函龍榆生，略云：「昨奉七月十五日函及新作，詞筆突進，淒麗雋永，非城所及，甘拜下風矣。自奉題尊拓佛像後，已無一字之吟，實因尠晦。本擬往美國任《蔬食月刊》筆政，此報爲亡友所遺，見《曉珠詞》。……祈以《曉珠詞》全刊一册贈鐵尊並代索其《半櫻詞》卷三寄下爲荷。」末附《歸國謡・和龍榆生君擬飛卿之作》（紅簌）一首，並云：「右稿煩代補入《雪繪詞》爲荷。」

本年，數次致函陳輔相，討論歐美佛教徒有關蔬食輪迴諸問題。

常惺、吴佩孚逝世。碧城曾作《上常惺太虚法師書》，常氏有覆函一通。吴氏曾致函碧城，有評云：「端莊典雅，非末流俗輩所能步其後塵。足見我黄祖流澤之遠，國粹涵濡之深，巾幗文章不減於文人學士也。」又，二姊美蓀曾作《壽吴子玉將軍(佩孚)六十晋一》。

中華民國二十九年庚辰(一九四〇)　五十八歲

南京成立僞國民政府，汪精衛任主席。凌啓鴻任汪僞「立法院」立法委員。

二月，吴湖帆編《緑遍池塘草》由梅景書屋出版社出版，集一百二十家詩詞及畫作，圖、詠潘靜淑(一八九二—一九三九)之傷逝。其中有碧城所作《祝英臺近·爲吴湖帆題其悼亡緣遍池塘草圖册蓋其夫人遺句也》(鬱金香)。《緣遍池塘草》所載此首有附記：「湖帆先生夫人潘女士靜淑感疾，一日而逝，因取其夫人『緑遍池塘草』句製箋徵題。予舊有『甚時玉步歸來，無情駝陌，又緑遍前番芳草』等句，相隔萬里，不謀而合，亦文字因緣歟。爰用前調賦呈郢政。吕碧城。」

秋，自瑞士歸國，途中羈居南洋。約年底往香港。

九月，致函龍榆生，略云：「來緘所述窘境，凡存信忠厚者，當能原諒。佛説世事如夢幻泡影，不必深論，倘能歸依三寶自鳴，則佛徒之立場，不受世法之界限。桑榆之收，莫善於此。頃有友人談及，城亦持此論，非以虚言奉慰也。如能真實歸佛，則與世事一切能安心，自覺另换一個天地，將來尤獲益無窮，尚稀有以自解，勿徒戚戚。」

印光大師、林鵾翔、彭榖孫、程淯逝世。彭氏曾作《奉和蘇寧旅行詩原韻絶句二首》。碧城曾作《月華清·爲白葭居士題葭夢圖》：「人影蘆深，詩懷雪瘦，溯洄誰泛空際。和水和風，洗盡梨雲春膩。笑

放翁，畫入梅花，羞莊叟，情牽鳳子。徙倚。對蒼茫天地，蕭蕭秋矣。除却煙波休寄。更不寄人間，寄存夢裏。墨暈葭痕，差見白描高致。任晝長、茶沸瓶笙，盡消受、南窗清睡。慵起。只莞然爲問，蝸蠻何世。」

中華民國三十年辛巳（一九四一）五十九歲

日本偷襲珍珠港，太平洋戰爭爆發。香港淪陷。

庚辰十二月廿三日（一九四一年一月二十日），《同聲月刊》第一卷第二號刊碧城「雪繪詞」五首：《燭影摇紅》（蘭璧完歸）、《臨江仙・奉和榆生詞家……》（薄命詞皇初度日）、《法駕道引・榆生詞家皈依彌佛由大广居士爲造聖像一尊以拓本見寄乞題爲賦此闋》（夙因重省）以及《石州慢・自題曉珠詞》、《減字木蘭花・題先長姊惠如詞集》。有龍榆生上年歲暮附記：「吕聖因女士，久客瑞士雪山中，清修梵行。前歲曾托南洋某友，爲刊所著《曉珠詞》，並附《惠如長短句》。其後續有所作，别署《雪繪詞》，録稿寄予，屬爲收貯。行篋中攜有五闋，爰爲録載於此。庚辰歲暮，龍沐勳附記。」

在港。初欲赴滬，後經當地道友挽留而作罷。假東蓮覺苑，與第二任苑長林楞真女居士同住。其間，曾致函蔣維喬，並附《觀無量壽佛經釋論》書稿，請其速爲指正。全函在蔣氏《紀念吕碧城女士》一文中，蔣文又有云：「稿到後，則半月一函，一月一函，催我速改。乃檢其全稿，爲之悉心訂正，由榮柏雲居士寄去。今此書出版僅及半載，而女士已脱然生西，是可感也。」

五月廿六日（六月二十日），《同聲月刊》第一卷第七號刊吕美蓀「葂麗園詩」三首。

六月廿六日（七月二十日），《同聲月刊》第一卷第九號刊「惠如長短句」十三首。

閏六月廿三日（八月十五日），午社雅集，吴庠席間評及碧城。

夏承燾《天風閣學詞日記》：「夜黃夢招作東，午社集辣斐德路五六五號林子翁新居。同社僅檝翁、湖帆不到，談至九時歸。約夏正八月十四，公祝子翁七十壽。眉孫席間謂：近日女詞家，推吕碧城第一。」

本年，澄徹居士爲「骨肉參商」之碧城與美蓀「馳書調解」，始與碧城結文字因緣。澄徹居士即龍健行。龍氏《印光大師誄文》：「民國廿一年客安慶，一日隨喜迎江寺佛事，聞師於蘇門弘淨土，可通訊皈依，因忻然箇請，且述廿年前夢見高僧示『澄徹』二字一段奇事，蒙報可，即賜澄澈爲法名。」又，關於姊妹二人此前長期不和事，碧城所作《浣溪沙》（莪蓼終天痛不勝）詞末自注所言甚明：「余孑然一生，親屬皆亡，僅存一『情死義絶』不通音訊已將卅載者。其人一切行爲，予概不預聞；予之諸事亦永不許彼干涉。詞集附以此語，似屬不倫，然讀者安知予不得已之苦衷乎？」又鄭逸梅《南社叢談・南社社友事略》亦云：「她姊美蓀，詩才不在碧城下，兩人以細故失和，碧城倦遊歸來，諸戚友勸之毋乖骨肉，碧城不加可否。固勸之，她返身向觀音禮拜，誦佛號南無觀世音菩薩。戚友知無效，遂罷。」

楊圻、朱劍霞、易孺逝世。碧城曾作《鵲踏枝・楊雲史贈某上人詩云詞人風調美人骨澈底聰明便大哀綺障盡頭菩薩道水流雲亂一僧來兹隱括之兼廣其義而成此詞》（冰雪聰明珠朗耀）、《偕朱劍霞女士觀扶乩有仙人降壇詩切予與朱女士姓名感賦一絶》。朱氏原姓陳，適吴長發，後離異適朱子凡，並改今名。又前一首有自注：「予舊有《祝英臺近》詠水仙花詞云：『知他別有奇哀，陳思枉賦，縱豔筆、何曾描著。』亦別有寄托，若認爲綺語則誤矣。」又，二姊美蓀曾作《楊雲史贈江山萬里樓集奉題四律》。

中華民國三十一年壬午（一九四二）　六十歲

春，每日給東蓮覺苑苑衆講中國文學史一小時，至暑假止。講稿結集出版，名《文史綱要》，有碧城本

年五月自序：「文以載道，史以編年，探學術之源流，稽時代之遞嬗，應有鴻編巨制，博采詳搜，豈此區區小册得該其綱要哉！然士生今世，百端待理，奚暇窮年兀兀於鉛槧間。此書以簡御繁，爲淺嘗者綿蕞，非爲博雅者立方隅也。至若文采票姚之士，夐思孤抱之儔，欲假文辭而移世俗，一鳴驚人，有鳳翔千仞之概，固於西山鄰架，不憚窮搜，俾成絶學。蓋言之無文，不能遠行，胥以用之多寡，而取文之博約，否則飾羽而畫，尼父遺譏，況常人乎？今春講學於香島蓮苑，臨時屬草，急就成章，而於歷代作家及文學典籍，皆擇要誌之，讀者欲廣其用，自可按圖索驥，各適所需，不囿於是編也。文之爲用亦大矣哉！所謂『大之爲河海，高之爲山嶽，明之爲日月，幽之爲鬼神，纖之爲珠璣華實，變之爲雷霆風雨』，隨緣應用，獺祭於才人腕底，建其不世之功，跂予望之。劉氏《雕龍》曰：『道沿聖以垂文，聖因文而明道。』旨哉是言！闡揚聖教，責在吾黨，此予爲梵衆講授文學之微旨也。壬午五月，著者聖因氏識於珠崖之夢雨天花室。」稍後刊於《覺有情》第三卷第七十、七十一期合刊。此外，《覺有情》第八十七、八十八期合刊刊碧城文四篇。

夏，《觀無量壽佛經釋論》在滬、港兩地同時付梓。港版書成，親手包寄各方。

冬，胃疾復發。雖經知友王學仁（？—一九七九）、陳靜濤開導，仍不允延醫治療。後自知病將不起，乃立下遺囑，逐一交代身後之事。又復函張次溪，不願其從徐文霨宅檢得之碧城五十餘通手札留備刊用。

本年，龍榆生作《臨江仙·用石林詞韻寄懷吕碧城香港》（劫罅偷生無意緒）。

本年，《夢雨天華室叢書》刊行。共十種：《信芳集》、《吕碧城集》、《鴻雪因緣》、《美利堅合衆國史綱》、《歐美之光》、《曉珠詞》四卷、《香光小録》、《雪繪詞》（未刊）、《文史綱要》（未刊）、《觀無量壽佛經釋論》。其中，有《觀音菩薩靈籤》、《勸發菩提心文》、《山中白雪詞選》合刊跋：「或問勸發菩提之心，

爲是編要旨，而弁以籖文，殿以樂府。三者不倫，爲何合刊耶？答：先以欲鉤牽，後令入佛智，乃方便之計。若僅刊發心文，閲者多不注意，或閲後棄置。予屢思及此，欲以世界地圖，或旅行指南等合刊，終未愜意。今附以拙詞，蓋歌詠爲人情所好，可資清玩。籖文備遇事決疑，可供實用。三者連環，庶免捐扇，薰習既久，或可由此而發菩提之心歟。」案：碧城後期詞常常浸染佛理，如《菩薩蠻》四首：「照空花網如星月。樓臺五億生光纈。仙樂響琤琮。隨風説苦空。瑩冰清澈底。地是琉璃水。此想若成時。檀邦得概窺。」「毗楞寶樹千尋起。行行葉葉皆相對。世界等微塵。隔花見寫真。十方諸佛事。了了窺無翳。列子漫乘風。神遊一霎中。」「金支十四交流注。八池翠繞蓮華澈。珠水泛摩尼。波柔意自怡。妙音宣苦寂。贊歎波羅蜜。此想若粗成。花房待化生。」「明明如月寒光起。伊人宛在中央水。身相大無邊。晶棱射萬千。凡夫心力弱。照眼疑將矐。小小貯心房。金身丈六長。」詞末即自注云：「以上四闋隱括《觀無量壽佛經》十六章之四。」

本年，林葆恒開始編纂《補國朝詞綜補》，至一九四五年基本完稿。該編卷七五録碧城詞四首：《喜遷鶯令》（燕銜泥）、《祝英臺近・爲余十眉題神傷集》（背銀釭）、《八聲甘州・遊馬勒梅桑吊拿破崙故后約瑟芬》（望娟娟一水鎖妝樓）、《汨羅怨・過故都作》（翠拱屏崞）。

朱少屏、李叔同逝世。碧城作有《悼弘一大師》。

中華民國三十二年癸未（一九四三）　六十一歲

壬午十二月十九日（一九四三年一月二十四日），病逝於香港東蓮覺苑。

林楞真《致榮柏雲居士函》：「柏雲居士慧眼：吕碧城居士已於今晨八時生西矣，遺命將遺體茶

毘後，骨灰和麵粉混合送諸水濱，與水族衆生結緣。居士臨命終時，含笑念佛，境界安詳。決定廿五日一時舉行荼毘，一切儀節，遵照遺命從簡辦理。附呈呂居士致大德一函，乞爲察閲。餘不一一，即頌法樂。香港東蓮覺苑林楞真頂禮，三十二年元月二十四日下午。」又澄徹居士《呂碧城居士傳略》：「今正初，美蓀忽泫然來告曰：『吾妹已於一月二十四日晨在港圓寂矣。』」此與下録龍榆生詞中夾注所云皆合。李保民《呂碧城詞箋注》（增訂本）附《呂碧城年譜簡編》謂逝於「二十三日上午八時」，未審何據。

碧城逝後，龍榆生作《聲聲慢·呂碧城女士怛化香港倚聲寄悼》：「荒波斷梗，繡嶺殘霞，迢遥夢杳音書。蠟盡春遲，花香冉冉若愁予。（女士最後寄余書，以十二月二十一日發，一月二十四日到，正女士往生時也。）浮生漸空諸幻，奈靈山、有願成虚。人去遠，賸迦陵淒韻，肯更相呼。（來書諄勸學佛，有『言盡於此』之句。）　慧業早滋蘭畹，共靈均哀怨，澤畔醒餘。攬涕高丘，（女士有宅在瑞士雪山中，往年曾貽影片。）而今躑躅焉如。慈航有情同度，瞰清流、拚飽江魚。（女士遺命將遺體火化，骨灰和麵爲丸，投諸海中，結緣水族。）真覺了，任天風、吹冷翠裾。」

《覺有情》第四卷第十三、十四號刊編者《紀念呂碧城女士》、林楞真《致榮柏雲居士函》及碧城《夢中所得》詩、《致范古農居士書》。《紀念》一文中有云：「性倜儻，不拘拘於小節。早歲馳馬試劍，射獐逐兔，咸優爲之。」

《覺有情》第四卷第十五、十六號刊碧城詩《感逝三首》，所感逝者，印光大師、嚴復、袁世凱，詩後自注：「予棄詩填詞已二十餘年矣。近有難民售《詩韻》者，予購得之，適法香居士索稿，乃復爲馮婦，寄付《覺》刊。」又刊湯國梨《呂碧城女士輓詩並序》八首，序曰：「旌德呂碧城女士，清才碩學，早歲知名，余於君聞聲而未獲交也。民國三年春，蒙君相顧，適余卧病，雲蹤遽失，萍聚無由。後凡遇識

君者輒爲寄聲，或曰往之不獲見，君疑余故絶云。繼君遊歐美，緣益慳矣，然嚮往之心久而不衰，終期得挹清芬，慰此長想，詎君已與世長辭耶！君精倚聲之學，余嘗讀其鴻著，婉然樂府遺音，極風人之旨，悱惻頑怨，其餘事也。斷腸、漱玉，有遜色焉。晚年耽悦佛典，專心淨土，自修戎行，更廣宣化，生前從容了塵事，遺囑火化遺體，散諸海洋。嗚呼，何其達哉！同學張君覺明，皈依淨土，篤行不懈，於我佛宏道，宣揚不遺餘力，於吕君之善行，歡喜贊歎，馳書屬余爲文。顧余於佛學略無知識，於君身世亦不甚詳，惟耳君文學之名，且讀其著述，爰就遺編略爲尋繹，得絶句八首，以盡余平生之意，亦一段因緣也。」其一云：「冰雪聰明絶世姿，鴻泥白雪（君詞名）耐人思。天花散盡塵緣斷，留得人間絶妙詞。」又刊張覺明《聞碧城女士遷化感賦》四首及《吕碧城女士遷化誌感》、費慧茂《覺有情月刊爲吕碧城女士怛化出紀念專號屬賦二詩》、廉達因《輓吕碧城居士》及《感念吕碧城居士知遇》、持松《傷吕碧城居士之逝》、竇存我《贊吾國女傑吕碧城居士》、崔慧朗《可敬可佩之吕碧城女士》（《弘化月刊》第二十三期另刊崔氏《悼吕碧城女士》）、澄徹居士《吕碧城居士傳略》、蔣維喬《紀念吕碧城女士》、張次溪《嗚呼吕碧城女士》、震華《佛教世界學者吕碧城女士逝世感言》及龍榆生《悼吕碧城女士》。龍氏文中謂，希望能結集刊行碧城詞專册：「於念佛翻經之暇不廢倚聲，每有新詞，恒飛函寄示。中間一度返國，值予有嶺表之遊，迄未相見。其後復往瑞士，居雪山中，有手寫《雪繪詞》一卷見寄，又續刊所著《曉珠詞》，托南洋某友寄予數十册，屬爲分贈知音。女士曾爲題《上彊邨授硯圖》，又和予嶺南詠木棉及《歸國謡》之作，雖相去萬里，音訊常通……又承女士以遺稿遺像及諸珍蹟見遺，使喪亂餘生，得邀佛佑，他日當别刊專册，以紀因緣。」費慧茂、廉達因、崔慧朗均未詳。

《覺有情》第四卷第十七、十八號刊慧圓《悼吕碧城居士》及《鵲踏枝·挽吕寶蓮女士碧城即用其韻》：

「白雪詞存光四耀。是慧是哀，總是多情調。因賦水仙能見道。天涯又報才人老。思王柱上通親表。家難重重，一例傷心稿。世法何如惟識好。波羅盡把恩仇掃。」慧圜俗姓厲，皈依弘一法師，號勝通。

劉孟揚逝世。劉氏曾作《書碧城女史論提倡女學之宗旨後》。

後二年，二姊美蓀逝世。美蓀曾作《寄和碧城》四首等。又陳詩《皖雅初集》嘗引美蓀記其外祖母武婉仙、舅母吕汶云：「武澹仙宜人，爲沈湘佩夫人所出，乃鈖外祖母之妹，工詩善書能畫。晚年自號悟徹子，嘗爲先母畫扇，自題二詩，字亦秀健。」「（武澹仙姊婉仙）亦通文藝，助繼母沈善寶撰《名媛詩話》。」「予舅母嚴魯東夫人美而賢，能文章。本卷（指卷三七）收吕汶《哭子詩》、《絶句》。」「（吕汶）晚年寢疾，以詩一卷授美蓀，曰：『子女早殁，今以付甥，願保持之。』語極酸楚。共和丁卯春，金陵被焚。其詩集多長古，惜不能記憶矣。」吕汶字魯東，嚴海帆室，吕增祥（秋樵）妹。吕增祥次女嫁嚴復子伯玉爲妻。又，曾作《喜藏園居士傅沅叔（增湘）過訪即送歇浦之行》五首、《紀舅氏嚴朗軒太守（士琦）十四歲事》。

後三年，鐵禪和尚逝世。碧城曾作《答鐵禪》。

後四年，金天羽逝世。鄭逸梅《藝林散葉》記曰：「金松岑與吕碧城，乘舟作水上遊。吕見田塍間耕牛戽水，加以眼罩，面松岑適御近視眼鏡，乃戲以『兩岸枯槔牛戴鏡』七字倩松岑爲對。時吕穿長裙，松岑一笑對之曰：『一行荇藻鱉拖裙。』」又，柳亞子《懷舊集》由耕耘出版社出版。其中作於一九四四年的《介紹一位現代的女詩人》一文論及碧城有云：「從晚清末年到現在，四五十年間的舊詩壇，

是比較保守的同光體詩人和比較進步的南社派詩人争霸的時代。但有一種怪現象，在同光體詩人中間，没有一個出名的女詩人。大概他們主張中國固有文化，認爲内言不出於閫，是女子的本色，奉章學誠的迂腐議論爲天經地義吧。在南社派中間，舉得出名字的，却有旌德吕碧城，湘鄉張默君和崇德徐自華、蕴華姊妹，足以擔當女詩人之名而無愧。」

後五年，王季同逝世。碧城曾作《致王小徐居士書》，中有云：「(《梵海蠡測》一文)倘大致尚妥，則小疵不計，請代寄天津《大公報》館編輯部。惟此稿祈勿經他人手，蓋因以往經驗，凡有稿托友轉交指定之報，而一展轉間，輒被他報所得，先行刊出，致指定之報不肯復刊矣。」王氏有答函二通。又，龍榆生跋所編選《近三百年名家詞選》。一九五六年三月重訂付印。該編選録碧城詞五首：《祝英臺近》(綃銀瓶)、《玲瓏玉・阿爾伯士雪山遊者多乘雪橇飛越高山其疾如風雅戲也》(誰鬬寒姿)、《汨羅怨・過舊都作》(翠拱屏嶂)、《陌上花・木棉花作猩紅色别名烽火樹和榆生教授之作》(丹砂抛處)、《瑞鶴仙・予昔有齊天樂雪山觀日出之詞今遊炎嶠觀海日將沈奇彩愈烈更賦此詞而感慨深矣》(瘴風寬蕙帶)。樊增祥於第一首曾有眉批：「稼軒『寶釵分，桃葉渡』一闋，不得專美於前。」

後六年，鄭逸梅《味燈漫筆》由上海日新出版社出版。其中記及碧城有云：「女士兼擅詩詞，籍隸南社，頗多唱和。予尤愛其斷句，如『來處泠雲迷玉步，歸途花雨著輕綃。』又云：『微顰世外成千劫，一睇人間抵萬歡。』又云：『人能奔月真遺世，天遣投荒絶豔才。』飄逸似欲仙舉，洵不可多得之不櫛進士也。」

後七年，李榮祥逝世。碧城曾作《致李圓淨居士書》三通。

後九年，葉恭綽《清詞鈔》編成。香港中華書局一九七五年初版時更名爲《全清詞鈔》，北京中華書局

一九八二年版行。該編卷三四收碧城詞三首：《祝英臺近・爲余十眉題神傷集》（背銀釭）、《祝英臺近》（緦銀瓶）、《汨羅怨・過故都作》（翠拱屏嶂）。

後十一年，王鯤徒逝世。　碧城曾作《奉題式園時賢書畫集》。

後十三年，趙尊嶽逝世。　趙氏曾作《鳳簫吟・女詞人吕碧城移家西洋不廢吟事積稿付刊索題》：「海西雲。仙蓬翠罨，游絲繫住斜曛。寄廬人境好，話愁新燕，幾倦掠餘春。　夢回賢劫換，恁無端、飄泊閒身。算迅羽浮漚，鏡華夙證塵因。　繽紛。寶篋脂絢，繡幃花匝，分付眉顰。卧游非故土，畫樓天只尺，寸寸傷神。　錦箋拈秀句，賦遥情、應念鱸蓴。　奈徙倚、竚盡香南雪北，珍重書芸。」按晁補之體，「奈徙倚」句衍三字。

後十五年，楊天驥逝世。　鄭逸梅《藝林散葉續篇》記曰：「葉恭綽曾約碧城、楊天驥、楊圻、陸丹林等人於其家「懿園」作茗敘，無意中提到碧城的婚姻問題，碧城有云：「生平可稱許之男子不多，梁任公早有妻室，汪季新年歲較輕，汪榮寶尚不錯，亦已有偶。張嗇公曾爲諸貞壯作伐，貞壯詩才固佳，奈年届不惑，須發皆白何！我之目的，不在資産及門第，而在於文學上之地位。因此難得相當伴侣，東不成，西不合，有失機緣。幸而手邊略有積蓄，不愁衣食，只有以文學自娱耳！」又嘗謂：「袁屬公子哥兒，只許在歡場中偎紅依翠耳。」據知，張伯駒《續洪憲紀事詩補注》八十二所云恐有差誤：「不櫛才人久負名，洛神未賦亦多情。宓妃有枕無留處，惆悵詞媛吕碧城。（吕碧城爲近代女詞人，曾見其詞集《曉珠詞》，前有陳沅序，言其與寒雲以詞相知，有人願爲媒，使成爲姻緣；但寒雲已婚於劉氏，遂罷。此亦恨事也。）」

後二十一年，龍榆生於三月廿日（五月一日）立《預告諸兒女》遺囑，所云「悉數捐獻北京圖書館」者中有「吕碧城詞稿手札及照片」；又作《甲辰小暑前二日檢侯官嚴幾道先生復爲吕碧城所書紈扇轉貽

王筱婧附題五言兩絶句》：「譯事推卓絶，奘師與嚴子。泱泱扇華風，有志亦如此。」「碧城姑射姿，緣何只自了。持此更貽誰，雪峰明遠照。」詩後記云：「侯官嚴幾道先生戊申八月爲旌德呂碧城女士書此紈扇。碧城久居瑞士雪山中，以弘揚佛法爲職志。倦遊歸香港，於怛化前來書相勸學佛，並以此扇見貽。念筱婧女弟於嚴先生爲鄉後輩，詞筆清雋，又與碧城後先媲美，兼擅西歐文字，欲其以廣宣中夏文化自期。庶幾一段因緣，得筱婧而益彰，亦衰朽所殷望也。」又，胡先驌（步曾）有致龍榆生函三通，均談及碧城。十一月十四日函略云：「呂碧城之簡史如蒙見賜，仍欲以英文爲之介紹，蓋渠久居瑞士，亦知名國際也。」又十二月八日函略云：「呂著《曉珠詞》定稿本及其小傳等，均粗閱一過。定稿較第二次所印之《呂碧城集》又增加海外詞不少，且多佳作，讀之甚慰渴想。龍傳尚頗有失實處，呂詞一再有燃萁之句，似爭産者，不僅爲族叔，而有一詞對於某親屬極盡深惡痛絶之意，且云卅年不通音問，絶非指某族叔而言，殆指其二姊乎？龍傳尚有其他失實之語，細以碧城本人遊記中語校之，可以證明。……碧城與秋瑾曾有一次接觸，秋邀其參加革命，而呂以抱世界主義拒之，已明見於其雜記中，則謂其參加革命，寧非厚誣古人乎！碧城以羞於投機而致暴富，此其聰慧過人處，然過於浮奢，此或使人非議，終於不敢親近，而不能結婚之主要原因。其詞字裏行間屢表惆悵，雜記亦明揭示未得素心人，故以獨身終。以視易安與明誠之享閨房靜好之樂，未使非一缺憾，因亦影響其著作，此亦導之皈依佛法之主要原因。渠固綺年玉貌，尤喜豔裝，屢以孔翠爲其服裝之象徵，且愛跳舞，則其性情非馴善或峻冷可知。若果能宜家，當更多言情不朽之作，彼未能爲 Eliz-abeth Browning，不可謂非憾事也。彼擅英語，殆無問題，習法德語則在遊歐之後。雜記中曾自述其初學法語之經過，以後是否真能精通，亦是問題。大約其譯著皆以英文爲之，其素養固於此也。竊謂呂碧城天資絶世，爲南宋以來詞人第一，其爲人頗爲荆十三娘風味，最後皈依佛法，得

大解脱，自是過人之處。惜龍《傳》未能作一正確真實之評傳，驥能否勝任，亦不敢自信。然其用字用典，以及詞律均有疏處，亦無庸諱言，至欲跨越宋唐，更進一步，似亦未能到此境界也。《信芳集》與《呂碧城集》均刊登照相多幅，直至一九二九年維也納所攝之兩幀照片爲止，其好豔裝，至老不衰，可贊亦復可議也。其人文學造詣不及Madame De Stael，多産不及George Sand，其性情則有近似之處，然二人皆有戀人，桑更以多戀著稱，而碧城則持獨身主義——雖頗多惆悵語，殆中西環境及以本人一生之經歷有以使然歟？然終爲五百年一見之絶代女詞人，惜國人知音者並不多也。尊處既有其所贈照片多幀，鄙意頗欲全部翻版，複印兩份，一永爲保存，一分供評介文用。除寄來一幀將在此間翻印外，其餘各幀即請代爲翻印寄下。」其中所謂「龍《傳》」，當係龍健行《呂碧城女士傳》，曾載《覺有情》半月刊。又十二月十六日函略云：「寄來呂碧城女士照片八幀，自當珍藏勿失，翻印後即寄還。此藏較《信芳集》與《呂碧城集》所印行者少，《大公報》時代一幀及在紐約所攝一幀而多，紐約全身一幀獲照上揭下一幀及家居便裝一幀。女士美麗過人，而亦性好絢麗，其喜好孔雀，直可以孔雀擬其人，然過於豔麗，便似非姑射仙人之比，蓋缺雅淡之故。惟性□豪奢亦不宜於成室家之好之主因，而晚節既解脱，而又義烈，真宜極盡綿薄以傳之其人其文，恐皆非時尚所能稱許者也。……如此一代絶世詞人，若在國外以專書評論之者，必不止一本，今則除我輩二三故老外，幾無人能道其名者。《辭海》新編亦不見録，殊堪慨歎……」案：盧弼（慎之、慎園）曾於一九五一年覆錢基博（子泉）函中云：「胡步曾謂呂碧城爲女中樊山。」又鄭逸梅《梅庵談薈》記曰：「（樊增祥）於後輩之詩，不輕許可，獨愛呂碧城、徐枕亞。與碧城通函，稱之爲姪。」

後二十二年，張昭漢逝世。張氏曾作《丁巳仲春偕陳鴻璧呂碧城唐佩蘭諸君探梅鄧尉率賦十三章以誌鴻爪》。

後二十三年，胡先驌「乙巳大寒（一九六六年一月二十日）」序龍榆生《丈室閒吟》有云：「清季自詞學重振於粵西，王幼遐、朱彊村、鄭叔問、況夔笙、沈乙庵以聲氣相賡鳴，海内競爲南宋矣。夏吷庵、陳仁先晚歲始爲詞，亦其流派。孤標異幟，與諸公抗手者，則爲文芸閣，爲蘇辛派領袖。再晚則周癸叔，以宗二窗鳴於蜀。喬大壯、向迪琮繼之，亦一時名家。獨旌德吕碧城以一女子，無所師承而詞旨高騫，遠追北宋，殆今世之李易安，無所儕偶也。袁寒雲以貴公子沉湎於醇酒婦人，專爲花間，亦戛戛獨造。龍榆生君視諸公尤後，宗清真、夢窗，旁及蘇辛，與彊村晚年宗旨默契，乃傳以硯，蓋儼然及門。」又於本年作《高陽臺・題吕碧城曉珠詞碧城笄年辦女學詞宗北宋後旅遊海外風骨益峻李易安爲之俯首》：「慕聶懷荆，引杯看劍，千春第一詞人。瀛海乘桴，幽憂遺世心情。雪山照影真姑射，羨天生、冰雪聰明。早吟箋、傳徧遐陬，價重雞林。　令威華表知興歎，歎故國城郭，烽燧縱横。慟哭西臺，唾壺敲缺誰聽。餓夫抗節追文謝，吊國殤、楚些招魂。更堪傷、研骨成塵，從付波臣。（暮年歸國，值日寇踞香港。絶食而死，遺命以骨灰散海水，以結緣水族。）」

後二十五年，葉恭綽逝世。碧城曾作《浣溪沙》：「斯道尊如最上峰。樓臺七寶未完工。故疆休被宋賢封。　音洗箏琶存正始，律調宫羽變窮通。萬流甄采匯詞宗。（葉君遐庵（恭綽）弘揚詞學，恒持通變之説以應時代，予深韙之。）」二姊美蓀曾作《寫詩寄葉玉甫（恭綽）附綴一作》。

後二十六年，康同璧、陳攖寧逝世。碧城曾作《春閨雜感和康同璧女士韻》、《訪攖寧道人叩以玄理多與辯難歸後却寄》二首，後二首陳氏曾以《答詩次原韻》如數和之。

後二十七年，臺北廣文書局出版《曉珠詞》。該本載「本際」（龍燦）《吕碧城女居士》，略云：「抵美後，居紐約大旅舍。舍宏壯甲一都，房金最鉅，西人寓者多不逾七日，居士竟淹留至六閲月。名媛命婦争與之訂交，值盛宴，必柬約，居士御錦衣，雖日赴數宴，衣必更，未嘗一式，鮮豔錯繡，目者擬爲天

人。」又陳季(馬來西亞「溟社」領袖)《吕碧城傳》,略云:「碧城雅知音律,所作詞,都能當行出色。風格淵源,殆在片玉、夢窗間,故能富豔精工,勾勒高妙。其有繁麗獨到之處,雖雕繢眩目,實有靈氣行乎其間。」

後二十八年,臺灣大陸雜誌社編《中國近代學人象傳》由臺北文海出版社印行,中有吕碧城傳略。

後二十九年,陸丹林逝世。陸丹林曾作《記吕碧城姊妹》、《記吕碧城女士》。二姊美蓀曾作《陸丹林索題紅樹室時賢書畫集》。

後三十四年,錢仲聯自序《近百年詞壇點將録》。該編點碧城爲「四店打探消息邀接來賓頭領八員」之「地陰星母大蟲顧大嫂」:「聖因爲近代女詞人第一,不徒皖中之秀。早歲《祝英臺近》詞,樊山賞爲『稼軒寶釵分,桃葉渡一闋,不得專美於前。』中年去國,卜居瑞士。慢詞《玲瓏玉》、《舊蘿怨》、《陌上花》、《瑞鶴仙》諸闋,俱前無古人之奇作。『休愁人間途險,有仙掌爲調玉髓,迤邐填平。』(《阿爾伯士雪山》)『鄂君繡被春眠暖,誰念蒼生無分。』(《木棉花》)杜陵廣廈,白傅大裘,有此襟抱,無此異彩。《曉珠詞》中,傑構尚多,『明霞照海,渲異豔,遠天外』(《瑞鶴仙》),盡足資談藝家探索也。」錢氏一九八一年序版《光宣詞壇點將録》(載《詞學》第三輯)與此版文字略有異同:「聖因」句、早歲、「盡足資」句,分别作「聖因近代女詞人第一」、「早歲作」、「其自處如是」。

後三十五年,楊令茀逝世。碧城曾作《報楊令茀女士書》,楊氏原信《致碧城女士書》有云:「海上相逢又五年矣,曾蒙凌楫民先生以《信芳集》見貽……康同璧女士以《花鬘集》囑茀乞題於樊山師……頃南湖先生示以大札,歡喜雀躍。茀去年自北美歸來……一年以來,風鶴頻驚。」

後四十三年,陳聲聰《填詞要略及詞評四篇》由廣東人民出版社出版。其中《論近代詞絶句》論及碧城云:「『海山詞客感伶俜,紅萼魂回夢亦醒。』鳳噦鸞吪歸不得,鄧林莫覓瘞花銘。」吕碧城字聖因,安

徽旌陽人，姊妹三人並工文藻。中年去國，卜居瑞士雪山，第二次世界大戰起，始經美洲回香港，旋卒。初刊《信芳詞》，後復删訂，益以新作，彙印爲《曉珠詞》。碧城與樊增祥、費樹蔚有文字交往，與費書中謂『死後擬葬鄧尉，勒碑以鄧尉探梅詩十首鐫於上』，事詳拙著《兼于閣詩話》閔費故事一則中。」又，沈軼劉等編《清詞菁華》由安徽文藝出版社出版，論及碧城詞云：「碧城學力湛深，識見廣博，風度高朗，尤精英、德、梵文，其英譯梵經，頗著聲譽。嘗遍歷歐洲，寓居瑞士最久。詞恢奇佚蕩，如空際散花，繽紛光怪，爲樊增祥所激賞。清代婦女詞，未有能出其右者。」

後四十四年，沈軼劉《繁霜榭詞札》刊於香港《大公報》「藝林」新二五七期，其中論及碧城詞云：「清代婦女之詞，數量奇夥，分佈面廣，其間特出穎異，無脂粉氣而能抗高格者，首推初期之徐燦與末期之吕碧城。然徐猶不能脱舊習，吕則陸離炫幻，具炳天燭地之觀。其詞積中馭西，膏潤滂沛，爲萬籟激越之音，寓情搴虚，傷於物者深，結於中者固，日出日入之際，奇哀刻骨，有不可語者在。使李清照讀之，當不止江冷水寒之感。《瑞鶴仙》、《汨羅怨》、《玲瓏玉》等皆其所謂『黄陵風雨，慣履堅冰，哀入驃姚壯彩』者。其人其境，李可方弗，其詞所造，廣度與深度，則非李所可幾，蓋經歷學養，相去懸殊也。」後收入其《繁霜榭續集》。

後四十六年，朱庸齋《分春館詞話》由廣東人民出版社出版。該編卷三論及碧城云：「千古以來，女詞人詠興亡之感者，當推李清照與徐燦。碧城女士雖皈依我佛，然家國之思未嘗去懷。其《汨羅怨·過舊都作》云云。『認斜陽、門巷烏衣，匆匆幾番來去。輸與寒鴉，占取垂楊終古』、『漢宫傳蠟，秦鏡熒星，一例穠華無據』，黍離麥秀之痛，固不減李、徐也。」「黄遵憲出使歐美東瀛之便，描繪海外風光，縷述異國事物，其詩開拓前人未有之境界，雄奇瑰麗，美不勝收，使人耳目爲之一新。予謂詞人當推吕碧城女士，其《玲瓏玉》云云，亦新奇可喜。惜未得其《曉珠》全集一讀爲憾。」

後四十八年，錢仲聯主編《中國近代文學大系·詩詞集》由上海書店出版。該編選録碧城詞三首：《祝英臺近·爲余十眉題神傷集》（背銀釭）、《祝英臺近》（縋銀瓶）、《汨羅怨·過故都作》（翠拱屏幛）。

後四十九年，錢仲聯選注《清詞三百首》由嶽麓書社出版。該編選録碧城詞二首：《祝英臺近》（縋銀瓶）、《汨羅怨·過舊都作》（翠拱屏幛）；謂前首「疑是傷悼庚子年珍妃被那拉后命崔太監推墜井中死難事」，後首「寄慨清王朝的覆滅，甚至可能有給袁世凱想復辟帝制敲警鐘之意」。

後五十年，黄穉荃逝世。黄氏曾作《寄吕碧城大家香港》。其《杜鄰詩存注》於此詩後有記曰：「予早歲於《大公報》特刊得知吕碧城大家其人，後讀所著《信芳集》，深佩其天才與學識。又閲所著《歐美之光》，並仰其民胞物與之精神。丁丑夏，在南京，因吴淑秋女士之介，抄所作詩十餘首，奉函吕君請益，寄香港山光道十二號。得回信，獎譽有嘉，贈《曉珠詞》一卷。予覆函致謝。又得回信，寄贈《傳言玉女》詞一闋。未識面即贈詞，尤令心感。乃予尚未寫回信，日寇已大舉進攻上海，轟炸南京，倉卒率幼還蜀，俗務紛繁，情緒尤劣。次年避空襲鄉居，心境稍暇，乃作詳函並此詩航空寄香港，不久被退回，郵批：香港不通郵。我信及此詩，竟未能達君左右，悵慊而已。抗戰中轉徙靡寧，君來書及詞稿竟不知何時遺失。勝利後，始知君於一九四三年逝世。念君寄詞而不見回信，必以予爲荒謬之人，其詞未必存稿。不意一九九一年十二月，李運柔女士由美洲康乃爾大學回成都探親，爲言彼校圖書館藏中文書籍甚富，曾從吕君《曉珠詞》第三卷中，見贈予之《傳言玉女》詞。予聞知，益感愧不勝。重托運柔返美後復製相寄。運柔特立獨行，亦與吕君相似，於一九九二年三月果寄來復製吕君詩文詞，皆今日國内所不易見者。五十年前失去之《傳言玉女》詞，重獲睹於五十餘年之後，且來自重瀛外，信文字之有靈，氣類之可珍也。惟予記憶中，原題已模糊，今見題作索題詩

集，不禁自笑，彼時有何詩集可言，年少狂妄，有此孟浪之請，前輩寬容誘進，亦竟曲徇其無理之求。謹録吕君詞於此。」又，施莉俠（一九一一——一九九三）曾作《讀曉珠詞贈作者吕碧城女士》四首，刊於盧前主編之《中央日報》副刊《泱泱》。

後五十一年，錢仲聯《南社吟壇點將録》發表於《蘇州大學學報》一九九四年第一期，其中點碧城爲「掌管三軍内探事馬軍頭領二員」之「地慧星一丈青扈三娘」：「碧城於姊妹行爲三。近代女詞人第一，不徒皖中之秀。《信芳詞》、《曉珠詞》萬口流芬。樊雲門賞其早作《祝英臺近》，謂『稼軒寶釵分，桃葉渡一闋，不得專美於前。』中年去國，卜居瑞士，狀異域山水奇麗，前無古人。杜陵廣厦、白傅大裘之懷，時時流露。《瑞鶴仙》云：『明霞照海，渲異豔，遠天外。』其自處如此。」

後五十二年，劉夢芙《冷翠軒詞話》刊於《中國韻文學刊》一九九五年第一期，其中論及碧城云：「巾幗之能爲詞，而方駕鬚眉、堪稱大家者，千載以來，寥寥無幾，兩宋惟一漱玉，有清惟一顧太清。其餘列朝閨秀，非無倚聲之才，惜文采弗彰，風流未遠，香銷繡閣，聲閟瑶琴，實封建時代重重壓抑之罪過也。洎乎近代，以至當世，自由平等、女性獨立之風雷激蕩，桎梏破除，英華頓發。百年内名家輩出，燦若繁星，炳耀詞壇，芬揚藝史，吾皖吕氏碧城，洵爲承先啓後之第一人。《曉珠詞》一掃吾華女子千年柔弱之積習，英風俠骨，廣抱靈襟，壯麗出以清新，芬馨而兼神駿，傲視鬚眉，超群拔俗。其詞藻極富豔，如天女散花，繽紛奇幻，雖喜用禪語及僻典，時有晦澀難讀處，然不掩明珠之百丈光華。詞境之廣闊瑰異，後來女詞人如丁懷楓、沈子苾、陳翠樓輩成就雖高，亦不及吕之創闢。至世間多重秋瑾詞，乃在於其愛國精神，實則若論詞藝之精絶，鑒湖女俠遠遜於碧城。況吕詞何嘗不憂國傷時，且思慮更爲深廣博大，即所謂對宇宙萬物之終極關懷也。故以此觀之，吕詞尤富於現代思想，其深邃之哲理内蘊，有待探求。」

後五十四年，吴熊和等編《清詞别集知見目録彙編》由臺北「中研院」中國文哲研究所籌備處印行。該編著録碧城詞集凡四種：《信芳詞》一卷，民國十四年上海中華書局鉛印本；《信芳詞》一卷《增刊》一卷，民國十八年上海中華書局排印本；《曉珠詞》一卷，民國二十一年排印本；《曉珠詞》四卷附《惠如長短句》，樊增祥評，民國二十六年鉛印本。

（作者單位：廣西科技師範學院文學與傳媒學院）

夏承燾、鄧廣銘往來書信十五通簡釋

聶文華

夏承燾（一九〇〇—一九八六），字瞿禪，浙江温州人，二十世紀詞學研究奠基人之一，長期在之江大學、杭州大學中文系任教，早年創編唐宋詞人年譜十種。鄧廣銘（一九〇七—一九九八），字恭三，山東臨邑人，二十世紀中國宋史研究第一人，北京大學歷史系教授，早年曾致力於辛棄疾的整體研究，編纂《辛稼軒年譜》，輯録《稼軒詩文抄存》，完成《稼軒詞編年箋注》，並長期修訂三書。據夏承燾《天風閣學詞日記》，他們早年曾在辛棄疾詞等研究上有頻繁的書信往來，建立深厚的學術情誼。夏老晚年移居北京，與北京文史圈學者有頻繁的互動，又與鄧廣銘恢復聯繫。現存兩人書信雖只殘留一鱗半爪，但足窺前輩學人的流風遺韻，以及特殊年代裏學者如何治學的點滴。

鄧廣銘檔案（原藏北京大學中國古代史研究中心，現已捐給北京大學檔案館）中保存的夏承燾寫給鄧廣銘書信，共十二通，附詞一首，時間基本在一九七四至一九七六年間，係鋼筆寫在六十四開左右的小便條紙上。根據信中所提供的線索和前後關係，並核查二〇二一年浙江古籍出版社出版的《夏承燾日記全編》，基本可推定這批書信的落款時間。另外需要説明的是，夏承燾晚年書信有些可能係其妻吴聞代筆，根據落款、書寫形式和紙張的不同，帶吴聞名字、並以豎寫形式書寫且紙張比較好的信可能都是代筆。而鄧廣銘致夏承燾信，除温州大學方韶

本文係國家社科基金西部項目（項目批准號：22XZS009）「鄧廣銘年譜長編」階段性成果之一。

毅老師提供的三通書信外（第一封整理者早已收集，其餘二封係新見），夏氏藏書已捐贈給温州市圖書館，可能其中還能找到一些鄧先生的書信。但據方老師告知，似未找到，甚至連早先已發表的那封信也遺失了。

今特將夏承燾鄧廣銘來往書信十五通加以整理，除書信録文外，對書信用紙和信封等物質形態一併加注説明，並詳細解釋落款時間推定的判斷依據，以便讀者斟酌可否。對信中疑難或人事，整理者據所掌握的信息，亦略加疏通，希望能幫助讀者節省點時間，也更方便讀者瞭解書信的背景，從而更深入理解這批書信的價值。每封信以考證後的時間做標題，前標序號，編年排列，順序則先夏後鄧。

一 一九七四年七月廿七日夏承燾致鄧廣銘

恭三先生：

別來忽將十年，久疏箋候。去年上海王瑗仲函告，欣譾先生已續鸞膠，比惟雙喜曼曼，著述日富。拙荆游夏逝後，弟去歲與友人吴天五之妹吴聞結婚（《文匯報》駐京記者，去年退休，舊在無錫國專讀歷史）。前日偶有興涉筆，欲擴大蔡上翔之《王荆公年譜》爲《王安石變法志》。此名未妥，擬先彙集當時變法史實及諸家行實爲長編，供治宋史者論斷之資。

先生巍然專家，當於此事新有創獲，何時入京小住，極盼就近請益。前日讀《人民日報》（七月廿一日）李群撰《沈括和他的〈夢溪筆談〉》，甚感興趣，先生識其人否？杭州苦溽暑，秋涼倘偕夫人爲湖上之行，不勝歡迓。前月於方令孺同志家見宗白華先生信，承齒及承燾，晤中幸代道候。專此，敬承

雙好曼曼

弟夏承燾上

（一九七四）七月廿七日[一]

二　一九七四年十一月五日夏承燾致鄧廣銘

恭三先生：

數月不通音問，近想起居安勝，著述日新。弟近日整理《陳亮詞論》舊稿，中間多處涉及辛稼軒事蹟，對於辛稼軒的評價問題，不知北京學術界及貴校有何議論，肯定多還是否定多？聽説上海書畫社奉中央指示，現在正在用木版寫刻辛稼軒詞，不知確否？貴校對歷代法家名單，有何增減？先生如有所聞，請即函告，無任感謝。

匆此，敬承

著安！

白華先生晤請代候。

弟夏承燾頓首

（一九七四）十一月十五日[二]

三　一九七五年一月十八日夏承燾致鄧廣銘

恭三先生：

前於《北大學報》《光明日報》讀大文，專家之學，自絕等倫。比惟動定安盛，著述日新。燾年來請長休假，偶有塗抹，自視赧然。兹寄奉《陳亮詞論》一篇，乃塗改舊稿而成，奉上求教。知先生教學著述日不暇給，仍望拔冗賜覽，提嚴格教誨，不勝感荷！（稿件另郵）（請改削加批後擲還。）北京學術界有新動向，並祈略告一二！

游澤丞、馮至、王瑶、馮鍾芸、林庚、季鎮淮諸先生，晤中請代問好，（宗）白華先生仍與先生同寓否，並祈代候。吴小如先生仍住中關園否？匆此，敬承

著安！

弟夏承燾上

（一九七五年一月）十八日〔三〕

四　一九七五年二月七日夏承燾致鄧廣銘

恭三先生：

前日奉一月底手教，對小文指教各點已一一改正，雖仍感不足，亦領誨服膺矣！垂詢曩惠《稼軒詞箋注》兩册，今僅存六二印的一册，昨托友人轉詢杭州古舊書店，不知能否得到（如得即寄奉）。頃與山婦吴聞共讀尊《陳龍川傳》（解放前印本），山婦甚佩先生抒寫天才，謂可改爲電影（因她是《文匯報》文藝採訪記者，多看戲劇電影，好冒充内行）。今晨讀龍川與東萊交情〔四〕，弟幾爲之失聲。此書日前定可出版，幸早日重印！《稼軒詞箋注》有重印希望否？稼軒、水心能定爲法家否？便中幸示及爲荷。即承

著安，不次。

承燾上

（一九七五）二月七日〔五〕

前呈小文，近多塗改，便中先擲還亦好！

龍川《與鄭景元書》：「閒居無用心處，却爲一世故舊朋友作近拍詞三十闋」句，燾定作一句讀近是。「近拍詞」似即謂小令詞，「近」「拍」連用，雖詞調中未見，意或可通。此臆説，幸代斟酌之，能代叩之高明，尤盼！。（下劃線爲原信所有，下同。）

山婦極愛讀《陳龍川傳》，問民國卅三年初版後有重印否，能代求一册否？幸鑒其嚮往之誠，見示一片爲荷！

昨友人處借來初版本，字甚黯淡，讀來亦津津有味，如有較清晰本就更好了！

水心《書〈龍川（文）集〉序》「同甫微言，十不能解一二」，《祭同甫文》亦有「子有微言，余何遽知」等句，是對龍川不滿否，或云是推服語，孰是？請示！[六]

五　一九七五年二月十日夏承燾致鄧廣銘

恭三先生：

前日奉一函計達。頃思龍川《與鄭景元書》所謂「却欲爲一世故舊朋友作近拍詞三十闋」，十六字似以連作一句讀較妥。其意當謂作三十首近拍詞以分贈並世好友，即同所謂「懷人詞」，每人一首（或數首）。所謂「近拍詞」或是小令，所以有三十闋之多。尊意以爲然否？《岳飛傳》頃已於友人處借到，正與女孫同讀。

此請

雙安，不一一。

虞美人

《虞美人 永康訪龍川故里，過五峰書院遇雨》

聽秋客歲鵝湖寺，詩在灘聲裏。今秋一路永康山，爲有水心同甫又忘還。　早年口孰箋天句，宙合聞仲吕。五峰雲氣走風雷，猶有排閶餘憤、作風雷。

重作小詞一首，附奉請誨。

承燾上〔七〕

夏承燾

甲寅除夕（一九七五年二月十日）〔八〕

六　一九七五年十二月八日夏承燾致鄧廣銘

恭三先生：

前日承手教，敬承一一。小詞承蒙獎借，惟有愧恧。「通袖」似見山谷、後山詩，懶於繙檢，弟意作「納袖」解，不知對否。他日檢得，當再奉告。

月蘭夫人均此不另。

弟承燾頓首

吴聞附候

（一九七五）十二月八日〔九〕

七　一九七六年二月廿三日夏承燾致鄧廣銘

恭三先生：

手教已於數日前奉讀，欣悉一一。弟與無聞，不久前於朋友齋頭看到尊著《王安石》，憶及在杭州時讀《陳亮傳》之激動心情，故亟思再讀此一新出版之尊著。後於趙萬里先生家，晤其兒媳，知與先生比鄰，故托其轉達鄙意。先生當能鑒其嚮往之誠，而恕其無饜之求，幸甚幸甚。弟於春節前後，常嬰小疾，極少出門。大駕何時進城，如能便道枉顧寓舍，不勝歡迎之至！

專此，即承

新春雙安，不一一。

夏承燾

吴聞同啓

（一九七六）二月廿三〔一〇〕

八　一九七六年三月卅一日夏承燾致鄧廣銘

恭三先生：

多日不見，想起居安好。前約清明節共遊大覺寺，弟以病眩，不敢坐長途車（昨晤鄭誦先翁，謂來去二百里，前有老人乘興同遊，次日即入醫院）。周篤文兄前夕來，已面辭之。所訂汽車不知是否作罷。

賢伉儷如有興去遊，可問耿鑒庭醫師（西苑中醫研究院，電話六六三三六七九四）。專此，敬請

儷安！
月蘭夫人均候

（一九七六年三月卅一日）弟承燾
吴聞同啓[一一]

九　一九七六年四月廿八日夏承燾致鄧廣銘

恭三先生：
教悉。香還兄囑書，兹奉上一小幅請正。前日有杭州友人來書，囑購《王安石》大著，亦誤認封面題字出於弟手，且愧且詫，已寄去大著，亟作聲明矣。
賢伉儷何時入城，極盼枉過快談。專此，敬承
儷安！
大覺寺之遊，弟以病未去，聞遊過者來談，亦只杏林甚茂而已。
夫人均候。

承燾、吴聞同上
（一九七六年四月）廿八日[一二]

一〇　一九七六年五月十日夏承燾致鄧廣銘

恭三先生大鑒：
賜書敬承。香還[一三]字再寫奉一紙，請轉。弟近嬰疾卧床，今日方能起坐。請恕草率，即承

雙好！

弟承燾上

（一九七六年五月）十日[一四]

一一　一九七六年五月十二日夏承燾致鄧廣銘

恭三先生：

前日或昨日奉上香還索書之條幅，想已接到。今晨讀九日教，知爲香還書件一再惠書，並躬往海澱紙店買紙，以先生著述之繁忙，仍因弟拖延下筆造成種種麻煩，但因此見學者認真之態度，令弟益深感受。昨日或前日所奉之條幅如未接到，請即惠一片，當再寫奉上。如已郵到，不必費神來教。何時偕夫人入城之便，甚盼枉過快談。弟卧病一星期，頃已起床，但未能出門耳。

匆匆，敬承

雙好！

承燾上

吴聞附候[一五]

一二　一九七六年九月夏承燾致鄧廣銘

恭三先生：

從洛陽歸來，承手教告北大退休近況，至感！當時即作一箋奉復，頃憶得似未發出，亂書中又不易覓，爰重寫此紙，請恕忙亂。

前月地震，弟居四層樓，摇撼頗可怕，第三日即偕婦避往洛陽拖拉機廠親戚處，住廿餘日，前旬歸京，旋擇得一友人平房小住（鼓樓北大街一一三號胡昕家）以後星期日必返朝内舊居，旅行中扶病奔波，殊甚疲乏。近在休養中。

比來無事，屬婦選抄拙作詩詞百首，爲此生結集，憶《洪北江寄孫淵如（？）書》云：「後世知我，不詳何人，及身而思，惟有足下。」與先生數十年老友，録此奉告，倘不笑其臨老幹忙耶！

夫人前請代問好。

白華先生均候

無聞附叩

（一九七六年九月）承燾上[一六]

如函來書，只寫朝内大街九七號可到。

一三　一九三九年五月十九日鄧廣銘致夏承燾

瞿禪先生：

《遺山樂府》，已將高麗本與涉園、彊邨兩翻刻本校讀一過，兹將校語録呈，敬祈督收甄采。張家鼐刻本，不知尊處有是書否，斐雲先生數年前曾於杭市購得一本，爲光緒中重刊者，想與初刊無甚異同，如需用當可奉假也。

《詞録》一書，據斐雲先生云：數年前確曾有此計畫，欲將宋元以來詞家倚聲之作，無論其已有專集或僅散見於總集、選本、類書中者，均匯録其目，以爲一書。近年來則又感於此書之可有可無，而書籍之顛沛流亡，亦以近年爲最，板本之考校，佚文之蒐輯，在在爲難，遂乃放棄原意，已經采獲之材料，亦複束置高閣矣。

立厂先生想已離滬，銘亦屢受舊日師友之召邀，勢亦終須步唐先生之後塵，爲期想或在八九月間，至時定當過滬稍停，面承教益也。

敬頌

著祺

後學鄧廣銘敬上　（一九三九）五月十九日〔一七〕

一四　一九八〇年一月十三日鄧廣銘致夏承燾

瞿禪、吴聞先生：

去年由陳貽欣先生轉來大著《論詞絶句》，即打算於拜讀之後即進城趨謁致謝，不料一再蹉跎，未遂所願。日昨又承貽欣先生轉來《月輪山詞論集》一册，急忙捧讀一至十五各篇，對《辛詞論綱》《論〈龍川詞〉》《〈滿江紅〉詞考辨》諸篇更再三誦習。其中有幾篇前此雖已讀過，但這次重讀，仍得到新的啓發和教益，敬佩無已。只是回頭再看一九七八年五月新作的《前言》，覺其中對各篇的評價不免謙撝稍過耳。

許久以來，不唯雜務叢脞，被邀參加的社會活動也與日俱增。爲此深感苦惱，然亦莫如之何。看來只有到春節才能趨謁聆教了。

滬上李伯勉先生，爲「辛詞箋注」事與我通信已久，我於七九年三月赴蓉開會後，特地飛滬相訪，並以改編詞注事請其代勞，不料他剛把辛詩注釋完畢，竟於十二月二日因心臟病去世了！順聞，並祝

儷安！

鄧廣銘上

一九八〇・一・十三〔一八〕

一五　一九八四年四月八日鄧廣銘致夏承燾

瞿禪先生
吳聞夫人：

近年來賤軀亦漸衰老，極怕擠乘公共汽車，以致久久未得趨謁聆教，殊深悵惘。拙撰《岳飛傳》（增訂本）已於去秋出版，謹拜托陳貽焮同志帶上一册，乞予教正。此書在去年春間付排時，我曾進城一次，本擬趨府懇請題寫書簽，俾得藉以爲重。及抵城之後，方聞出版社一同志説，瞿禪先生於時正住醫院中療養，因而未能如願。此次印行之本，封面設計毫無意義，事前也並不曾徵求過我的意見。我現在決定待再版時請出版社改換封面設計，「岳飛傳」三字仍擬懇請瞿禪先生大筆一揮，並拜托貽焮同志代爲面懇，千萬俯允爲幸。專此，敬頌

雙安！

鄧廣銘　敬上
一九八四・四・八〔一九〕

〔一〕二頁，豎寫，無格小紙。落款時間據李群文推定，此文發表在《人民日報》一九七四年七月廿一日第三版。又夏承燾與吳聞在一九七三年六月一日結婚，《夏承燾日記全編》一九七四年七月廿七日（第十一册，第六五三五頁），「午發恭三信，告欲爲《王安石變法志》。十餘年不見矣。」八月七日，「昨鄧恭三寄來北大刊物及一函論荆公文，今日閱一過。」八月十三日，「復恭三書，謝寄論王安石文，勉其擴大蔡上翔《年譜》爲《變法繫年》，寄去西湖舊絶句小幀。」按，鄧廣銘檔案中存有此書法作品，落款作「三十年前《西湖雜詩》三首，呈鄧恭三先生兩正，夏承燾」，末蓋有夏承燾白文印和瞿禪朱文印各一方。與一九八二年浙江人民出版社《夏承燾詩集》中《西湖雜詩四十四首》對照，知選録的第十三、二和一等三首詩歌，文字比《詩集》更原始，如第二首「小桃先放柳邊紅」作「扶黎無素雨兼風」，「忘却孤山亦畫中」作「是畫中」，第十三

首「别有詩心畫不成」作「忽有詩心」。

〔二〕二頁，豎寫，無格小紙。落款時間據前後信推定。又按《夏承燾日記全編》一九七四年十一月四日（第六五六二頁），「聞抄《陳亮詞論》。夕作鄧恭三、馮其庸函，問稼軒評價。」十一月十四日，「得鄧恭三北大復信，云辛棄疾尚未定評，水心以彼提意見被摒。」正是對此信的回復，故此信落款應在十一月五日左右而非十五日，此處疑筆誤。辛棄疾的評價問題，指儒法門爭視角下如何給他定位。

〔三〕二頁，横寫，無格小紙。信中所及大文，係指《王安石——北宋前期傑出的法家》，刊於《北京大學學報》一九七四年第三期，又見《光明日報》一九七四年七月七日。故此信必在一九七四年七月十八日之後，夏氏時在杭州大學，病假長休。下封信云「一月底手教」，應是針對此信之回信。揆於當時書信郵遞速度，落款時間暫推定爲一九七五年一月十八日。按《夏承燾日記全編》一九七五年一月初完成《陳亮詞論稿》的修訂，寄送不同學者提意見，日記中未記寄鄧論文事，但在一九七五年二月三日（第六五九六頁），「得北大鄧恭三書，談《龍川詞論》」，即是對此信的回應。故可知此信落款只能在一九七五年一月十八日。代問好的「諸先生」均是北大教師，游國恩（字澤承）、王瑶、馮鐘芸（任繼愈夫人，馮友蘭侄女）、林庚和季鎮淮五人在中文系，馮至在外文系，宗白華在哲學系。

〔四〕此指鄧廣銘《陳龍川傳》第十三章《最知己的朋友吕東萊》。

〔五〕一頁，横寫，無格紙。小文指《陳龍川詞論》，信中説「一月底手教」，落款作「一月七日」，似爲「二月七日」之誤。按《夏承燾日記全編》一九七五年二月七日（第六五九七頁），「終日未出。與聞共讀《陳龍川傳》，至吕東萊交誼，予幾爲失聲。夜枕讀完，聞甚佩恭三文筆。」第二天日記言，「發鄧恭三復」，恰與此信内容合，故此信落款時間確有誤。「此書日前定可出版」，可能指一九七四年以來的儒法門争運動中，陳亮被歸爲法家，鄧著《陳龍川傳》出版社或有興趣重印。

〔六〕一頁，横寫，無格小紙。此信疑附在二月七日信末，因二紙折痕相同，應屬同一次寄發。此紙内容與一九七五年二月十日信相關，應即「前日奉一函」。首末兩段材料，均見《陳龍川詞論》一文引述，應是夏承燾在修改舊文過程中向鄧廣銘請教。

〔七〕一頁，無格小紙，横寫，鋼筆。此詞又見《夏承燾全集》第四册《天風閣詞集前編》，浙江古籍出版社一九九七年版，第二二六頁，與此小異，下闋第二句即作「衰白慚章句」。據《夏承燾日記全編》一九六四年六月廿一日記載：「作鄧恭三函，唁其悼亡，告訪陳龍川故里見聞，附去《虞美人詞》。」詞見五月廿八日日記，與此「重作之詞」頗有異同。故知此紙非一九六四年所寄，原附在哪通信後不詳，因所有夏承燾信均放在二個信封中。但從紙張、筆跡痕跡和關鍵缺口看，與一九七五年二月十日信合，疑此詞原附於該信後，現暫附於此。又一九七六年秋，夏、吴合寫此詞，托鄧廣銘女兒鄧可蘊帶回（《仰止集》，河北教育出版社一九九九年版，第五三七頁），但這次似爲毛筆書寫，文字與《全集》同，但與此小異，可見此詞應重作於一九七六年之前。（《仰止集》，河北教育出版社一九九九年版，第五三七頁）

〔八〕一頁，横寫，無格小紙。甲寅爲一九七四年，但一九七五年二月十日係甲寅年十二月三十日。《夏承燾日記全編》一九七五年二月九日，「十二月二十九日。夕閲鄧君《岳飛傳》。」正與此信内容相合。

〔九〕一頁，竪寫，無格小紙。小詞即《玉樓春·奉懷鄧恭三教授》：「中年避寇東循海，送子西行歌敵愾。一編通袖稼軒詞，磊落交情四十載。　燈前山婦興遥慨，陳吕精魂風百代。待浮單舸訪飄泉，直曳雙笻臨泰岱。」（《天風閣詞前編》，《夏承燾全集》第四册，第二三七頁，繫於一九七五年。）據《夏承燾日記全編》一九七五年十一月十六、十八、廿三日條，夏老夫婦十六日一早有坐公車答訪鄧廣銘之舉，十八日「作贈恭三詞」，廿三日修改爲《玉樓春·答訪鄧恭三夫婦北大寓舍作》，下午寄出。與正式出版者仍有字句上的差異。

〔一〇〕一頁，竪寫，無格小紙。按鄧廣銘《王安石》人民出版社一九七五年七月初版，信中又及「春節前後」，説明寫信時必在春節後，且晤趙萬里兒媳，必在北京，符合三個條件的年份爲一九七六年。按《夏承燾日記全編》一九七六年二月廿五日，「發鄧廣銘復，言《王安石》册子事」（第六七五三頁），應指此信。

〔一一〕一頁，竪寫，無格小紙。《夏承燾日記全編》一九七六年三月廿八日記載（第六七六八頁），「夕世清、篤文、今吾同飯……篤文攜去新裱《楚蘭吟》一軸，與商大覺寺春遊不諧事。」卅日，「下午與聞訪鄭誦老……云大覺寺乘車須行一百里，太遠，彼亦不欲往」，卅一日記「晨發周篤文、鄧廣銘函，告不往大覺寺」。知此信作於三月卅一日。

〔一二〕一頁，四百字格紙，北京市電車公司印刷出品七五·十二，横過竪寫。落款據前信「大覺寺」事推定，應在一九七六年四月四日清明節之後，暫定爲四月廿八日。又查《夏承燾日記全編》一九七六年四月廿七日條，「鄧廣銘來書，謂《王安石》題字是二王字，附來某君一箋，屬予寫字」。第二天又言，「發恭三復，寄去王（「王」疑爲「張」之訛）君一字幅」，正與此信合，可見落款在四月廿八日。

〔一三〕張香還，一九二九年生，江蘇蘇州人，一九四八年畢業上海同濟大學中國文學系，與沈從文、葉聖陶、巴金、施蟄存、顧頡剛、鄧廣銘等文史學界名宿多有交往，離休前爲上海盧灣區業餘大學副教授，撰有《葉聖陶和他的世界》《中國兒童文學史》。據一九七六年五月十四日她寫給鄧廣銘的信：「昨日接奉先生惠書並夏老法書，多謝。没有先生的一片盛意是得不到夏老的書法的，没有夏老的滿腔熱情，要立時拜讀他的詩作也是不易的。因此，我感謝兩位先生，並請先生向夏老轉達我這點微薄的意思。」用上海市盧灣區中心醫院信紙。即指此事。

〔一四〕一頁，竪寫，無格小紙。落款時間據一信封郵戳時間一九七六年五月十一日推定。原作十二日，「二」字後被塗。另，可參下信注釋。

〔一五〕一頁，無格小紙，竪寫。落款時間據前後信推定。又按《夏承燾日記全編》一九七六年五月十一日條（第六七八八頁），「得鄧恭三函，言索還事（「索還」疑爲「香還」或「索書」之訛），佩其盡心友人事。午後發一函，告書件昨已寄出」，即指此信，並可知前信時間。十四

日，「下午鄧廣銘夫婦來視予病」。

〔一六〕 一頁，横寫，無格小紙。此信作於一九七八年七月廿八日唐山大地震後月餘，據吴無聞編《夏承燾教授紀念集》所附《夏承燾教授學術活動年表》，一九七六年九月「自西安返北京」（第二八六頁）。《夏承燾日記全編》一九七六年九月七日，「得鄧恭三北大問候函，告北大教師退休事已進展。」正與此信合。

〔一七〕 阿遜（温州市立圖書館古籍部主任潘猛補之筆名）：《鄧廣銘初晤夏承燾》，《温州讀書報・書林漫步》第廿二期（一九九九年一月）第三版所附縮印件。原件應藏温州市圖書館，但現似遺失。此承何齡修先生檢示，並代爲抄録信件全文，抄件原存北京大學中國古代史研究中心，現已捐給北大校檔案館，謹此致謝。據此文，夏氏批校的《稼軒詞編年箋注》現存夏氏姻親游止水之子游汝嶽手中，游汝嶽系復旦大學中文系游汝傑教授之兄。年代據《夏承燾日記全編》一九三九年五月廿四日條推定，「接恭三北平函，寄來高麗本《遺山詞》校記數紙，附示吴伯宛批彊邨本數條，頗不滿於古老此刻。恭三八九月間將過滬往昆明聯合大學。趙斐雲《詞録》今已擱置矣。」正指此函。五月一日條：「接恭三北平函復，謂趙斐雲新於友人處假得明刊高麗本《遺山詞》，行款悉與涉園景印本不同，字句亦與彊邨本有異，謂可代予作校語寄示。石洲刊本則一時恐不易得也。」談及函中所提之書。趙萬里（一九〇五—一九八〇），字斐雲，北平圖書館古籍部考訂組組長，長於版本目録學、碑刻和輯佚，編《校輯宋金元人詞》，鄧在北大時選過他開設的史料目録學課。元好問《遺山樂府》有多個版本，如三卷本的高麗刻本最早，陶湘《景刊宋金元明本詞》和朱祖謀（原名孝臧，字古微，人稱古老）《彊邨叢書》本最常見。張穆（字石洲）道光三十年校刻陽泉山莊四十卷本《元遺山集》附録《新樂府》三卷，已不常見。咸豐五年張家鼒補遺訂誤《遺山先生新樂府》五卷本，光緒卅四年重印。趙《詞録》一書類似唐圭璋《全宋詞草目》詳細版，是爲了方便輯佚而做的目録學著作，未成。立庵（一般寫成立厂）指唐蘭，古文字學家，北大中文系教授，經滬去西南聯大任教，曾與夏通函，指出夏一九三八年在《燕京學報》第廿四期上發表的《白石道人行實考》姜夔卒年可商榷。鄧廣銘一九三九年八月應傅斯年等之邀，經上海、越南等地，到昆明西南聯大，就北大文科研究所高級助教。

〔一八〕 一頁，北京市電車公司印刷廠出品七九・九格，四百字緑色格子紙，原信係夏承燾繼子吴常雲所收藏，此據温州大學方韶毅老師提供的鄧致夏三通書信的照片和録文，謹此致謝。不過，文字已據照片略作校正。夏承燾《瞿髯論詞絶句》和《月輪山詞論集》二書，一九七九年三、九月由中華書局出版。陳貽焮（一九二四—二〇〇〇），北京大學中文系教授，唐詩研究學者，與夏很熟，並與鄧同住在北大朗潤園。鄧廣銘時任北大歷史系主任，一九七九年三月廿三日至四月二日在成都參加史學規劃會議，會議結束後，特意飛到上海，與素未識面却時有通信的李伯勉晤面商討，請李幫助他在《稼軒詞編年箋注》和《辛棄疾詩文抄存》的基礎上，結合國內讀者來信，重新作一普及性注本。李係無錫國立專科學校畢業，長於詩文整理，曾受教於夏（《夏承燾日記全編》一九七九年十二月廿六日條，「寄江辛眉轉李承澤挽李伯勉條

幅：飛來噩耗浦江邊，回首滄桑四十年；叮囑吟魂且安睡，不須苦念半山編。」）鄧曾向上海師範學院宋史研究負責人程應鏐推薦過李伯勉，李後得以在師院任教。李其實僅完成《辛詩箋注》草稿，他從中清理出三十首樣稿，提交給上海古籍出版社審核，去世前並未完成定稿。後全部稿件由他的同學江辛眉（一九二二—一九八六）接手，但江拖延四年，隻字未動，鄧只好將稿件要回，再請辛更儒在此基礎上重新整理，一九九五年由上海古籍出版社出版了《辛稼軒詩文箋注》。本信已收入氏編注《夏承燾師友信札》（浙江古籍出版社二〇二五年版）一書。

〔三九〕一頁，北京市電車公司印刷廠出品八三・十一格，四百字紅色格子紙，無信封。鄧廣銘《岳飛傳》（增訂本）人民出版社一九八三年六月第一版，係根據三聯書店一九五五年版增訂重寫。此後再版也未見選用夏承燾題簽。因日記缺佚，不確定夏老題簽否，還是題了未採用。按情理可能題了，但此時夏老不一定能執筆，且再版已在鄧廣銘去世後。一九七八年修訂再版的《稼軒詞編年箋注》即採用夏老的題簽。

（作者單位：重慶師範大學歷史與社會學院）

周念先致唐圭璋信札九通整理考釋

張婭曉

周念先致唐圭璋信札九通，現藏唐圭璋先生女公子唐棣棣家中，未曾刊佈。周念先（一九二七—二〇一一），筆名曼衍，湖南衡山人。畢業於湖南大學，曾任衡陽師專中文系主任、副教授，湖南省古典文學研究會理事，衡陽市語言學會副理事長及南嶽詩社理事。解放前爲梅社、麓山詩社成員。一九九一年底退休。先後參與《唐宋詞鑒賞集》《唐宋詞鑒賞辭典》《金元明清詞鑒賞辭典》《歷代愛國詩詞鑒賞辭典》《南嶽景點詩詞聯選析》《增補注釋全宋詞》《增訂注釋全唐詩》等部分撰寫工作。主要著作有《曼衍吟稿》《唐宋詠物詞選》《詩詞賞析》等。這些信寫於一九八二年五月至一九八八年八月間，主要與唐老探討唐宋詠物詞選注、史達祖梅溪詞等詞學問題，極具學術與史料價值。兹以其通信時間先後爲序，對此九通信略作整理考釋。

一九八二年五月一日〔一〕

尊敬的唐老師：您好！

接到您三月初的來信不久，我便帶學生去祁陽實習一個半月，自己的進修與科研也放下來，一直也未給您問候。

酈家駒同志的文章看到了。詳實而有分量，有一定的説服力。但有些問題還待進一步研究。韓不能

説是奸臣。這一觀點雙方是一致的。分歧在於他反道學與開禧北伐問題的評價上。鄺文有些地方未深入分析，或有所回避。此爲全國當時國内外形勢。據我研讀《金史》《續通鑑》及有關資料（我能看到的），情況似乎還要複雜一些。至於陸、辛對韓的態度，陸撰《南園記》事是不能回避的。前人也意見分歧，還有進一步研究的必要。辛談「元老大臣」，鄺文認爲不大可能指韓。問題則更明顯。辛的話正是嘉泰四年説的，而不是在慶元年間。鄺文涉及的資料，很多在我校的條件下實無法看到。今後進一步研究韓的問題，我想還得找機會跑跑大圖書館才行。

您曾經在信中教導我要看第一手材料。這一點我體會最深。比如，關於史達祖陪節使金事。最近翻翻譚正璧的《文學家大辭典》則説是隨李壁去的。我是根據一本解放前的舊文學史上談及的。二説誰可靠，我没法查到原始資料。如果譚説正確，則我對史詞「出京懷古」「書懷」等表現的思想及其内容的理解，以及他北上時間的推測，必須完全改變過來。科學是需要老老實實的態度。我已托有關同志代查，但能否有著落，尚不一定。通過這一小問題，我更感到應該好好學習您那種治學的實事求是的精神與謹嚴的態度。

在祁陽實習時，看到您的《唐宋詞簡釋》一書。拜讀之餘，深受啓發。有兩個問題，我在教學中碰到過，提出來向您請教。

一、史達祖《八歸》詞中「一鞭南陌，幾篙官渡，賴有歌眉舒緑」，您指出了是「藉人寬慰」。是否虚筆呢？我理解，它是承换頭第一句而來，寫的是回憶中過去遊冶之事，用以反襯現在的孤獨寂寞。這樣理解對否？「縮筆」一詞我認爲用得很好，原來我對這一種複雜的修辭現象，苦於無恰當的詞概括。因爲它包括多種修辭方法的綜合運用。在詞中，特别是南宋婉約詞中用得更多。它開拓了讀者的想像，增加了詞的容量。但對初讀者來説，由於它不能用一般的語法規律去衡量，不容易理解。這種手法，在其他藝術中

也存在。比如「一鞭南陌，幾篙官渡」，不正像傳統戲劇舞臺上的以鞭代馬，以持槳表現划船？「賴有歌眉舒緑」不還像電視劇裏細節的「大特寫」鏡頭？

二、李白的《憶秦娥》，您指出「傷今懷古，托興深遠」。此間上下片内在聯繫問題，多家有不同解釋。我以爲，全詞都是在寫女主人公夢醒後的回憶與聯想。自「灞陵傷别」至末尾，都是虛筆，這些不同形象之間，跳躍性大。然無一不與她「傷别」有關。頗似今天我們所談的「意識流」手法。關於「意識流」作爲一種表現方法論，在中國有人對小説進行了一些探索。我想，對重主觀感受，抒情性很强的詞。特别是南宋詞，似乎有的確實不自覺的用了這種方法。不知恰當否？

提出以上這些，希望能得到您的指教，但又多打擾您了。專此，敬祝，身體健康。後學，周念先，謹上。

五月一日。

一九八二年七月二十五日〔二〕

尊敬的唐老師：您好！

很久未向您問安，不知近體安康否？

學期尚未結束時，工作組進駐學校，開始了機構改革調整工作。事多、會多，學校中矛盾複雜。到目前爲止，雖已放假，瑣事仍不少。群衆推薦，我有可能進入校領導班子，但我堅決表示不同意。一則年齡上超過五十五歲；二則從未搞過行政工作，缺乏管理能力。教書是我的所長，我也不願棄此他圖。幾十年生活的磨練，名利之心已盡。更不想當官要權了。工作組雖然也同意我的看法，但還要待上級決定。湖南省職稱評定，也因機構改革拖下來。大概八月中下旬才開始。結果究竟如何，尚難預測。不過把握是有幾分的。

八月份起，想集中思想看書，修改《選釋》稿並謄正，不知能否如願。日前收到台州師專何林輝老師信。他説是您介紹的。他在搞赤城詞，我已回信了。愛好詞，雖然時間很早。但研究詞，我是新兵，今後與他相互學習。在您的指導下，我想多少可搞一點東西出來，只要不搞行政工作。

寄上近日習作兩章，敬請老師指正。湖南正是黄花上市季節，郵上一包，給老師嘗新。專此，敬請夏安。後學，周念先上。七月廿五日。

《清平樂·復蘇君》：「春潮初動。書托雙魚送。筆底波濤心上湧。字字祝君珍重。江河流水彎彎。預防急湍深潭。莫道一帆風順，征途尚有沙灘。」

《金縷曲·七一抒懷》（一九六三年七一，曾以扇、棋子、榴花爲題借物抒懷。十年動亂中，此作遂成反黨罪證。口誅筆伐，風雨如磐，令人心悸。忽之二十年，余已垂垂老矣。沉冤已雪，枯木重春，情銘五内，難系於辭。因就原作概括成長調。聊述寸心，不計工拙也）：「深院榴花吐，映園林、噴紅似火，驕陽空妒。放眼百花凋零處。留得秾春如許！願化作、炎涼伴侣。仲夏嚴冬相與共，爲他年、四化宏圖取。何須慮、秋風度。　廿年滄海桑田誤。想當時、心雄志壯，氣吞貔虎！自許紅旗麾下卒，得失何曾回顧？只一片，誠心相護。今日鎮邪雷電掃，淨妖氛、四海同歌舞。頭已白，心猶孺。」録呈唐老指謬。後學，周念先。七月廿五日。

一九八五年五月十三日〔三〕

尊敬的唐老師：您好！

您的信收到很久了，最近因忙於指導十篇電大學生的畢業作業（月中完成），未及時向您問安。

上次寄上學報，關於詠物詞的文章。只是企圖從它的發展作一些概述。其中還有很多問題值得進一

步探討，等工作閑一點再説。此稿寫成後較長。編輯交代壓縮，刪去了一些。之後，看到了朱德才同志的文章，對我修改初稿很有幫助。朱德才同志我尚未直接聯繫。他在山東大學教宋詞。文革前（五十年代初）在山大畢業，留校。五七年出問題，下放到一所中學教課。七八年平反，糾正後才回山大。雷慶翼、何林暉在山大進修班，聽過他的宋詞課。他是搞北宋詞的。他知道我在您的指導下搞梅溪詞的，很希望彼此聯繫。我已將學報寄一版給他，請他指教。王步高（是否即珠穹？）來信，説了他自己的詳細情況。我們已聯繫了。他搞的《梅溪詞校注》已交人民出版社（連編輯資料有二十五萬字）。若他的書出版後，我要拜讀。我還是想搞「箋注」。對每首詞作點箋釋評析。不過不是一下子的工夫。

我的工作，今年是「過渡」。領導給我配了一個青年副主任。現在一些具體工作，開會都由他去管。我過問一下大事而已。但有些問題，還得出面解決。以後，我卸下了行政工作的擔子就好了。多教點課，主動權仍在我手中。我才有時間安排學習與寫文章。我的底子不厚，加上學校資料少，今後希望得到您老更多的幫助。上次論文中，將趙長卿誤爲北宋人，覺得不正確。他可能是南北宋過渡的詞人。而大部分詞作應該是南宋時寫的。他是兩宋詞人中留下詠物詞（特別是慢詞）最多的一個。但在詞壇没有什麽影響。他的詞，除了兩首標題爲「和曹元寵」「和康與之」的外，其他很難看出時代痕跡。有兩首中點出了是反映南宋情況的。我已在第二期學報上作了簡要的更正。您如果發現了其中還有什麽錯誤或者有關問題，望能多給我教導。

您以古稀高齡，尚在爲黨培養研究生而努力工作。使我做晚輩的不勝感愧。我一定不辜負您的教導，努力搞好工作與教學。職稱問題，暫時似乎不會解凍。聽説以後可能採取解放前的搞法：「聘任制」，這樣也許會好一些。不過我覺得還是要自己扎扎實實學好，努力寫出些東西來。真正的貢獻，應該像您老那樣，有實際的東西。「立德、立功、立言」，前兩者我不敢有所企望，也缺乏條件。後者通過努力，多少

搞點東西。我想還是可能的。

您老的眼睛不好，最近看到衡陽市有較好的枸杞（别地來的）。現寄上一斤。表示點微薄的心意。專此。並祝健康長壽。後學，周念先，謹上。五月十三日。

一九八六年五月三十一日〔四〕

尊敬的唐老師：您好！

好久未向您問安了，心中時常惦記。聽林暉説您年來健康狀況不太好，王步高也談到您今年未招博士研究生了，我很爲擔心。近年來由於在科研方面未搞出什麽，没有成績向您匯報，有負所望，因此很少寫信給您。今天收到來信，拜讀了悼念夏老的詞。知道您尚好，非常高興。南唐北夏，詞壇兩顆巨星。現在只有您碩果獨存。希望特别注意保重身體。夏老我未曾聯繫請教過。但拜讀過他老的論文和詞作。也是我心目中極爲尊敬的老師。

《幼學瓊林》我明天（星期日）當去市新華書店看看，如有當即寄上。如没有即去信長沙，囑在師大進修的同志（我的學生）親去嶽麓出版社。時間可能稍遲一點。保證一定將書寄上，請您放心。

去年底我注完了《唐宋詠物詞百首》，今年五月以前又增加了幾首以便編輯删選。此稿已通過江蘇古籍出版社初審。該社全套叢書將出八本（分題材選詞）。八七年元月付印。如果修改難度不大，可能由該社請人重抄。這套叢書的責任編輯是王步高同志。他很好學，勤於寫作，並且有根底。在研究梅溪詞方面走在我的前面了。來信説今年如能争取到參加第二届韻文學會（廣州）時，將來衡陽談談梅溪詞方面的一些問題。我很希望和他見面。衡陽交通方便，别的消息靈得很。唯獨學術方面的信息閉塞，因爲高等學校太少。

湖南的職稱，今年下半年專科學校將全面鋪開搞。我們八三年未評好的那一批將要補報材料。也許能趕上這一班的。我的工作仍是很雜，思想也很亂，再也寫不出「已知春色老，猶向夕陽開」（詠荼蘼）的詩句來。年初填了一首詞，思想性雖强，藝術上却自己也不滿意，仍親呈老師指教。

寫了這麽多，耽誤您的時間，也花費您的精力，請諒。祝健康長壽。晚周念先頓首。五月三十一日。

《水調歌頭・南嶽詩社、南嶽書畫社迎春詩畫會有作》：「春色到回雁，暖律動瀟湘。東風載歌載舞，吟思接蒼茫。改革角聲吹徹，四化潮濤卷起，業績待平章。賴有補天手，邦國固金湯。　舉玉觥，瀉醽醁，醉春陽。如椽大筆揮灑，豪興入宮商。譜就新辭如綺，繪就繁花似錦，歡聚共華堂。無限殷勤意，今日頌甘棠。」呈唐老師，斧正。周念先，五月三十一日抄。

一九八六年七月一日〔五〕

尊敬的唐老師：您好！

因爲學校結束工作忙，加上六月底以前趕時間謄抄《唐宋詠物詞百首注釋》，没有及時向您問候。您的兩次來信都收到了。《幼學瓊林》，我原先怕長沙方面靠不住，恰巧衡陽到書，就買了一本寄上。反正兩個版本的可參讀，據説天津本有較詳的注釋，那對初學者更好。以後您有什麽需要我辦的，只要能辦到，一定盡微薄之力。

您上次信中提到我那首詞「潮濤」生硬一些，我將遵照改好。其實，我發現還有一個問題，即每押韻處末尾的句式，都作「一、二二」（如「動瀟湘」、「接蒼茫」、「待平章」等）非常單調，名家《水調歌頭》並非都是「一、二二」句式，都有一些變化。以後再慢慢吟改。

您老身體要特别保重，以後就不必專爲一點小事給我回信了。王步高如果去廣州，定會來衡陽，到時

候托他帶點什麼送給您吃(郵寄有的不方便)。

王夫之的詠物詞還未動手,等放假以後再説。專此,遥祝,健康長壽。晚,周念先,頓首。七月一日。

一九八七年四月十二日〔六〕

尊敬的唐老師:您好!

很久未向您問候了。去年下半年,從林暉和步高二同志的信中知道您身體不適而住院,後來回家休養仍然很衰弱,我和他們一樣,一直牽掛著。但又不敢寫信,怕您勞神。

去年起(下期)我辭去了行政職務,但又忙於教課。青年教師考研究生走了,他的課(包括函授生面授)全部包下來了。今年上期無課。這是十年來第一次得到「照顧」。集中精力在增寫梅溪詞的分析,並作修訂工作。這方面,總想不辜負您的期望,盡力使它搞得更好一點,結合增修讀點書。然後再從事全部梅溪詞的箋注工作,您的題箋我還保存著。一定争取完成。記得八二年,您曾教導我要補寫梅溪詞關於聲韻一節。我根據您的意見與觀點作了補充,今年學報要稿。我又有空,把舊稿這一部分拿出來作了修改,作一個單題發表。以後當寄給您批評指正。稿子送學報後,他們審不了。送上海王少良同志評定。王,我不認識。聽説也是治詞的專家。王的鑒定很好。

前年和去年,做了兩件事。一是給您主編的《辭典》寫了幾篇評析《梅溪詞》的文章;一是選注了一本《唐宋詠物詞一百首》。後者據王步高同志來信,已二審通過,發排大概没有問題。總算是忙裏擠時間搞了這麼一點點。向您匯報,實在感到慚愧。

湖南的職稱評聘工作今年搞完,這次大概可以通過。這方面,您對我也是很關心的,我非常感激。

我們的學報八七年已公開發行了。主編囑我請您賜稿。我不好開口,因爲不知道您近來身體狀況如

何。如果有現成的，或者在您指導下的研究生的論文。您署名合作的，我們都是歡迎的。學報已約請了一些國内專家寫稿。這方面，熱忱地歡迎您給我們的支持。

我寫信給王步高同志了。如果没有特殊情況，暑假來南京。一定要專程拜訪老師。感謝幾年來對我的關懷與教導。您如有什麽需要我做的，可教您的助手寫信給我，一定辦到。

《詞學論叢》早已收到，而且認真學習了，受益很大。謝謝。專此，遥祝。健康長壽。後學，周念先，拜上。四月十二日。

一九八八年一月四日〔七〕

尊敬的唐老師：您好！

兩次收到您的信，理應及時作復，因忙於家務，遲了至今，謹致歉意。

去年底，最小的兒子完婚，總算是完成近幾年來家中一件大事。……我這個没有「非勞動收入」的腦力勞動者已弄得心力交瘁了。去年和今年，我没有推掉校内外的一些兼課。有時每週上到二十節，其原因也在此。現在總算喘了一口氣。八八年起，大概可以安下心來，從新開始了。去年暑假，總寫信給王步高、何林輝同志。約到南京見面，並拜謁老師。因分住房（也是爲了孩子結婚）與兼課，未能成行。今後如果退休了，時間充裕並可自由支配就寬鬆一些了。南京我有親戚，早就來信歡迎了。

謝謝您對《梅溪詞選釋》的關心。此稿原擬暑假帶來南京和王步高同志商量，並請您過目。因未成行，十月便試寄湖南長沙文藝出版社。因原先有個朋友，但兩三年未聯繫。不知他在那裏否？稿子寄去後到現在尚未見到回信。若有機會去長沙時再去拜訪。現在多講求「經濟效益」。此書的經濟效益如何？從他們的觀點看，也很難説。嶽麓書院胡遨之我是熟的，也有過吟詠交往（南嶽詩社的）。但在湖南，

人民出版社、文藝出版社、嶽麓書社是三塊牌子。一個地方，各有側重。如果文藝出版社不行再説。我也很想找王步高同志，因爲前一本《唐宋詠物詞選》在他們那兒出（但現在遲遲未見消息，不知是否又有變動），未便再開口，以免使他爲難。但總想見他一面，向他請教。再作一些修改，因爲他掌握的材料比我豐富。

今年四月，韻文學會賦學分會將在衡陽召開。馬積高和我校聯繫好了。學校要我們幾個搞古典文學的副教授都寫論文參加。因爲是「東道主」之一。擬在這方面作些準備。八八年上學期我没有課，可能安排兩節選修課。但對搞科研没有影響。我現在特别需要的是安下心來讀書。近兩年來讀書太少，特别是新東西。這樣下去，會跟不上時代步伐，寫不出什麽來的。您對我的關心與鼓勵，我是畢生難忘的。我想，最好的報答，還是在詞學方面鑽出點東西來。在一生中能給詞學的花壇留下幾棵小草，也算是不錯的了。

囉嗦地寫了許多，耽誤您的時間太多了。今年争取到南京來拜謁請教。就此擱筆。敬祝，健康長壽。

晚，周念先，頓首。元月四日。

一九八八年三月五日〔八〕

尊敬的唐老師：您好！

春節前曾致函問候，遥想貴體安康，生活適意。我春節中忙於應酬。至最近才算安定下來。因需參加四月底韻文學會賦學分會年會，目前在看書，準備論文。這一年會由師大與我校聯合主辦，以師大爲主。地點在南嶽。我已告科裏去通知王步高、何林暉，看他們能來否？何林暉已有回信。

今年元月份，湖南文藝出版社古典文學編輯室主任陳仿粦同志來衡陽約我相見。我的《梅溪詞選釋》

稿他抽看了幾篇。又看了您的序言認爲可以。因去年送稿時他們的出版計劃已訂。擬今年訂計劃時考慮，他們再全面看看，稿子留他那兒。看來，如今年能列入計劃，有可能出版。但以後怎樣按他們的要求修改，則是後事了。如已定妥，當即來南京請您再提提意見。兼請王步高同志看看，吸取他一些意見。

春節時參加南嶽詩社詩會，羊春秋、馬積高均來了。姜老年邁未至。應付詩會，填詞一闋。親呈老師指教。專此，並叩，春安。後周念先拜上。三月五日。

《滿江紅・龍年雁城詩會有作》：「春入梅梢，誰寫出、雁城晴色。欣看取、嶽屏花媚，湘江波碧。錦繡河山呈異彩，騰飛時代思鵬翮。正狂歡、爆竹接龍年，驚吟魄。　天下事，同休戚；炎黄裔，情無極。頌英明領導，史昭勳績。會聚群賢詩思湧，高歌改革風雷激。待明朝、躍馬展宏圖，迎紅日。」呈唐老吟正。周念先，謹上。三月五日。

一九八八年八月二十三日〔九〕

尊敬的唐老師：您好！

有相當長一段時期未寫信向您問候了。月前曾給王步高同志信中轉向您致意。上學期無課，曾對宋代壽詞發達這一文學現象進行思考與研究。搜集了一些資料，也廣泛讀了一些詞作。因賦學討論會在衡山召開，分配了論文任務。只好放下來寫論文了。論題是《論〈哀江南賦〉的藝術結構》，將在師大《中國文學研究》上刊載，到時候將呈您指教。以後便接到江蘇古籍約稿的通知，由您主編的《金元明清鑒賞辭典》約寫文章，謝謝您給出版社推薦，我借此機會又學到不少東西。約我寫的都是明末清初遺民詞人。我剛起寫初稿時，南京大學出版社也來了同樣的約稿通知，並附來王步高同志信。我也答應了，但固定篇目來得較遲。我愛人因心臟病入院，我一直守護。從六月份起，基本上没有做任何事了。直到八月初，她才好

點，我抽時間起寫。按約定日期，江蘇古籍陸國斌同志處的全部完成。而王步高同志的通知較遲，只完成一半。兩家争出辭典，此中内幕王步高同志雖説了一些，但不太瞭解。您是否兩本辭典都參與其中事呢？本來暑假想出來走走，到南京來，結果又落空了。因此只好遥祝您老人家身體健康了。今年夏季特熱，王步高來信説南京更甚，不知您受得住否，我時刻擔心。這次寫約稿，我發現夏承燾、張璋編選的《金元明清詞選》注釋，作者介紹仍有些不足之處。大概是趕出來的。今年下期還有課，不能退休（學校黨委未批）。退休以後我自由了，一方面隨時可以出來走走，訪親問友，有時間來南京向您請教；一方面可以比較系統地做點科研。我還想找王步高同志談談，在梅溪詞研究方面向他取經。現在回到宋代壽詞問題上來，不知有研究的價值没有？請您指教。專此，遥祝，健康長壽。後學，周念先，頓首。八月廿三日。

〔一〕此信主要探討酈家駒論文及《唐宋詞簡釋》。據信封郵戳時間知爲「一九八二年」。信封正面：南京北冬瓜市十二號三幢二〇一室；唐圭璋教授親啓。湖南衡陽師專專用章。後面幾通均如此，不再説明其信封情況。

〔二〕此信未標明時間。但由信中提及後附詞爲「近日習作」小注「一九六三年七一，學以扇、棋子、榴花爲題借物抒懷。十年動亂中，此作遂成反黨罪證。口誅筆伐，風雨如磐，令人心悸。忽之二十年，余已垂垂老矣」知，因此此信應寫於詞中提及的一九八二年。

〔三〕此信主要談及梅溪詞研究進展等事宜。據信封郵戳時間知爲「一九八五年」。

〔四〕此信未標明時間爲一九八六。然而由信中「今天收到來信，拜讀了悼念夏老的詞」（夏承燾逝世於一九八六年）、「去年底我注完了《唐宋詠物詞百首》。今年五月以前又增加了幾首以便編輯删選。此稿已通過江蘇古籍出版社初審。該社全套叢書將出八本（分題材選詞）。八七年元月付印」諸語，可推測當爲此年。

〔五〕此信主要談論近況和《水調歌頭》的修改情況。因此信中提及「六月底以前趕時間謄抄《唐宋詠物詞百首注釋》」「王步高如果去廣州，定會來衡陽」，而據一九八六年五月三十一日致唐老信札也提及「注完《唐宋詠物詞百首注釋》」「王步高同志……來信説今年如能争取到參加第二届韻文學會（廣州）時，將來衡陽談談梅溪詞方面的一些問題」相關信息，可知此信當寫於一九八六年。

〔六〕此信未標明寫作年代，也無信封。此信中有「前年和去年，做了兩件事。一是給您主編的《辭典》寫了幾篇評析《梅溪詞》的文章，

一是選注了一本《唐宋詠物詞一百首》……我們的學報八七年已公開發行了」等語以及請求唐老爲其學校學報賜稿之事。這與一九八六年五月三十一日致唐老信所云「注完《唐宋詠物詞百首注釋》」之語聯繫起來推算，可知此信當作於一九八七年。

〔七〕此信未標明寫作年代，信封郵戳模糊。而此信主要談論近況、《梅溪詞選釋》以及「今年四月，韻文學會賦學分會將在衡陽召開」等事。這恰與一九八八年八月廿三日來信中「因賦學討論會在衡山召開，分配了論文任務」等語相合。可知此信當作於一九八八年。

〔八〕此信未標明寫作年代，信封郵戳模糊。此信主要談及韻文學會賦學分會年會籌備情況、《梅溪詞選釋》出版事宜的進展。這恰與一九八八年八月廿三日來信中「因賦學討論會在衡山召開，分配了論文任務」等語相合。可知，此信當爲同一年作。

〔九〕此信未標明寫作年代，信封郵戳模糊。此信主要談及近況及《金元明清詞鑒賞辭典》約稿等事宜。然由信中提及「論題是《論〈哀江南賦〉的藝術結構》，將在師大《中國文學研究》上刊載」，一九八八年的確有發表事實來判，此信當作於此年。

（作者單位：上海大學文學院）

選夢詞葉

段曉華

選夢詞葉自序

世有擬喻人生者，每言如寄如夢，愚以爲非僅謂其短促，适謂其虚幻莫測，而不可自主也。昔李長吉創爲「選夢」一詞，人皆嘆爲瑰奇，競相翻用，遂爲成語。嗟乎！夢之爲物，豈可逆料而竟擇之、竟選之哉？蓋長吉之心，要在期以如願好夢耳。予嗜詞成癖，矻矻事此無聊四十餘載，嘗竊念人持此心，各異其夢，心緒幽微，夢思剎那，萬難複製，而詞乃心之鏡象、夢之片斷，攝一瞬以久遠，揭流水于紙上，如此豈非有夢而真實可選乎？於是檢點散葉，綴爲小集，不啻蝶翼栩栩而至蘧蘧适志也。生丁斯世，而能自主於斯際，幸甚哉！

辛丑仲春曉華自記於豫章穎廬。

江城子 十八夜作

江橋掬手月華清，瀉無聲，已收燈。小幅春風，吹取夢邊行。弱水蓬山疑有路，微缺處，彩雲生。

上西樓　七夕

秋宵明澈如磨。恨無多。靈羽休填滄海、不平波。　雲錦幻。機石爛。更如何。從此瑶臺閒却、水精梭。

醉太平　燈夕雨

魚燈兔燈。風清夜清。梅心夢濕珠瑩。抱枝頭舊馨。　三聲四聲。零琶碎箏。春天隔個簾旌。要伊人細聽。

霜天曉角　灣里翠巖寺

翠巖丹井。曾過孤鴻影。有客問緣廊下，唄風寂，蓮池冷。　且將飛雪鬢。攀臨千丈鏡。三十六天空徹，夢波裹，一聲磬。

謁金門　沱江小巷見土家漢子吹塤

閒吹起。誰領個中滋味。日轉莓墻無過履。低昂隨帕穗。　媧母摶成橢翠。譜入悠悠沱水。掠過心田風不繫。夕曛凝澹紫。

阮郎歸　園花

海棠一樹壓書檐。流光靜裏諳。新詞裁就綫香添。匀愁下黛尖。　風軟軟，葉毵毵。飛霙信手拈。小箋斜草卧春蠶。借他紅朶鈐。

憶秦娥　庚子春疫。同詠馨、漱碧用沚齋先生韻

春消息。低徊忍向江頭覓。江頭覓。空城寒鎖，鶴魂孤泣。　除非夢裏生雙翼。蓮歌裊斷春無跡。春無跡。衣袍勝雪，逝波還碧。

更漏子　擬遊仙。反用義山不須浪作之意

漏初回，笙未倦。曉夢風來驚斷。迷弱水，度緱山。飄蕭鶴羽寒。　丹竈冷。銀潢耿。盡是仙家舊影。千種誓，一時心。緣深恨也深。

浪淘沙　偕三妹遊瑶湖

抱膝坐亭前。湖水湖煙。野蘭沙岸最癡妍。浸石粼粼傳笑語，拾夢無邊。　曾放響笙鳶。直上春天。

輕風鼓袂共追旋。三五垂髫閒裏認，誰是當年。

鷓鴣天　車過婺州道中

山口風來雲弄紗。陰晴不礙緑交加。一灣泉水分畦水，三月桃花間菜花。　雷後筍，雨前茶。喧闐墟埠夕陽斜。雙丫散學背圓簍，青石橋邊洗蕨芽。

鷓鴣天

舟行小三峽大寧河擱淺，拾得卵石十數枚。大不過拳，小僅如拇，色澤瑩潤，洵然水膚山骨。憶《紅樓》「無才可去補青天，枉入紅塵若許年」之句，别有作意。

不落紅塵不補天。滿川碎玉亂荒煙。大江莽蕩三千里，頑石磨礱一萬年。　烏潤膩，紫斑斕。褰衣拾取掌心圓。問誰得似秋波骨，枕雨聽風自在眠。

品令　蛟洲荒院砌邊蕙

已經春杪。倦遊處、紅憨鶯鬧。苔砌瞥見含羞草。若無若有，彈破幽香裊。　多分不關風露好。更不關殘照。自垂絲帶青縹緲。問渠芳號。石淨單衣掃。

秋波媚　舊稿中見十五年前西子湖所拾紅葉

溪雲一片認春蹤。猶鎖舊時紅。散花成霰，寄痕於水，偏教重逢。留香澹澹如人遠，轉恨五更風。思量恰似，紙箏無力，掛在欄東。

解佩令　女兒香

勻灰裊篆。吹蘭作霰。采仙根、炎風熏染。自結靈心，把一縷、春痕輕撿。似紅閨、琴絲長短。枝垂東漢。花開東莞。置幽懷、古香千片。涉彼山椒，接溟天、鷗帆歸晚。繞相思、夢搖歌遠。

粉蝶兒　正月初一降雪寄示璇兒

早不飛遲不飛赴誰芳柬。秖輕輕、夢雲兜轉。賺東風、掇弄得、九天花亂。要伊人、呵手摘梅溪畔。簇新時節都道萬金難換。是清寒、釀來馨遠。待鷂箏、放春意、更無拘管。繫纏綿、心上一根柔綫。

古香慢　淝上六百年蓮子作華拈賦

藻衣皺水，鈿扇舒雲，誰喚伊醒。片石棲塵，悄拭舊時缺鏡。長閟菂心深，曉風翥、先勻翠影。想年年、暗枕囈語，盡知野甸孤冷。顫細蕊、遺珠光迸。前世他生，葭岸癡等。但約潛鱗，露滴皖然同聽。羽路

失佳期，斷橋外、秋懷更迴。夢休回，自凝睇、采香煙艇。

六幺令 過湖畔舊居

路迴波渺，飆轂纔一瞥。依稀矮墻莓綠，蝕斷門環鐵。幾處遮檐老樹，猶竚西樓月。市聲蕭屑。悠悠在水，褪盡韶光肯留轍。　不意浮生重遇，對此傷塵沫。多少燕壘蜂巢，簾底春雲熱。滿把青絲似柳，丸髻當時結。影堪明滅。秋葭折取，萬一歸來與人説。

徵招

臺北故宫珍藏文文山履式遺硯一枚，長圓厚潤，深紫如檀。硯壁週繞銀絲一綫，故得名「玉帶生」。文山就義，硯傳謝翺。入元歸楊鐵崖。清乾隆間收入大内。語默千年，伉爽英氣，尚飡人間，嘆爲至寶。己丑初五歸燈，爲賦此解。

如何勘得人寰古，星塵此間揚簸。血雨會須涼，褪漫漫天火。劫華開一朵。是媧石、淬成搏妥。叩壁銅聲，聚池鉛滴，夜深猶和。　甚夥。轉飆輪，興亡事、都從夢邊經過。萬死盡臣心，被愁泅恨涴。更無蟾嗑鎖。莽天地、隻身担荷。又還怕、神蹻騰挪，踏紫衣都破。

月华清 甲午中秋恰逢白露

桐露初溥，冰盤悄拭，雙清難得今夜。和杵飛煙，一幅鴉青高掛。聽溯洄、近水笙歌，竚綿邈、浮山臺榭。盈把。漏霏霏桂屑，香從雲罅。休問流光飛馬。更休問人天、誰爲壽者。淺樂深悲，好向無窮推卸。愛孤影、襯上涼裾，耿相對、素心待話。簾下。只一聲輕嘆，沁人秋也。

齊天樂 初冬，湖邊醫院拜望小薇先生。用客歲蟄、晦二兄韻

竹邊寒雨何時住，摇摇瘦枝臨水。攬鏡雲絲，憑牀絮語，纏結萬千難寄。回欄徧倚。漸藥盞生煙，暮簾垂地。夢裏家園，不思量處亦凝睇。詞心片時動矣。聽人吟舊稿，歌拍輕起。陌上春塵，枰邊日影，忘了除非沈醉。年頭歲尾。又一陣風來，晚花低吹。寫盡飛桑，墨光猶幻綺。

穎廬記：先生九三遐齡，鬢猶青青，眸明似水，低語清晰，惟羸弱憑枕，不能俯聽矣。曉華與先生睽違八載，執手悲喜交集，殊難自抑。

憶舊遊 西溪濕地訪兩浙詞人秋雪庵。用鹿潭韻

趁晴光逗雨，緩浪分萍，來叩荒門。隔浦招鷗下，借摇舟越女，細碎花巾。賦情萬種難寫，殘片付寒雲。問緑萼開時，清樽醉後，更待何人。詞魂。自孤瘦，寄數縷心香，拂水無塵。別有淒迷處，看追潮收網，都在舷裠。遠天雁唳星淡，一杵識黄昏。算滿地秋葭，年年颺雪吹夢痕。

臺城路

沈子苾先生百年祭

涉江臨去秋波顧，波光百年如訴。沸海噓涼，空桑斲瘦，誰共傷心人語。難通錦素。聽風拍靈襟，夜吟深處。變入秋聲，砉然吹落碎星雨。　回燈漫思换羽。向空彈一曲，遥岸知否。戀轂輕塵，銜香倦蝶，應怕重尋歸路。簪花剩譜。盡夢裏高飛，病中南渡。托命紅蠶，織愁今更苦。

注：錢仲聯《近百年詩壇點將録》評子苾夫人爲「臨去之秋波，絶代銷魂」。

眉嫵

木格措霧中樹掛。用白石體。木格措，藏語意爲野人海，地處横斷山東北麓，屬大雪山脈。卓瑪，藏語謂度母，美麗女神

叩神山深窟，海靜無舟，花欝更無罅。瞉摺懸空壁，聽飛舄、都從玄古來下。妙蓮卓瑪。帶彩煙、澌解冰化。自梳髮，萬縷青絲影，向琪樹低掛。　難卸。美人紗帕。但御風而舞，彈雨而罷。休逗凡心起，頗窺測，回波何處牽馬。漱芳醉也。又翠摇、珠珞紛瀉。料塵外歸時，兜一夢、醒來話。

鼓浪嶼

瑶琴縹緲，鮫舟容與，遊蹤漸入花雲。鷗浴素沙，波摇翠影，榕陰迥絶纖塵。巉石耀初暾。蚌珠瀉清夜，南管回春。小駐騎樓，更從漁棧數奇珍。　中天皓月無垠。照千堆雪浪，一綫金門。星斗墜時，雷霆怒後，腥風暗嚙潮痕。煙水渺難分。縱怨如礁積，應念同根。神翼終須鼓浪，滄海看飛鯤。

鳳歸雲　天一閣修書。應吴蓓女史之邀拈浙江非遺百題之一

自年年，一鈎曉月上簾旌。閣古夢深，長費補書燈。祈坎逢離，連卷插皮，累葉剩畸零。縱苦錦編韋絶，縹衣光褪，澹芸將滅還生。　遊蟫棲蠹，噬嚙桑田，霜刀黍尺，修葺春秋，楮命誰能續，聽潮聲。柔綫三回，細錘千砑，海曙練波平。最是卅番工竣，霎時神定，揭函香驗風輕。

注：閣中修書有二十八道工序。

角招　金沙博物館太陽神鳥

旋靈羽。光馳太歲羲輪，電火猶煦。大荒迷羿弩。弱水踏歌，誰是盤古。金工夢鑄。細辨識、非鵑非鷺。滿地煙鱗霞米，繞一十二冰絃，唳蒼茫林莽。　焦土。未銷片鏤。驚心絶艷，都在沈霾處。劫花休更數。展拜高旻，香迴桑樹。猗儺善舞。舞未歇、飆奔如怒。驀起潭潭祭鼓。怕深夜、動精魂，還飛去。

婆羅門引

甲午臘八前後，於上圖檢索周止庵數據，所獲多有尤爲意外者。得武進盛氏《止庵遺集》紅印本，猶今之所謂清樣也，封面有趙叔雍手跡。撫誦沈吟良久。又讀周詞有《齊天樂》一闋，「蠹蝶」二字觸目傷心，歸來賦此。

芸屏疊影，凝塵不到畫樓深。烏絲素軸披尋。捲盡人天無恙，鏗爾没絃琴。只低眸消領，滿幅光陰。酸風罷吟。向古艷、一推襟。寄得浮生短夢，蠹蝶遊蟫。嗜他殘葉，渾忘却、飄摇在海心。任簾外、暮雪初臨。

娑羅門引

乙未臘月，於上圖檢得王氏九峯舊廬所藏《白香樓叢書》，都十一種二十册，乃《天香全集》之别版。剛刻精美，似未經觸手，爲之喟嘆。

撲簾飛雪，樓心猶鎖篋中春。烏絲細認年輪。習静偶來遊蠹，飽受墨花薰。詫桑紅秦火，餘燼猶温。螢光波塵。聚復散、本無根。休笑逃虚藕孔，選夢酸辛。芸香繞指，一縷縷、都爲癡印痕。重把卷、更有癡人。

綺羅香

題李笠翁芥子園瑣窗

翠點萍輕，紅銷檻冷，半桁芸煙低掛。絮語簷鈴，曾伴那人披寫。收夢了、淚貯甌邊，推愁去、月窺櫺下。獨漗時、自賞風華，香檀拍到燭花灺。　泠泠哀玉碎也。誰識焚天一炬，竟遺畸者。沉醉笙簫，水袖翩躚聲價。參不破、住壞成空，演不盡、市棚村社。戀殘曛、光影遊塵，薄紗還漏灑。

《梅溪詞序》抉微

陳酌簫

張鎡字功甫，號約齋。生於紹興二十三年（一一五三），其先西秦人，曾祖張俊以功封循王，遂家臨安。張鎡以蔭入仕，歷官臨安通判、太府寺丞、司農少卿。開禧三年（一二〇七）因預誅韓侂胄，爲史彌遠所忌，追兩官送廣德軍居住。嘉定四年（一二一一）復謀誅史，除名編管象州，端平二年（一二三五）卒。張鎡出身貴胄，自視清高。嘗學詩于陸游，又精詞學，與楊萬里、辛棄疾、姜夔相友善，有《南湖集》和《玉照堂詞》等。

張鎡曾爲史達祖《梅溪詞》撰序。不同於一般稱頌褒美之序，文中每每顯露作者對受序者的複雜態度與二人間的微妙關係。慮及當時歷史背景與張、史際遇，此序之隱微意旨應予揭出。序云：

《關雎》而下三百篇，當時之歌詞也，聖師刪以爲經。後世播詩章於樂府，被之金石管絃，屈、宋、班、馬是乎出。而自變體以來，司花傍輦之嘲，沈香亭北之詠，至與人主相友善。則世之交人才士，遊戲筆墨於長短句間，有能瓌奇警邁、清新閒婉，不流於詑蕩污淫者，未易以小伎言也。余埽軌林扃，草長門逕。一日，聞剥啄聲，園丁持謁入，視之，汴人史生邦卿也。迎坐竹陰下，鬱然而秀整。俄起謂余曰：「某自冠時，聞約齋之號，今亦既有年矣。君身益湮晦，某是以來見，無他求。」袖出詞一編。余驚笑而不答。生去，始取讀之，大凡如行帝苑仙瀛，輝華絢麗，欣眄駭接，因掩卷而歎曰：「有是哉，能事之無遺恨也！」蓋生之作，辭情俱到，織綃泉底，去塵眼中，妥帖輕圓，特其餘事。至於奪苕豔于春景，

起悲音于商素，有瓌奇警邁、清新閒婉之長，而無詖蕩污淫之失，端可以分鑣清真，平睨方回，而紛紛三變行輩，幾不足比數。山谷以行誼文章宗匠一代，至序小晏詞，激昂婉轉以伸吐其懷抱；而楊花謝橋之句，伊川猶稱可之。生滿襟風月，鸞吟鳳嘯。鏘洋乎口吻之際者，皆自漱滌書傳中來，況欲大肆其力於五七言，迴鞭温、韋之途，掉鞅李、杜之域，躋攀風雅，一歸於正，不於是而止。雖然，余方以耽泥聲律，而顛踣擯棄，今又區區以勉生，非惑耶？若覽斯集者，不梏于玄黄牝牡哀沈而悼未遇，實繫時之所尚。余老矣，生鬚髮未白，數路得人，恐不特尋美於漢，生姑待之。生名達祖，邦卿其字云。嘉泰歲辛酉五月八日，張鎡功甫序[一]。

序作于嘉泰元年（一二〇一）。韓侂胄自慶元元年（一一九五）逐去趙汝愚後不斷升遷，是歲進開府儀同三司，封平原郡王、加太師，當國用事。史達祖爲韓侂胄所親信之吏人，因之亦頗得志。《浩然齋雅談》載：「史達祖邦卿，開禧堂吏也。當平原用事時，盡握三省權，一時士大夫無廉恥者皆趨其門，呼爲梅溪先生。」[二]甚至「權炙縉紳，侍從簡札，至用申呈」[三]，權力、人望可謂一時並集。

張鎡與韓侂胄相交密切，但於慶元、嘉泰間功名蹭蹬。紹熙末年張鎡尚任司農寺主簿，未幾因言官彈劾罷去。《宋會要輯稿》載：「（四月）二十七日，權工部郎官田澹放罷，以侍御史楊大法言其天資陰險……六月三日，司農寺主簿張鎡放罷，以臣僚言鎡與叔宗尹交争沙灘」，事在慶元元年[四]。後黄榦論之云：「楊元範遷祭酒，蓋亦自覺其已甚，而能自悔，同列以其有異意，故去之。張鎡乃昌黎莫逆，與其兄争分業，張鎡主昌黎，而其兄主王德謙，元範乃論張鎡，罷之，此所以爲異意也。」[五]楊元範即文中的楊大法，是知彈劾張鎡的「臣僚」就是楊大法。紹熙末（一一九四）韓侂胄與趙汝愚相争，欲以臺諫制約後者，遂「以内批除所知劉德秀爲監察御史、楊大法爲殿中侍御史」，自是把持言路[六]。而楊氏因自悔助韓過甚，遂將亦爲韓門常客的張鎡彈去，使韓黨於朝中頓少一員。楊大法隨後亦遭清算，於慶元二年（一一九六）出知鎮江府。

而張鎡也得到了補償：升任司農寺丞。不久變故又生，《輯稿》載：「九月十二日，司農寺丞張鎡與宮觀，理作自陳。以臣僚言鎡本娶劉氏累年，一旦棄之，初無可出之過，繼娶鄭氏，乃其弟婦楊氏之女，天下豈有母子自爲娣姒之理」，在慶元四年（一一九八）〔七〕。若説前一次尚屬誤傷，那麽慶元三、四年間的言官張巖、姚愈等人均是在韓侂胄授意下除任的。故此次張鎡遭到落職，其内因雖難考知，而必出於韓氏之意。後張鎡以提舉宮觀家居累年，難免心生怨望。慶元五年（一一九九）楊萬里曾致書張鎡云：「士大夫以躋攀分寸而上爲難，不知乞身謝事，其戞戞乃爾。功父所挾者古，而所售者今，所賞者稀，而所価者衆。十里九山，一武再止，想前知其然而怡然不怪也。觴豆湖山，籥勺風月，優哉遊哉，聊以卒歲，肯遽以此而易彼乎？」〔八〕勸其縱情美景，勿以廢退爲念，也從側面反映出張鎡的苦悶。

當史達祖登門索序時，張鎡之態度可想而知。序首敘二人相見情形：「迎坐竹陰下，鬱然而秀整。俄起謂余曰：『某自冠時聞約齋之號，今亦既有年矣。君身益湮晦，達是以來見，無他求。』袖出詞一編，余驚笑而不答。」張氏固然退居有年，但史氏以後進堂吏的身份初次來訪，盛氣逼人，竟直陳張氏「益湮晦」，不爲無禮，故使得張鎡「驚笑」而難以應對。〔九〕

談及遭遇，張鎡説：「余方以眈泥聲律而顛躋擯棄，今又區區以勉生，非惑耶？」張鎡因政爭「顛躋擯棄」，無關「眈泥聲律」。既「身益湮晦」，却受邀爲炙手可熱的史氏作序以推獎之，豈非迷惑？張鎡又告誡後之讀者，不應「梏于玄黄牝牡哀沈而悼未遇，實繫時之所尚」。玄黄牝牡一句，用九方皋相馬典故，即不拘於表象而應抓住事物的實質。此處則何爲表象又何爲實質？結合上文，似在勸讀者勿以詞有小道之名，就忽視其「有瓌奇警邁、清新閒婉之長，而無訑蕩污淫之失」的内質。至於詞體之受重視與否，實繫於「時之所尚」。考慮到張、史關係，又可讀出張鎡由史氏之發跡，生出士人之升沈與時宰之好尚息息相關的一層意思。

最後，張鎡又稱「余老矣，生鬚髮未白。」按張氏僅長於史達祖不超十歲，於時年纔四十八。〔一〇〕所謂「老矣」仍是在感歎不遇。其後的「數路得人，恐不特尋美於漢」一語尤當注意，按《後漢書》載蔡邕曰：「孝武之世，郡舉孝廉，又有賢良、文學之選，於是名臣輩出，文武並興。漢之得人，數路而已。」李賢注：「數路謂孝廉、賢良、文學之類也。」〔一一〕宋人入仕分「有出身」、「雜出身」兩類，「有出身」者經由科第獲得進士或類似功名，而「雜出身」者入仕則是恩蔭、進納或吏人出職等途徑。因謀求仕進人數衆多，遂增開雜途，用人不拘科第，宋人常以此與漢代「數路得人」相比。如范純仁曾奏請：「乞詔政府今後舉臺省、館閣、經筵，職司并於明經、進士或無出身人中數路參取，但擇才行優長，不必限以科第。」〔一二〕張鎡以蔭補官，亦屬「雜出身」，然爲貴胄之後，初仕即通判臨安府，升遷也較爲迅速，不遜色於「有出身」者。而史達祖作爲吏人，考課多年方可出任低階官品，與前者仍有相當差距。在張鎡看來，史達祖以堂吏之資猶能得志，自己雖出身貴胄却無人問津，因而大感荒唐。故張鎡此處稱史之仕進經由「數路」，無非强調其爲吏人。對史達祖而言，這也是其難以諱言的一個痛處。張鎡有意揭出，藉以回敬史氏前時的傲慢態度。四庫館臣在分剖詞人史達祖是否即開禧堂吏時云「序末稱數路得人，恐不特尋美於漢。亦足證其實爲掾史」，亦知此句意在點明史之胥吏身份〔一三〕。

序成未幾，張鎡起任太府寺丞，重返朝堂〔一四〕。數年後定策誅殺韓侂胄，函首傳於金廷，史氏亦被流放嶺南，其間實有仇恨韓、史的原因存在。清末詞家王鵬運就曾就此序提出懷疑，甚至認爲詞人史達祖與韓氏堂吏史達祖並非一人，謂：「即以詞論，如《滿江紅》之『好領青衫』，《齊天樂》之『郎潛白髮』，皆非胥吏所能假托。且約齋爲手刃侂胄之人，何至與其吏唱酬復作序？顛倒如此，殆不然矣。……特古今同時同姓氏者正自不乏，强爲牽合，亦知人論世者所宜辨也。」〔一五〕時至今日，詞人史達祖亦即堂吏已成定讞，而王氏所提出張鎡既謀誅韓、不可能爲韓氏之堂吏作序的論斷，經上文分析也就不能成立了。張鎡雖爲史氏作

序，不代表就讚同後者。其貌合神離、措辭時有冷語，是應當被看到的。

因而《〈梅溪詞〉序》不能僅僅視爲詞人之間交遊印可的材料，而是張氏思想出現重大轉變、決意痛下殺手的明證。張鎡在史彌遠猶豫之際首倡誅韓，令後者忌憚不已，最終將其竄逐象州，也就此斷送其文學生命。不得不說，序中所體現的慶元嘉泰之際張鎡和史、韓間的關係，改變了其後各人之命運。

又，《四朝聞見録》載諫官雷孝友奏云：「蘇師旦既逐之後，堂吏史達祖、耿檉、董如璧三名隨即用事，言無不行。」[一六]查蘇師旦之被逐，在開禧二年（一二〇六）六、七月間。雷氏稱此後史達祖才「隨即用事」，實際上並不準確。史達祖只是在開禧間走上了權力巔峰，其受韓氏親用應早於此，而當在嘉泰元年之前的慶元末。這樣一來，序中史達祖的倨傲態度和張鎡的不滿情緒才有了生成條件。至於史達祖之入中書爲史，其中應無張鎡的提攜之功。

〔一〕曾棗莊等編《宋代序跋全編》卷四四《書（篇）序》四四《〈梅溪詞〉序》，齊魯書社二〇一五年版，第一八二一—一八二三頁。
〔二〕周密《浩然齋雅談》卷上，浙江古籍出版社二〇一〇年版，第一六頁。
〔三〕葉紹翁《四朝聞見録》戊集《慶元嘉泰開禧年間事》，大象出版社二〇一九年版，第二五一頁。
〔四〕徐松《宋會要輯稿·職官七三》，上海古籍出版社二〇一四年版，第九册，第五〇二一頁。
〔五〕曾棗莊等編《全宋文》卷六五三六《黄榦·與晦庵朱先生書》，上海辭書出版社、安徽教育出版社二〇〇六年版，第二八七册，第五〇一頁。
〔六〕《宋史》卷四七四《列傳》第二三三《韓侂胄傳》，中華書局一九八五年版，第一三七七二頁。
〔七〕徐松《宋會要輯稿·職官七三》，上海古籍出版社二〇一四年版，第九册，第五〇一四頁。
〔八〕曾棗莊等編《全宋文》卷五三二一《楊萬里·與張寺丞》，上海辭書出版社、安徽教育出版社二〇〇六年版，第二三八册，第五五頁。
〔九〕繆鉞亦注意到「張鎡序中對於史達祖的神情氣度有所描述」，見山東大學文史哲研究所編《中國歷代著名文學家評傳·續編二》，山東教育出版社一九九七年版，第二六四頁。

〔一〇〕史達祖之生年，胡雲翼考證應在紹興末（一一六〇—一一六二），陸侃如、馮沅君《中國詩史》亦定爲一一六〇年。王步高認爲在一一六三年左右，綜上張、史之年齡差在十歲以内爲宜。

〔一一〕范曄《後漢書》卷六十下《蔡邕列傳》，中華書局一九六五年版，第一九九六—一九九七頁。

〔一二〕曾棗莊、劉琳編《全宋文》卷一五四八《范純仁·奏設特舉之科分路考校取人》，上海辭書出版社、安徽教育出版社二〇〇六年版，第七一册，第一六五頁。

〔一三〕《四庫全書總目》卷一九九《〈梅溪詞〉提要》，中華書局一九六五年版，第一八二二頁。

〔一四〕按虞儔《尊白堂集》卷五有《張鎡太府寺丞制》，虞氏於嘉泰元年八月任中書舍人，二年四月轉兵部侍郎，制詞當草於期間。又張鎡《賞心樂事》序作於嘉泰元年十二月，稱「余掃軌林扃，不知衰老……閒引客擕觴，或幅巾曳杖，嘯歌往來」，尚在閒居，知張鎡起爲太府寺丞當在嘉泰元年十二月至次年四月内。

〔一五〕史達祖《梅溪詞》卷末《跋》，清光緒十五年（一八八九）王鵬運輯《四印齋所刻詞》本。

〔一六〕葉紹翁《四朝聞見録》戊集《臣寮雷孝友上言》，大象出版社二〇一九年版，第二四二頁。

（作者單位：復旦大學中華古籍保護研究院）

編輯後記

詞譜研究，舊稱「圖譜之學」，是詞學領域的一个重要分支，但曾在很長時間裏，一度十分冷清。近十幾年來，隨着部分研究者在該領域深耕細作，陸續出版了一批重要成果，詞譜研究也一改此前乏人問津的現狀，由冷趨熱。本刊陸續刊出過部分詞譜研究論文，本輯繼續刊載王琳夫《從〈草堂詩餘〉到實用詞譜——鄭元慶〈三百詞譜〉的詞史位置》一文。作者認爲《三百詞譜》是「實用詞譜取代《草堂詩餘》、依譜填詞取代依詞選填詞的關鍵節點，具有難得的樣本價值」，希望此文能讓這本「今日知者已少」的詞譜走入讀者視野，並重估其在詞學史中的價值。當然，在科技日新月異的當下，我們也期待數字人文和計量分析在詞譜研究中的應用，進一步帶來相關研究在理論方法上的創新。

本輯論詞書札欄目刊發聶文華《夏承燾、鄧廣銘往來書信十五通簡釋》、張婭曉《周念先致唐圭璋信札九通整理考釋》二文，這些前輩學人詞學切磋的碎片化書信文本，雖是學術史的「邊緣史料」，却構建了一部微觀的詞學交流史，無論是從搶救性保存文獻還是從詞學發展圖譜重繪的角度，都十分有價值。本刊歡迎此類尚未影印出版的詞學書札，敬請作者不吝賜稿。

二〇二五年五月九日上午，著名詞學研究專家、本刊主編馬興榮先生在上海逝世，享年一百零一歲。馬先生是《詞學》四位創始主編之一，曾出任中國詞學研究會首任會長。他擔任《詞學》主編四十四年，爲

本刊的發展嘔心瀝血。他的逝世，是本刊和詞學界的巨大損失。本輯書前插頁特刊載先生遺像一幀，以此表達編輯部全體同仁的深切悼念之情。

編者　二〇二五年五月

稿約

本刊各欄歡迎惠稿，并請參照如下體例排版：

一、來稿要求格式規範，專案齊全。按順序包括：文題、作者姓名、工作單位、内容摘要、關鍵詞、社科基金號（如有）、正文、附注。

二、作者姓名：署真名，多位作者之間用空格分隔。在篇尾處加作者簡介，按順序包括：姓名（出生年月），性别，籍貫，工作單位，職稱，學位。

三、内容摘要、關鍵詞：用五號仿宋體；關鍵詞之間用空格分隔。

四、正文繁體横排（正式刊印時由出版社統一改爲直排），用五號宋體。文中小標題用四號黑體。如在正文中引用其他文獻的段落或句群，且需另起一段列出者，該段用五號仿宋字體，並首尾各收縮兩格。

五、標點：詞調名、書名、篇名用書名號。全文録詞只用三種標點：無韻句用「，」點斷；韻句用「。」點斷；逗處用「、」點斷。

六、附注：本刊注釋一律采用尾注形式，以中文數位順序編碼，用方括號標引。譯著須標明原著者國别，並在國别外加方括號。書籍要求按順序準確標明：作者，書名，出版社，出版時間及頁碼，如是刻本須標出版本與卷數。期刊則爲：作者，篇名，刊名，年期及頁碼。

中文注釋格式示例如下：

〔一〕王昶編《明詞綜》卷四，遼寧教育出版社一九九七年版，第五六頁。

〔二〕鄒祗謨、王士禛合選《倚聲初集》二十卷前編四卷，清初大冶堂刻本。

〔三〕〔日〕村上哲見《〈楊柳枝〉詞考》，王水照、保苅佳昭編選《日本學者中國詞學論集》，上海古籍出版

社一九九一年版。
〔四〕謝桃坊《張炎詞論略》，《文學遺産》一九八三年第四期，第八三頁。
〔五〕楊義《詩魂的祭奠》，《中華讀書報》二〇〇一年十一月二十八日第三版。

如有不同注釋引自同一出處，請如下示例標注：

〔六〕〔一一〕〔三五〕胡適《〈詞選〉自序》，《胡適古典文學研究集》，上海古籍出版社一九八八年版，第一〇頁，第一三頁，第一九—二〇頁。

來稿請務必附上作者聯繫地址及郵政編碼、作者電話號碼、手機號碼和電子信箱，以方便聯繫。

本刊審稿期限爲三個月，收到投稿後，我們會安排初審、復審、終審，最終形成「同意發表」、「修改後發表」、「不發表」三種意見。若爲「同意發表」或「修改後發表」，則會有編輯與您進一步溝通；若爲「不發表」，則回復《退稿通知》。本刊不允許一稿多投，故在接到本刊《退稿通知》前，請不要另投他刊。

本刊不收取版面費。來稿如被録用，發表後敬致薄酬，聊表謝意。

來稿請寄：上海市閔行區東川路 500 號華東師範大學中文系《詞學》編輯部，郵編 200241；同時將電子稿發至：cixue1981@126.com

圖書在版編目(CIP)數據

詞學. 第五十三輯/馬興榮等主編. —上海:華東師範大學出版社,2025. —ISBN 978-7-5760-6186-4

Ⅰ. I207.23

中國國家版本館 CIP 數據核字第 2025UY3730 號

詞學 第五十三輯

主　　編　馬興榮　方智範　高建中　朱惠國
責任編輯　時潤民
審讀編輯　劉效禮
特約編輯　王　靜
責任校對　時東明
裝幀設計　劉怡霖
出版發行　華東師範大學出版社
社　　址　上海市中山北路 3663 號　郵編 200062
網　　址　www.ecnupress.com.cn
客服電話　021-62865537
行政傳真　021-62572105
門市(郵購)電話　021-62869887
門市地址　華東師大校内先鋒路口
網　　店　http://hdsdcbs.tmall.com
印　　刷　上海新華印刷有限公司
開　　本　890 毫米×1240 毫米　1/32
印　　張　11.5
字　　數　455 千字
插　　頁　4
版　　次　2025 年 6 月第 1 版
印　　次　2025 年 6 月第 1 次
書　　號　ISBN 978-7-5760-6186-4
定　　價　98.00 元

出 版 人　王　焰

詞學

第五十三輯

華東師範大學出版社・上海